UN PERFUMISTA CON ALMA

UN PERFUMISTA CON ALMA

SILVIA SANCHO

TITANIA

Argentina • Chile • Colombia • España
Estados Unidos • México • Perú • Uruguay

1ª. edición Octubre 2023

Copyright © 2023 *by* Silvia Sancho
All Rights Reserved
© 2023 *by* Urano World Spain, S.A.U.
Plaza de los Reyes Magos, 8, piso 1.º C y D – 28007 Madrid
www.titania.org
atencion@titania.org

ISBN: 978-84-19131-35-5
E-ISBN: 978-84-19699-81-7
Depósito legal: B-14.545-2023

Fotocomposición: Ediciones Urano, S.A.U.
Impreso por Romanyà Valls, S.A. – Verdaguer, 1 – 08786 Capellades (Barcelona)

Impreso en España – *Printed in Spain*

A Sergio

Ce qui vient au monde pour ne rien troubler
ne mérite ni égards ni patience.
RENÉ CHAR

Reinvent your freedom.
Dos inconformistas

1

LA CASA DE LOS COLORES

Alexander
Viernes, 10 de mayo de 1996
Grasse. Alpes marítimos. Francia

¡Hoy es el mejor día de mi vida! Mamá y papá han venido a buscarme al colegio. ¡Los dos juntos! Ahora vamos en el coche. Estoy merendando *pain au chocolat*. Me chupo los dedos cada poco para no manchar el asiento. Ya soy un niño grande. ¡Tengo casi cuatro años! Bajo la ventanilla con cuidado. No quiero molestar. Mamá está haciendo fotos a papá. Papá sonríe cuando mamá lo acaricia. Papá y mamá hoy están contentos. Yo también. ¡Me llevan de excursión a un museo de perfumes! Me gustan mucho los perfumes. El de mamá es rosa. Rosa mermelada de fresa. Dulce y pegajoso. El de papá es verde-marrón. Verde-marrón jardín en Halloween. El aire que se cuela por la rendija de la ventanilla también es verde-marrón. Más clarito. Como la hierba del campo de fútbol del colegio cuando llueve. Ahora está lloviendo. El campo estornuda gotas moradas. Se están colando en el coche. Intento atraparlas con la nariz. El morado no huele a mermelada, no es pegajoso, no es dulce. Me pica en la garganta y me cierra los ojos. Bostezo. Quiero dormir arropado con una manta suave. El morado pica y es suave, como la barba de papá. Me tranquiliza, como los besos de mamá. El morado viaja en nuestro coche hasta el museo. No me quiero bajar, quiero dormir. Pero también me quiero bajar y buscar más morado. En la calle huele a gris. Las piedras resbalan. Una señora nos da unos papeles amarillos en los que pone «Fra-gonard». La señora huele a amarillo. No es limón, no es piña, no es pis. Es la clase después de perder a las carreras con el idiota de Bastien en el recreo. El aire se lleva el amarillo y trae blanco. Hay demasiadas flores en este jardín. Los olores se juntan muy deprisa y explotan en una bomba blanca. ¡Fusión! Me gusta mucho *Bola de Dragón*. Papá y mamá siempre me traen un nuevo cómic cuando vuelven de sus viajes. Este señor se parece al maestro Muten Roshi. Me quita el papel amarillo, me lo rompe y me lo devuelve. Lo tiro al suelo, ya no lo quiero. Entro en el museo. Hay una mesa para jugar. ¡Y tiene morado! Corro a por él. Está en un bote. Ramitas secas y flores moradas muy pequeñas. Hormigas. Hormigas moradas. Me fijo en el cartel: «La-van-din». Me gusta, pero le falta amarillo. No amarillo pis, amarillo limón. Tengo que darle de comer limón a las hormigas. ¿Dónde hay? ¡En aquel jarrón! Corro a por él. ¡Crash! Oh, oh... Papá ya no sonríe. Mamá ya no quiere darme besos. El maestro Muten Roshi nos regaña. No me dejan tocar nada más de la casa de los colores. Nos marchamos demasiado pronto. Papá me dice que cenaremos guisantes. ¡Es el peor día de mi vida!

2

ÉRASE UN HOMBRE A UNA NARIZ PEGADO

Alexander
Miércoles, 6 de marzo de 2019
Despacho del presidente de Lladó. Passeig de Gràcia. Barcelona

—Tu nariz, Alexander. No tu sexapil, tu extravagancia o tu pedigrí. Te contraté como *parfumeur* por tu insuperable nariz, porque creí que con semejante talento bastaría para alcanzar el éxito, pero los números indican que has fracasado. Solo puedo ofrecerte un proyecto más. Uno solo. Mis hermanas me han exigido tu cabeza. Y están en su derecho de hacerlo, también son accionistas, también es su División de Perfumería, su negocio y su patrimonio... Yo, sintiéndolo mucho, me veo en la obligación de transmitirte la conclusión alcanzada en la última junta: o nos creas un superventas o tendrás que despedirte de la *maison*.

—Mi nariz... —susurro.

Sonrío de medio lado y deslizo el puente de las gafas de sol por el caballete de mi apéndice dorado, rotundo, romano. Observo al que se cree mi jefe por encima de la montura con una mirada intimidante que no es gratuita. Nada en mí lo es.

Mientras él se acobarda en la silla de director y segrega una nube negra-amarilla, yo me espigo en la butaca de enfrente como la lavanda bajo la lluvia de mayo.

Con irritante parsimonia alzo las piernas y las cruzo sobre el escritorio de caoba. De las suelas de mis botines se desprende un pegote de barro. Me recoloco para impregnar bien de marrón su preciado mueble.

El presidente de la *maison* aparta la vista, se agarra a los reposabrazos e inclina la barbilla hacia el dosier de ventas con el que ha intentado argumentarme las razones de mi supuesto fracaso. Me complace escuchar cómo masculla algo entre dientes acerca de mi carácter imposible. Que no se atreva a alzar la voz me indica que entiende mi cabreo y que yo no soy su perrito. Yo no soy la puta mascota de nadie, solo trabajo para él porque respeta mi talento y porque me permite hacer lo que me sale del rabo. En otra casa tendría que ganarme la libertad que aquí despilfarro sin control. Por eso, voy a ignorar que haya usado una palabra tan carca como «sexapil» para definirme, que haya llamado «pedigrí» a mi herencia familiar y que se haya atrevido a darme un ultimátum.

Trenzo los dedos enjoyados sobre la hebilla de mi cinturón, le doy una vuelta a la tuerca de plata que me decora el pulgar y le pregunto:

—¿Cuál es el *brief* de ese supuesto último proyecto que me estás ofreciendo?

El presidente de Lladó manosea los folios del dosier económico antes de contestar:

—Los creativos están definiendo el mapa del concepto.

Traducción: todavía no se han encontrado ni el agujero del culo.

¡Bravo!

Eso significa que necesitan ideas, y yo tengo cientos, tan potentes como mis ganas de mear ahora mismo.

—¿Y el diseñador? —me aseguro.

—Se ha desvinculado.

Como viene siendo habitual con los que abanderan las casas de moda más prestigiosas. Ellos ponen el nombre cuando les interesa y cosechan los beneficios y las alabanzas. No hay gloria para un perfumista fantasma. Este que habla jamás buscó la fama: me enseñaron bien, ya de pequeñito, a cómo huir de ella.

—¿Para cuándo lo quieres? —sigo preguntando.

—Junio.

—¿De qué año?

—Del que cursa.

Me echo a reír con tanta fuerza que casi se me caen las gafas. Me las pongo de diadema para sujetarme un poco la melena y poder limpiarme las lágrimas. Hace tiempo que no escuchaba un chiste tan bueno. Pretende que elabore un *monstre* del tamaño de Chanel Nº 5 en tres meses. Eso es como pedirle a Miguel Ángel que pinte la Capilla Sixtina en tres horas.

—Tendrás ayuda —me dice.

—¿Qué clase de ayuda? —Arqueo una ceja.

—Una directora artística.

—Prepárame el finiquito. —Empujo con el tacón el filo de mesa para que las patas de la silla arañen la antiquísima tarima.

—No te pongas difícil.

—¡Soy difícil!

—Alexander, por favor... —El presidente desinfla sus tres décadas de experiencia sobre la silla que heredó de su padre. Y este del suyo, por cierto.

Me levanto y lo miro desde un metro noventa de altura. Cinco centímetros más que descalzo, gracias a Prada.

—Yo trabajo sin niñera. Lo has sabido siempre. Te lo advertí hace tres años, antes de alquilarte mis servicios. —Me aparto para doblarme en una exagerada reverencia—. Te diría que estos años han significado una oportunidad enriquecedora que nunca olvidaré, pero mentir es pecado. —Me beso la cruz que asoma por el escote de mi blusa de encaje—. Hasta la vista.

Al darme media vuelta, Mariano Lladó empieza a regatear con mi espalda.

—No pretendemos ponerte una niñera, Alexander. Confiamos en tu *savoir faire*, pero necesitamos otro enfoque, una visión más comercial. Necesitamos trabajar con Alma...

Cruzo el despacho lanzando aspavientos a manos llenas.

—¡Siempre he trabajado con alma! ¡Desde el primer día! ¡Lo sabes perfectamente, joder! —Recojo mi abrigo de paño de un sofá—. ¡Me puedes acusar de mil cosas, pero que no ponga el alma en…!

—No esa alma, Alexander —me interrumpe—. Alma Trinidad. La nueva directora artística es Alma Trinidad.

El brazo derecho se me queda a medio camino de la manga del abrigo cuando oigo el nombre por primera vez. Después de la segunda, el único movimiento que soy capaz de hacer es un ridículo pestañeo.

—Repíteme cómo se llama —le digo.

—Alma Trinidad.

A la tercera va la vencida: la información por fin cala en mí y me empapa de gafas a botines. Los recuerdos me lanzan a la cara aquella bruma rojiza: naranja sanguínea, grosella y pimienta rosa.

—¿Ella no iba a firmar con Coty? —Termino de colocarme el abrigo.

—Hemos conseguido robarles el fichaje.

—¿De cuántos miles de euros estamos hablando?

—No puedo informarte de los detalles del contrato.

—No me jodas, Mariano. —Me giro para encararlo.

—Ha sido, sobre todo, una decisión personal. —Me enseña las palmas de las manos—. Ella prefería trabajar en Europa.

Eso no me sorprende. Es lo que lleva haciendo desde que le sigo la pista. O, mejor dicho, desde que le recuperé la pista.

—¿Está aquí? —Me cosquillea el bajo vientre, y no solo por las ganas de mear.

—Nos espera en sala de juntas.

—¿Tan seguro estabas de que te iba a decir que sí?

—No llevas rechazando ofertas todos estos años por nada. Podrías trabajar donde quisieras, pero no te marchas porque esta *maison* es la casa donde más tiempo has resistido, lo más parecido a un hogar laboral que has conocido. Además, Alma Trinidad es la mejor. Ya lo verás.

No hace falta que lo vea, lo sé. Lo descubrí mucho antes que él. Que ella. Que nadie. Y ahora… Joder…

Me recoloco el paquete dentro de la bragueta, que estoy a punto de reventar, y abro la puerta.

—Espera, que vamos juntos —me dice Mariano.

—Adelántate. Tengo un asuntillo que resolver primero.

3

ÉRASE UNA NARIZ SUPERLATIVA

Alexander
Miércoles, 6 de marzo de 2019
Sala de juntas de la sede de Lladó. Passeig de Gràcia. Barcelona

—Es el mejor nariz de Europa, por eso se toma estas licencias —oigo decir a Mariano.

Me está excusando con la nueva directora artística porque hace diez minutos que debería estar sentado a su lado, en vez de fisgando tras la puerta.

—Posee un talento natural incomparable —continúa él—. Y creatividad a raudales. A veces, hasta buen carácter. Que su fama de *enfant terrible* no te intimide.

—No me intimida —replica ella.

Tan serena, tan sobria, tan señora…

¿Dónde habrá escondido el cadáver de la niña de fuego que conocí?

Desde luego, esta Alma es otra.

No se le mueve ni un mechón castaño de la melena *bob*, que lleva igual de bien planchada que la camisa. Solo un botón está fuera de su ojal, apuesto que para enseñar el conservador collar de perlas.

—Me tranquiliza verte tan segura —le dice Mariano—. Y que no temas lidiar con un humor tan particular como el de Alexander. A él le va a venir muy bien que seas su jefa.

Me muerdo el labio para no carcajearme. Si no hubiera ido al baño, me habría meado en los pitillos. Mi jefa…

—La jefa de todos los perfumistas de la *maison* —puntualiza ella antes de retirarse el pelo detrás de las orejas, desnudas de joyas—. No he llegado hasta aquí siendo flexible con las particularidades de los humores de los miembros de los equipos que lidero. Si el señor Ventura no se adapta a mis normas, será él quien deba temerme.

Señoras y señores, con todos ustedes, la temible e inflexible Alma Trinidad.

¿Aplaudo ya? ¿O mejor le recuerdo lo cariñosa y elástica que era cuando me acunaba entre las piernas?

—Desde luego, de ti va a depender su permanencia en la empresa —le dice Mariano.

—¿Está informado?

—Más o menos…

—¿Qué plazo le has dado?

—Tres meses.

—Eso nos ofrece un margen de… —Alma desvía la atención a su teléfono.

Con la uña corta del dedo índice derecho se peina una de las cejas espesas, alzadas, soberbias. Su expresión felina me distrae hasta que chasquea la lengua y me fijo en su boca.

En esos labios me maté yo.

—Apenas contamos con un trimestre más antes del lanzamiento. —Alma niega con la cabeza—. Es poco tiempo. Demasiado poco. Trabajaremos en paralelo con otros perfumistas. ¿Qué puedes ofrecerme?

—Pues, a ver… —Mariano se sujeta la barbilla—. Está el *parfumeur* júnior de la escuela de Ginebra…

Lo interrumpo entrando en escena a mi rollo: empujo la puerta con fuerza para que choque con la pared y me planto en el vano con una mano en la cadera y la otra en el dintel.

—Aquí. —Fijo la mirada en Alma—. El hombre que buscas está justo aquí.

Alma dirige hacia mí sus ojos grises. En su día, plata de hoja de olivo. Hoy, acero de Damasco.

Le sostengo la mirada con la misma intensidad que le arrancó tantos suspiros. Me humedezco los labios despacito, como a ella le gustaba; tiro de las solapas del abrigo y le enseño el género. No he ganado nada de músculo en los últimos años, pero tampoco un gramo de grasa. Ya no soy aquel niño desgarbado que intentaba encajar a toda costa. Ahora soy el rey del *glam*, del mambo, el gallo del corral. Me atuso la cresta —mi media melena azabache— y me pavoneo por la sala de juntas, tirando de todo el brío de mis andares para alcanzar la cabecera de la mesa más alejada de la puerta y de ella.

—Me alegro de volver a verte. —Le sonrío de medio lado mientras inclino la cabeza.

Alma afea sus embriagadores rasgos con una mueca digna de acercar la nariz a un cubo de tripas de pescado.

—¿Quién es? —le pregunta a Mariano.

Alzo una ceja.

—Sabes de sobra quién soy.

Alma vuelve a observarme con algo más de interés. Después, me desprecia como al trigésimo prototipo fallido en una prueba olfativa: con pereza.

—Supongo que debe de ser el perfumista que ha propuesto el señor Lladó para la nueva fragancia.

—¿Estás de broma, Alma?

—Llámeme señora Trinidad. A no ser que quiera darme más motivos para cursar su baja del proyecto.

—Espérame ahí un segundo. —Le hago la señal de alto, lanzo el abrigo sobre la mesa y aparto con el pie la silla. No me siento, me derramo encima con las piernas bien abiertas—. Venga, ahora ya puedes seguir tocándome los huevos con amenazas de despido mientras finges no saber quién soy.

—Lo quiero fuera —le dice a Mariano.

—Ay, Alma… —Sonrío con burla.

—Señora Trinidad —me corrige.

—No pienso llamarte así.

—Alexander —me regaña Mariano.

—¡Pero que la conozco desde hace…! ¿Cuánto, Alma? ¿Más de diez putos años?

Con su mirada acerada clavada en mis ojos atónitos me asegura:

—Me está confundiendo usted con otra mujer.

—¡Y tú me estás tratando como si fuera idiota!

—Una de mis cualidades, tal vez la más incuestionable, es identificar a las personas al primer golpe de vista.

Me rio. En toda la cara me lo ha llamado. ¡Brava!

La observo en silencio mientras trato de entender por qué actúa como lo hace y… Mira, chica, no sé por qué le habrá dado por jugar al escondite, pero me apunto.

En su día perdimos el contacto, porque cada uno tomó su propio camino, pero ahora el destino ha vuelto a unirnos en la misma casa. Eso tiene que significar algo… Además, me apetece volver a relacionarme con Alma, de la manera que sea. Solo con pensar en nuestro pasado común ya me siento arropado por el calor de su fuego.

La niña de fuego…

Con ella todo fue auténtico, explosivo y fugaz, como la carcajada que anticipa el escalofrío de un beso robado.

—Venga, va. —Palmeo la mesa—. ¿Quieres que juguemos? Pues dale, tira los dados, será divertido.

—No tengo tiempo para esto. —Echa un último vistazo al teléfono y lo guarda en una pieza de la casa: el primer bolso que comercializaron allá por los años cincuenta. Se dirige a Mariano para darle instrucciones—: Volveré el próximo lunes a las nueve en punto. Convoca a los creativos y asegúrate de que el *brief* refleja con exactitud el espíritu del proyecto. Cita también a los publicistas y a los diseñadores, por favor. No saldremos de esta sala sin un nombre, un boceto del frasco y una aproximación al *packaging*. A partir de ahí, tendremos un mes para definir la fragancia inicial.

—Me vas a llevar con la lengua fuera. —La saco. Solo la puntita. Me chiflan los prolegómenos—. Pero está bien. Cuenta conmigo.

Alma aparta la silla con cuidado, se levanta, se coloca la chaqueta sobre los hombros y se cuelga el bolso de la parte interior del codo. Ahora puedo apreciar que las piernas que tanto se apretaron a mis caderas están cubiertas por un pantalón sastre blanco con aberturas delanteras en las perneras.

Quiero que la punta afilada de sus tacones me acaricie las pelotas.

—No estoy interesada en incluirle en mi equipo, señor... Ventura.

Eso es un rodillazo en los huevos, pero también me da gustito. Retos, provocaciones, duelos..., mis palabras preferidas.

—Piénsatelo bien, Alma. —Paladeo las cuatro letras—. El lunes puedes salir de aquí también con la primera fórmula del perfume.

Me mira con una puta condescendencia que me calienta cada una de las venas.

—Ni aunque le facilitáramos el concepto ahora mismo, y por lo tanto dispusiera de cinco días, sería capaz de diseñar la fórmula del *jus*.

Recojo el guante y me pongo en pie de un brinco. Me aproximo a ella con decisión, más seguro de mí mismo que nunca. A un metro de su atractiva cara, inhalo, bien profundo. Rojo oscuro, casi guinda. Un olor excitante, especiado y etéreo, como los pétalos de la flor del jengibre cuando los abres en vivo con las uñas.

La sonrisa se la regalo, como detalle de bienvenida a mi equipo.

—Te lo haré en una hora. Tal vez dos si te apetece que nos recreemos. —Después de eyacular cada palabra del farol que me estoy marcando, aprieto los dientes. Ella se fija en la tensión de mi mandíbula, en la vena palpitante de mi cuello, y su respiración se acelera. Sonrío—. Te va a encantar el resultado. Vas a terminar más satisfecha de lo que has estado en tu vida.

—Eso es mucho decir —me ninguea.

—Eso es lo que va a suceder —le juro—. Y si no, recibiré con gusto la patada en el culo que estás deseando darme.

—Acepto —le dice a Mariano. Si supiera cuánto me excita que me ignore, no lo haría—. Pero avisa a otro par de perfumistas más para la reunión, por favor.

—No es mala idea. —Apoyo la mano en la mesa—. Así aprenderán un poco.

Por fin la veo sonreír de soslayo, con fugacidad, suficiente para evocar la mueca más bonita que he visto en la boca de una persona.

La sonrisa de la niña de fuego es un aroma *gourmand*: dulce, primario e inolvidable.

Me apuesto la nariz a que no me ha olvidado. Tendría que haber perdido la memoria para hacerlo y, aun en ese caso, seguro que recordaría el día que nos conocimos.

Si hay algo indeleble en este mundo evanescente es aquel día, aquella voz y… ella.

4

BACK TO BLACK

Alma
Viernes, 4 de julio de 2008
Ciudad del Rock. Arganda del Rey. Madrid

Fue estremecedor formar parte de aquel silencio. Éramos más de setenta mil personas las que esperábamos en la explanada y solo se escuchaban respiraciones nerviosas y algún gimoteo. Creo que todos rezábamos para que apareciera. Hacía un rato que habían dado las nueve, la banda ya estaba preparada, solo faltaba ella.

Alguien de ahí arriba debió de atender a nuestras plegarias, porque no tardó mucho más en salir al escenario, subida a unos tacones imposibles y embutida en un diminuto vestido amarillo. En su exagerado moño llevaba prendido un corazón de fieltro atravesado por el nombre de su dueño: Blake.

El suelo llegó a vibrar con los gritos de sus fans. Yo solo fui capaz de aplaudir: la emoción me robó la voz. Ella también parecía muda sobre el escenario. Solo hablaba con su clásica mirada perdida y con sus movimientos apresurados, desubicados.

Intentó acoplarse al ritmo de *Adicted*, pero no lo consiguió. Estaba tan incómoda que daba la espalda al público en los interludios. Los primeros silbidos empezaron a zumbar a pesar de los esfuerzos de la orquesta.

Ella trató de animarse con el líquido oscuro que contenía una copa enorme, la misma que dejó a los pies del micro al que se sujetó para no perder el equilibrio. Logró a duras penas mantenerse en pie. Fue una lástima que *Just Friends* no se sostuviera por ninguna parte.

Un murmullo desaprobatorio empezó a recorrer la explanada en ondas que tenían su centro en varios puntos. Se escucharon los primeros insultos. «Borracha». «Yonqui».

Unos hablaban de vergüenza, mientras otros lloraban histéricos, como si lo que presenciaban fuera lo más sublime que hubieran visto jamás. Estos últimos eran los que la jaleaban cuando agarraba la copa. Su fanatismo les ocultaba la desidia con la que ella estaba cantando, lo lejos que estaba del escenario.

La aplaudieron cuando interrumpió el concierto para cambiarse los tacones por unas bailarinas blancas; también, cuando agarró una guitarra para solo sujetarla mientras recitaba con voz ronca *Tears Dry On Their Own*. Al acabar el tema, se deshizo con rabia del instrumento y miró hacia el *backstage*.

Pensé que iba a marcharse. Al camerino, a ponerse otro tiro, o en el primer avión de vuelta a Londres. Pero algo pasó.

Que *Back To Black* sea uno de sus temas más recordados no es casual. Además de lo evidente —de la técnica, el tono, la melodía…—, esa canción tiene alma. Una doliente, llorosa y fría. Una que se te mete en el cuerpo y te posee para siempre si la escuchas con atención.

Eso debió de pasarle a ella porque, al escuchar los primeros acordes, se convirtió en otra persona: en la mejor solista de la historia. Interpretó su emblemático tema, no se limitó a cantarlo de corrillo. Se desnudó para enseñarnos esa parte tan honda y oscura y, al terminar, sonrió con timidez y dio las gracias. Fue la única vez que lo hizo en todo el concierto. Fue pura magia, concentrada en apenas cuatro minutos. Luego, desapareció igual que lo hizo Amy Winehouse cuando acabó la música: sin que nos diéramos cuenta.

—¡¿Ya se ha ido?! ¡Pero si no ha estado ni una hora! —gritó Coronada a mi derecha.

Con una mano señalaba el escenario y, con la otra, custodiaba un vaso grande de cerveza. Se lo quité y tragué con ansia.

Me había prohibido a mí misma el alcohol hasta después del concierto porque quería disfrutarlo con los sentidos despejados. Y seguía conforme con la estrategia, pero estaba deshidratada.

El verano madrileño es tan brutalmente caluroso como el de mi tierra, el agua en los festivales o brilla por su ausencia o sale a precio de estafa y setenta mil personas juntas... Pues eso, que me estaba asando viva. Recibí la cerveza caliente con demasiada alegría para lo mal que sabía. Bebí sin moderación, con la vista fija en el micrófono que Amy había bendecido con su magia.

—Me parece que ha estado mucho más tiempo del que le apetecía. —Le devolví a Coro el vaso.

—Pues que no hubiera venido.

—Claro, qué fácil. ¿Y qué pasa con el contrato que ha firmado? ¿Quién paga a la banda y todo lo demás? ¿Te crees que puede vivir de aire? —Me aparté la melena del cuello para abanicarme.

Por entonces, llevaba el pelo largo y teñido de un rojo tan intenso como el termómetro del infierno.

—No, eso no. —Coro bebió un sorbo de cerveza—. Con los vicios que tiene, más le vale ganar todo el dinero que pueda.

—¿Y a ti qué te importa los vicios que tenga?

—Pues me importa, y mucho, porque me he tirado cuatro horas esperando para ver actuar a una tipa que bebía más que cantaba.

—Pues no haber venido —canturreé.

Coro cruzó los brazos sobre su camiseta de Crepúsculo.

—Entonces tú estarías sola y yo me habría perdido a Jamiroquai y a Shakira.

—¿A qué hora empieza el siguiente concierto?

—A las diez y media. Pero como tu amiga se ha ido antes, lo mismo lo adelantan.

—A lo mejor la tuya se disloca las caderas calentando y lo cancelan.

Coro se santiguó y, acto seguido, me señaló con el índice.

—Retira eso.

—Si me traes un wiski con naranja.

Coronada puso la palma de la mano hacia arriba y me invitó a que soltara la pasta moviendo los dedos hacia ella. Rescaté el monedero de mi bolso cruzado y saqué el último billete de veinte euros. Ni tiempo me dio a despedirme: mi amiga se adueñó de él y se perdió entre la gente. Yo guardé el monedero, eché un vistazo al móvil y, cuando estaba cerrando el bolso, alguien carraspeó muy cerca de mí.

Miré por el rabillo del ojo a la izquierda. Una mano masculina me ofrecía un vaso de plástico.

—Si te apetece mientras esperas... —dijo una voz grave.

Me sorprendió que el dueño fuera tan joven. Debía de tener mi edad; dieciocho como mucho. Era delgado, casi flaco, y un poco desgarbado. Vestía con un polo Lacoste amarillo y unos vaqueros rectos, muy clásicos. Sin saber decir por qué, sentí que había algo en su estilo que no parecía casar con él, con su persona. Desprendía algo... distinto.

Me miraba de una forma especial mientras yo lo escrutaba sin disimulo y me sonreía, con los dientes blancos y ordenados.

Jo..., qué guapo era.

Un tupé castaño claro le caía sobre la oreja derecha, libre de *piercings*. Ojos oscuros y despiertos, cejas rectas, pómulos prometedores, mejillas hundidas, mandíbula marcada y mentón cuadrado. Una cara de suspiro entrecortado, tan atractiva e intimidante como su rotunda nariz. La boca, en cambio, parecía tan acogedora...

Agarré el vaso que me ofrecía, embelesada por aquellos piquitos que coronaban su labio superior, y bebí sin preocuparme de que aquel brebaje pudiera llevar algo tóxico, como droga o granadina.

Después de tragar, el líquido cayó a plomo en mi estómago y mi temperatura corporal subió un par de grados de golpe.

—¡Guau! —Bufé al devolverle el vaso—. No sabía que los vendían de gasolina.

Él me rio la gracia. Algo debía de querer...

—Es tequila blanco. No está tan fuerte. —Le dio un trago y volvió a ofrecerme.

—No, gracias.

—Venga, si Shakira se disloca las caderas y cancelan el concierto, mejor que te pille un poco alegre, ¿no?

Sonreí y agarré el vaso de plástico.

—Es de mala educación escuchar conversaciones ajenas —dije antes de beber.

—¿Y? —Ladeó la sonrisa—. Escuchar vuestra conversación me ha dado la excusa para acercarme.

—Podrías haber encontrado otra sin tener que poner la oreja.

Le pasé el vaso y él terminó con el tequila en un par de tragos largos.

—Podría haberte abordado de otra manera, sí. De hecho, he estado a punto de decirte algo después de *Back To Black*. Te has sostenido el pecho durante toda la canción. A ratos, ni respirabas.

—¿Cómo lo sabes?

—Estaba detrás de ti.

—Acosándome…

—Claro, la Winehouse me daba igual. En realidad, a mí solo me gusta Julio Iglesias, como a mi padre. —Se rio antes de estudiar mis ojos—. Ese momento ha sido especial, ¿verdad?

—Muy especial. —Al mirar al escenario sentí un pellizco entre las costillas—. Qué pena que solo haya durado cuatro minutos.

—Durará una eternidad en nuestra memoria.

Retorné la vista a sus ojos despiertos. Tenía razón, jamás se me olvidaría aquel día, aquel primer y último concierto que disfruté en vivo de mi cantante preferida, mi icono, mi musa.

El chico que se había colado en aquel momento inolvidable se acarició la nuca y abrió la boca para decir algo, pero una voz gritó «Xander» y se giró para mirar a su espalda.

—Estoy aquí. —Levantó el brazo.

—¡Nos piramos a Electrónica!

—Ahora me acerco.

—No nos vas a encontrar. ¡Vente ya, joder!

Él me dedicó una mueca de resignación y me dijo que lo sentía, pero que debía irse con sus amigos: el grupo de pijos en el que estaba tratando de encajar por entonces, sin mucho éxito.

—Que disfrutes de la noche —se despidió.

—Igualmente.

Me regaló la última sonrisa y se marchó, dejándome sola entre setenta mil personas.

5

JADE

Alexander
Miércoles, 6 de marzo de 2019
Carretera C-16. Sant Cugat del Vallès. Barcelona

No paro de silbar el *Back To Black* mientras conduzco en dirección noroeste hacia mi torre: una casita de campo en la sierra de Collserola, a solo quince kilómetros de Barcelona. Lo bastante cerca de La Floresta —barrio *hippie*-burgués con excelentes vermuterías—; lo suficiente lejos como para aislarme de la civilización y poder vivir al estilo de la tribu de Grasse —la cuna francesa de la perfumería— en el siglo xix.

Hoy en día, los perfumistas no viven en una casa laboratorio donde comparten espacio con las materias primas, porque estas han sido remplazadas por listados de ingredientes, detallados y tasados al céntimo.

Hoy la herramienta de un *parfumeur* no es una pipeta, sino un ordenador; con él se componen las fórmulas que se envían a los laboratorios, donde los técnicos se limitan a juntar los elementos. Si la fórmula es sencilla, basta un robot para obtener una fragancia. Pero yo no trabajo así.

Yo soy la tierra que piso, el aire que respiro, la melodía que silbo, la persona a la que miro y el sexo que lamo. Mis sentidos son mi talento. Y me sirvo a placer de los cinco. Hasta tengo dominado al sexto, a pesar de ser tradicionalmente femenino.

No reprimir mi Yin ha sido el mejor consejo que me ha dado nunca mi padre. A él le ayudó a convertirse en uno de los modelos más famosos de los noventa, a salir de una Cuba libre solo para los hijos del patriarcado y a ligarse a mi madre: una fotógrafa italiana, ansiosa por escapar de su jaula de oro. De ella he aprendido a ver más allá del objetivo, del marco, de la piel. A captar la esencia, admirar la forma, componer un relato a partir de una imagen... Eso es lo que hice con Alma cuando la conocí: empecé a crearnos una historia solo con observar su figura de espaldas.

Era casi tan alta como yo, una línea recta y larga entre una marabunta de curvas. No temblaba como otros, ni se movía. Cabeza al frente, atención máxima, mano en el pecho —como signo de un juramento de lealtad eterno—, piel erizada cuando llegó el momento más mágico del concierto... Su sensibilidad me la puso dura.

Por entonces, todo me la ponía dura. En todo encontraba algo, el detalle, la excitación. Acababa de cumplir dieciséis años: iba sobrado de testosterona. Las hormonas guiaron mis pasos hacia Alma aquella tarde de verano madrileña... y son también las que me están gobernando hoy en la vuelta a mi torre: tengo una necesidad primaria de seducirla hasta el éxtasis con una propuesta irrechazable.

No me ha dicho ni adiós cuando se ha marchado de la sala de juntas de Lladó. Me ha dejado con la boca abierta y con una necesidad brutal de ponerme a trabajar. No me había sentido tan motivado jamás. Al final, Mariano va a haber acertado al contratarla. Se lo he insinuado mientras observaba las puntas de los tacones de Alma y envidiaba las losetas de mármol del pasillo por donde restallaban sus fuertes pisadas. Después de relamerme, le he sonsacado al presidente de la *maison* por dónde van los tiros de fogueo de los creativos. China es el concepto que tantean. Así, en plan conciso. Total, como es un país pequeño sin apenas historia...

—China. —Interrumpo el silbido y reduzco la marcha a tercera.

Curva a la izquierda, cambio de rasante, curva a la derecha. *Back To Black* sigue sonando en mi cabeza en un segundo plano. Levanto el pie del acelerador y tomo el desvío. Mi tartana traquetea sobre la carretera empedrada. Me castañetean los dientes. Los sujeto colocando la punta de la lengua entre los incisivos.

—China... *We only say good bye with words*... La dichosa Winehouse... —Interfiere en mi corriente creativa—. ¿Qué tendrá que ver Amy con China?

Trato de encontrar una conexión mientras paro el coche, abro la verja de la finca y avanzo de nuevo despacio. Hay barro por todas partes. Hasta en la mesa de Mariano.

—China y la Winehouse... Vamos, niño, encuentra la conexión. ¿Dónde? ¿En los orígenes del *soul*? ¿Años cincuenta? ¿Años cincuenta en China? Rojo y amarillo. Amarillo dorado. Ámbar. ¡No, joder! Ese amarillo no combina con Amy ni de broma. Si fuera amarillo-naranja... Ácido y dulce como los primeros melocotones de la temporada. ¿Años cincuenta, *soul*, China y melocotones?

Tócate los cojones...

¡Eso no hay dios que lo mezcle!

Dejo el coche tirado entre dos árboles y me dirijo a la casona, persiguiendo la idea que no me revela su lógica ni su finalidad.

Cuando algo me importa de verdad, no existo para nada más. Pongo todos los sentidos a trabajar en el objeto de mi interés. Y me vuelvo bastante insoportable.

Encerrado en mi nueva prisión mental, apenas me entero de que Luisito, el jardinero, me llama desde la izquierda. Está regando el huerto de aromáticas. Me rio. Se está poniendo perdido de agua. Debería haber soltado la manguera antes de saludarme con los dos brazos.

—Sí, majo, ya te he visto —farfullo mientras sacudo la cabeza—. No me distraigas, joder. ¿Qué dices? ¿El coche? ¿Qué coche?

Me giro al verlo correr hacia mi espalda.

—Uy... —No he tirado del freno de mano y la tartana se desliza como un caracol en busca de charcos—. Hazte con ella y apárcala bien, Luisito. Te dejo aquí las llaves. —Las suelto junto al portón principal.

China... ¡El país asiático es la inspiración para la próxima colección de alta costura de la *maison*! Por eso tienen tanta prisa.

Quieren lanzar el perfume en septiembre y aprovechar el rebufo de la semana de la moda neoyorkina para llegar hasta la campaña de Navidad. Una estrategia más vieja que el hilo negro. Lladó es así de antigua. China antigua... ¿Dinastía Ming? Y Amy..., que si la sacara del proyecto, rodaría él solito, pero no. La Winehouse se me ha metido en los patrones y ya no va a salir si no es en una fórmula de trece ingredientes.

Siempre empiezo con trece. Es mi número fetiche. Me gusta el fetichismo.

—Dinastía Ming, Amy, fetichismo y... Alma.

Ya tengo cuatro elementos. Cuatro es la suma de los dígitos del trece. Voy bien por aquí. No, literalmente.

—¡Céntrate, niño, que vas al estudio!

Me doy media vuelta en el cargadero reconvertido en recibidor y me dirijo a la derecha. Cruzo pasillos de piedra viva y varias puertas de madera maciza y accedo al antiguo invernadero. Bajo el tejado acristalado me recibe una explosión de luz blanca.

—¡Fusión! —grito para no perder la costumbre.

Otra cosa que suelo hacer cuando vengo aquí es ducharme antes con jabón casero: aceite vegetal de baja graduación y sosa cáustica. Los aromas etéreos me ayudan a limpiarme del perfume del día a día. En mi estudio, los olores residen solo en el armarito de los colores y en mi memoria. Hoy me salto el ritual porque mi ropa y mi pelo están impregnados de la fragancia de Alma.

—Alma... Rojo oscuro, casi guinda. Pétalos de la flor del jengibre cuando los abres en vivo con las uñas. —Me lanzo sobre el escritorio, que está apoyado en la pared de la derecha, y garabateo en el primer papel que encuentro—. China y tradición. Dinastía Ming. Verde: bambú o loto. Herbáceo en la salida, base tenaz. Amy Winehouse. Naranja: acordes de wiski de melocotón en el buqué. Fetichismo. Lavanda: sedante, onírico... Rojo, verde, naranja y lavanda. ¡Por la nariz de Roudnitska! —Lanzo el boli a un rincón—. ¡¿Dónde está el relato?!

Levanto la cabeza, me muerdo la punta de la lengua y pierdo la vista por el estudio. Observo a la izquierda el sofá redondo que solo ha conocido a un amante: a mí. Al frente, encuentro los altavoces Marshall y el viejo tocadiscos. Los discos de Amy... Me voy a por ellos de cabeza y registro las portadas y el interior.

—Una mísera pista para este perfumista loco, por caridad —le suplico al cacho de vinilo que mareo con ambas manos.

Y la diosa del *soul* me responde.

—Amy Jade Winehouse. Jade... ¡¡Jade!!

Lanzo el disco al aire y, brazos en alto, corro hacia el ordenador. Levanto la pantalla antes de sentarme y crujirme los nudillos. Tecleo «jade» en el buscador. Después de leer información aburridísima sobre el mineral, su vinculación con la China imperial y la mitología y sus aplicaciones cosméticas, doy con la verdadera piedra preciosa.

—Aunque su color habitual es el verde, entre sus variedades se encuentran el jade naranja, el rojo y el lavanda —leo—. No lila, violeta o púrpura. ¡Lavanda! ¡Olé yo!

Qué suerte tengo, madre mía. Nací con una flor en el culo. De ella me llevo valiendo casi veintisiete años y ella me va a servir para desarmar a la temible Alma Trinidad.

6

LA LLAMABAN (SEÑORA) TRINIDAD

Alexander
Lunes, 11 de marzo de 2019
Sala de juntas de la sede de Lladó. Passeig de Gràcia. Barcelona

—¿Esto es lo mejor que sabe hacer, señor Ventura? —me pregunta Alma después de testar la primera propuesta—. No estoy satisfecha. Puede irse. —Chasquea los dedos.

¡Chasquea los dedos en mi cara!

Estoy inclinado sobre su porción de mesa, casi reverenciando su magnánima presencia. Y es que hoy ha venido para romper cuellos. Toda de negro. Falda de tubo y chaqueta con jaretas que abrazan su fino talle. *Dominatrice du luxe*. Como látigo está usando la lengua afilada con la que acaba de arrancarme el primer verdugón.

Todo el mundo sabe que hay que dejar lo bueno para el final. Primero salen los prototipos teloneros, los que calientan el debate en el grupo creativo, y después salen los estrellas, los que con unos ajustes formarán el perfume inicial.

Yo he traído trece ampollas, con trece fórmulas de trece ingredientes. Tres perfumes por cada color de jade —uno base y dos variaciones—, y la *eau de toilette* ideal para la campaña de Navidad.

He vertido hasta la última gota de mi sabiduría olfativa en esas ampollas, he batido mis propios récords de velocidad creativa y me he vestido como el Rey Sol para la ocasión, con chorreras en la camisa y todo. Me he marcado una presentación visual del relato —el *brief* que deberían haber desarrollado los creativos—, que ha enamorado a los técnicos, a los publicistas, a Mariano y hasta a su santa madre: una señora más antigua que la Aspirina, que ha aplaudido cuando me ha escuchado mencionar el aroma de lavanda. A las abuelas les encanta, muestra de que saben mucho de la vida.

En solo cinco días, he formulado cuatro fragancias combinatorias unisex y la puta colonia superventas navideña. Y Alma me ha cancelado el proyecto, arrojándolo a la papelera con el primer papel secante. ¡El primero!

—No te precipites —le digo entre dientes, conteniéndome para no preguntarle dónde se ha dejado el buen gusto esta mañana.

—Eso, Alma —dice Mariano—. No nos precipitemos. Sigamos con el examen. Queda mucho por oler.

La señora Trinidad —esta no es mi Alma, que me la han cambiado— nos dedica a ambos la misma mirada desdeñosa. Y con ese gesto, con un simple y llano entornado de párpados, nos pone a los dos a la altura de sus *stilettos*. Estaría conforme si no entendiera que eso significa que ella manda, Mariano obedece y yo me mudo a otra casa, porque he vuelto a fracasar.

—Te prometí una fórmula —le sostengo la mirada— y te he traído trece, un concepto desarrollado, una presentación exhaustiva... Y tú... —Dejo que la humillación se me refleje en la cara—. ¿Qué te he hecho para merecer este desprecio? ¿Qué te debo, Alma?

—No es personal. —Su tono suena sincero. Sus ojos mienten.

—A mí me gustaría oler el de lavanda —dice la santa madre Lladó, que está sentada a la derecha de Alma.

—*Beneïda sigui, mare.* —Le acaricio las manos de porcelana y me inclino sobre ellas.

Le agradezco la caridad que está regalando a este humilde nariz no sacándola en volandas de aquí por haberse puesto crema de manos perfumada. La lanolina tiene un pase, pero la rosa... ¡La rosa me va a reventar la fiesta!

En mis pruebas, y en las de cualquier *parfumeur* decente que se preste, está *prohibido* traer ninguna fragancia de casa. La sala de juntas ha estado precintada desde que la limpiaron ayer. ¡Estamos en un jodido ensayo olfativo! ¡¿Es que nadie ha podido decírselo a la abuela?!

Con un ademán rápido alcanzo un papel secante y lo pulverizo con el Jade Lavanda antes de pasearlo bajo la nariz de Alma y ofrecérselo a la *mare* Lladó.

—¡Qué rico huele!

—A mí me está llegando —dice Paco, el director de publicidad, sentado a continuación.

El nuevo ayudante que tiene a su derecha mueve la mano como si intentara atrapar el aroma de las lentejas con chorizo de un perol carcelario. Vulgar. Muy vulgar. Me cae fatal.

—A mí también me llega —se atreve a decir—. Es muy elegante.

Ya me cae mejor.

—¿Alguien más quiere probarlo? —pregunto.

Los creativos asienten con la cabeza desde el otro lado de la mesa. Los lameculos de los perfumistas júnior ni entablan contacto visual conmigo. Mariano, en el extremo más cercano de la cabecera donde me he marcado la presentación de mi vida, mira con ojos golosos el papel que olisquea su madre, pero no se atreve a pedirme uno. Me dirijo a mi maletín de boticario, dispuesto a llenar de colores la sala.

—Para —murmura la Trinidad cuando paso a su lado.

La ignoro. Me coloco en la cabecera, me atuso las chorreras y muevo con agilidad los dedos anillados para repartir papelitos blancos sobre la mesa. La Trini agarra el teléfono y se lo lleva a la oreja. No llego a escucharla, sigo a lo mío. Gota a gota coloreo los papeles, los distribuyo entre el equipo, los enamoro; a todos menos a la directora artística. La muy bruja conjura a una secretaria, que irrumpe en la sala con un café.

—¡*Vade retro*, insensata! —Señalo la puerta y me tapo la nariz con la parte interior del codo.

—Pero es que me lo ha pedido… —La secretaria mira a la mujer que acaba de reventarme la presentación.

—Gracias, Noelia. —La bruja recibe el café con una sonrisa, lo pone sobre la mesa y lo revuelve bien por si su trillón de moléculas empireumáticas no hubiera ensuciado ya lo suficiente el ambiente.

—Eres consciente de que acabas de hacer perder mucho tiempo al equipo entero, no solo a mí, ¿verdad? —le pregunto.

—Te lo repito: no es personal. —Aparta el café sin probarlo y se dirige al grupo—. Y precisamente porque lo que no tenemos es tiempo, he tomado la decisión de detener la prueba aquí. No disponemos de una fragancia, pero podemos trabajar en lo demás, ¿no es así?

Paco se apresura a tocarle las palmas a la directora.

—Por supuesto que sí. Tenemos… —duda, desbloquea su tableta, balbucea…—. Tenemos cientos de ideas…

—No necesitamos cientos, necesitamos la idea —le dice Alma.

Paco mira al ayudante. El ayudante se mira las uñas. Alma alza las cejas. Yo me trago una sonrisa burlona. Y es que está feo hacer leña del árbol caído.

Alma acaba de darse cuenta de que se ha equivocado sacándome del equipo. Y a mí me va a encantar ver cómo se las apaña para recular…

—¿Y si programamos otra prueba? —propone Mariano—. O replanteamos el concepto… Alexander puede traer fórmulas nuevas.

Vamos, se la está poniendo en bandeja. Alma no tiene ni que dirigirse a mí para arreglar su error. Porque es un error rechazar a los Jade. Y ella, que de tonta no tiene un pelo, lo sabe.

—No —dice—. Los perfumistas solo necesitan unas directrices concretas. Y, gracias al señor Ventura, ya están al tanto de lo que no hay que hacer. No voy a entrar a valorar la calidad de sus prototipos, porque lo importante no es eso, sino que quede claro que no es el momento de abarcar cientos de ideas o una docena de fragancias que saturen un mercado de por sí colapsado. Es el momento de simplificar en el despacho para poder sintetizar en el laboratorio. Necesitamos una propuesta, una sola, que sea económica y se convierta en un éxito de ventas.

—O sea, que estoy fuera definitivamente —le digo.

Ella toma una profunda inspiración antes de mirarme.

—Sí, Alexander. Definitivamente.

Entorno los párpados. Es que no la veo por ninguna parte. No entiendo cómo esta Alma puede ser la misma que aquella. ¿Qué le he hecho yo para que me trate así?

—¿Y podrías dedicarme un momento para hablar de algo privado? —murmuro.

Ella niega con la cabeza y en sus ojos de plata refulge un destello negro. ¿Miedo? ¿De qué? ¿Por qué?

Me rechaza la mirada cuando esas preguntas me fruncen el ceño. Mariano debe de interpretar mi gesto como hostil, porque se pone de pie de un brinco y me sujeta por los hombros.

—Venga, vamos recogiendo y ya luego, más tranquilos, hablamos y tal y cual...

Confuso, atino a cerrar el maletín y a localizar la puerta.

Estoy fuera.

Alma Trinidad, la niña de fuego de la que me enamoré, me ha puesto de patitas en la calle. Sin explicación ni criterio alguno. Solo movida por... ¿qué? ¿Rencor? ¿Deseo de venganza? ¡Pero si yo no le hecho nada para que tenga que vengarse de mí!

Me chirrían los dientes al pasar por su lado.

—Gracias por todo —gruño.

—Ha sido un placer.

El tono ligeramente impertinente que empapa cada letra de su frase me clava en el sitio, me gira todo el cuerpo hacia ella y me inflama cada una de mis venas.

—Eso ya me lo has dicho muchas veces cuando estábamos en la ca... —Me muerdo la lengua—. Mira, no. No voy a ir por ahí, porque no me apetece quedar como un subnormal. Bastante ridículo he hecho ya. —Estiro la espalda—. Te he ofrecido lo mejor que tengo, todo lo que valgo. ¿No es suficiente para ti? Perfecto.

No hay problema. Nunca lo ha habido. Nunca, Alma. Al menos, que yo sepa. Aunque lo cierto es que... ya no sé nada. Pero, eh, sí sé gestionar los fracasos. Reinventarme es mi segundo apellido. Buscaré otra casa y volveré a fracasar. Y a triunfar. Todo es parte del mismo ciclo. Si quieres volver a saber de mí, dame unos meses y busca mis fragancias en las reseñas del *New York Times*. Serán unas de las primeras de la lista otra vez. Y con estas mismas fórmulas que tú has despreciado. —Señalo los papelitos secantes que han quedado huérfanos en la cabecera de la mesa y me despido del equipo—. Señoras y señores, recuerden que me marché sonriendo. —Hago una reverencia y me voy.

El problema es que no tengo adónde ir.

7

EL ROBO DE LOS COLORES

Alexander
Jueves, 16 de enero de 1997
Aeropuerto Internacional de Niza-Costa Azul. Niza. Francia

Hoy ha sido el último día en el cole de Francia. Mis compañeros me han hecho un cartel de despedida muy grande. No cabe en la maleta. No me lo puedo llevar a América. Mi nuevo colegio está en Los Ángeles. Mamá me ha enseñado fotos. Me ha gustado mucho. Susana también ha ido a ese colegio. Susana es mi hermana mayor. La quiero un montón, pero la veo muy poco. Ahora la veré más. Eso es guay. No ver más a mis amigos de aquí no es guay. Voy a echar de menos hasta al idiota de Bastien. Papá dice que haré nuevos amigos en California. Y que allí casi no llueve. Y que las playas son muy grandes. Y que desayunaremos tortitas gigantes. ¿Cómo olerá América? Tengo ganas de saberlo. No tengo ganas de olvidar cómo huele Francia. He escondido trocitos en la maleta. Hormigas moradas, pedazos de barro marrón, una piedra gris, un puñado de hierba verde. Los he arropado con papel de aluminio. Están durmiendo dentro de los zapatos de mi maleta. Ahí no los va a encontrar nadie. Ni los señores del aeropuerto que están buscando cosas detrás del arco ese que pita a veces. El ayudante de papá le da a uno de los señores mi maleta. Le digo adiós con la mano. Otro señor la mira con un ordenador. Quiero ver la pantalla yo también. No me dejan. Si lloro muy alto, papá me aupará en brazos para que pueda verlo.

Oh, oh… Creo que no se puede llorar tan alto en el aeropuerto. Ha venido la policía. ¡Están abriendo mi maleta! ¡Me roban mis colores de Francia! Lloro más fuerte. Con lágrimas de verdad. Papá no me aúpa, tiene que irse con la policía. Me quedo solo con el ayudante. Huele a negro. Yo también tengo miedo. Quiero a mi mamá, pero ella está muy lejos. Siempre está muy lejos. No puede oírme llorar ni decir que no quiero irme a otro sitio. No quiero volver a ser el niño nuevo nunca más.

8

UN HOGAR

Alexander
Martes, 12 de marzo de 2019
Mi torre. Sant Cugat del Vallès. Barcelona

—*Más dicha que dolor hay en el mundo. Más flores en la tierra que rocas en el mar. Hay mucho más azul que nubes negras. Y es mucha más la luz que la oscuridaaaaad. ¡Digan lo que digan! ¡Digan lo que digan! ¡Digan lo que digan... los demás!* —El espíritu de Raphael me posee mientras canto a pleno pulmón y me paseo entre las aromáticas del huerto con unas gafas de sol setenteras, el batín de seda abierto y nada más.

Mi ciruelo danza con libertad por encima de los tomillos y las salvias. Él está contento, anoche se lo pasó bien con Eloy. Yo, no tanto. No paraba de pensar en la bruja mala, en la niña de fuego, en mi adorada archienemiga: Alma Trinidad.

—*Son muchos, muchos más, los que perdonan, que aquellos que pretenden a todo condenar. La gente quiere paz y se enamora. Y adora lo que es bello, nada más.* —Alzo los brazos—. ¡Nada más, Alma! Si es bello, es bueno. Y ayer te di de lo bueno, lo mejor. ¡¿Qué más quieres de este pobre *parfumeur*?!

—Yo me conformo con que te ates la bata y cantes algo más moderno, *pesao* —me dice Luisito, que está podando el romero.

Deslizo las gafas por el caballete de la nariz y lo señalo con el dedo.

—Raphael inventó lo moderno. ¡Muestra respeto!

43

Luisito se carcajea.

—Estás muy gracioso con el cacahuete al viento.

—¿Cacahuete? ¡¿Cacahuete?! —Me lo miro—. Bueno, es que está cansadito, el pobre. Si lo hubieras visto anoche...

—No, gracias.

—¡Oh, ya salió el cishetero que tiene que reivindicar su retroconcepto de masculinidad rechazando cualquier cosa que se salga de su molde machirulo!

Luisito pestañea, tijeras de podar en mano.

—No te entiendo.

—Normal. —Al frotarme un ojo, me mancho el dedo con restos de delineador negro—. ¿Qué sabrás tú de la vida con dieciocho añitos?

—Pues sé que, con esas pintas, no hay manera de tomarte en serio.

—¡Uy lo que me ha dicho! —Me llevo la mano al pecho—. ¡Atrévete a repetirlo!

Intento quitarle las tijeras de podar para amenazarle con ellas en vez de con el dedo sucio, pero Luisito las sostiene en alto. El desgraciado me saca seis cabezas y tres cuerpos. Bueno, vale, igual exagero; pero no llego. Trato de placarle, porque soy un optimista, y lo que consigo es incrustar la cara en su camiseta sudada mientras mis pies descalzos resbalan sobre el sustrato. Tanteo la idea de morderle la barriga, mi única baza para vencerlo, cuando un par de pitidos de claxon suenan a lo lejos.

—Creo que es tu jefe.

—¡*Fo* no *fengo fefe*! —farfullo contra su almohada abdominal.

—Bueno, pues el señor ese del sitio donde trabajas. ¿No tenía un Jaguar? —Me levanta por las axilas y me gira la cara hacia la verja de la entrada.

—Pues sí que es Mariano.

—Mariano, Mariano, me la agarra con la mano. —Se ríe Luisito.

Y yo también, porque en el fondo soy igual de crío. En casi veintisiete años todavía no he caído en la trampa de madurar. Y espero no hacerlo nunca.

Camino hacia la verja, bamboleando todas mis extremidades. En el surco que va arando mi exagerado miembro crecerán los calabacines más gordos jamás vistos.

Bueno, eso también es un poco exagerado. Pero, eh, ¿y lo bien que lo uso?

Saludo con la mano a Mariano y lo dejo pasar a mi torre. Viene con cara de arrepentido. ¡Bravo! Me voy a ahorrar la mudanza laboral a ninguna parte.

—¡Qué bueno verte, amigo! —Trato de abrazarlo a la que sale del Jaguar, pero se me escapa como una anguila untada en lubricante.

—¿No vas un poco fresco, hijo? —Me mira de soslayo el pitorro y aprieta con fuerza los párpados—. Así se agarran los resfriados.

—El aire de esta sierra es mejor que la penicilina. —Inspiro hondo con los brazos abiertos y, después me palmeo el pecho—. Sano como una manzana. —También me sacudo el abdomen—. Acero para barcos.

—Vale, pero tápate un poco.

—Lo haré cuando me digas que los Jade de Lladó saldrán en septiembre.

—A ver… —Mariano mueve la cabeza y fija la vista en la fachada de la casona—. Te ofrecí un proyecto más antes de despedirte.

—Y yo acepté.

—Y tú aceptaste.

—¿Pero? —Alzo una ceja.

Mariano me mira con remordimientos.

—Todavía no puedo asegurarte que vaya a poder cumplir con mi palabra.

Pongo los brazos en jarras y meneo el cacahuete para señalarle el camino de salida. Yo me quedaré sin trabajo, pero él se va a ir de aquí con una imagen de mí imborrable.

—Tápate ya, *collons*. —Se cubre los ojos—. Te he conseguido otro ensayo olfativo. Sin repetir las fórmulas ni la presentación del *brief*. Mañana. Solos tú, tu maletín y Alma. —Me cierro la bata con una sonrisa de oreja a oreja—. Y yo, claro.

—Me sobras.

—¿Perdona? —Me busca con los ojos cerrados.

Estoy por darle unas vueltas y pedirle que me encuentre por la voz. Pero no.

—*Hay mucho, mucho más, amor que odio* —le canto antes de estamparle los morros en la frente—. *Más besos y caricias que mala voluntad. Los hombres tienen fe en la otra vida. ¡Y luchan por el bien, no por el maaaaaal!*

Mariano abre un ojo con miedo, se asegura de que mis partes nobles están fuera de su campo visual y suspira con alivio.

—Estás como un cencerro.

—Tolón, tolón. —Sonrío.

Y lo acompaño al salón de la izquierda, antiguas cuadras, para relajarlo un poco con el vermú del pueblo, que a él le pirra y a mí me ayuda con la resaca. Luego, le saco información sobre mi propuesta. Todo el equipo ha alucinado con ella. Todos menos Alma, obvio.

—No es que no le guste en sí el concepto. —Mariano se recuesta en el sofá de cuero con el segundo vermú en la mano—. Es que piensa que no es viable. Sobre todo, en cuestión de plazos.

—He demostrado que soy muy capaz de hacerlo. —Dejo la botella sobre la mesita, antaño banco de carnicero, y me siento en una silla de diseño noruego frente a él.

—Son cinco fragancias, Alexander. Te pedimos una y nos endilgas *cinco.* ¿Por qué tienes que ser siempre tan ambicioso?

—Porque puedo. —Cruzo las piernas; un muslo moteado de masculinidad peluda emerge entre las sedas.

—Y eso es lo que me ha traído hasta aquí: que yo sé que puedes. Ahora toca convencer a Alma.

—Creo que tiene un problema personal conmigo. —Aunque no logro recordar qué le hice…

Lo que sí recuerdo es que dejamos de hablar. Poco a poco. Como una llama que se apaga en la distancia y el silencio. Lo nuestro tuvo una muerte dulce. ¿De dónde sale el odio que guarda ella?

—Alma asegura que no te conoce. Solo sabe de ti lo que le han contado tus perfumes. Y tus cifras de ventas…

—¡Basta ya de numerajos, Mariano! Eso no tiene nada que ver conmigo. Cuentas, a los financieros. A mí, flores, frutas, maderas y aceites. Los números no huelen. No me interesan nada. —Apoyo el codo en la rodilla y la cara, en el puño—. A Alma la conocí en 2008. No voy a darte detalles porque soy un caballero, pero nos relacionamos durante bastante tiempo. Después, perdimos el contacto. Sin discusiones ni nada. Hace unos años, encontré su nombre en una publicación y me enteré de que trabajaba en la industria como química. Y me alegré. ¡Joder, me alegré muchísimo! Y la llamé. Y una voz mecánica me dijo que ya no había ningún abonado con esa numeración. Esa es la única verdad. Por qué finge Alma que todo eso no ha sucedido es lo que no logro entender. —Estiro la mano, agarro la botella y relleno la copa de Mariano, que ya tiene a medias.

Necesito que se le suelte la lengua. Cualquier teoría puede servirme.

—No sé qué decirte… —Bebe y bizquea al tragar. Sus mejillas se arrebolan y sus ojos se achispan. Un hipo muy simpático le sacude el pecho antes de decir—: Quizás está acomplejada.

—¿Por qué?

—Ella… —Otro hipo lo interrumpe—. Ella no entró en la perfumería por la puerta grande, como tú, Alexander. Ella empezó en una droguería de barrio. Circunstancia muy meritoria. Y práctica, pues conoce el negocio de cabo a rabo. Pero, tal vez, a ella…

—Ya, ya. —Lo he entendido y lo estoy procesando—. Alma se gradúa y se pone a currar como dependienta…

—Ama los perfumes tanto como tú.

—Alma es una amante de la química y sus aplicaciones, no solo de los perfumes —le corrijo—. Le interesaba la industria, eso sí.

—Y le encanta el dinero.

—¿Y a quién no? —Resoplo y desenfoco la mirada al concentrarme.

Alma se gradúa en Química y se mete en el primer hueco que pilla dentro de la industria del perfume por dinero. Y se lo gana bien. Joder que si se lo gana bien... Lleva tres años, los mismos que yo en mi torre, cosechando un éxito tras otro con L'Oréal. Y el próximo lo quiere sembrar en Lladó, en mi *maison*... Y será conmigo o no será.

¡O no será!

Me vengo arriba, literalmente. De un brinco planto los pies descalzos sobre las losetas hidráulicas. Mariano se pega al respaldo del sofá.

—Vamos —le digo.

—¿Adónde? —Pestañea.

—A la ducha, cara de trucha. —Lo engancho de un brazo—. Se te tiene que bajar el vermú y el olor a madera de enebro.

—Es de tu primer perfume para la *maison*.

—Y te agradezco que lo sigas usando, pero no puede acompañarnos a la prueba olfativa más impresionante que vas a disfrutar en tu vida.

Y la que va a evitar que estorbe en la que tengo programada con Alma.

—Mejor mañana. —Mariano se mueve con pereza.

—¿Qué mañana ni mañana? Vamos a la ducha, remolón. El champú es del que no pica en los ojos.

9

DOS PIEZAS SUELTAS

Alexander
Miércoles, 13 de marzo de 2019
Sala de juntas de la sede de Lladó. Passeig de Gràcia. Barcelona

—Buenos días —me dice Alma al entrar en la sala con un *total look* de la casa.

No sé a quién pretende engañar con tanta formalidad. Los dos sabemos que debajo de ese traje de novicia hay una vena salvaje más grande que mis calabacines.

Tal vez ha elegido el modelito por una opinión similar a la que me dio ayer Luisito en el huerto: quiere que la tomen en serio.

Ahora me alegro más de haber desoído el consejo de mi jardinero.

Esta mañana he estado a puntito de sucumbir y vestirme con solemnidad, pero me he metido en el vestidor y he encontrado, escondida debajo de la americana gris, la cosita más rebonita que han cosido jamás unas manos: una camisa de raso atigrada. Grrrr… Me ha obligado a combinarla con unos *jeans* acampanados y unos botines, obvio. La *biker* de Lanvin la he escogido por puro exhibicionismo. Ahora descansa junto a mi maletín de boticario, sobre la cabecera de la mesa de la que no se va a levantar Alma hasta que sucumba al placer que le voy a proporcionar con mis ampollas.

He dicho «ampollas», cuidado. Mi cacahuete tiene instrucciones de quedarse hoy en el banquillo. Aunque adoro la frivolidad

—y follar como si se acabara el mundo—, mi locura no llega a extremos de sacrificar por ella mi prestigio profesional.

—Buenos días, señora Trinidad —digo cuando se sienta en el primer puesto de la derecha de la mesa de juntas.

—Nunca repito las pruebas olfativas.

—Te agradezco la excepción. —Abro el maletín.

—Agradézcaselo al señor Lladó.

Ignoro su comentario, porque no quiero darle el gusto de que me desvíe de mi objetivo, y saco un fajo de tiras de papel secante y el primer prototipo. Alma rescata de su bolso un iPad y deja ambos sobre la mesa.

—J.V.L. —Pulverizo la fórmula base del Jade Verde de Lladó sobre un papelito y se lo ofrezco.

Alma sostiene la tira delante de su nariz recta, la huele en silencio, la agita, la vuelve a oler con los ojos cerrados, buscando señales olfativas, los acordes de salida, el corazón, el fondo… Un segundo después, niega con la cabeza y deja el secante a un lado.

—Sigo pensando lo mismo: es demasiado herbal. Predomina el loto. Me recuerda demasiado a *Un jardin sur le Nil* de Hermès.

Que compare mi fórmula con la de Jean-Claude Ellena sería un halago si no lo hubiera pronunciado con esa mueca de asco. Me salto la J.V.L.-1, la variación con estragón que potencia el loto, y le ofrezco la 2.

—Esta me gusta más —dice a la primera inhalación—. El corazón es *tenace*. La salida me empalaga.

—Es por el papel. En la piel, el aceite esencial se funde y abraza el fondo amaderado.

—Veamos. —Se quita la chaqueta.

Debajo lleva una blusa sin mangas. Ha venido preparada. Eso me gusta.

No escondo la sonrisa al ofrecerle la ampolla que ella se pulveriza sobre la cara interior de la muñeca derecha. Agita la mano. Espera. Huele. Piensa. Huele desde otro ángulo. Observa cómo se siente. Porque, al final, un aroma no es más que eso: una sensación. Por eso, hay que probárselo como se haría con unos zapatos o un vestido. La decisión va a depender de lo cómodos que nos sintamos con él.

—Mejora —dice con la nariz pegada a la muñeca. Aspira con fuerza y exhala el aire por etapas, como lo haría cualquier profesional bien entrenado—. Pero no lo suficiente. Hay que afinarlo para que sea comercial.

Esa es la cruz de los *parfumeurs* de este siglo. Los clientes ya no van a un taller, se repantingan en un sillón y beben y comen y charlan con el perfumista mientras se embadurnan de colores hasta terminar saciados. No, chica, no. Hoy, vamos a una tienda, agarramos un bote de muestra, motivados por su irresistible diseño o su nombre aspiracional, y desparramamos la fragancia sobre un cacho de cartoncillo que ni siente ni padece. Si en los primeros segundos no nos enamora, pasamos al siguiente. No tenemos tiempo para más.

—Yo te doy mi arte y que lo afinen en cocinas. —Asiento con la cabeza, rescato la ampolla de J.V.L.-2 y la coloco en vertical junto al maletín.

Alma escribe en el papel secante el nombre, lo guarda en una bolsita con zip y teclea algo en su tableta. Ha aceptado la primera propuesta. Tenemos el prototipo del Jade Verde. ¡Olé yo! Vamos a por el siguiente.

—J.R.L. —Con solo acercarle la tira del Jade Rojo ya percibo que le suena lo que huele.

—Salida cítrica. ¿Grosella?

—Sintetizada. El extracto natural envejece mal. Se enmohece…

—… al contacto con el oxígeno. Lo sé. No me dé lecciones. —Tiende la mano para que le pase el espray. Se lo aplica en la otra muñeca y lo estudia—. Al corazón le sobra pimienta rosa. La flor de jengibre funciona. —Inspira hondo sobre su piel. Frunce el ceño. Esnifa con fuerza—. No percibo el fondo.

—Son fragancias combinatorias. —Me muevo hacia ella—. El Jade Verde es centro del relato, el que se comercializará primero y la llave para abrir el resto de los perfumes. —Me inclino por su espalda y coloco las manos a ambos lados de las suyas—. Con tu permiso… —Le agarro las muñecas.

Ella no logra contener el respingo ni el suspiro entrecortado. Pero no me rechaza. ¡No me rechaza!

Aprieto un poquito los dedos, porque uno no es de piedra, y junto las fragancias. Y las froto. Despacito. Mezclando sobre su piel lo mejor que tengo, lo mejor que soy.

Pensar que estoy derramando mi arte sobre ella me la pone tan dura como la imagen de sus muñecas cruzadas, sujetas por mis manos, acercándose a su cara. Alma inspira hondo, sin miedo. El que está empezando a temblar soy yo.

—Ahora —le digo muy bajito, al oído—, ese fondo herbal que te sobraba le está dando cuerpo al corazón floral y está siendo refrescado por la salida cítrica.

—De todas formas, hay que matizarlo. —Sin hacer ademán de que le moleste que todavía le esté sujetando las manos, vuelve a inhalar pegando la nariz a la piel. Mis dedos rozan sus mejillas. Joder, qué suaves. Qué recuerdos. Qué cosquillas más tontas en la barriga—. Use hoja de tomatera en vez de loto. Es más fresca.

Le suelto las muñecas de golpe.

¡¿Será posible?! Desvergonzada era, pero esto es pasarse de la raya. ¡Tú sí que eres fresca, mona! ¡A mí nadie me dice cómo hacer mi trabajo!

Gruño junto a su oído. La muy bruja ni pestañea. Me muerdo la punta de la lengua unos cuantos segundos antes de mascullar:

—¿Y cómo encaja un tomate en el relato, señora Trinidad?

—Ya se ocuparán los creativos.

—De ninguna manera. —Estiro la espalda. Ella me mira por encima del hombro—. Quiero este proyecto. Quiero permanecer en esta casa y trabajar contigo. Pero no a costa de mi arte. No me pidas que te venda eso.

—Yo nunca te he pedido nada.

Cierro los ojos para abarcar la complejidad de ese tuteo repentino y de su tono, mitad mentira, mitad reproche, todo rencor.

Cuando abro los párpados, Alma Trinidad se ha ido. La que tengo delante de mi narizota es la niña de fuego que conocí. Y es tan bonita, joder. Tan valiente, sensible y única. Una pieza suelta que no encaja. Igual que yo. Dos niños perdidos en un mundo que nos rechaza.

—Alma mía… —Le sonrío.

—¿Se está burlando de mí, señor Ventura? —Me congela con una mirada gélida: Alma Trinidad ha vuelto.

—Ah, es verdad, que jugábamos al escondite. Perdona, se me ha ido. —Me sujeto la frente y me dirijo al maletín—. Pues sigamos… Las variaciones del Jade Rojo no son necesarias, ¿verdad?

Ella asiente con la cabeza mientras se limpia las muñecas con una toallita. Claro que no son necesarias, porque di con su esencia a la primera. Ahora me toca a mí:

—Jade Lavanda.

La variación 2 huele como yo: que da hambre. Despierta a los sentidos, los colma y, luego, los pone a dormir. No es una fórmula, es una experiencia. El bostezo de Alma después de estudiarla me lo tomo como un piropo. El perfume cumple su misión. Otro *check* para la lista.

—J.N.L.-1 —le ofrezco la última tira. La joya de la corona. La que por mis santas narices le va a desbloquear los recuerdos—. Me salto el Jade Naranja base, porque esta variación es mucho mejor.

Alma se acerca el papel a la nariz y cierra los ojos de inmediato. Es el wiski de melocotón y la naranja sanguínea. Una salida que estimula las papilas gustativas más resecas. La veo tragar saliva. Por si acaso se despista, la ayudo a llegar hasta el concierto silbando *Back To Black*.

Sus párpados se aprietan con fuerza. Es incapaz de alejar la tira de su cara por la magia del indol, la molécula que viene a ser como el glutamato monosódico al gusto: no puedes dejar de consumirlo. Es el olor del cuerpo, una de las bases más primarias, la que desata el instinto.

La respiración de Alma se acelera cuando le pulverizo la muñeca, la froto con suavidad para calentarla y la acerco a sus labios. Este perfume entra bien por la nariz; por la boca, es otro nivel.

—Es goloso, complejo, amplio —le digo al oído—. Es un wiski con naranja en una noche calurosa de julio en medio de una marabunta de personas que se rozan, se sonríen, se alegran de estar compartiendo algo más grande que ellos. Es no entender por qué te gusta tanto, por qué no puedes dejar de acercarte, por qué quieres más de algo que no comprendes. Es fundirte con el universo bajo la luz de una luna pálida, de ahí el toque empolvado, para seguir emborrachándote de vida.

Si con esa última expresión, con ese peculiar alarde de memoria, no desbloqueo sus recuerdos, que me entierren con los Prada.

10

TO KNOW HIM IS TO LOVE HIM

Alma
Viernes, 4 de julio de 2008
Ciudad del Rock. Arganda del Rey. Madrid

Coronada regresó cuando el concierto de Jamiroquai ya había empezado y me regañó por ello, como si yo hubiera podido usar mi pase de *backstage* mágico para meterme en los camerinos y pedir que esperaran a que llegara mi amiga, la que estaba pillando los wiskis.

Hice oídos sordos a su regañina y me dediqué a beber. Y Coro también. Y, bueno, en fin…, creo que llegué a plantearme que debíamos bajar el ritmo cuando me vi bailando *La Tortura* de Shakira, pero se me olvidó enseguida, como el rato de después… Solo recuerdo un revoltijo de gente, buen rollo y risas. Y el calor. El húmedo y dulzón calor. Y el par de empujones que recibimos a eso de las dos de la madrugada, antes de caer en la zona electrónica.

Creo que merece la pena aclarar que Coro y yo no caímos allí de forma premeditada: si no se hubieran dado cuenta de que nos habíamos colado, habríamos seguido en la carpa vip. Ahora estábamos rodeadas de un armazón metálico sin privacidad alguna, de luces para inducir a un ataque epiléptico y de cuerpos agitándose al ritmo machacón de vete tú a saber qué.

Por suerte, mi nivel de alcohol en sangre era lo bastante alto para que aquello me pareciera aceptable. El de Coro, no tanto.

Miraba a la gente con cara de susto y daba saltitos intentando que ningún cuerpo sudoroso la rozara. Le ofrecí un poco del combinado que había tomado prestado de la barra vip cuando alguien dijo a mi espalda:

—La chica del *Back To Black*.

Me giré, dejando asomar una sonrisa etílica.

—El chico que bebe gasolina.

Miró mi vaso, y preguntó:

—¿Qué bebes tú? —Sin dejarme responder, me quitó el combinado y lo olisqueó—. Sigues fiel al wiski. Debí haberlo supuesto. Hace juego con tu pelo.

—¿Con mi pelo? —Reí al señalármelo. Lo llevaba suelto y se me pegaba a la nuca sudorosa—. Pero si es rojo, ¿cómo va a hacer juego con el wiski?

—Las chicas de pelo rojo soléis beber eso. O la sangre de vuestras víctimas.

Me carcajeé, porque todo me parecía divertidísimo, y recuperé mi vaso.

—¿Lo sabes porque tu novia tiene el pelo rojo?

—Yo no tengo novias. No practico la monogamia. Y gracias a eso he podido conocer a muchas pelirrojas.

—Anda, un Casanova —me burlé.

—Lo único que tenemos en común don Giacomo y yo es que ambos nacimos en Venecia.

—¿Eres italiano? —Arrugué la nariz—. No se te nota el acento.

—En cambio, el tuyo… ¿De dónde procede esa forma de alargar las últimas sílabas?

—Hablas como un viejo. —Me reí en su cara.

—Como un *vieeejooo* —me imitó hasta la aspiración de la jota—. De Madrid no eres, desde luego.

—Badajoz. —Me limité a decir.

—¿Has venido desde tan lejos solo por ver a la Winehouse?

—Pues anda que tú, que has venido desde Italia.

—Solo nací allí. —Sonrió de medio lado—. Ahora vivo en Málaga.

—Tampoco es que esté muy cerca.

—Me regalaron las entradas por mi cumpleaños.

—¿Cuándo fue?

—Antes de ayer.

—¿Y cuántos te han caído?

—Dieciocho. —Lo pronunció de la misma forma que yo cuando me preguntaban la edad en la puerta de una discoteca: con excesiva seguridad.

—Pues felicidades —le dije—, ya puedes irte de casa.

—¿Es lo que vas a hacer tú cuando los cumplas?

Ojalá... Desde luego, era el deseo que iba a pedir cuando soplara las velas.

—Ya los he cumplido, idiota. —Me reí.

—Tienes la lengua muy larga. —Sacó la suya.

—Como todo lo tuyo sea igual de grande... —Pensé en voz alta.

—Ahora que lo mencionas... —Me dedicó una sonrisa canalla antes agitar la cabeza—: Pues no, tengo un pene muy estándar.

Algo me susurró que también mentía sobre eso. Algo llamado «hormonas adolescentes».

El chico me atraía, era simpático e interesante. Y lo había conocido en pleno despertar sexual, lejos de casa. En mi pueblo no podía darme el capricho de tener un rollo de una noche sin que se enterara hasta el panadero. De ahí a que algunos me colgaran el sambenito de «facilona», «golfa» o directamente «puta», había menos camino que de la panadería a mi casa. Pero allí, en Madrid, con él...

Sonreí y traté de beber para refrescarme la boca, seca por las expectativas, pero una mano tiró de mi hombro hacia atrás y gran parte de lo que me quedaba de wiski, al suelo.

—¡Eh! —protesté.

—¡No aguanto esta música! —gritó Coro—. Y me estoy hartando de la gente. ¿Nos piramos ya?

Miré de reojo al chico de la cara de suspiro entrecortado.

—No me he terminado la bebida.

Coro me la quitó y la acabó de un trago largo.

—Listo. Despídete. Te espero en la parada de taxis. —Se dirigió hacia allí.

—Tengo que irme. —Hice un mohín.

Él se me acercó. Mucho. No le hizo falta levantar la voz para que le oyera pon encima de la música.

—¿Te gustaría quedarte, continuar con la fiesta y seguir emborrachándote de vida... conmigo?

—Sí —dije sin dudar.

—Pues espera.

Se alejó un paso, estudió los alrededores y dio un silbido sirviéndose de los dedos. Un amigo suyo, tan pijo como fingía ser él, alzó una mano. Xander le pidió que se quedara conmigo y echó a correr tras Coro.

No sé cómo lo hizo pero, a los diez minutos, estábamos bailando los cuatro como si fuéramos colegas de toda la vida.

Bueno, en realidad, sí sé cómo lo hizo. Lo aprendí tiempo después. Por las malas.

No hay manera humana de resistirse al carisma de Alexander Ventura.

11

LA FARAONA

Alexander
Miércoles, 13 de marzo de 2019
Sala de juntas de la sede de Lladó. Passeig de Gràcia. Barcelona

Alma tarda unos cuantos minutos en volver del concierto donde la he enviado con la variación 1 del Jade Naranja de Lladó. Por algo el olfato es el sentido de la memoria.

Las células olfativas tienen el don de reconocer los aromas y grabarlos en el cerebro asociándolos con algo: un momento, un lugar, una persona. Cuando la niña de fuego abre por fin los ojos, la leve pátina rojiza que los cubre me comunica que se encuentra en plena resaca emocional.

—Espero que hayas disfrutado del viaje —le digo muy bajito.

Todavía estoy a su espalda, inclinado sobre su oído, sujetándole la mano izquierda. Se la suelto con delicadeza, recupero la ampolla J.N.L.-1 y me dirijo a la cabecera de la mesa para guardarla en un aparte de mi maletín. Aunque tengo tan clara su decisión como que, ahora mismo, todavía palpita por mis perfumes y los recuerdos, le pregunto por cortesía:

—¿Con cuál nos quedamos?

—Con ninguno. —Tras un pestañeo, dirige la vista a su iPad y teclea algo en él—. Condense los elementos más comerciales en un solo Jade y derive de él otra *eau de toilette*.

¡Uy lo que me ha dicho!

—Un Jade multicolor..., arcoíris. —Dibujo una bóveda con las manos—. ¡Qué gran idea! ¿A la colonia la llamaremos «Chispas»? Dime que sí, y que le pondremos una estrella en el taponcito.

—Eso ya se ha hecho —dice muy seria. Está tan concentrada en sus notas que no me capta ni la ironía—. Será un Jade... —Se da unos toquecitos en la nariz, alza las cejas y me señala con el dedo—. Un Jade Blanco.

—¡Te pillé! —Me defiendo dirigiendo mi índice contra el suyo.

Me apetece iniciar una batalla de esgrima digital, pero igual no es el momento; a su cara se le ha ido todo rasgo de cordialidad. Me fulmina con el acero de su mirada antes de decirme:

—Señor Ventura, o aprende a comportarse o le cedo el proyecto a otro perfumista.

—Señora Trinidad —le imito el tonito repelente—. Estoy empezando a cansarme de que me hable de usted para marcar una distancia que entre nosotros nunca debió existir. —Me acerco a ella despacio, para que sea muy consciente de mis movimientos y pueda actuar en consecuencia. Me preparo para esquivar un buen tortazo, por si acaso—. Lo del Jade Blanco te ha delatado. Pocas personas conocen mi costumbre de asociar un conjunto de aromas grande y desordenado con ese color en concreto. Tú eres una de esas personas. Sabes quién soy: el mismo de siempre. Y yo te conocí muy bien, aunque me cuesta relacionar a aquella chica con la mujer que tengo delante. —Me apoyo sobre la mesa y me inclino para que hablemos cara a cara—. Fingir que no hemos compartido un pasado, feliz si me lo preguntas, es tan injusto, incluso tan cruel, como robarme mi idea, corromperla y ponerla en manos de un aprendiz.

Ella rehúye mis ojos y fija los suyos en mi camisa atigrada. Logro captar su respiración, ahora tan de cerca, y es igual de rápida que la mía.

—No es corromper la idea, es simplificarla. No podemos lanzarnos con unos perfumes combinatorios. —La vista se le desvía hacia mi boca—. Es demasiado arriesgado.

Me humedezco los labios y le muestro la punta de la lengua, sujeta por los dientes que tanto placer le proporcionaban cuando le mordían ese punto del cuello que está latiendo al mismo ritmo frenético que mi añoranza por ella.

—Los verdaderos consumidores de perfumes suelen combinar varias fragancias —pronuncio. Aunque lo que en realidad le digo es: ¿por qué no me llamaste más? ¿Nunca me echaste de menos?

Ella traga saliva y vuelve a fijarse en mi camisa para replicar:

—¿Y qué hay de la gente que ahorra para comprar un perfume que usa a cuentagotas?

Yo ya no puedo pensar en nada que no sea en matarme de nuevo en sus labios.

—No son los clientes que buscamos —atajo la conversación y la distancia entre nosotros.

Ella aprieta los muslos. Su aura se cubre de una nube púrpura, toda deseo, piel y ganas. Sus ojos no se apartan de mi camisa. Su respiración se descontrola.

Ay, Alma… Tú lo que quieres es que te coma el tigre.

—Yo decidiré qué clientes son nuestro objetivo, señor Ventura. Usted limítese a su nariz.

Siseo. Siempre me ha encantado que me toque los huevos, aunque se ponga un poco bruta. Sobre todo, cuando se ponía un poco bruta.

—Es lo que intento, señora Trinidad: limitarme a mi nariz. —Si pudiera dar rienda suelta al resto de mis apéndices, ya estaríamos tumbados sobre la mesa—. Y mi nariz, mi único y absurdo talento, me dice que lo que te he ofrecido es bueno. Muy bueno.

—Y muy caro. Solo el *concentré* del J. N. L.-1 rondará los ciento cincuenta euros.

Me enfrío un poco al escucharle hablar con tanta vulgaridad del precio del kilo del compuesto —la pasta de esencia pura que se disolverá en alcohol para ser embotellada— de una joya como el Jade Naranja. Pero eso es lo que ha quedado de la industria hoy en día: una guerra de cifras de producción y ventas… que también puedo luchar.

—El de Chanel Nº 19 cuesta mil quinientos euros —replico.

—Porque se permitieron el lujo de utilizar raíz de iris. Lujo que les salió demasiado caro una vez en el mercado. No podemos repetir sus errores incluyendo jazmín indio en los cuatro Jade.

—¡Pero es parte del hilo conductor!

Alma niega con la cabeza.

—Lo siento.

Hombre, por fin algo de humanidad...

—Y lo de tratarme como a un desconocido, ¿también lo sientes?

No me responde. Recoge sus cosas y se pone en pie.

—El señor Lladó me espera para que le informe del resultado de la prueba.

—Vale, vamos.

—Conozco el camino, no hace falta que me acompañe.

Me paso por el forro de los botines su comentario y salgo detrás de ella de la sala de juntas.

Alma aprieta el paso por el pasillo. Yo también. Llegamos al tiempo a la puerta del despacho. Consigo ganarle la carrera cuando ella se detiene para llamar y yo entro directamente.

—¿Y bien? —me pregunta Mariano.

—Hay que modificar el verde. El resto, le ha encantado.

—Lo sabía. —Mariano se frota las manos detrás de su escritorio—. ¿A que el rojo es exquisito? —le pregunta a Alma.

—Incomparable. —La miro al retirarle una de las sillas.

Ella se sienta en la contigua, cuadra los hombros e inspira hondo.

—El concepto de fragancias combinatorias no es comercial y no encaja en el presupuesto.

—A ver las cifras —le pide Mariano. Alma le pasa su iPad—. Mare de Déu, Alexander.

—Es lo mejor que he hecho. Y lo sabes. Y ella también.

—No, si calidad no le falta...

—... lo que le sobra es coste. —Alma y su costumbre de terminar las frases de los demás.

—Vosotros decidís lo que queréis vender: lujo o churros. —Me cruzo de brazos.

—Busquemos un término medio. —Mariano nos mira a los dos—. Os lo pido como un favor personal. Saquemos adelante este proyecto, por Lladó.

Tres horas después, ¡tres!, Mariano abre la puerta del despacho. Está feliz como un niño chico con una bici nueva. Alma me cede el paso, un poquito más dispuesta a tratar conmigo que a primera hora de la mañana. Y bastante más que ayer... Algo es algo. Me marcho contento. Con ella y con el que suscribe.

La verdad es que me he comportado como un profesional. Mis conocimientos sobre el mercado internacional de materias primas nos han enfocado hacia la solución del problema de los aburridísimos costes. Mi solvencia como un perfumista en toda la magnitud de la palabra, no un simple junta-ingredientes, ha quedado demostrada y, gracias a eso, me he ganado el respeto laboral de la inflexible señora Trinidad. La espero en el pasillo mientras se despide de Mariano. Esta vez no parece molesta por que caminemos juntos, par a par.

—Bueno, no te vas con la fórmula del *jus*, pero no ha estado mal. —Sonrío.

Ella niega con la cabeza y fija la vista en el ascensor. Me extrañaría mucho que fuera a utilizarlo.

—Está peor que mal. Son cinco fragancias. No vamos a llegar al plazo previsto.

—Déjamelo a mí y dame tu nuevo número.

Alma se detiene a la altura de las escaleras de mármol, que se abren a nuestra derecha.

—¿Mi nuevo número?

—Sí, el antiguo está dado de baja desde hace, por lo menos, tres años.

La sorpresa se desnuda en sus ojos. Ella la viste pronto de arrogancia.

—Te lo voy a decir por última vez: no te conozco. Nunca te conocí. Y no tengo ninguna intención de conocerte en un futuro.

—Me emocionaría por su salto al tuteo, si no lo hubiera enturbiado con un doble sentido que no alcanzo a interpretar—. Tú y yo solo somos jefa y empleado. ¿Entendido?

Silbo hacia dentro. Eso sí lo he pillado y me hace gracia que se crea que va a ganar ese juego de roles. Ella y yo siempre fuimos dos iguales, las dos mitades astilladas del lápiz con el que escribimos nuestra historia. Que ahora pretenda ponerme un collar y pasearme solo puedo tomármelo como un divertimento. Voy a seguirle el rollo tirando de la correa y meneando el rabito.

—Entendido, jefa. —Le señalo la escalera. Comenzamos a bajarla—. ¿Te permites tomar café con tus empleados?

—No tomó café.

Pues bien que lo pidió para reventarme la prueba olfativa.

—Eres una ca... —Me trago un par de sílabas—. Una café-*hater*.

—Soy *hater* de todo lo que me perjudica.

¡Ay, qué torta más rica! Me la guardo como pista. Ya intentaré averiguar en qué la perjudiqué.

—Así que ni bebes café... ni fumarás, obvio..., ni osarás juntarte con hombres licenciosos. —Llegamos al primer rellano.

—Lo que haga o deje de hacer no es asunto tuyo.

—Cierto, jefa. —Sonrío de medio lado—. ¿Y vermú? ¿Te permites tomar vermú con tus empleados?

—¿Vermú? —se burla—. ¿Qué tienes, sesenta años?

—En unos meses cumpliré veintisiete. Como tú. Y como la Winehouse cuando falleció. —Los dos lloramos juntos ese día.

—Pertenece al Club de los 27. Estoy al tanto. —Cruzamos el *hall*.

—¿Llegaste a hacerte el tatuaje de la herradura?

—Otra vez... —Se sujeta el puente de la nariz—. ¿Es que no me has escuchado?

—Vale, vale. —Alzo una mano y, con la otra, le abro la puerta de la calle—. No nos conocemos de nada, jefa. Pero el vermú nos lo tomamos, ¿verdad?

—No le encuentro el sentido a que tú y yo pasemos hoy más tiempo juntos. Y menos en un bar.

—Pues vamos a mi casa. Tengo un vermú de pueblo que te va a dejar patas arriba. —Ojalá, por favor—. Te puedo enseñar mi estudio, mi colección de frascos, mi huerto... —El ciruelo...

—Es que no se entera. —Alma se frota la cara y se me acerca. A un palmo de mi boca, tan cerca que siento su aliento sobre los labios, me dice—: No, Xander. Nunca más. Se acabó.

Y yo me suelto la correa de inmediato, me deshago de la frivolidad y agacho la cabeza en señal de acatamiento, porque solo sí es sí y ella ha dicho «nunca».

Aunque también haya pronunciado la versión de mi nombre que hizo suya, se acabó.

Al final, la canción del día era esa de María Jiménez, no *Que me coma el tigre* de La Faraona.

12

MI DORMITORIO

Alexander
Miércoles, 13 de marzo de 2019
Mi torre. Sant Cugat del Vallès. Barcelona

Lo entiendo.

Después de diseccionar sobre mi cama toda la información obtenida durante la última semana y de dos millones de reproducciones de *Se acabó*, he logrado entender a Alma.

Bueno, más o menos.

—*Todo lo que yo te haga, antes ya tú me lo hiciste* —canto por enésima vez.

Eloy se tapa las orejas con la almohada. Está hasta el moño de mí. Ha venido buscando rumba, pero no esperaba a María Jiménez. A mí me flipan las folclóricas por su culpa, pero a él no le gustan los tríos.

—Eso no tiene sentido. ¿Antes tú ya me lo hiciste? ¡De eso nada! Yo no te traté como a una perra. Jamás. —Sigo en mi bucle, cantando las estrofas que más me escuecen—. *Solo sé que no te quiero, mi amor se fue con los años...* A ver, tampoco es que yo siga enamorado de ti, pero me encantaría averiguar por qué me odias. Ayúdame a entenderte... *Tú no me vengas con pamplinas, ni me pidas que te ayude. Cuando te necesitaba, yo jamás de ti tuve...* Entonces es eso, que te fallé. ¿Cuándo? ¡¿En qué?! —Me abrazo a la almohada y la muerdo.

No lo entiendo. En realidad, no lo entiendo en absoluto. Me falta información. Y solo la tiene ella.

—Mira, me voy. —Eloy se levanta de la cama, se pone los pantalones y me observa con la camisa abierta.

—Venga, hasta luego. —Lo despido con la mano.

Solo quiero estar con Alma, con sus recuerdos: lo único que me queda de ella.

Se me está pegando el drama.

Revuelvo las sábanas para buscar el móvil y paro el bucle de Spotify; el de mi cabeza no puedo detenerlo. Me quedo pillado en el pomo de latón de la esquina inferior izquierda de la cama. Ni parpadeo hasta que oigo el portazo de Eloy.

—Tampoco te vayas tan ofendido, que yo he tenido que pirarme de tu casa por un *match* de Tinder... ¡millones de veces! —le grito a la puerta cerrada.

Salto de la cama y busco el batín.

—¿Dónde lo habré dejado? —Me rasco la coronilla—. ¡Ahí estás!

Rescato el batín de debajo de la descalzadora, me lo echo al hombro y agarro el móvil.

—Si por lo menos me hubiera dado su número...

Le mando un mensaje a Eloy. En cuanto salga del bucle, me disculparé también en persona por ser un insoportable, pero antes marco un contacto del que tirar del hilo de Alma.

—¿Mariano? ¡Hola, majo! ¿Qué tal se está dando la tarde?

—Pues igual que la mañana, Alexander. ¿Qué quieres?

—¿Qué voy a querer? ¡Hablar un rato con mi presidente preferido! ¿Qué vas a cenar?

—Tus rodeos me están subiendo la tensión. Ve al grano, por favor.

—No sé si «grano» es la palabra para definir a la nueva directora artística. Tal vez, «forúnculo»...

—Me ha prohibido darte su número.

Bruja mala.

—¿Y quién te lo ha pedido? Con su dirección me conformo.

—Sí, claro, ¿y qué más? —Se ríe.

—Bueno, pues dame una pista. Yo voy soltando monumentos emblemáticos de Barcelona y tú me dices, frío frío, caliente caliente, ¿vale? A ver..., El Bagdad.

—*Mare de Déu*, Alexander. ¿Una sala erótica es lo que tú consideras un monumento?

—Más que la Sagrada Familia.

—Voy a olvidar lo que acabas de decir y a terminar esta conversación por el bien de los dos. Nos vemos en una semana. Alma va a venir solo para llevarse las fórmulas de los jugos. No nos hagas quedar mal.

—¿Y de dónde va a venir exactamente?

—De donde la traiga el AVE —se burla—. Olvídate ya del tema, hijo. Y ponte a trabajar.

Ya te digo que me voy a poner a trabajar. Me voy a estudiar de cabo a rabo las rutas de la estación de Sants.

Mierda, pues sí que hay... Debo cambiar de estrategia. La de investigarla en redes sociales tampoco funciona: tanto ella como Coro siguen teniendo cuentas privadas.

Arrastro los pies desnudos mientras lloriqueo de camino al baño de la *suite*, que es casi tan grande como la habitación. En la ducha sigo en modo plañidera.

En albornoz, me dirijo al invernadero, pataleo, suspiro dramáticamente, me siento a la mesa del ordenador y abro la hoja de cálculo.

⁕⁕⁕

Los siguientes días los paso entre ingredientes, códigos de producto, medidas ajustadas a mililitros y precios desorbitados por kilo.

Durante ese tiempo, me intento cortar las venas a mordiscos unos cuantos trillones de veces y pienso en Alma a cada momento.

La noche antes de la reunión ni siquiera duermo. Por la mañana, conjunto las ojeras con un jersey de mi padrino, que en paz descanse, y los pantalones más normales que encuentro en el vestidor.

Lo de ponerme zapatillas no sé si me lo perdonaré algún día, pero, en fin, culparemos a la desesperación. En vez de sombrero, agarro un gorro —¡de lana!— y lo escondo en una mochila junto con una sudadera de algodón. Necesito unas gafas de sol que pasen desapercibidas, por eso le robo las suyas a Luisito antes de arrancar la tartana y escaparme a toda prisa de mi torre.

La reunión está siendo un éxito. Vamos a salir del despacho de Mariano con los cuatro perfumes iniciales y un amago de una nueva *eau de toilette* que, de momento, es más un caldo de ranas que un caldo superventas, pero que me comprometo a arreglar antes de la próxima reunión: la última del mes. A partir de entonces, me quedarán solo dos para cumplir con mi misión.

Me apostaría la nariz a que mi permanencia en la casa está asegurada, pero, por si acaso, me voy a dar prisa con lo más importante: que Alma confiese que me conoce y me abra los brazos, las piernas y el corazón. Me da igual el orden.

—Nos vemos la semana que viene —nos dice Mariano desde su silla.

Al otro lado del escritorio, Alma guarda su iPad en otro bolso de la casa.

—Vigila a los publicistas —le dice Alma a Mariano—. El ayudante de Paco no me gusta un pelo.

—Natural, es un ignorante —digo—. ¿Te fijaste en cómo intentaba atrapar los matices en la prueba? Así, agarrándolos a puñados...

Alma me dedica una mirada perpleja. Y no me quejo, oye; hoy es la primera vez que posa sus ojos en mí más de un segundo.

—Si no traes la fórmula de la colonia, la cancelaré. Y ya sabes lo que va a suponer eso para tu objetivo de ventas.

—A mí nunca se me ha escapado un objetivo. —Le sostengo la mirada.

—Si eso fuera cierto, yo no estaría aquí.

Madre, la de resentimiento que hay metido entre las líneas de esa frase...

Frunzo el ceño y me adelanto. La idea de haberle provocado algún daño, por pequeño que sea, me hace sentir como una mierda. Reseca. Pegada en la esquina de un urinario público.

Necesito saber y, más, remendar lo quiera que le hiciera, porque esta mujer me importó de verdad.

Al margen de los sentimientos románticos —que los hubo, y bien bonitos— y del sexo —joder, el sexo con Alma era otro nivel, el jefe final del mejor videojuego del mundo—, además de todo eso, yo llegué a querer a esta mujer por quien era. Por su fuego y sus contradicciones, por su hambre y su vacío. La quise como persona, normal y compleja, y ella me aceptó como a un igual.

Si hoy Lladó es mi casa, Alma fue mi dormitorio: el lugar donde me desnudaba, también de ropa; donde me sentía seguro; donde soñaba. Y esa mujer —cómplice, compañera, musa— se me está escapando de camino hacia la puerta.

—Me piro, vampiro —le digo a Mariano.

Él me entretiene con un par de instrucciones que no me apetece escuchar y, por su culpa, al alcanzar el pasillo, no veo a Alma. Se me ha escapado. ¡Esprint!

Giro en la escalera con un chirrido de zapatillas, bajo a lo loco y no me mato en el descansillo de puro milagro. Me como a uno de Diseño en el segundo tramo. ¡Puaj!

—¡Mira por dónde vas! —me chilla.

—Perdona, es que me he mareado con tu colonia de mierda.

El señor fétido dice no sé qué más, pero no le presto atención porque he localizado a Alma y está saliendo del edificio.

¡Lo que me gustaría tener un *walkie* para gritárselo a un equipo! «¡Está saliendo del edificio! ¡Inicio de la fase 2!».

Chan, chan, chanchan, chan, chan...

La música de Misión Imposible me está poseyendo.

¡Píruli, píruli, píruli!

Alma alcanza la calle.

Donut.

Me pongo el gorro de lana, la sudadera y las gafas, y salgo tras ella. Está parando un taxi. ¡De puta madre!

Siempre he querido hacer esto, y lo he hecho un millón de veces, pero nunca he tenido oportunidad de que fuera por un motivo real. Me meto en otro taxi y grito:

—¡Siga a ese coche!

—Ya me ha tocado el colgado de turno.

Tiro dos billetes de cincuenta en el asiento del copiloto y repito la orden. El taxista tarda poco en unirse a la fiesta. Yo, menos en darme cuenta de que vamos a Sants.

Saco el móvil y abro la página para comprar un billete de tren. Ahora ya solo me falta averiguar adónde me lleva de excursión la niña de fuego.

13

YOU SENT ME FLYING

Alma
Viernes, 4 de julio de 2008
Ciudad del Rock. Arganda del Rey. Madrid

Cuando Coronada y el otro chico se fueron a por bebida a la barra de la zona electrónica, yo aproveché para acercarme un poco más a Xander.

Jo, me gustaba hasta su nombre. Me resultaba tan raro y carismático como él.

—¿Dónde se han metido el resto de tus amigos? —le pregunté en voz baja.

Él hizo lo que esperaba: se pegó a mí para que le repitiera la pregunta. Su aroma, así de cerca, me estimuló las papilas gustativas. Me dio hambre. Tragué saliva y apoyé una mano en su hombro para susurrarle al oído lo de sus amigos.

—Se han ido hace una hora —me contestó.

—Y tú te has quedado… ¿Por si caía algo?

Él me sonrió de medio lado antes de confirmarme:

—Por si caía *alguien*.

Procuré que mi sonrisa no fuera demasiado explícita, pero el exceso de alcohol y ganas no me lo permitió.

—¿Y ha caído? —Pestañeé, coqueta.

—No lo sé. Dímelo tú. —Se inclinó sobre mi cuello.

Yo deslicé la mano hasta su torso y no me privé de sobárselo un poquito. Su sonrisa me animó a que siguiera explorando.

—¿Haces esto mucho? —le pregunté.

—¿El qué?

—Permitir que te toque una desconocida. —Recorrí con los dedos el centro de su tórax; el corazón le iba tan rápido como el ritmo del tecno machacón que nos destrozaba los tímpanos.

—Si te digo que es la primera vez, ¿vas a creerme?

—No.

—Entonces, ¿para qué me preguntas? —Rio.

Yo también reí, porque me gustó que no intentara engañarme en eso. Acaricié la parte alta de su abdomen, que se infló de forma súbita. Lo imité, inspirando hondo y despacio. Estaba empezando a marearme con tanto estímulo.

—Parece que Coro y tu amigo se han caído bien —dije.

—Eloy se lleva bien con todo el mundo.

—Coro es muy selectiva.

—¿Y tú? —Se inclinó hacia mi oído—. ¿Cómo eres tú?

Qué gran pregunta. Por entonces, me la repetía a diario. Porque me sentía diferente, especial, pero nada de lo que hacía daba indicios de que lo fuera. Tenía una vida normal y corriente, muy limitada por la falta de alicientes que encontraba en el pueblo, en el instituto, en el empleo que iba a aceptar oficialmente aquel verano; el mismo en el que ya había trabajado antes, sin más remuneración que una triste propina que había metido en la hucha. Ahorraba para algo especial. Y en aquel momento lo estaba disfrutando. Aquella escapada a Madrid para ver a Amy Winehouse era lo más emocionante que me había pasado en la vida. Y no quería que acabara. Nunca.

—Yo soy... así. —Bajé la mano hasta su cintura y colé el dedo índice en una trabilla de su pantalón.

Con un tirón lo acerqué tanto a mí que tuvo que echar el cuello atrás para mirarme a los ojos. Los míos se fueron directos a su boca. Jo, los piquitos del labio superior eran tan sexis... ¿Qué tal sabrían?

—Eres fuego. —Me sonrió—. La niña de fuego.

Perdida en el movimiento de su boca, sentí cómo me rozaba un costado y la espalda. Jugó con las puntas de mi pelo rojo al consumir los escasos centímetros que separaban nuestros alientos. Cerré los ojos para recibir su primer beso.

Gran error.

Cuando perdí el sentido de la vista, el resto se mezclaron y empezaron a dar vueltas. Todo giraba demasiado deprisa. Tuve que apoyar la cabeza en su pecho.

—No me vomites encima, por favor —me dijo al oído.

Yo me reí, tratando de controlar la borrachera a base de respiraciones cortas. Cuando empecé a hiperventilarme, Xander me sujetó por la cintura y me fue conduciendo entre la gente hasta que llegamos al barracón prefabricado de los baños. En la puerta, se aseguró de que podía mantenerme en pie sin ayuda y me abandonó a mi suerte.

No sé cuánto tiempo estuve allí dentro. Hacía mucho calor, de eso sí me acuerdo. Me tuve que hacer un moño como pude cuando empecé a sudar como una condenada. Conseguí vaciar el estómago, la vejiga, refrescarme y escribir a Coro, y creo que solo me caí un par de veces. Tres como mucho. Al salir, lo encontré a unos metros de la puerta, con una botella de agua en las manos.

—¿Estás mejor? —me preguntó mientras se acercaba.

—Eso creo.

Me ofreció la botella y yo le di las gracias antes de beberme casi la mitad del contenido. No dejaba de mirarme. Me sentí avergonzada. Seguro que cuando me había llamado «niña de fuego» no esperaba terminar cuidando de una borracha que vomitaba.

—Perdona el numerito. —Enrosqué el tapón azul en la botella.

—¿Qué numerito? —Frunció el ceño. Señalé a mi espalda, a la puerta de los aseos—. Eso no ha sido nada. Deberías haberme visto el fin de semana pasado.

Le agradecí con una sonrisa que le quitara importancia.

Él también me sonrió con la vista fija en mi cara. Tragué saliva y me apresuré a buscar un chicle en el bolsito... por si acaso.

—Te lo habrán dicho muchas veces... —murmuró—, pero tienes unos ojos preciosos.

Me encogí de hombros.

—Solo son de un color un poco diferente.

—No es solo por eso. Son grandes, rasgados, felinos. También es verdad que el color es una pasada. ¿Qué es? ¿Humo, plata...? —Se acercó—. Es plata, sí. De la hoja de los olivos que hay en tu tierra. Tienen un puntito verde y ese matiz metálico, que combina genial con tu olor sanguíneo.

Lo de «sanguíneo» me sonó regular. Me acerqué el hombro a la nariz.

—Es que he sudado mucho. —Eché un paso atrás—. Ahora, cuando venga Coro, lo soluciono. En mi bolso no me cabía la colonia.

—Tu sudor es mil veces más apetecible que el CK One.

Le sonreí, un poco confusa.

—Que sepas identificar las colonias de chica me inquieta.

—Los olores no tienen género. Los perfumes lo tienen solo desde el siglo xx. Además, CK One se vende como unisex. Y dejo aquí el tema de las fragancias para que no te inquietes más. —Me quitó la botella de agua con una sonrisita burlona y, después de darle un trago, me preguntó—: ¿Damos un paseo?

—Le he dicho a Coro que iba a estar junto a los baños.

—¿Te ha respondido?

Miré el móvil y negué con la cabeza.

—Pues déjala que se lo pase bien con Eloy. Ya te llamará cuando quiera algo.

—¿Tu amigo es de fiar? —Guardé el teléfono.

—Tanto como yo.

—Eso no me dice nada.

—Y tu instinto, ¿qué te dice?

—Buf, no sé, lo tengo un poco perjudicado. —Me recoloqué los pelos que se me escapaban del moño.

—Venga, vamos a andar un poco, te sentará bien.

Empezamos a caminar hacia la explanada, ahora casi desierta, para evitar el gentío que se arremolinaba alrededor de las barras y la carpa vip. La madrugada había traído algo de brisa, que se agradecía mucho: por fin notaba cómo se me iba secando la nuca.

—Te queda bien el recogido —dijo señalándolo.

—Me asaba de calor.

—No me extraña. Creo que eres la única que ha venido en vaqueros largos.

—Los tuyos lo son.

—He dicho la única. En femenino.

—Ah, ya. Es que resulta que... —Me callé.

Y creo que mi cara perdió un par de tonos, porque él me miró con preocupación.

—¿Te estás mareando otra vez? —Negué con la cabeza—. Algo te pasa. Te has puesto blanca.

—Habrá sido el bajón del pedo.

Me adelantó e hizo que me parara.

—A ver... —Se quedó pensando un segundo y luego soltó una carcajada—. Esto va a sonar fatal, pero ¿me dices cómo te llamas?

Me reí por haber estado a punto de meterle la lengua hasta la campanilla sin haberle dicho ni mi nombre.

—Alma.

—Alma. —Nunca nadie me había sonreído tan bonito al nombrarme—. ¿Te doy la mano o la chocamos?

A los dos nos pareció graciosísimo. Nuestras carcajadas no pararon en un rato. Se le olvidó hasta lo de los malditos pantalones largos. Yo respiré aliviada por no tener que explicar que no me había dado tiempo a depilarme —por entonces todavía me preocupaban este tipo de cosas— y me concentré en disfrutar del paseo. Inocente. Como lo éramos nosotros entonces: dos niños jugando a ser mayores en un mundo que no entendíamos.

Hablamos mucho. Al principio de música; de Amy, la que sin saberlo nos había presentado. Que Xander ya la hubiese visto antes en concierto, me dio una envidia tremenda. Había viajado tanto... Yo, en cambio, no había salido de la Península. Solo había cruzado la frontera con Portugal y porque me pillaba supercerca.

—¿Dónde te gustaría ir si pudieras? —me preguntó.

—Me da igual mientras esté lejos. Lo más lejos posible.

—¿Por acumular millas de vuelo o por necesidad de escapar?

—Me da miedo volar. Y ni siquiera tengo una tarjeta donde acumular las millas esas.

—Pero la tendrás. Y superarás tus miedos. —Dirigió un dedo al cielo—. Volarás tanto que terminarás harta.

—Anda, un optimista.

—Shhh... —Se puso el dedo sobre los labios—. Estoy intentando ganarme una reputación de tipo serio y formal, guárdame el secreto.

Al bordear el escenario Mundo, le pregunté qué tal era eso de haber vivido en tantos países. Sonaba tan *hippie*... Él me entretuvo un buen rato hablándome de sus experiencias y de lo mucho que había crecido con ellas y, al final, terminó confesando:

—Pero habría cambiado todos esos viajes y vivencias por una casa fija. Un verdadero hogar. A veces... Muchas veces, siento que no pertenezco a ningún sitio, que solo estoy de paso por la vida de los demás, que nunca me quedo lo suficiente para dejar o que me dejen huella.

Le acusé de ser demasiado profundo para esas horas de la madrugada, escondiendo en el ataque lo mucho que me había impresionado. Además de guapo, sensible y reflexivo. Jo, es que lo tenía todo. Era el chico con el que habría soñado si hubiera sabido que podía existir.

—Mi madre me dice mucho que soy demasiado dramático —se rio de mi acusación.

—La mía, que recoja mi cuarto.

—¿Eres desordenada?

—Ella es demasiado controladora. Igual que mi padre.

—¿A qué se dedican?

—A... la artesanía. Trabajan con las manos. —Eso no era mentira—. ¿Y los tuyos?

—También tienen profesiones liberales.

—¿Son traficantes? —bromeé.

—Mi padre trabaja con el cuerpo y mi madre lo inmortaliza.

—Industria del porno, entonces.

—Justo. Y yo he heredado el talento de mi padre. —Adelantó las caderas.

—Sí, seguro —me reí.

Su sonrisa se volvió pícara al mirarme de reojo.

—¿Me estás pidiendo que te lo demuestre?

—Para nada.

—¿Y me lo vas a pedir más tarde?

—No lo sé.

—Una indecisa… ¿Qué le vamos a hacer? Casi me tranquiliza que no seas tan perfecta como parecías.

—¿Perfecta, yo? —Reí—. Creo que estás más pedo de lo que aparentas.

—Es posible, pero yo te veo así.

—Claro, porque no me conoces.

—Bueno, todavía nos queda mucha noche, ¿no?

Su móvil interrumpió mi respuesta.

Era Eloy.

Y había perdido a Coronada.

14

DE MAYOR QUIERO SER UN SILLÍN

Alexander
Miércoles, 13 de marzo de 2019
Vagón del tren AVE. Estación de Sants. Barcelona

Si alguien me hubiera dicho esta mañana que terminaría en un AVE con destino a Madrid, disfrazado de *skater* sin patín..., pues tampoco me habría extrañado tanto, porque en peores me he visto. Por ejemplo, el día que amanecí en Guarromán, en un restaurante de carretera especializado en flamenquines, con un vestido de novia, un casco de gladiador y un...

—¡Mierda, que viene! —Me aovillo en el asiento y coloco la mochila en la mesita para esconderme de Alma.

Ella viaja en el vagón de delante, el mío pilla al lado del bar. Creo que se dirige hacia allí. Como se pida un café, no me controlo...

Ay, menos mal. No me ve, va mirando al frente. Oteo por la tira por donde se cuelga la mochila y echo de menos un periódico con dos agujeros. ¡O un arbusto! Podría ocultarme en él, moverme de esquina a esquina y hasta echar una meadita.

Alma pasa de largo y yo gesticulo un agradecimiento al cielo. El tipo del asiento de enfrente me contempla con las cejas en alto.

—¿Te doy una foto? —le pregunto—. Te va a durar más tiempo que el retrato al óleo que me estás haciendo.

Mientras él bizquea, me pongo de rodillas en el asiento para mirar hacia atrás. A través de los dos pares de puertas de cristal, veo que le sirven un refresco en vaso de tubo. Se acerca con él a las ventanas. *Mamma mia*, qué culazo. En eso no ha cambiado nada.

La mirada vacía también me la conozco, me veo reflejado en ella. Uno de los motivos por los que alargamos tanto lo que, en principio, fue solo una casualidad mágica es que los dos necesitábamos llenar el vacío existencial que llevábamos encima. Ella, por falta de estímulos. Yo, por exceso.

¿Y si me acerco ahora? ¿Y si le suplico que me escuche, que me hable, que me recuerde?

«Se acabó», me dicen al oído.

En vez de un diablo y un ángel, llevo en un hombro a María Jiménez y, en el otro, a Emma Watson con una pancarta que grita «¡Acosador bueno, acosador preso!».

Pero yo no soy un acosador. En absoluto. Solo voy a Madrid porque me apetece un bocata de calamares. Y una Mahou. Hace tanto que no piso la capital del reino... Alma jamás vivió en ella. ¿La usará de enlace para ir a otro sitio? ¿Cuánta batería me queda? En mi plan, no he previsto meter el cargador. Ni una muda. Y a los calzoncillos se les puede dar la vuelta, pero quedarme sin móvil...

—¡Mierda, que vuelve!

Ay, menos mal. Otra vez pasa de largo. Con ese culazo... ¡Quien fuera sillín para hundirse en esos glúteos! No son grandes, no son chicos, no son respingones, pero son prietos. Tan duros como me ponía yo cuando los sobaba a dos manos. Y es que tenían un tacto... Suave al principio, como el tono empolvado de los aldehídos; rico en contrastes al presionar, como la cáscara de la nuez moscada; caliente como el azafrán molido en un mortero de piedra. Podría hacerle un perfume a ese culo. Hasta una línea completa. Para el *body milk* utilizaría ingredientes de cosecha propia.

Con la imagen de mi semen regando las nalgas de Alma muerdo la trabilla de la mochila. Si de normal soy un hombre bastante sexual, con ella me convierto en lava de volcán que muere por resbalar entre sus pechos de seda.

Y es que lograr conectar en la intimidad, pero de verdad, con una persona no sucede todos los días. Follar sabe cualquiera.

Llevarte hasta el borde del acantilado, lanzarte al vacío, ahogarte y revivirte con un soplo de aliento, a mí, solo ha sabido hacérmelo Alma. A cambio yo le hice de todo, nunca hubo límites para nosotros. Y es muy probable que ese fuera el problema. O no... Lo que daría por sentarme frente a ella y que me contase su versión, por mucho que me doliera.

Suspiro y me abrazo a la mochila. Caigo un poquito en el autocompadecimiento y la culpa. Solo quinientos kilómetros.

Si hubiera puesto más de mi parte en su día, cuando empezamos a distanciarnos... Si le hubiera dado la importancia que merecía... Si ella no me hubiera tratado como un apestado al reencontrarnos... De malas decisiones están las llorerías llenas.

Entramos en Atocha cuando mi nivel de confianza ha descendido al mínimo. Echo de menos unos tacones, una blusa abullonada o unos pendientes de mi madre, ochenteros, los más horteras. Esos objetos son talismanes: me cargan de energía positiva, como las buenas personas. Una de las más guais que he conocido está esperando a Alma fuera de la estación madrileña.

Identifico a Coronada al primer golpe de vista. Lleva el pelo más claro, sus ojos están más hundidos y ya no muestra rastros de Crepúsculo o Harry Potter en su vestimenta... Pero esa candidez tan friki la reconocería a la legua. Y tampoco es que ella y Alma estén muy lejos. Lo bien que me vendría el arbusto ahora... Podría acercarme y escuchar la conversación que han iniciado después del abrazo. En su día me funcionó genial lo de poner la oreja... ¡Mierda, se van en un taxi! Y hay una cola de campeonato para pillar el siguiente. No las voy a alcanzar ni de broma. Aquí se acaba mi plan de mierda.

—¡Olé tú, Alexander! Has venido a Madrid para nada. —Tiro con fuerza del gorro de lana.

Bueno, ya que estoy aquí... Saco el móvil de la mochila.

—Susanita, maja, ¿en qué andas?

—En bici.

—¿Literal?

—No, tonto del culo. —Se ríe—. ¿Qué quieres?

—¿A que no sabes quién está en Madrid?

—¿Qué se te ha perdido aquí?

—La pista de Alma. —Suspiro, mano en frente.

—¿Alma Alma? —Imagino las cejas negras de Susanita rozando el pico de viuda que da inicio al nacimiento de su melena oscura.

—Alma Alma. —Asiento con la cabeza.

—¡Hala! ¿Y eso? ¿Cuándo habéis vuelto a...?

—Si me invitas a un bocata de calamares, te lo cuento todo.

—¿Ahora? No puedo, Alex.

—¡¿Pero cómo le vas a negar un bocadillo a tu hermano?! —Agito la mano y la coloco en la cadera—. ¡Sal de esa oficinucha ya mismo y vente para el Brillante de Atocha!

—Vale. —Resopla—. Dame una hora. Firmo las cuatro cosas que me iba a dejar para esta tarde y voy para allá.

—Gracias, maja.

—Hasta ahora, enano. —Me cuelga.

Susanita, mi hermana mayor, trabaja en La Moncloa.

Me dio un disgusto grandísimo en su día cuando me dijo que se metía en política, pero la quiero más que a mi vida y he llegado a perdonárselo.

Ella se quedó con toda la herencia del carácter disciplinado de la rama italiana; es el ojito derecho de nuestro abuelo. A mí el viejo casi no me habla porque soy un perdido, como mi padre: todo Cuba, son y sangre caliente. Somos más de usar el cuerpo que la cabeza. Y por eso estoy en Madrid.

Pero es que... no sé ser de otra manera. No sé separar emoción de reacción. ¿Qué hago, me mato? Si es que no hay cosa que me inspire más que la persona por quien late mi pecho cuando estoy de noche a solas... Soy mucho más que este cuerpo fibroso y esta cara de anuncio. Tengo sentimientos.

Y ahora necesito recuperar a mi Alma.

15

EXCESO

Alexander
Jueves, 28 de marzo de 2019
Sala de juntas de la sede de Lladó. Passeig de Gràcia. Barcelona

—Y con esto y un bizcocho... —Mariano deja la frase abierta al frotarse las manos.

Y muy mal hecho, porque bizcocho tiene una rima facilona. Con chocho.

Me muerdo la lengua mientras el equipo aplaude. Después de seis horas, si a alguien le quedaba alguna duda, hemos demostrado que Alma y yo somos lo mejorcito con lo que van a trabajar jamás.

Joder... Vaya dos titanes. Hemos luchado hasta la última prueba.

Ella tan Nueva York, tan centrada en sus números, en sus costes por ingrediente, tan conservadora, tan en «que la persona lleve al perfume». Y yo tan «que el perfume lleve a la persona», al estilo francés, al concepto de autor, a mi manera. Porque esto para mí es arte. ¡Mi arte! Y con él pago las facturas, cosa que me viene de perlas, pero ante todo está mi visión. Soy yo quien tiene que dormir con mi conciencia creativa. Y casi me he salido con la mía. *Casi.* Porque Alma —ay, Alma mía— se me ha puesto flamenca. Y a mí cuando me tocas las palmas, te bailo lo que haga falta.

Qué despliegue de dardos envenenados entre tira y tira de papel secante. Qué orgía de miradas de odio por oposición, de envidia porque la idea del otro era mejor que la propia, de fascinación cuando brillábamos como dos antorchas humanas...

La sala de juntas está llena de gente, pero en la reunión solo hemos sido ella y yo, mano a mano, y la experiencia ha resultado reveladora: quiero trabajar con esta mujer durante el resto de mi miserable vida.

—Me parece intolerable que hayamos cerrado los perfumes iniciales y todavía no tengamos donde meterlos —les dice a los diseñadores de los envases.

—Toma del frasco, Carrasco —digo por lo bajo, porque hoy me he levantado así: inspirado de más, casi poeta.

—Si el lunes seguimos sin tener unas propuestas aceptables, os sacaremos del proyecto —sentencia la directora.

Grrr... Qué leona. Qué poderío. ¡La calle, *pa'* ti, reina! Cómo me gustaría sacarte a hombros de Lladó, procesionarte hasta mi torre y rezarte allí durante nueve días, arrodillado entre tus piernas.

Me ahueco con disimulo el tiro de los pantalones de campana. El badajo me pide una atención que no puedo prestarle en este momento. Mariano me está haciendo señas para que me quede mientras el equipo va abandonando la sala. No se separa de Alma. Ella le sonríe con el mismo aprecio con el que él le da palmaditas en una mano. Está contentísimo, el hombre. Y yo también, porque se merece pegar un buen pelotazo que le ayude a mantener a flote su línea de alta costura. Algunas *maisons* ya solo se dedican al *prêt-à-porter*, es más rentable, pero ¿y el arte? ¡¿Es que ya nadie piensa en el arte?!

Mariano es uno de los pocos que todavía lo tiene en cuenta. Por eso nos entendemos, por eso me quiere y por eso nos dice a Alma y a mí cuando los demás ya han desocupado la sala:

—Os invito a cenar donde Martín.

—Tengo que volver a Madrid —dice ella.

—El restaurante de Martín está en el hotel Monument —le explica Mariano—. ¿Qué te parecería dormir allí? Podrías hospedarte durante todo el fin de semana y, el lunes, recoges los bocetos de los frascos y ya te vas a casa tranquila y descansada.

«A casa».

Alma vive en Madrid.

Creo que voy a visitar a mi hermana mucho más a menudo.

—Te agradezco la invitación, pero no veo una razón de peso para justificar el gasto que conlleva.

—¿Y la cena tampoco?

—El último tren sale a las nueve y media.

—Todavía no son las siete, te da tiempo. Y cenar pronto es muy sano. —Mariano le palmea la mano otro poco y tira de ella al levantarse—. Venga, que el *sushi* lo hemos quemado ya hace unas cuantas horas.

Algún día tengo que preguntar por qué siempre ponen *sushi* en las reuniones de equipo. Da igual en el país que te encuentres, el cáterin siempre es el mismo. Con lo que estriñe el arroz...

—¿Alexander?

—Sí, voy. —Me levanto de un brinco y me pongo el chaquetón de piel sintética.

Abandonamos la sede de Lladó cuando ya está anocheciendo. Los naranjas y púrpuras del cielo reflejan el melocotón de la piel de Alma y el veneno de mi deseo. El gris lo suman el petricor urbano y las canas de Mariano, que camina en medio de nosotros más risueño que un *dealer* en un festival de verano. Burberry, Dior y Gucci nos saludan desde los escaparates del Passeig de Gràcia. Cuando asoman los tolditos blancos de Chopard, cruzamos el bulevar.

Oria de Martín Berasategui es uno de los muchos templos gastronómicos de la ciudad. Mariano se los conoce todos, porque es un *foodie* y una institución en Barcelona. El *maître* lo saluda por su nombre de pila con un apretón de manos muy familiar y nos lleva hasta la mesa que el director de Lladó tiene siempre reservada: un rinconcito para cuatro, con sillones corridos en la ele y dos butacones enfrente, tapizados con cuero blanco. El propio *maître* se lleva uno de los sillones y nuestros abrigos. Mariano se sienta en el otro sillón, Alma en un lado de la ele y yo en el aledaño, obvio.

—Tienes cara de preocupada —le dice Mariano al colocarse la servilleta sobre el regazo.

—Lo estoy. Lo de los frascos es un desastre.

—Lo arreglaremos.

—No me cabe duda, pero ¿cuándo?

Mis uñas negras tamborilean sobre la mesa. No pueden estarse quietas. Tampoco mi cabeza.

—El problema es que han conceptualizado los bocetos como cinco productos independientes, no como cuatro complementarios y un quinto, que es la derivada de las partes anteriores. —Alma y Mariano me miran con atención—. ¿Queréis mi visión?

—Sí, claro, nos sería de gran ayuda —dice él.

Callo hasta que ella confirma:

—Adelante, por favor.

Y eso hago: adelantarme. Me vierto sobre la mesa, aparto el jarroncito de las calas y susurro:

—Exceso.

Me retiro para dar espacio a que la idea cale en ellos. Su brillantez les deslumbra un poco, ambos entornan los párpados, no atinan a asimilar tanta clarividencia. Me apoyo en el respaldo de cuero y les sonrío con candidez. Sí, lo sé, soy un genio, pero no hace falta que me lo digáis, con un aplauso me basta.

—Menuda simpleza —masculla Alma.

Mis cejas salen disparadas hacia arriba. Mariano sujeta la mesa con ambas manos, por temor a que la vuelque en uno de mis arrebatos.

—¿No podrías ser un poco más concreto, hijo?

—Y original.

—Podría, pero no me sale del nardo. —Les dedico una mueca insolente.

—Las formas —dice Mariano.

—¡Ella ha llamado «simpleza» a mi visión!

—Pues eso —suspira él—. No empecemos a batallar como en la sala de juntas.

—Gracias a esa guerra tienes cinco perfumes iniciales. —Le señalo con el dedo. Luego, lo dirijo a Alma—. ¿Defiendes o atacas?

—Me retiro. —Alza ambas manos—. No pienso discutir contigo algo que no es de tu competencia.

—Los perfumes son míos.

—Son de Lladó.

—Son de todos, son de todos —tercia Mariano.

—Silencio. —Me llevo el dedo a los labios. Mariano protesta—. ¡Chsss! Me está viniendo algo.

—Mientras le viene —se burla la bruja—, ¿pedimos? Se me hace tarde.

—Claro, hija. A ver… —Mariano mira alrededor para que vengan a atendernos.

Alma saca el móvil del bolso. El *maître* mueve las manos sin parar mientras recita las recomendaciones del chef. Un camarero nos sirve agua. Otro, monta los tropecientos cubiertos que trae en un carrito.

—¡¿Queréis estaros quietos?! —protesto. Así no hay quien piense—. Trae merluza para todos. La de Mariano con poca sal. —Es hipertenso—. Cava para acompañar y un surtido de postres para compartir. Todo en silencio y rapidito, que la señora tiene que tomar un AVE.

El *maître* mira a Mariano con cara de circunstancias. Este se explica y se disculpa y no sé qué más antes de dirigirse hacia el baño.

Alma masculla a mi derecha:

—¿Cómo sabes que me marcho en AVE?

Me arrimo un poco, aprovechando que hablamos en voz baja. Su nube rojo cereza se me sube a la cabeza. Logro susurrar:

—Antes has dicho que ibas a volver a Madrid en tren y, que yo sepa, el Rodalies no llega tan lejos.

—Lo malo de creerse tan listo —murmura con un tono obscenamente frío— es tomar por tontos a los demás.

Siseo entre dientes, me humedezco los labios y me acerco un poquito más. Ella no recula ni un centímetro.

—Me guardo el latigazo para disfrutarlo en otro ratito más íntimo. —Le guiño un ojo—. Ahora estoy tratando de salvarte el culo.

—Los frascos saldrán con o sin ti.

—Elijo con. —Respiro de su aliento—. Contigo. Conmigo. Con exceso.

Sus ojos de plata recorren mis rasgos, curiosos. Una sonrisilla burlona hace juego con la mueca que dibujan mis labios cuando se fija en ellos. Te encantaban, niña. De eso seguro que te acuerdas. ¿Cuántas veces me mordiste los piquitos que tan loca te volvían mientras yo te besaba el labio inferior y te sujetaba las manos para que todavía no me desabrocharas la camisa? Tenías siempre tanta prisa, tanta hambre… Y yo nunca me saciaba de ti. ¿Lo recuerdas?

—Solo por matar el tiempo mientras viene la comida, define «exceso» —me pide.

—No puedo hacerlo en unos pocos minutos, Alma. —Se me llena la boca de azúcar al pronunciar su nombre. Señalo el techo. También con el dedo—. Acepta esa habitación que te quiere pagar Mariano y déjame la puerta abierta.

—Esa es una respuesta muy acertada. —Me sonríe.

—¿Hablas en serio? —Arqueo las cejas.

—Totalmente. La mejor definición de «exceso» es proponerle sexo a tu jefa.

Me trago el chasco con una carcajada. Eres mala, niña de fuego. Y eso me sigue encantando.

—¿Quién ha hablado de sexo? —disimulo.

—Tu cara. Tu postura. El tono de tu voz. —En el suyo desfilan pingüinos con bufanda.

—Igual lo estás interpretando todo a tu conveniencia. —Me echo hacia atrás, sacudo con fuerza la servilleta y me la coloco en el regazo. Como esperaba, sus ojos se van directos al paquete que estoy deseando que desenvuelva—. Yo te estaba proponiendo desarrollar mi concepto con profundidad y tiempo. Pero, oye, no me ofende que tú hayas relacionado «habitación», «puerta abierta» y «sexo» conmigo. —Alzo las caderas.

Alma se da cuenta de que lleva demasiado rato con la vista fija en el mismo punto y gira la cara.

—Todavía puedo cambiar de perfumista.

Ojalá me agarrara a mí como está haciendo con el asiento.

—Lo cierto es que no. Ya has invertido un mes en el proyecto. Las fórmulas son mías. No llegarías al plazo ni de broma.

Quién fuera cuero para sentir cómo le está clavando las uñas.

—No me pongas contra las cuerdas, Alexander.

—En ese nombre te sobran letras. Me gusta mucho más cuando me llamas por la versión que hiciste tuya. —Consumo el espacio que nos separa para decirle al oído—: *Call me by your name*, esta noche, a puerta cerrada, y te entregaré los diseños de los frascos, el *packaging* y el eslogan para la campaña.

—Te sobra confianza.

—No, niña, lo que me sobran son ganas. —Inspiro guindas en su cuello—. Y te juro por todo lo amable que ya no sé cómo contenerlas.

Su respiración se acelera. La mía no da señales de vida. Estoy reprimiendo hasta el aliento para no girar la cara y matarme en esa boca tan sedienta.

—Merluza al vapor con su jardín de verduras, señorita.

¡Plof!

El camarero nos acaba de romper la burbuja en toda la cara. La de Alma se arrebola. Jamás unas amapolas tan bonitas como las de sus mejillas.

—Gracias. —Se pega al respaldo con la espina dorsal como mi erección de rígida.

—Una romana baja en sal con almejas, don Mariano.

Ay, pobre. Está blanco como la servilleta que tengo en el regazo y que no para de mirarme; deduzco que hace un rato que ha regresado del servicio.

—Y un medallón en salsa de…

—No me interesa. —Interrumpo al camarero de malas maneras. Como él, a Alma y a mí—. Paso al postre directamente. No te cortes con el chocolate.

Descubro que sobre la mesa ya hay una botella de cava, la agarro por el cuello, le beso la boca y bebo de su néctar hasta que me quedo sin oxígeno.

—Y trae otra de estas, por favor. —Me seco los labios—. Mejor, un par… ¿Bromuro tenéis?

—Eh… —El camarero bizquea—. No, señor. No tenemos.

—¿Y un poquito de sal baja en sodio? —pregunta Mariano, que no le encuentra el gusto a su merluza.

—Voy a consultarlo.

—¿Te importaría consultar también si hay habitaciones disponibles en el hotel? —pregunta Alma.

16

WHAT IS ABOUT MEN

Alma
Viernes, 4 de julio de 2008
Ciudad del Rock. Arganda del Rey. Madrid

—¿Cómo que Eloy ha perdido a Coronada? —Parpadeé.

—Pues eso —contestó Xander—. Que Coro le ha dicho que ahora venía. Y ya lleva una hora esperándola.

—¡Una hora! —Me eché las manos a la cabeza—. Tenemos que buscarla.

—Sí, venga, vamos.

Nos apresuramos a regresar a la zona electrónica. Xander miraba alrededor y yo llamaba a Coro sin obtener respuesta. Guardé el teléfono en el bolso y me uní a lo de estudiar todas las figuras femeninas que aparecían por el camino.

—Lo malo es que Coro es muy normal —gruñí—. Si en vez de una camiseta de Crepúsculo llevara, yo qué sé..., un tocado de plumas...

—Mira que, sin conocerla, no veo yo a tu amiga en plan bailarina de samba. —Movió las caderas sin detener el paso.

Jo, qué soltura, qué dominio, qué vaivén. Elvis no le llegaba a la altura de las zapatillas. Seguro que follaba fenomenal.

No como el único chico con el que yo había practicado sexo, que era experto en movimiento frontal y retroceso. Y ya está. Aceleraba un poco, se paraba en seco y se desplomaba sobre mí. Y yo me quedaba mirando el techo del local de la peña, con los muelles del sofá cama incrustados en la espalda, pensando que jamás iba a tener un orgasmo como los que describían en las revistas. ¡Yo empezaba a calentarme con el acelerón! Y no me daba tiempo a alcanzar nada en los segundos posteriores.

Una tarde, me dio por tocarme un poco después... y ese fue el final de nuestro noviazgo y el comienzo del sambenito de «ninfómana».

—¿Esa es...? No, no es —dijo Xander a mi izquierda.

Yo regresé al momento, a la mejor noche de mi vida, que había sido interrumpida para buscar a mi mejor amiga. Si le pasaba algo después de liarla para que se escapara a Madrid conmigo, no me lo iba a perdonar nunca.

—Vamos a encontrarla, tranquila.

Saqué de nuevo el teléfono. Un tono, dos tonos, cinco tonos.

—¡¿Pero por qué no me contestas?!

El drama que siempre ha vivido en mí se adueñó de mis pensamientos. Imaginé a Coro desmayada en un rincón oscuro, ahogada en su propio vómito. Imaginé sirenas de ambulancia y una sanitaria, muy amable, negando con la cabeza mientras me sujetaba las manos. Imaginé a sus padres en el velatorio. Y a los míos, en la sala de al lado, donde yacía yo en una caja de pino. A la policía deteniéndolos por haberme matado...

—Ey, para. —Xander tiró de mi brazo izquierdo.

—¿Qué? —Giré la cara hacia atrás, desencajada.

—Que pares de pensar en lo peor.

—¿Cómo sabes que...?

—Porque el fuego de tus ojos es tan grande que el humo te sale por las orejas. —Me sonrió para tranquilizarme.

Y deslizó la mano por el antebrazo hasta mis dedos, que acarició con suavidad. Fui yo quien los entrelacé con los suyos. Me vino bien agarrarme a algo. A él.

—Llama a Eloy otra vez, por favor —le pedí.

Él no tardó un segundo en usar la mano izquierda para ponerse el teléfono en la oreja.

—¿Qué hay, amigo? —Entrecerró los párpados para escuchar mejor—. ¿Que está o que no está? Ah, vale, pues nos damos la vuelta. —Tiró de mi mano—. Vamos al Cubo Hostage. Tú busca por ahí. Y encuéntrala, por tu madre.

—Gracias —le dije, emprendiendo el paso.

—Actúo en mi propio beneficio. —Sonrió de medio lado y guardó el teléfono en un bolsillo—. Cuanto antes aparezca Coro, antes podremos seguir con nuestro paseo.

—Será porque no estamos andando ahora...

—Vale, creo que es el momento de aclarar que cuando me refiero a «paseo» quiero decir «a dar con un sitio guay donde liarnos».

—¿Has dicho «guay»? —Sonreí. Él se encogió de hombros—. ¿Y pretendes que me líe con un chico que dice «guay»?

—Con uno cualquiera, no. Con el que suscribe. —Se pellizcó el pecho del polo amarillo.

—¿Ves cómo hablas como un viejo?

—Nací viejo. Soy un señor muy antiguo encerrado en un cuerpo de escándalo.

—Y no tienes abuela.

—Tengo dos. Una es encantadora y la otra es insoportable, al revés que mis abuelos. Si se juntaran como es debido, serían dos familias ideales.

—Y tus padres, hermanastros.

—Demasiado turbio, ¿no? —Se rio al llegar al Cubo.

Por allí no había sombra de mi amiga. Tampoco por la zona de la tirolina, ni por la de *snowboard*, ni por la pista de hielo.

—Me la han raptado —anuncié mi drama.

—¿Su familia tiene mucho dinero?

—No, normal.

—Entonces, se ha perdido.

—¡Joder! —Me eché las manos a la cabeza, muy cerca del comienzo de las fuentes.

Xander dejó colgando la mano que había sujetado la mía. Y un poquito la mandíbula, cuando se fijó en que mi camiseta mostraba mucho más que mi ombligo con la nueva postura.

—¿Y ese *tattoo*? —Me señaló el torso, donde el primo de mi colega Rosalía me había grabado con tinta mala y peor caligrafía una rebeldía en forma de frase.

Si mis padres me hubieran dado permiso para tatuarme en un estudio con garantías legales e higiénicas, no habría estado a punto de pillar una infección mientras me pinchaban en la peña y el tatuaje habría sido mucho más visible... y legible. No me extrañó nada que Xander tuviera que preguntarme:

—¿Qué pone?

—*I'll save my tears for uncovering my fears.*

—¿Y te ha cabido todo eso en una cintura tan estrecha?

—Esto no es la cintura. —Me acaricié el contorno inferior del pecho.

—Es que no lo veo bien. A ver, súbete un poco la... —Estiró el brazo y yo se lo bajé de un manotazo—. Vale, vale... Tenía que intentarlo. —Rio. Yo no. No estaba para bromas. Lo de Coro me estaba preocupando ya demasiado—. A mí también me flipa el *Frank*. No suena tan redondo como el *Back To Black*, pero es un disco muy auténtico.

—¿Conoces la frase? —Alcé las cejas sin percatarme de que su comentario me estaba distrayendo.

—Claro, cualquier fan de la Winehouse que se precie conoce la letra de *What It Is About Men*. ¿Por qué esa estrofa en concreto?

—Porque me marcó cuando llegué a entenderla.

—A mí me mata «*my destructive side has grown a mile wide*».

—¿Tienes un lado destructivo? —Me solté el moño para volvérmelo a hacer.

—¿Tú no?

Lo pensé, ladeando la cabeza, melena al viento. Xander se mordió el labio inferior.

—A veces... —Dudé. ¿Pero hay algo mejor para confesarse que un desconocido?—. A veces, hago cosas que no están bien solo por romper la rutina un poco.

Xander asintió con una sonrisa muy gratificante.

—Y por la adrenalina, ¿verdad? Saber que la estás liando, que pueden pillarte y sentirte más vivo que nunca. Eso engancha. —Volvió a extender el brazo. Esta vez le dejé que me acariciara la cadera. Solo necesitó cerrar un poco los dedos para que me acercara a él—. ¿Tienes más tatuajes?

—Quiero hacerme una herradura en el brazo, como la de Amy.

—¿Y qué te detiene? —Alineó su torso con el mío.

—El precio. —Tras esa media verdad, levanté un pelín la barbilla para mirarle a los ojos—. Me lo haré cuando me recupere del concierto. ¿Tú tienes *tattoos*?

—¿Por qué preguntar cuando puedes desnudarme y comprobarlo por ti misma?

Me reí, le empujé los hombros y luego tiré para recuperar el terreno perdido. De verdad que su olor me despertaba el apetito. Su mirada oscura ejercía un potente efecto un poquito más al sur de mi estómago. La sonrisa que me dedicó, como si acabara de encontrar a su persona preferida en medio de una fiesta superaburrida, corrió por mi vientre, hacia arriba, dejando al paso un reguero de cosquillas. Apreté los labios por miedo a que se me escaparan mariposas por la boca.

Xander alzó la mano derecha y me acarició la barbilla; con el pulgar, el borde del labio inferior. Nos miramos a los ojos, unos segundos o un siglo, no lo sé: el tiempo siempre ha sido un concepto relativo con él.

En un momento dado, cerré los párpados, porque me sobrepasó la intensidad de su mirada, del instante, de la preocupación por Coro, del insoportable calor, ambiental e interior. Hice fundido a negro. Ahí hay un momento que mi cerebro no registró. Lo siguiente que recuerdo, como si hubiera sucedido ayer mismo, es la calidez de su boca, la presión firme de su beso y la vibración de la famosa adrenalina, trotando por mis venas.

El tacto de su lengua, recorriéndome despacio el labio inferior, hizo que mi sangre galopara. Me desboqué y salí a su encuentro, le mostré lo bien que combinaban nuestras salivas, le besé con todas las ganas que guardaba y él me regaló un gemido ronco, que hizo eco en el rincón donde solía reprimir la lujuria.

Me agarré a su espalda como si fuera el volante del coche con el que fugarme a toda velocidad de mi vida.

Él me sujetó con más fuerza todavía.

Con una mano gobernaba el movimiento de mi nuca y con la otra, la de una de mis caderas. Por Dios, qué bien besaba, cuánta experiencia puesta a mi servicio, a calmar mi ansia, a ayudarme a abandonarme sin remordimientos. Nadie sabría jamás que la niña de fuego se vistió de largo aquella noche solo para que él, después, la desnudara.

Arrugué su polo amarillo a ambos lados de la columna y le mordí a placer esos piquitos del labio superior que tan loca me volvían. Él me respondió con un jadeo, que repicó entre mis piernas. Me besó con la boca cerrada, fuerte, dos veces, y después pronunció mi nombre:

—Alma. —Paladeó y descubrió una sonrisa dulce—. Te está sonando el móvil.

Descolgué entre protestas y gruñidos. Después, me quedé sin habla. Quien llamaba era la Policía.

17

MADAME JASMINE

Alexander
Jueves, 28 de marzo de 2019
Bar del hotel Monument. Passeig de Gràcia. Barcelona

Miro el móvil por enésima vez. Llevo una hora con el codo pegado a esta barra. La puntera del botín derecho amenaza con rendirse y que el zapato mute a *peep toe* de tanto que la estoy golpeando contra el reposapiés. Me he bebido cuatro cafés. Quería bajar el cava y ahora parece que voy de *anfetas*. Entre la cafeína y los nervios... Pero es que Alma está unas plantas más arriba, en una habitación que había libre. Me llamará cuando esté lista para abrirme la puerta.

Así, tal cual, me lo ha susurrado mientras Mariano pagaba la cena.

—Te llamaré cuando esté lista para abrirte la puerta.

Juro por Carmen de Mairena y todas las cabareteras del planeta que lo que en realidad ha dicho es «cuando esté lista para abrirte las piernas».

Mi niña de fuego... Si sabía yo que tendría que salir antes o después.

Hay un dicho que aprendí cuando vivía en Málaga que me flipa: si naciste para martillo, del cielo te caerán los clavos. Si naciste hoguera, no hay forma humana de apagar la llama. Y si la juntas con mi presencia explosiva, con mi pólvora, con mi gasolina...

Pues eso, que todo arde. Hasta las bragas de teflón de la señora Trinidad.

Vuelvo a mirar el móvil. Una hora y cuarto. Estoy harto de esperar. La llamaría, pero sigue sin querer darme su número.

Me levanto del taburete y avanzo por el *lobby*, un poco patizambo. No me cabe tanto deseo en una bragueta tan corta.

—Hola, buenas noches —le digo al recepcionista que hay detrás del coqueto mostrador acristalado—. Quiero hablar con la habitación de Alma Trinidad.

—¿Sabe el número?

—Pues no. Es muy reservada con sus números.

El recepcionista bizquea. Le señalo el ordenador.

—Busca ahí, a ver qué sale.

—¿Cómo ha dicho que se llama?

Repito el nombre y espero mientras tamborileo el cristal con las uñas negras.

—No hay nadie alojado con ese nombre.

—Míralo, bien, anda.

—Ya lo he hecho.

—¡Pues hazlo otra vez! —El chico me obedece. Acto seguido, niega con la cabeza—. Qué pedazo de… ¡Brava! —Palmeo el mostrador—. Gracias, majo.

Enfilo hacia la salida, empalmado, cabreado y admirado. Esta está ya riéndose de mí en el AVE de camino a su casa. Y yo necesito desfogarme un poco antes de volver a la mía. Me voy a El Raval. Madame Jasmine me ayudará a aliviar las penas.

Cuando llego a los alrededores de mi antro preferido, encuentro lo de siempre: cubos de basura, desconchones en la fachada y la fauna rabalera fumífera, jodiendo pulmones y el descanso de los vecinos.

Entro en el bar y enfilo hacia otra barra donde plantar mi culito prieto en otro taburete, esta vez para brindar por la niña de fuego. Me tomo dos tequilas seguidos. Antes de apurar el tercero, me miro en el espejo que hay sobre las botellas de la pared. El reflejo no está mal, la luz rojiza me favorece, pero por dentro estoy en gris. Ámbar gris: aroma *animalic*, ingrediente único, valor colosal, pero, en el fondo, puto vómito de cachalote. Agarro el vasito y lo vacío a golpe de cuello.

—Ponme otros tres de wiski.

Estos me los bebo más despacio, con la mirada perdida en la cabeza de Chucky que hay metida dentro de un bote de formol a un metro de mi mano derecha. Esa es la sensación que busco: una escafandra líquida que envuelva mi cerebro. Con un poco de suerte ralentizará las revoluciones a las que siempre va. Dicen que esa es una característica de los genios; yo opino que es una maldición y para combatirla solo conozco algunas sustancias y algunas personas.

La mezcla del wiski y el tequila me acelera el pulso y me adormece la lengua. La centrifugadora que tengo en la cabeza cambia al programa de prendas delicadas. Me pido una cerveza. Ni la saboreo. La engullo a tragos largos que me enfrían la garganta y un poco el pecho. Me sienta bien: empiezo a perder el equilibrio. Planto un pie en el suelo y me giro en el taburete. Otro espejo, que hasta ahora me daba la espalda, me devuelve el reflejo de un borracho más en la noche barcelonesa. Aquí ni siquiera mi ropa desentona. Las paredes del fondo del local están forradas con el mismo estampado de tigre que el de mi camisa preferida.

Me acerco hacia allí, con las piernas más pesadas, menos inquietas, y me meto en el aseo. Un centenar de caras, inmortalizadas en las fotos que forman el papel pintado, observan cómo me desabrocho la bragueta con torpeza, me saco el pito y silbo *I'm a Mess*.

Ed Sheeran es un grande. Mi padre y yo fuimos a verlo en concierto hace un par de años y salimos del Palau Sant Jordi haciéndole la ola al pelirrojo. Mi padre también es un grande. El más grande, para mí. Saco el móvil del bolsillo del abrigo mientras me sacudo las últimas gotas.

—Hola, papi papi, papi chulo. —Me guardo el cacharro. Solo atino a subir la minicremallera a la mitad. Tiro de la cadena—. Te echo de menos. ¿Cuándo vienes a verme?

—¿Has hablado con tu madre?

—No, ¿por? —Salgo del aseo con el móvil entre la oreja y el hombro, me enjuago las manos en el lavabo y me las seco en el abrigo.

—Ah, es que he discutido con ella hace un rato y he pensado que te había llamado para… Bueno, da igual.

—¿Me explicas para qué os divorciasteis? —Sujeto el teléfono como una persona normal—. Seguís de broncas día sí y día también, pero sin sexo de reconciliación. No tiene ningún sentido.

—Eres demasiado joven para entenderlo.

—Juraría que acabo de verme una cana en las pelotillas…

—Pues gradúate la vista. No las tienes ni en la cabeza. Solo te tiñes para esconder esa cara de niño bueno.

Recupero la cerveza de la barra y salgo del local. El camarero me regaña por sacar alcohol a la calle. Yo le tiro un beso, como siempre.

—Si hubiera heredado tus genes físicos, no tendría que teñirme. —Busco un hueco libre en la acera y me siento.

—Se los quedó todos Susana. Me dijo que la visitaste. Y que le hiciste un escándalo.

—¡Es que no quiso ayudarme a conseguir un número de teléfono! ¡¿Para qué currar en La Moncloa si no vas a pedir un favorcito a los servicios secretos cuando te dé la gana?!

—Así que Alma ha vuelto…

—¿Te acuerdas de ella? —Apoyo la cara en una rodilla y suspiro—. Pues ahora está todavía más buena.

—Y es tu jefa.

—La puta ama de mis pensamientos, de mi memoria y de mi enorme po…

—Tu jefa del trabajo, Alex —me corta—. ¿Tantas ganas tienes de complicarte la vida?

—Perdona, majo, pero tú te beneficiabas a la tuya, que es mi madre.

—Y mira cómo salió.

—Buf… —Dejo la cerveza en el bordillo y me revuelvo la melena—. Es que necesito saber qué le hice, papá. Me apetece que me muero echar un polvo con ella, o veinte, pero ante todo está su resentimiento. Necesito conocer su origen. Disculparme si se tercia. Hacer lo que sea para que Alma recuerde que un día fuimos algo bonito y bueno. —De lo poco bueno y bonito que he hecho fuera de la industria del perfume.

—Cada uno es dueño de la percepción de su pasado —dice mi padre—. Lo que para ti fue inmejorable, para ella pudo haber sido todo lo contrario.

—No.

—Estás mirando con tus ojos, no con los de ella, Alex. No estás en su piel.

—Ya me gustaría...

—Pues sé honesto. No juegues, huevón, que te pierde la tontería. Acércate a ella con humildad, poco a poco, con calma.

—Tu tempo cubano no va conmigo. Yo no sé qué es la calma.

—Pues entonces, tú dirás...

Fijo la vista en un charco de la calzada: lo primero con lo que topo. En realidad, no estoy viendo más que la cara de Alma.

—Solo puedo tirar del hilo del trabajo. La perfumería es lo único que nos une, la única puerta que va a abrirme Alma. Tengo que sacar, como sea, ideas para los cinco frascos de Lladó.

—Lladó tiene cinco letras.

—No me digas —me burlo. Parpadeo. Me levanto de un brinco—. ¡No me digas! ¡Cinco letras! ¡Ay, papá!

Le cuelgo y salgo corriendo tan deprisa que derrapo en la primera esquina. Casi termino con los dientes en el suelo, porque las piernas me siguen pesando más de la cuenta, pero la cabeza... ¡La cabeza ha pasado al programa rápido!

El que me va a llevar directo a Alma.

18

ARMAS DE DOBLE FILO

Alexander
Domingo, 31 de marzo de 2019
Mi torre. Sant Cugat del Vallès. Barcelona

Y al tercer día, resucito.

—¡Aleluya! —Alzo los brazos y arrastro los talones descalzos sobre el suelo del estudio.

Mi intento de *moonwalk* es patético, pero eso no me detiene.

¡Acabo de dar con la tecla! ¡Con el puto piano entero!

Cola incluida.

Después de tres días, por fin he encajado el diseño de los frascos con el concepto y la marca.

—¡Soy superior, veneradme! —grito a los dioses.

Me acerco al escritorio, dando saltitos. Me siento, cruzo las piernas, porque me orino de la emoción, y abro el correo electrónico.

—Prepárate, Trinidad, porque voy a darte gloria.

Clico sobre el botón del lápiz y me dispongo a redactar. En la ventana del nuevo mensaje, en el apartado del destinatario, tecleo su cuenta. Ya la tengo almacenada; y, en la carpeta de borradores, una docena de intentonas desesperadas de contactarla. Por suerte, paré a tiempo de hacer el ridículo enviándole esos correos. El primero de esta nueva etapa no puede ser un texto lastimero, fruto de la melancolía y la sintaxis alcohólica.

—No. El primer *e-mail* de esta nueva etapa, Alma mía, tiene que brillar tanto como tu talento. Y el mío, ya de paso. Vamos al lío. —Me crujo los nudillos.

Y me sumerjo en la tarea de explicar un concepto que toca suelo al transcribirlo con palabras.

Esa idea pequeñita, abstracta, que dio sus primeros aleteos en un charco frente a la puerta de Madame Jasmine gracias a Imanol Ventura —mi papi papi, papi chulo—, se ha convertido en monstruo abisal durante el fin de semana. Ha estado a punto de devorarme. Era incapaz de pescarla, abarcarla, someterla. Pero, eh, lo he logrado. Aquí la prueba:

Estimada directora artística:

Espero que no hayas borrado este mensaje sin abrirlo porque, como habrás visto en el asunto, se trata de algo de vital importancia. Para ti. Para mí. Para Lladó: la *maison* en la que debemos convivir, a tu pesar.

Siento no ser el compañero de casa ideal. Soy ruidoso, rarito, incómodo, un mosquito zumbando en una noche de verano, el insomnio, la condena que nadie merece cumplir, por muy malvado que haya sido. Pero te pido, sin derecho alguno, que valores el único don que me ha sido concedido: la peculiar conexión entre mi narizota y mi cerebro.

Como bien sabes, porque has demostrado un dominio impecable del tema en las reuniones a las que he tenido el placer de asistir durante este mes, el verdadero talento de un perfumista va más allá del olfato. Mi trabajo no se remite en exclusiva al contenido del frasco, aunque hayas sugerido lo contrario. No hay nada que me tome más en serio que mi oficio. Lo honro de la mejor manera que sé: dejándome la vida en él. Por eso, porque debo y porque puedo, he trabajado en la conceptualización y el diseño de los envases de los Jade de Lladó.

En el archivo, que adjuntaré cuando acabe este sermón, encontrarás dos dibujos con las dos presentaciones de la idea que voy a intentar desarrollarte a continuación. Me gustaría señalar que explicártelo sería más fácil si te tuviera delante.

O tal vez no...

Bueno, a lo importante. Mi idea es la siguiente:

Cinco frascos, uno por cada fragancia y letra de Lladó.

Dos eles, una a y una de: los cuatro Jade. Nombrados tal cual y especificados por su color con la tintura del perfume. Todos en letras mayúsculas, sin florituras. Envases traslucidos, apenas opacados a fin de conservar el producto, con un aplicador retráctil, oculto cuando se expongan en una vitrina o tocador.

Una ó: para la *eau de toilette*. Aroma limpio, transparencia, muy comercial. Aplicador fijo. Tapón con forma de tilde.

Los cinco frascos pueden exponerse en línea, formando el nombre de la marca, o en bloque, siendo el centro de este la *eau de toilette*. El todo sería una escultura completa y manejable.

Propongo envases pequeños de veinte mililitros: menor coste para el cliente sin perjudicar el valor de la fórmula. La de las cuentas eres tú, pero las mías me indican un precio realista de doscientos ochenta euros por conjunto. Sesenta, cada jade y cuarenta, la colonia.

Supongo que esas cifras serán música de la Winehouse para tus oídos. Espero que el resto de la propuesta te provoque tantas buenas vibraciones como *Our Day Will Come*.

Quedo a tu disposición para desarrollar la idea o defenderla a capa y espada, lo que consideres.

Sinceramente tuyo,
AleXander

Releo, corrijo, aplaudo y escaneo los dibujos. Me aseguro de que todo está como debe y le envío el *e-mail*, como tantas otras veces le escribí correos en un pasado que se antoja tan lejano como los teléfonos Nokia.

Pero, eh, todo vuelve, amiga. Hasta el *gloss* y las hombreras. ¿Por qué no íbamos a volver Alma y yo si éramos mucho más bonitos?

Suspiro a la pantalla del portátil. Qué bien lo pasábamos, qué genial nos entendíamos..., qué ganas de mear más repentinas.

Me levanto y utilizo el aseo del pasillo.

Ni confirmo ni desmiento que tardo veinte minutos en volver al estudio. Y no, no he estado echando un tronco al aserradero.

Al sentarme de nuevo y descubrir que me ha contestado, mi pulso se acelera más que con la paja que me he hecho.

Gracias por la propuesta. La discutiré con los publicistas en la reunión de mañana.
Saludos,
Alma Trinidad
Directora Artística. Lladó, S.L.
Passeig de Gràcia, 35. 08007, Barcelona.
atrinidad@maisonllado.com
902 564 565/999 442 765
www.maisonllado.com

—No, bonita, no. Mi propuesta la vas a discutir conmigo justo ahora.

El doble filo del arma que es la tecnología tiene estas cosas: lo mismo te facilita la vida ahorrándote tiempo en firmar los mensajes, que le da a tu ex tu número de teléfono.

Recupero mi móvil del sofá redondo, me tumbo como la reina que soy ahora mismo, actualizo la agenda y marco. Le hago los coros a los tonos con carraspeos. Quiero sonar seductor, seguro de mí, que mi voz haga eco en su cabeza, en su pecho, en su sexo. Quiero que le palpite todo el cuerpo al oírme. Pero la muy bruja no descuelga.

—Pues te escribo.

Alexander: Hola, soy AleXander.

Gracias por incluir tu número en el correo de respuesta, así será más fluida la comunicación.

Me gustaría pulir la propuesta antes de la reunión de mañana.

A no ser que no trabajes los domingos...

Alma me lee. Lo estoy viendo. Se desconecta. Y vuelve.
—¡Sí, niña, estás volviendo!
Mi última línea ha funcionado.

Alma: Trabajo los domingos cuando es preciso.

A la reunión de mañana no estás convocado.

Te ruego que no vuelvas a comunicarte conmigo por esta vía.

Alexander: Pues remángate, que tenemos faena.

A la reunión de mañana me convoco yo, que para eso la idea es mía.

Te ruego que te olvides por un momento del idiota que puedo llegar a ser y te comuniques conmigo, de la manera que sea.

Mariano confía en nosotros.

Alma: No vas a ablandarme jugando la baza del chantaje emocional.

Alexander: ¿Y qué alternativa me dejas? No me hablas, no me escuchas, me tratas como si te hubiera hecho daño a propósito, te ríes de mí, me desprecias...

Alma: Te trato como corresponde. Y hasta aquí, Xander. No revuelvas más la mierda.

Con respecto al trabajo, voy a serte sincera aunque no lo merezcas: quiero quedarme en Lladó a largo plazo y convertir la División de Perfumería en un éxito empresarial, alejado de egos y extravagancias, enfocado en el mercado. Y tú no encajas en ese plan. Es más, lo obstaculizas. Jade será el último proyecto que desarrollarás en la casa.

Alexander: A no ser que sea un éxito.

Alma: Suceda lo que suceda. En junio estarás fuera.

Alexander: Ese no es el trato que hice con Mariano.

Alma: Pero va a ser el que él hará conmigo.

Alexander: ¿Le vas a dar a elegir entre nosotros?

Alma: Le voy a dar razones de peso para que me elija a mí.

Alexander: Pues llegas un poco tarde. Llevo tres años demostrándole que soy el escultor ideal para sus perfumes.

Alma: Llevas tres años demostrándole que tus creaciones no le hacen ganar suficiente dinero. Lo que no sé es por qué no te ha echado todavía. En cualquier caso, mejor tarde que nunca.

Alexander: ¿Por qué no nos haces un favor y nos aplicas el refrán a nosotros?

Alma: Porque no hay un «nosotros».

Alexander: Pero lo hubo. Reconóceme al menos eso.

Alma: Ahí va otro refrán como despedida: agua pasada no mueve molino.

Alexander: ¿Qué molino ni molino, Alma?

Esa última pregunta no le llega. Me ha bloqueado. No quiere que le estropee su plan. Y el caso es que la entiendo. Si una persona me provocara tanto rechazo y, encima, me supusiera un obstáculo en mis objetivos, querría quitármela de en medio a toda costa. En eso siempre coincidimos: si no aportas, aparta. Otra arma de doble filo, que no ha dudado en usar contra mí.

19

OUR DAY WILL COME

Alma
Sábado, 18 de octubre de 2008
Dormitorio de Rosalía. Mi pueblo. Badajoz

Alma dice:
Me quiero pirar a casa de la tía Adela ya mismo. No aguanto más.

Me sudaban las manos mientras pulsaba con rabia sobre el teclado del ordenador de mi colega Rosalía. El de mi casa no podía usarlo sin que me sintiera observada por, al menos, un par de ojos. Ni desahogarme con Xander vía MSN Messenger —mi último pasatiempo favorito— me estaba sirviendo de ayuda para aliviar el peso de la bronca perpetua que mantenía con mis padres.

Ellos no me entendían. Pobres... Por entonces no me entendía ni yo. Lo quería todo: independencia, experiencias, buscar mi lugar en el mundo..., pero me faltaba madurez para esforzarme por ofrecer algo a cambio. No era más que una adolescente con pretensiones. Y con un nuevo amigo del que, a poco tardar, iba a enamorarme hasta la médula.

Xander dice:
A ver, esto va a sonar rarísimo viniendo de mí, pero ¿y si te lo piensas dos veces? Te levantaron el castigo del concierto el mes pasado.

Alma dice:
¡Castigo superinjusto! Yo no tuve la culpa de que robaran a Coro. Además, al final no pasó nada: los polis le devolvieron sus cosas y pillaron al carterista. Si me hubieran llamado a mí primero en vez de a su casa para localizarla...

Xander dice:
Eso no quita que os largarais a Madrid sin permiso.

Alma dice:
Si hubiera pedido permiso, no me habrían dejado ir.

Xander dice:
Y no nos habríamos conocido. ¡Catástrofe mundial! El castigo ha merecido la pena, en eso estamos de acuerdo.

Alma dice:
Ha sido el mejor concierto al que asistiré en mi vida.

Xander dice:
Y la mejor noche que he pasado nunca con nadie.

Sonreí y me acaricié los labios. No había día que no recordara aquella noche. Tenía miedo de olvidarme de cada detalle, de todas las sensaciones que habían despertado con él.

Xander dice:
La cuestión es que, por fin, eres libre de salir y entrar de tu casa. Más o menos... Y acabas de empezar la universidad. Y estás agobiada porque el ritmo de estudio es bestial. ¿Crees que ahora es el mejor momento para cambiar de casa?

Me mordí una pielecita del pulgar izquierdo.

Lo que comenzó siendo una inocente mentira sobre mi edad cuando nos conocimos, se había convertido en una bola como un planeta de grande tres meses más tarde, al no poder reconocerle que lo que había empezado era el bachillerato científico, no el grado en Química. Tampoco le había dicho que mis padres eran artesanos... panaderos. Ni que mi piso de Mérida era una casa baja en un pueblecito de la provincia.

Él tampoco me había dado muchos más detalles sobre su vida, pero había ido pescando que cuando hablaba de dar un paseo por el barrio, se refería a Puerto Banús; cuando lo llamaban para cenar, lo hacía su cocinero; cuando iba a la piscina, solo tenía que andar unos metros hasta la climatizada que había en su parcela. Su hermana mayor vivía en Boston. Su madre viajaba más que una asistente de vuelo. Su padre pasaba temporadas enteras en Cuba... Xander no era pijo, era rico.

Xander dice:
Venga, suéltalo.

Alma dice:
¿El qué?

Xander dice:
Lo que te ha dejado callada tanto rato.

Alma dice:
Es que... quiero hacerte una pregunta.

Xander dice:
No me la he medido nunca.

Alma dice:
Ja, ja, ja, ja. Todos os la medís antes de los quince. ¿Todavía no los has cumplido?

Xander dice:
¿Esa es la pregunta que querías hacerme?

Alma dice:
Una parecida: ¿cuántos años tienes en realidad?

Xander dice:
En realidad...Vamos, que ya sabes que me puse de más en el concierto. Igual que yo sé que tú también.

Alma dice:
¿Y por qué me has seguido el rollo con lo de la uni?

Xander dice:
Porque quería ver hasta dónde llegaba tu imaginación. Y también, que me lo contases tú.

Alma dice:
Pues ahí va: cumplí dieciséis el 14 de septiembre.

Xander dice:
Te debo un regalo.

Alma dice:
Dime cuántos años tienes y te lo perdono.

Xander dice:
Los mismos que tú.

Alma dice:
Entonces no has repetido dos cursos.

Xander dice:
No, señorita. Soy un chico muy listo.

Alma dice:
Y un poquito idiota. Igual que yo. No debimos mentirnos.

Xander dice:
¿Qué más da? ¿Acaso cambia eso lo que somos en el fondo? ¿Acaso ahora eres menos única?

Alma dice:
¿Soy única?

Xander dice:
Una entre los tropecientos millones de humanos que poblamos el planeta.

Alma dice:
Una más...

Xander dice:
¿Tu autoestima me está pidiendo mimitos?

Alma dice:
¿Te gustaría dárselos?

Xander dice:
Podría intentarlo. A ver qué te parece la idea... El sábado que viene, a la misma hora de siempre, nos vemos.

Alma dice:
¿Con la *webcam*?

Xander dice:
En persona.

Alma dice:
¡¿Vas a venir?!

Xander dice:
Creo que la idea te parece bien.

Alma dice:
¡Es la mejor idea que has tenido en tu puta vida, Alexander!

Xander dice:
Esa boca, niña. Voy a tener que lavártela con saliva.

No sé qué fue más fuerte, si la palpitación entre las piernas o el vuelco que me dio el estómago al asimilar que iba a recorrer medio país por verme... unas pocas horas.

Alma dice:
Tendré que dormir en casa.

Xander dice:
Yo, en el autobús de vuelta. Soñaré contigo. Como siempre.

El suspiro que solté llegó a Puerto Banús, hasta Júpiter y vuelta.

—Qué berrido, chacha. Eres más basta que unas bragas de esparto. Córtate un poco, que estás en mi casa, no tocándote el chichi en tu catre —protestó Rosalía.

Estaba tumbada en su cama, hablando con un chico de Salamanca. Pobre chaval, la que le esperaba... Rosalía era una petarda, pero la única que quería pasarse las tardes de sábado encerrada en su habitación, tonteando con su relación a distancia, en vez de emborrachándose en la peña. Coro seguía castigada. Iba de casa al trabajo y poco más. Sus dieciocho años perdieron ante el «mientras vivas en mi casa...» de sus padres.

Xander dice:
Que te calles después de ponerme cursi es bastante cruel.

Alma dice:
Perdona, es que me ha distraído la idiota de Rosalía.

Xander dice:
Tengo un lema para esa gente: si no aportas, aparta.

Alma dice:
Debería adoptarlo.

Xander dice:
Hazlo. Y escríbeme antes del sábado. Estaré como un flan toda la semana.

Me tragué el nuevo suspiro para ahorrarme otra regañina de Rosalía.

Alma dice:
No puedo creerme que vayas a venir.

Xander dice:
Tú necesitas mimos y yo me muero por dártelos. Por verte. Por escucharte a viva voz. Por olerte.

Alma dice:
Recordaré no ponerme CK One.

Xander dice:
Te diría que mejor no te pusieras nada, pero igual me desmayo al contemplar otra vez tanta belleza al desnudo.

Me encendí de pies a cabeza con el piropo de Xander. Que me deseara tanto como yo a él representaba entonces el único indicio de que, tal vez, sí que era tan especial como me sentía.

Alma dice:
Me dejaré la ropa puesta. No te quiero desmayado. Te quiero tan despierto como tus ojos cuando se fijaban en mis labios.

Xander dice:
Es que esa boca, niña, no la tiene cualquiera.

Alma dice:
Ni la besa cualquiera.

Xander dice:
Y con esas cuatro palabritas ya voy sobrado de ego hasta el viernes. ¿El sábado me lo recargas otro poquito?

Alma dice:
El sábado te vas a ir tan lleno que vas a tener que pagar dos asientos de autobús.

Xander dice:
Supongo que entenderás el motivo por el que voy a tener que tocármela en cuanto te desconectes.

Alma dice:
Sí, es el mismo por el que voy a pensar en ti con mis manos esta noche.

Xander dice:
¿Con las dos?

Alma dice:
Y porque no tengo más...

Xander dice:
Pronto tendrás otras dos.

Y el resto de este cuerpo puesto a tu servicio.
No hay nada que me apetezca más que darte gloria.
Que alcanzarla en tus brazos.
En tu boca.
Entre tus piernas.

Alma dice:
Escribes a golpes, ¿no has podido esperar a tocártela?

Xander dice:
Me has cazado.
Del todo.
Y no solo masturbándome.

La memoria es caprichosa. Hay noches en compañía de las que no recuerdo apenas nada —nombre del tipo, lugar y fecha relativa—. En cambio, los diez minutos que tardé en alcanzar el orgasmo aquella noche solitaria los recuerdo con una claridad muy precisa. Con la misma exactitud que puedo reproducir la chispeante emoción que sentí al recibir su correo electrónico el viernes anterior a su visita. Un mensaje con el asunto «Our Day Will Come», sin texto. A la letra ya le había prestado su voz Amy años antes y hablaba de alegría, de sueños y magia, de compromiso: la palabra prohibida con Alexander Ventura.

20

CELOS

Alexander
Lunes, 1 de abril de 2019
Sala de juntas de la sede de Lladó. Passeig de Gràcia. Barcelona

Cuando Alma entra en la sala, me busca con la mirada y me dice con ella que le enfada verme allí. Yo inclino la cabeza desde la pared opuesta a la puerta. Siempre es un placer provocarle emociones fuertes. Que nadie subestime el poder de la rabia y el odio, ya que son la otra cara de la pasión y el amor; antagonistas del peor sentimiento: el aburrimiento.

Bajo la Dr. Martens del poyete de la ventana, me estiro la levita y enderezo la espalda. Vengo preparado para presentar batalla. La guerra de despachos ya la he ganado hace una hora, cuando he desayunado con Mariano y, entre churro y churro, le he dejado boquiabierto con mis diseños de los frascos. Él está en mi bando, en el de la patria que simboliza esta casa. Si Alma quiere destronarme, va lista. Si termina pidiendo asilo y clemencia, demostrará que no es tonta.

Los aliados de mi adversaria profesional —publicistas, diseñadores, los del Departamento de Comunicación...— se apresuran a lamerle ese culazo envuelto en un vestido blanco, que le ha cosido sobre el cuerpo un ángel con manos de oro.

Qué contornos, qué sinuosidad, qué ganas de bajarle la cremallera de la espalda...

Se ha recogido la media melena en una coleta baja, muy prieta, con la raya en medio. No lleva apenas maquillaje, ni adornos. La joya es ella. Deslumbra. Aunque lo que me hace parpadear es su bolso. Se lo regalé yo. Solo ha pasado por tres manos, las de mi padrino, las de Alma y las mías. Es un talismán, una bomba emocional que acaba de explotarme en la cara. Es juego sucio. Y eso me encanta.

—Bueno, pues ahora que por fin estamos todos, vamos a empezar. —Doy una palmada.

El que golpea primero, golpea dos veces. La batuta de esta reunión la voy a mover a mi conveniencia.

—Baja las luces, Matilde —le pido a la secretaria de Mariano antes de iniciar la presentación.

—Déjalas como están, por favor —replica Alma. Desde la cabecera de la mesa se dirige a mí—. Todos estamos al tanto de tu propuesta. Les he reenviado a primera hora tus esbozos. Los discutiremos después. Ahora, lo prioritario es abordar el problema de la regulación sobre tóxicos y alérgenos.

—Las fórmulas de los Jade están al día de la directiva de la Unión Europea —protesto.

—Pero hay un par de ingredientes que rondan los límites de la IFRA.

—Si los rondan, no los superan.

—Si maceramos el *concentré* las tres semanas que has indicado, los sobrepasarán con creces. Hay que reducir el tiempo a la mitad. ¿Es viable? —le pregunta a un técnico.

—¿Hola? —Meneo la mano desde el fondo de la sala—. La respuesta la tienes aquí y es no, ni de broma. Si la esencia pura no madura, le va a dar un bofetón al cliente cuando lo huela con un papel secante que le va a girar la cara.

—¿Solución? —pregunta a la mesa.

—Otra vez... —Carraspeo—. Señora Trinidad, ¿te importaría mirarme cuando hablas conmigo?

—¿Tienes la solución?

—Dame los ingredientes conflictivos y te la fabrico.

—De acuerdo. —Teclea algo en su tableta y, acto seguido, mi móvil suena—. Envíame las fórmulas corregidas junto con la de la nueva *eau de toilette*. Y sé preciso, por favor. Necesitamos que los diseñadores maqueten cuanto antes las listas para los *étui*.

Resoplo. Me resulta una ordinariez incluir una lista detallada de los ingredientes en la caja del perfume, pero es obligatorio desde 2005.

—¿Algo que objetar? —Esta vez sí me lo pregunta directamente.

—Nada. Sigamos con lo importante: mis envases. ¿Confirmamos que son impecables?

—No. Se van de coste.

—Abarata los materiales.

—O el fijador de los perfumes, que es lo que más vale —protesta un diseñador.

—Si te parece, les meto galaxolide y los vendemos en una manta en las Ramblas. —Alzo una ceja—. Los frascos son inmejorables, haz que sean viables para las cuentas de la directora. Por cierto... —Camino hacia ella—. Los diseños ya están patentados. A mi nombre, por supuesto. Pídeme permiso la próxima vez que vayas a difundirlos.

Su rechinar de dientes me da gustito cuando la rebaso por la espalda. Arrastro una silla y me siento también en la cabecera. A la izquierda de Mariano. Él, Alma y yo formamos un triunvirato que sería histórico si la bruja se decidiera a confiar un poco en mí.

—Queda pendiente la aprobación de los frascos hasta que estudiemos la viabilidad de su abaratamiento. —Tuerce la boca antes de pasar al siguiente punto—: ¿Qué tenemos para las cajas?

Neus, la responsable del *packaging*, reparte por la mesa unas láminas.

—Solo hemos contado con un par de horas para rehacer los bocetos —se recoge un par de mechones azulados detrás de las orejas—, pero creo que bastará para ilustrar la esencia del concepto.

—Gracias —digo al alcanzar mi copia. Tras un vistazo, le regalo una sonrisa—. Has concordado continente y contenido. ¡Brava!

Cuando abran la caja, van a encontrar dentro la esencia de lo que esperan.

Ella me devuelve la sonrisa.

—Y, cuando abran el frasco, van a enamorarse para siempre.

Neus está coladita por mi narizota. Me lo confesó hace un par de años en la fiesta navideña de la empresa. Me dijo que lo más estimulante de trabajar en Lladó era saber que sus diseños envolvían mi talento. Luego nos besamos. Y fue jodidamente decepcionante para ambos. No hay que confundir admiración profesional con deseo sexual, aunque provoquen cosquillitas semejantes.

—La fuente de los caracteres ya la ha utilizado Puig —la ataca la comandante Trinidad.

—No es exactamente la misma —se defiende Neus.

—Queremos algo Lladó, no un subproducto de la competencia.

—Soy consciente.

—Genial. Ponlo en práctica. —Alma aparta la lámina.

Neus recoge con rapidez su proyecto rechazado. Ni siquiera ha tenido margen de hablarnos del gramaje del cartón, de la textura de los relieves, del relato detrás del Pantone elegido. Su cara en forma de corazón está más roja que de costumbre. Su pecho se agita en el escote del corpiño.

—Cuando acabemos, nos vemos en La Oficina, ¿vale? —le pregunto.

—Gracias, Alex. —Me sonríe.

—Puedes irte —le dice Alma.

Y a mí deberían congratularme sus celos… si hubiera nacido en el siglo XIX. Como soy un hombre de mi tiempo, no entiendo a qué vienen. Busco su mirada de plata, pero ella me esquiva.

—Pasemos a la campaña —le dice a Roger, el director de Comunicación—. ¿Tienes ya las estadísticas de la marca nicho de la que hablamos? ¿Qué hay de los grupos de sondeo?

—Está todo aquí. —Él gira la pantalla de su portátil.

Yo me levanto cuando Neus pasa por mi lado.

—Hasta más ver —les digo.

Alma frunce el ceño y mira a Mariano.

—¿Qué? —le pregunta este—. No necesitamos a Alexander para hablar de la campaña.

—Además de que me aburre un huevo. —Tiro del brazo de Neus para que me espere.

Alma se fija en mi mano, debate consigo misma, cuadra los hombros y gira la cara hacia el frente.

—Cerrad al salir. —Estira el brazo para alcanzar el portátil—. Bien, estas estadísticas deben marcarnos el camino a seguir de cara al lanzamiento. El target de…

La voz de Alma se difumina a medida que cruzamos la puerta, que no dejo abierta porque, aunque me apetece incumplir su orden, va a tener que ser Matilde quien se levante a cerrarla.

—Menuda sargenta —resopla Neus en el pasillo.

Le paso el brazo por los hombros y la animo para que avance.

—Tiene que ganarse el respeto del equipo.

—Hay muchas maneras de hacerlo sin que los demás se sientan irrelevantes.

—¿Por qué te sientes así?

—¿Cómo que por qué? ¿Es que no has visto que no me ha dejado ni explicarme?

—Ha estudiado tu propuesta, ha encontrado algo mejorable y ha detenido ahí la evaluación hasta que le ofrezcas una alternativa. Después te escuchará, estoy seguro.

—Hablas como si la conocieras.

—Todas las personas somos iguales en el fondo, Neusilla. Todos tenemos aspiraciones y miedos. —Llegamos al ascensor—. Y yo ahora solo aspiro a comerme una tapa de ensaladilla en La Oficina y ser capaz de servirte de ayuda para encontrar una fuente que deje patas arriba a la directora artística.

Unos técnicos salen del ascensor, nosotros entramos. Apesta a acetona, su brillantez me hace sacar las gafas de sol. Neus me sujeta la mano antes de que me las ponga.

—Sabes que no tienes que ayudarme, ¿verdad?

—Sé que no necesitas mi ayuda. —Sonrío.

En la cafetería, donde pasamos el resto de la mañana y parte de la tarde, mezclamos más sonrisas con ideas, tapas y mostos. Nuestro nivel de azúcar en sangre es preocupante cuando me llama Eloy, a eso de las cinco.

—Me apunto —le contesto—. Te veo luego en la puerta de Lladó.

Neus y yo recogemos nuestras cosas, pagamos y volvemos a la sede.

Al salir del ascensor, nos encontramos con la directora artística en el pasillo; se dirige a las escaleras. El ritmo de sus tacones decelera cuando nos ve. Neus me susurra un «gracias por todo» al oído, me besa en la mejilla y se marcha a su despacho. Yo enfilo hacia el de Mariano. Alma se cruza en mi camino.

—Nos ha quedado pendiente discutir el sillage del Jade Verde —me dice.

Y a mí me suena a excusa barata para entablar conversación conmigo. La acepto de buena gana.

—¿Qué le ocurre al rastro de mi perfume? —pregunto, aunque sé que la respuesta es «nada».

—Le falta persistencia.

Aprieto las muelas.

—Porque hemos rebajado el loto según tus indicaciones.

—Le sobraban acordes herbales, pero era tenaz.

—Le subiré el heno para dar más presencia a la base.

—Pero que el fondo siga siendo verde.

—Verde no herbal. —Sonrío de medio lado—. Sí, señora, lo que mandes. ¿Alguna cosa más o puedo irme ya a hablar con Mariano?

—No puedes.

—¿Quién me lo va a impedir? —Me acerco a su cara. Hoy somos casi igual de altos.

—Él mismo. Se ha marchado hace un buen rato.

—Ah… —Miro la puerta de su despacho en el fondo del pasillo, me encojo de hombros y hago un gesto hacia las escaleras—. Pues ya le llamaré. Él no tiene inconveniente en descolgarme el teléfono cuando es necesario.

Empezamos a bajar las escaleras.

—Ahí está la clave: cuando es necesario —dice a mi izquierda.

—Claro, porque hablar con la señora directora artística para presentarle una propuesta que le ha salvado el culo, no era necesario.

—Pues no, con el *e-mail* era suficiente.

—Te ha gustado, ¿eh? —Llegamos al rellano—. Reconóceme por lo menos eso: que te agitaste un poquito al recibir mi correo.

—Los diseños son buenos.

—Vaya, muchas gracias.

—De nada.

Cruzamos el *hall* y le abro la puerta. En la acera ya me está esperando mi colega.

—¿Eloy? —La cara de ella cambia por completo: se llena de alegría.

—¡Alma! —Los ojos verdes de él hacen chiribitas.

Ella sale corriendo. Ojo, ¡corriendo! Él le abre los brazos. Se apretujan como dos amigos que llevan años sin verse. Se observan sin soltarse las manos.

—Me encanta tu traje —le dice ella.

Nos ha jodido, es de Tom Ford. Cuatro mil euros de lana fría.

—Y a mí, tu vestido —contesta Eloy—. ¡Y tu pelo! ¿Es tu color natural? —Le acaricia la melena.

—Sí, es castaña —confirmo.

Eloy me mira por encima del hombro de Alma, me sonríe y le acaricia la cara.

—Estás increíble. Muy señora. Vamos a buscar un sitio acorde con tu elegancia y me cuentas qué has hecho estos años.

—Me encantaría, pero me sale el AVE en cuarenta minutos.

—Alexander me ha dicho que ahora vives en Madrid.

—A mí me lo ha chivado Mariano —me excuso.

—Sí, vivo en Madrid desde hace unos años. Con Coronada.

—¡Coro! ¿Cómo le va la vida?

Me acerco más a ellos por la derecha. Me dan envidia. Yo también quiero hablar de los viejos tiempos con ese buen rollo.

—Le va genial —dice Alma—. Hace un año o así abrió su propia asesoría. Está hasta arriba de trabajo, pero más feliz que nunca.

—¿Y sigue tan preciosa?

Alma sonríe y mi corazón da un brinco dentro de su caja. Saca el teléfono del bolso y enfoca para hacer una videollamada.

—Mira con quién me he encontrado —le dice a Coro cuando aparece en la pantalla.

—¡Ostras! —Coro se lleva las manos a la boca—. ¿Eloy? ¡Qué alegría!

Saludo con la mano desde el fondo. Cuando Coro me atisba, su alegría se transforma en una mueca maligna.

—Cuidado. Se os está acercando un delincuente por la espalda —dice.

Alma y Eloy se ríen. Yo les saco el dedo corazón, recojo de la acera los rastros de mi dignidad herida y me marcho a mi torre.

Para marginarme me basto yo solito.

21

EAU D'ÉTÉ

Alexander
Martes, 2 de abril de 2019
Mi torre. Sant Cugat del Vallès. Barcelona

—Hola, ¿qué haces? —me pregunta Eloy.

—Hablar por teléfono con un traidor. —Clavo la punta del lápiz en la libreta que estoy emborronando en el sofá del estudio.

—Sabía yo que te ibas a mosquear por lo de ayer.

—Y si lo sabías, ¿por qué te pones a confraternizar con la enemiga?

—Alma no es tu enemiga.

—Cierto. Yo soy su enemigo.

—Siento decirte que ni eso.

Lanzo el lápiz al quinto pino.

—¡Oh, gran vidente! ¡Cuánta información para cinco putos minutos que hablaste con ella!

—Alma ha dormido en mi casa.

Le cuelgo.

Eloy insiste.

—Se ha cortado —me dice.

—¡A ti sí que te la voy a cortar!

—¡Que no hicimos nada!

—Eso no lo dudo. Ella solía tener buen gusto.

—Bájate un poquito, anda. No te voy a negar que me apetecía mucho ponerme al día con ella, pero lo he hecho, sobre todo, por ti. He averiguado, por ejemplo, que ahora mismo está tan ocupada que no tiene tiempo para relaciones sentimentales.

—Y encima querrás que te lo agradezca… —Me desplomo en el sofá, el batín se abre, el cacahuete se despereza y me saluda—. Tranquilo, majo, que sigues en el banquillo.

—¿Qué banquillo? ¿Con quién hablas?

—¡Con mi santa verga!

—Dile que no se haga ilusiones con Alma.

—Es tarde para eso.

—Y para más. Alma solo está dispuesta a tratar contigo como perfumista.

—Pero ¿por qué? ¿Yo qué le he hecho?

—Eso no me lo ha dicho.

—Mira tú qué casualidad. Os tiráis media tarde y toda la noche juntos y justo el tema que más me interesa no lo tocáis.

—Se lo he preguntado, pero no ha querido contestarme. Lo intentaré otra vez en la comida.

—¡¿Vas a comer con ella?!

—Sí, se ha marchado porque iba a reunirse con no sé quién. Hemos quedado dentro de un par de horas.

—Pues voy tirando para la ducha.

—Alex —me dice muy suave—, no estás invitado.

—¿En serio, Eloy? ¡¿En serio?!

—Ya lo siento.

—¡No lo sientes una mierda!

—Bueno, en realidad, no. Tú siempre eres la estrella. Ya me tocaba ser el centro de atención.

—Recuerda esa última frase. Es un epitafio magnífico.

Le cuelgo, apago el teléfono y recupero el lápiz, solo para roerlo mientras reviso las notas de la nueva *eau de toilette*.

Eau d'été podría llamarse. Si lo lees deprisa suena a lo que me están transmitiendo Eloy y Alma.

Y jodido estoy, y rabioso y excitadísimo, porque los imagino juntos y con mirar ya me conformaría. Pero, ante todo, estoy resuelto a recuperar mi trono, mi Alma y la gloria que merezco.

A la hora de la comida enciendo el teléfono para cotillear el Instagram de Eloy. Como esperaba, en sus historias encuentro a Alma. Pasea con un vestido primaveral junto a mi (ex)amigo. «La flor de la Rambla, más guapa que el sol» ha escrito él con unas letras cursis de más. La canción que acompaña el vídeo es *Gitana hechicera*. Me la pongo en bucle y me vengo muy arriba. Qué grande era Peret, madre mía.

—*¡Ella tiene poder! ¡Ella tiene poder! ¡Trinidad es poderosa, la Trini tiene poder!*

Al menos, el poder de acabar con la poca cordura que me quedaba.

Bueno, vale, no me quedaba ni pizca, pero este tipo de delirio ya es exagerado hasta para mí. Si me hubiera hecho un poco de caso el primer día, solo un pelín, no me habría obsesionado tanto.

¿Y si eso era parte de su plan? ¿Y si lo ha urdido todo para que me obceque como un burro? La veo muy capaz. Joder que sí. Alma Trinidad es poderosa y yo, un simple súbdito a sus pies.

—La muy bruja… Cuánto me gusta.

Estudio mis opciones de camino a la nevera. Puedo seguir las pistas de las historias de Eloy y presentarme en el centro para colarme en su fiesta o puedo intentar reunir un poquito de autocontrol y ponerme a trabajar en la colonia.

Debato mucho conmigo mismo. Me bato el seso con la misma fuerza que los huevos. Los de mis gallinas criadas en libertad que me estoy haciendo para comer, obvio. Los colganderos ya los tengo bastante perjudicados por las patadas que están recibiendo. No he avanzado nada con Alma y ya he consumido un tercio del plazo del proyecto.

Por un segundo se me pasa por la cabeza la idea de que ella consiga su objetivo y me vea obligado a organizar una mudanza laboral en verano.

—Olvídate, niño —me digo—. Eso no va a suceder. Céntrate. Cómete los huevos. Y la cabeza. Trabaja. Deslúmbrala con tu nariz. Házselo tan bien, tan tan bien que, aunque te odie con la fuerza de los mares, vuelva pidiendo más. Toda una colección de *dérivés* de los Jade y treinta o cuarenta fragancias de aniversario. Antes o después admitirá que eres bueno para la casa... y para ella.

Qué bonitas suenan en la cabeza las ideas, ¿verdad? Te fabricas unas ilusiones preciosas, ilustradas a todo color, con purpurina, y luego viene la realidad y se mea encima.

—Pero eso no va a pasarme a mí. —Agarro la sartén por el mango y una cuchara y me zampo los huevos—. ¡*Efo* no *fa* a *pafarme* a mí! —farfullo con la boca muy abierta, porque me he quemado hasta la campanilla.

Me pongo a currar antes de acabar de masticar la última yema. El ardor que me corre por las venas es gasolina creativa. Conceptualizo, formulo y solicito al laboratorio que me mezcle las versiones de la colonia. Después, infatigable, me pongo a dividir moléculas para los Jade. Soy un buen escultor de aromas y lo voy a demostrar.

Tiro de mis mejores cautivos —moléculas patentadas— para pulir los jugos al milímetro. Abuso de mi entrenada percepción sensorial para decodificar cada tono, cada matiz. Afino tanto que hasta reduzco los costes. Porque también me preocupo de eso, al estilo neoyorkino de Alma. Allí los creativos y los economistas son casi lo mismo. En París, si le hablas de números a un perfumista, te cruza la cara con su bufanda de Chanel y se marcha al distrito dieciséis, en una calesa tirada por caballos blancos mientras lee poemas de Baudelaire. Los franceses solo se preocupan del arte y, tal vez, por eso la industria ha estado en crisis durante tantos años.

Sumido en mi crisis personal, me alcanza la noche cuando el tanque de gasolina se me agota. La bajona creativa me deja por los suelos. Me arrastro hasta la cama y duermo un par de horas. Luego, sigo trabajando. Y pensando en ella. Y lo que más me fascina es que, a lo tonto, Alma y mis perfumes se están fundiendo como un aldehído sobre la piel: no logro desprenderme de su rastro. Esa bruma rojiza me persigue, me atrapa, me embriaga. Estoy borracho de ella sin haberle tocado un pelo, sin que me haya abierto ni la puerta. Si consigo volver a rozarle el felpudo, ¿qué será de mí, madre mía?

22

OCTOBER SONG

Alma
Sábado, 25 de octubre de 2008
Estación de autobuses. Almendralejo. Badajoz

A las cuatro de la tarde llegué a la estación de autobuses de Almendralejo. Decir que estaba nerviosa sería un eufemismo: estaba al borde de la histeria.

Durante toda la semana me había portado como una santa en el insti, en la panadería y en casa, no la fuera a liar y me castigaran. En el monedero llevaba cincuenta euros: todos mis ahorros menos un pellizquito con el que me había comprado para la ocasión un vestido de lana, rojo como mi melena y entallado como la piel de una morcilla de lustre. Para ajustarlo todavía un poco más, y honrar a Amy, me había puesto un cinturón ancho. También llevaba un *eyeliner* exagerado y un moño como el suyo, pero con menos laca y sin cardado; solo un caracolillo pin-up le daba gracia al peinado sobre mi sien izquierda. La chupa de cuero de Coronada me quedaba superpequeña, por eso la llevaba en la mano. Bueno, y porque tenía un calor interno, un fuego, que ni el otoño sofocaba. Me sudaban los pies dentro de las botas de caña alta. Las medias eran demasiado gruesas, menos mal que las había roto con mucho cuidado por todas partes.

Un grupo de chicos que había en uno de los bancos de aluminio, frente al bus de Villafranca de los Barros, se rieron de mí cuando entré en el edificio de la estación. Llamaba demasiado la atención entre muchos de mis paisanos: un motivo más para querer escaparme de allí cuanto antes.

Pedí un vaso de agua en la cafetería y me lo bebí entero pese a que estaba caliente como mi frente. La palpé, por si me había brotado la fiebre. Me sentía enferma: tiritaba, tenía náuseas y palpitaciones, que se hicieron mucho más fuertes cuando vi que el bus de Sevilla entraba en el parquin.

Xander fue de los últimos en bajar del segundo autocar que había tenido que tomar para venir a verme. Había salido de Málaga a las nueve de la mañana. Parecía adormilado. Sus piernas se movían con inusual torpeza dentro de los vaqueros rectos. Se abrigó con una chaqueta azul marino al pisar la acera con sus botas Timberland. Después, me vio en el andén... y se despertó de golpe.

—Lo tuyo es abusar, niña de fuego —fue lo primero que me dijo, a varios metros de distancia, mientras recorría mi anatomía con sus ojos oscuros, todo pupila.

Y con su frase bastó para convocar a ese alter ego primario e insumiso que Xander me invitaba a desenjaular con su sonrisa ladeada.

—¡Ven aquí, idiota! —Le tendí ambas manos.

Él se alborotó el tupé castaño antes de acercarse. Ignoró mis manos y buscó mis costados, los que me acarició antes de abrazarme tan fuerte que creí que, a su lado, jamás podría caerme.

—Qué ganas tenía de verte —me dijo al oído.

—Qué bien hueles —contesté, salivando.

Él se rio y despegó nuestros torsos. Me miró a los ojos. Y a los labios. Y yo me lancé a por los suyos, muerta de hambre.

Fue un beso largo de más para tener las bocas tan cerradas. El siguiente me lo dio él, después de sujetarme la cara. Me besó tan dulce, tan sincero, que morí. O me enamoré..., que con Alexander Ventura viene a suponer lo mismo.

—¿A qué hora te sale la camioneta de vuelta? —le pregunté cuando el beso se convirtió en una cadena de besitos.

—¿Llamáis «camioneta» al autobús? —Me besó la comisura derecha.

—Por aquí se usa, sí. —Le besé los piquitos del labio superior.

—Pues tengo que pillar la camioneta a las nueve. —Me chupó el labio inferior.

—Menos de cinco horas. —Hice un mohín, que también me besó.

—A mí también me parece poco tiempo. A ver si inventan de una vez el teletransporte.

—¿Te has planteado alguna vez mudarte a Extremadura? —sonreí.

—Desde el 4 de julio, como un trillón de veces.

Volví a besarle, porque era tan dulce y yo tan golosa que no me cansaba de él.

—¿Tú te vendrías a Málaga? —me preguntó.

—¿A vivir? —dije con la mirada todavía perdida en sus labios, que se curvaron en una sonrisa.

—De momento, me conformo con una visita.

—Claro, en cuanto ahorre para los billetes me tienes allí.

—El mes que viene, me quedo solo la segunda quincena. Podrías hacerme compañía, aunque sea un fin de semana.

—Uf. —Me aparté un poco—. Ya sabes que en mi casa sigue la cosa regular. Tendría que buscarme una buena excusa para dormir dos noches fuera. —Pensé un poco mirando hacia la salida del parquin—. O escaparme y punto. Me van a volver a castigar de todas formas por cualquier otra tontería.

—Yo me quedaría más tranquilo si avisases a tus padres. —Me agarró ambas manos y las meció un poquito—. No me haría ninguna ilusión que me denunciaran por secuestro de menores.

—Ni loca les diría que voy a verte a ti. —Me solté la mano derecha y señalé la calle de enfrente. Sin más indicaciones, echamos a andar hacia allí.

—¿No les has presentado nunca a un novio?

Trastabillé al escuchar lo de «novio», pero encarrilé el paso enseguida.

—No he tenido oportunidad. A mi ex lo conocían desde pequeño. —Salimos del recinto de la estación—. ¿Y tú? ¿Cuántas novias les has presentado a tus padres?

—Ninguna.

—Ah, sí, que no creías en la monogamia...

—No la practico, que es muy distinto. —Tuvimos que separarnos para andar en fila de uno por la acera estrecha. Me dijo desde atrás—: Nadie con nuestra edad debería limitarse a estar con una sola persona. Es absurdo pensar que puedes encontrar a tu compañera de vida antes de poder conducir legalmente un coche.

—«Compañera de vida» suena muy *hippie*. Casi de comuna socialista.

—Mi padre es cubano, ¿qué quieres? —Cruzamos de acera—. ¿Adónde me llevas?

—A un bar que está aquí al lado. Es un poco cutre, pero hay buen ambiente.

—Entonces no es cutre. El verdadero lujo es la calidad de vida. Y eso, en gran parte, lo consiguen las personas de las que te rodeas.

—Ya salió el pitufo filósofo —me burlé con el apodo que le había puesto Coro la noche del concierto.

Él se rio y se colocó a mi altura casi en la puerta del bar.

—Qué grande, la Coronada. Podías traértela también a Málaga. Eloy se alegrará de verla.

—Deberían haberse liado entre ellos en vez de con los champiñones.

—Se lo pasaron genial, ¿qué más da cómo? —Me abrió la puerta y me cedió el paso.

—O sea, que a ti te habría dado igual que nosotros nos hubiéramos quedado en el corrillo de los baños, en vez de habernos ido al coche de Eloy.

—De ninguna manera —dijo cuando alcanzamos la barra, a la derecha.

Una chica con coleta alta y nuca rapada nos saludó como si fuéramos familia y nos sirvió un vaso de litro de wiski con naranja.

Le di un trago de camino a los palés con cojines del fondo. El sabor del combinado me lanzó de cabeza a Madrid, al concierto y a todo lo que sucedió después.

Le pasé el vaso a Xander cuando se sentó a mi derecha en aquel bar casi desierto. La camarera molona, en la barra, y un grupo de tres chicas, en la esquina opuesta, eran nuestra única compañía. Una canción nueva —*Tenía tanto que darte* de Nena Daconte— competía en buen rollo con la sonrisa del chico que olfateaba el wiski.

—Ya estoy allí —susurró.

—¿En el concierto?

Me miró fijamente mientras bebía, pero sentí que no me veía. Estaba absorto, registrando algo en su cerebro que yo no alcancé a entender. Xander era de ese tipo de personas que exhiben un gran mundo interior. Me mostró un poco de él al narrarme cómo había vivido uno de los mejores momentos de la noche:

—Estoy después, en las fuentes. ¿Te acuerdas? Que empezamos hablando de tatuajes... —Dejó el vaso en el suelo y se inclinó hacia mí—. Y nos acercamos. Y nos tocamos. Tú pusiste las manos en mis hombros y yo, en tu cintura. Parecías tan hambrienta... Y yo no podía parar de mirarte y pensar «joder, niño, estás con la más guapa de la fiesta». —Una mueca genuina me mostró aquella hilera de dientes inmaculados—. Te sonreí y tú apretaste los labios como para contener un temblor. O para disfrutarlo. No lo supe. Solo me preocupaba averiguar la manera de llegar a esos labios que estabas reprimiendo. Levanté la mano y te acaricié la barbilla, porque tenía miedo de que se me fuera la cabeza si me lanzaba directamente a por tu boca. Aun así, mi dedo pulgar no colaboró y te rozó el contorno del labio inferior. Cuando cedió, cuando me lo mostraste tan jugoso, te miré a los ojos una eternidad o nada. No fui capaz de calcularlo, porque luego cerraste los párpados y te rendiste en mis manos. Me dijiste con el cuerpo que cargara contigo, que te llevara lejos, que te diera algo que llevarte para el camino de vuelta. Y te di lo que tenía: a mí en forma de un beso que pretendió transmitir sinceridad y deseo. —Me miró a los ojos—. Yo deseo lo mismo que tú, Alma. Deseo escapar. Contigo.

Parpadeé, más en la Ciudad del Rock que en el bar donde en realidad estábamos.

—Escaparnos, pero... ¿Hoy mismo?

Me sonrió antes de pasarme el brazo izquierdo por los hombros y besarme en la sien.

—Esa es la mejor respuesta que me han dado en mi vida —me dijo al oído.

—Ni lo he pensado, yo qué sé —me reí. Me sentía feliz. Con él—. Estaba muy metida en lo que me estabas contando. Yo lo recuerdo casi igual que tú. Fue un beso... diferente.

Buscó mi mano derecha con la suya y jugó con mis anillos.

—¿Lo de «diferente» lo dices porque nos lo interrumpió un policía?

—Nunca me había pasado antes.

Xander pensó un poco antes de sorprenderse.

—A mí tampoco. Solo me ha boicoteado un polvo en el coche la Guardia Civil.

—¿En el Ford Fiesta blanco? —Me reí al recordar la cancioncita de Hombres G que le había cantado al llegar al parquin la noche del concierto.

Después de que el policía municipal me informara de que mi amiga había sido víctima de un robo y me pidiera ayuda para localizarla, porque sus padres ni sabían que se encontraba en Madrid, Xander y yo retomamos la búsqueda como dos descosidos. Al final, fue Eloy quien dio con ella.

Coro había ido a las proximidades de los baños para encontrarse conmigo, como le había pedido en un mensaje de texto, pero se le olvidó al conocer a un grupo de cordobesas aficionadas a la micología. Tenían un surtido de setas, que ya lo quisiera el mercado de abastos. Mi amiga ni se había enterado de que le faltaba el bolso cuando se lo dijimos. La aupamos del césped, la llevamos a trompicones ante los policías municipales y la tapamos todo lo que pudimos, porque se emparanoió con que, aquellos pitufos, querían llevársela a su aldea.

Que sus padres estaban al tanto de todo, menos de su viaje psicodélico, se lo dije en el autobús de vuelta a Badajoz, ya por la mañana. Antes, no hubo manera de separarla de sus nuevas amigas. Eloy también se apuntó a lo de comer champiñones. Xander y yo preferimos alucinar de otra manera: en el coche de su amigo, aparcado bastante lejos, fuera del alcance de las farolas y los ojos indiscretos.

—*En un Ford Fiesta blanco, con mi jersey amarillo* —versionó Xander antes de darle otro trago al wiski—. La verdad es que sufrí como un mamón.

—Oh, sí, vamos, pobrecito. Lo pasaste fatal.

—¿Que no? —Giró la cara hacia mí con rapidez, cejas en alto. Siempre tan vivo, tan despierto—. ¡En ese coche me maté dos veces!

Sonreí de oreja a oreja.

—Tres, si no recuerdo mal.

—Tienes razón. —Inclinó la cabeza como un caballero inglés—. Me mataste tres veces.

—Tardó en amanecer. —Me encogí de hombros.

—Pero cuando lo hizo… —Bufó—. Cuando amaneció, niña, el sol te tuvo envidia.

Solo ese tono descarnado, esa mirada descarada, solo él sabía encenderme tanto entonces. Le quité el vaso para calmar la súbita sed y no me sirvió de nada. No me sacié hasta un rato después, cuando otra luna nos hizo de carabina en el parque de las Mercedes.

23

MASTER OF PUPPETS

Alexander
Lunes, 15 de abril de 2019
Sala de juntas de la sede de Lladó. Passeig de Gràcia. Barcelona

Otro de los inconvenientes de cargar sobre los hombros con un talento como el mío es tener que lidiar con personas que quieren apropiarse de él.

En general, no es algo que me moleste porque soy tan generoso que no me importa regalarlo. Que se lo queden, me sobra arte. Pero, claro, regalar no es lo mismo que permanecer impasible cuando un ladrón te echa mano a la cartera de cautivos. Eso es intolerable. Y más, si afecta también a alguien a quien aprecias y respetas.

Vamos, que el subnormal del diseñador de moda de la *maison* ha alucinado al catar los Jade y ahora quiere su nombre en el frasco. Y en la caja. Y encima del de Alma en la nota oficial de prensa.

Marca: Lladó.
Presidente: Mariano Lladó.
Diseñador: Críspulo Reina.
Directora artística: Alma Trinidad.

Si hubiera justicia en el mundo, Alma debería ocupar el podio con el presidente y la marca. Y eso es lo que está defendiendo la directora artística en la sala de juntas con la elegancia que le caracteriza.

Mariano está capeando el temporal con mano izquierda, buscando la concordia mientras reza para que la tormenta escampe. Yo estoy estudiando la situación desde detrás de la puerta, esperando el momento idóneo para intervenir.

—El concepto de los *étui* es tan minimalista como el diseño de los frascos —dice Alma—. Incluir una línea más en la caja, con un nombre tan barroco como el tuyo, Crís...

—Ya lo tengo —la interrumpe el modisto. Lo ha hecho ya treinta y siete veces en cuestión de diez minutos. Solo es capaz de escucharse a sí mismo—. En vez de Jade Verde, lo llamaremos Jade Reina.

¡Uy lo que ha dicho!

Me crujo los nudillos, estiro el cuello a derecha e izquierda y empujo la puerta; esta mete un zambombazo muy majo contra la pared. Las nueve personas que hay sentadas a la mesa me miran.

Ahora que tengo su atención, toca desconcertarlos tanto que, al final, solo puedan asentir con la cabeza para aceptar mi propuesta. Cuando lleguen a casa o, tal vez, dentro de unos días, entenderán que se la he jugado. Y ya será tarde para hacer nada al respecto.

—Jade Reina, ¿eh? Qué bonito homenaje, Cris. —Me acaricio la pechera de la camisa de cuero y me acerco muy despacio al fondo de la sala con los movimientos más pomposos que guardo en el repertorio—. Me emociona, casi me enternece, que quieras honrarme poniéndole mi nombre al Jade Verde. Porque aquí solo hay una reina: yo. En eso estamos todos de acuerdo. —Me paro, abro los brazos e inclino la cabeza—. Pero los que me conocéis un poquito sabéis que no soy nada fan de darme importancia. Ya no soy un crío que necesita referenciarse escribiendo su nombre en cada lugar que encuentra. Mi pupitre está libre de pintadas. La puerta del aseo, inmaculada. La fachada del edificio solo muestra restos de alguna cagada de paloma. Y como nosotros no queremos dar la impresión de ser ratas voladoras, no vamos a ir esparciendo nuestra mierda sobre los conceptos y diseños de los demás para obtener un beneficio propio, ¿verdad, pichón? —le pregunto al modisto.

Este frunce el ceño, pestañea y agita la cabeza. No se le mueve ni un mechón, porque no tiene. Y no es que sea calvo por obra de la implacable naturaleza, es que sufre caetofobia. Sabiéndolo, me sacudo la media melena al pasar por su lado. Con suerte se me caerá algún pelo encima de él y entrará en crisis.

—Eh... —balbucea, estudiando su chaqueta blanca. Al percatarse de que sigue inmaculada, se centra en darme la réplica—: Llegas tarde, ni saludas, me acortas el nombre aun sabiendo que lo detesto, te adueñas de la creación del Jade y me llamas... ¿crío, rata, usurpador?

Apoyo la espalda en una de las jambas de una ventana del fondo, le doy una vuelta a la tuerca de plata que llevo en el dedo pulgar y le contesto a cada punto:

—Hola, Críspulo. Me he retrasado un poco porque me orinaba como una persona mayor; mi próstata ya no es lo que era. ¿Cómo va la tuya? Dicen que pasados los cuarenta es recomendable examinársela. ¿Es majo tu proctólogo? Yo necesitaré a uno que me trate con cariño antes de meterme el dedo en el culo. Soy una persona muy sensible. Igual que tú. Por eso somos creativos. Tú, de moda y yo, de perfumes. Me alegra que los últimos que he diseñado con esta narizota, que se ha de comer la tierra, sean tan seductores como para traerte a esta reunión en la que te acepto como invitado... Las tres opciones son correctas.

—¿Qué opciones? —atina a preguntar.

Pero si él no se acuerda de sus propias dudas, que se joda. Ya le he aclarado que es una cría de rata usurpadora. Y yo no soy su proctólogo: no voy a meterle el dedo ni en la llaga. Me limito a sonreírle con todos los dientes. Su piel lechosa se sonroja.

—Bueno —me dice Mariano—, pues ya que estás aquí, echa un vistazo a los nuevos bocetos del *packaging*.

—Ya los he visto. Me los pasó Neus hace unos días. —Miro a la derecha y le sonrío—. Son magníficos.

—¿Magníficos? —se burla el modisto.

—Lo serán cuando definan en el laboratorio las tinturas de los perfumes —dice Alma desde la cabecera de la mesa—. Ahora el Pantone no es todo lo pre...

—Jade Verde, Jade Rojo, Jade Naranja y Jade Violeta —sigue Críspulo, haciendo gala de su sordera selectiva—. ¡Es ridículo llamarlos así! Parecen fichas del parchís, no fragancias que vayan en consonancia con mi colección. Hay que cambiarlo. ¡Ipso facto! —Se salta a la directora y trata con la presidencia directamente—. Resuélvelo, Mariano. Ya te he dado una idea: Jade Reina. A partir de ahí, trabajad. Cuando lo tengáis, volveré a haceros un hueco en la agenda para dar el visto bueno al proyecto.

—¡Ya lo tengo! —intervengo—. Jade Reina, para el verde. Jade Rey, para el rojo. Jade Princesa, para el naranja. Jade Príncipe, para el lavanda, que no violeta. Y Jade Corte para la colonia: más baratilla y popular.

—Pues no está mal —dice el modisto.

—Si eres más tonto, no naces —murmuro.

—¿Qué has dicho?

—Que tu aprobación me complace. Estás demostrando el tamaño de tu inteligencia.

Alma sonríe con sutileza. Yo le imito el gesto sin reservas.

—Te acepto el cumplido —me dice Críspulo antes de dirigirse a Mariano—. Pues ya lo tienes. Avísame cuando estén los diseños definitivos.

—Siento interrumpir… —dice Neus.

—Pues no lo hagas —replica el modisto—. Ejecuta, que es tu trabajo. Y afina esos relieves, por amor de Dios. Si alguna de mis costureras me presentara algo tan burdo, la empujaría escaleras abajo.

—«Siempre hay alguien más joven y hambriento bajando la escalera detrás de ti» —le digo a Neus.

Porque si algo he aprendido de mi hermana es a adorar el cine de los noventa —tremendos maratones nos hacíamos en Los Ángeles— y porque Críspulo fue joven hace ya bastante tiempo, pero tanta dieta *keto* lo ha convertido en un lobo famélico. De ahí que hayamos tenido más de un desencuentro estos años. Y todos los enfrentamientos los ha ganado la misma reina: yo. Su ego no le permite reconocerlo, pero sé que me tiene ganas. Tantas como yo de volver a ponerle en su sitio.

—¿A qué viene esa cita de *Showgirls*? —pregunta el diseñador. Alzo las cejas.

—¿Puedo hacerte una pregunta personal?

—No.

—Vale, gracias. ¿Eres gay?

El modisto no puede disimular la mueca de incomodidad. Es de esos que se ofenden cuando se sienten atacados en su concepto de masculinidad. Lo sé bien. Toda la industria está al tanto de que abofeteó a un periodista, que estaba rodando un documental para la casa, cuando le preguntó lo mismo que yo, pero con más tacto.

—Alexander —Críspulo pronuncia despacio cada letra, como si eso fuera a acobardarme—, voy a fingir que no te he oído porque no quiero perpetuar el cliché de la enemistad entre perfumistas.

—Tú no eres perfumista —le digo.

Él aprieta las muelas, observa su entorno y desiste en perpetuar el cliché de su agresivo comportamiento.

—Eso también voy a ignorarlo. —Coloca las palmas de las manos sobre la mesa. De ellas brota una nube carbón: está empezando a quemarse—. Cuando tú eras un aprendiz en Grasse, yo ya había firmado una docena de fragancias. Que me interesen otras artes mayores no significa que no domine las menores. —Sacude la nube hacia mí al agitar la mano con desprecio.

—Eres gay. —Le sonrío, por incomodarle como él lo está haciendo con todo el equipo.

—Alex, hijo, vamos a ir centrando el tema en… —dice Mariano.

—Mejor que se vaya —dice el modisto.

—Venga, hombre, no te enfades. Si no pasa nada por ser gay. Yo tengo muchos amigos que lo son. Procuro pegar el culo a la pared cuando quedo con ellos, pero, por lo demás, son igual que todos: personas humanas… un poquito viciosas.

—Vigila tus prejuicios —se permite recomendarme. Yo le recetaría a él unas cuantas dosis de sarcasmo, a ver si así lo asimila mejor—. Tu opinión sobre la homosexualidad roza lo delictivo. Y a mí me estás encasillando ahí a partir de un comentario casual en el que he reconocido la frase más mítica de una película de culto.

—¡De culto marica!

—Pues mi libido heterosexual disfrutó bastante con ella.

—No me convences. —Cruzo los brazos sobre el pecho y le lanzo una mirada desafiante—. ¿Te gusta Barbra Streisand? ¿Soportas llevar la camisa medio sacada de los pantalones? ¿Se te van los pies cuando escuchas *I Will Survive*?

—¿Pretendes explorar mi masculinidad como en *In and Out*?

—¡Dos de dos! —Alzo las manos—. Has entendido a la primera dos referencias de dos pelis icónicas. ¡Bravo! Vamos con la tercera, que es un poquito más difícil, pero tu cultura cinéfila seguro que vuelve a deslumbrarnos. —Cebar su ego da resultado: se inclina sobre la mesa, dispuesto a dar respuesta solo por presumir, olvidando que se la estoy jugando—. ¿Conoces a Elvira?

Críspulo entorna los párpados, piensa y sonríe.

—¿La chica de vanguardia que tiene retaguardia?

Me sujeto el pecho.

—Increíble. ¡Tres de tres! A tus pies, maestro. —Agacho la cabeza—. Ahora ya solo me queda el último cartucho, el arma definitiva. He de adelantarte que, aunque te equivoques, todos te respetaremos igual. Muy pocas personas son capaces de responder correctamente a la pregunta: ¿Y si te pido que te prendas fuego al tampón?

El modisto se arrellana en la silla, se pellizca el labio inferior y marca con él una mueca complacida.

—Te contestaría que *Priscilla, la reina del desierto* me gustó, pero no tanto como *A Wong Foo, gracias por todo, Julie Newmar*.

Me separo de la ventana y aplaudo. Primero despacio, invitando al equipo a tocarle las palmas al modisto. Después, acelero, jaleo y silbo. Algunos se miran entre sí como si no hubieran estado en una situación tan surrealista nunca. Yo tengo el culo pelado de surrealismo.

—Cinco referencias. ¡Cinco! —lo vitoreo—. Me has dejado muerto. Lo digo completamente en serio. Te tomaba por un hombre de gustos mucho más clásicos.

—Prejuicios, Alexander, prejuicios… —Se ríe.

—Tienes razón. Es que no te puedo decir otra cosa. Tú no eres de este siglo. Has venido del futuro para aportar un poco de luz a la vida de estos pobres ignorantes. —En un gesto incluyo a todo el equipo y me aproximo a él para decirle en confianza—: Una última pregunta, desde la admiración más absoluta. ¿No estás un poco harto de gastar tu inestimable tiempo con cosas tan banales como el nombre de una colonia?

Él suspira, por fin alguien que lo comprende.

—Ahora mismo debería estar en el atelier, dibujando como un descosido.

—Dibujando el arte con el que se vestirán reyes y reinas de todo el mundo. Ahí está tu monarquía, Críspulo. Ellos son los que gastarán fortunas y te coronarán emperador de la moda, no la plebe que tiene que ahorrar euro a euro para comprar un botecito de cristal con un producto industrial dentro. No sé... Si yo tuviera tu talento, Dios lo quisiera, no lo derrocharía en menudencias. —Una duda pasa tras los ojos ambiciosos del modisto. Soplo sobre el ascua—. Acuérdate de los números del último perfume. Qué vergüenza, por favor. Y ahora salen cinco de golpe, como si no hubieran sufrido ya bastante humillación. Imagina asociar tu nombre a un fracaso así... ¿Por qué te crees que yo nunca aparezco en los papeles? —Me inclino sobre su oído para susurrar—. A mí, con que me paguen, me vale. Que dé la cara Mariano, que para eso es su empresa. O la nueva directora, que para eso la ha contratado.

La duda de los ojos de Críspulo Reina se convierte en malicia. Me mira como si me reconociese como a un igual. Un hijoputa igual que él, me refiero.

—Abandono —dice—. Haced lo que queráis con los perfumes, no me interesan. No huelen mal —me concede—, pero no van a venderse. No quiero que me relacionen con ellos. No vuelvas a molestarme para cosas así, Mariano. Los zapatos. Eso sí que es importante y todavía no lo hemos cerrado.

—Es verdad. —Mariano está tan relajado como si acabara de salir de un baño turco: nos he librado del diseñador sin que haya llegado la sangre al río—. Cuando quieras, nos ponemos en serio con ellos.

Críspulo extiende las manos.

—Estoy aquí, ¿no?

—Sí, aquí estás. —Mariano no lo entiende.

—¡Pues manda fuera al resto y hablemos de asuntos serios!

Mariano mira en redondo con cara de circunstancia. Alma es la primera en levantarse.

—Damos por terminada la reunión. En un rato, os enviaré las conclusiones.

—Muy bien, mona. —Críspulo agita las manos hacia la puerta, como si Alma fuera una gallina a la que desalojar.

Como buen gallo, me pavoneo tras ella.

En el pasillo, Alma se da la vuelta y yo dejo de andar como un subnormal. Parece que quiere decirme algo. Me adelanto. Neus se cuela entre nosotros, me agarra una mano y me regala un apretón cariñoso.

—Eres el *master of puppets*.

—Bah. —Le sonrío—. Esa marioneta la sabe manejar hasta un niño de teta.

—Has estado muy bien —dice Alma, y mis cejas se disparan hacia el techo—. Ha sido la reunión más extraña a la que he acudido, pero tu actuación ha sido única.

—Y tanto que sí —dice Neus.

—Bueno —me sonrojo—, pues gracias, chicas. Ahora sí que me voy contento.

Lo que me responde Alma después, me remata.

—Necesito hablar contigo en privado. ¿Puedes venir a mi despacho?

24

UNA CUNA DE NOMEOLVIDES

Alexander
Lunes, 15 de abril de 2019
Despacho de la directora artística de Lladó. Passeig de Gràcia. Barcelona

En el breve trayecto hasta el despacho de Alma, tengo que morderme la lengua un trillón de veces para no preguntarle cuestiones tales como: ¿Ya estás lista para abrirme la puerta o me vas a dejar esperando como en el hotel Monument? ¿Pasar tanto tiempo con Eloy te ha suavizado el trato conmigo? ¿Te das cuenta de que el último día que nos vimos reventaste definitivamente tu rol de «no nos conocemos de nada»?

El tema es que, aunque no lo parezca, sé callarme cuando toca. Y ahora toca escuchar. Alma me ha dicho que necesita hablar conmigo, no un soliloquio centrado en el despecho.

—Sin pretender meterme en tu terreno —me dice desde el otro lado de su escritorio—, me gustaría presentarte varias alternativas sintéticas a los ingredientes más conflictivos de tus fórmulas.

—Te escucho. —Me inclino sobre la mesa.

Y da gusto oírla pronunciar los nombres de decenas de moléculas sin trastabillarse ni un poquito. Y mira que dimetil bencil carbinil butirato no lo dice del tirón cualquiera.

Sin darse importancia, me demuestra que sabe muchísimo de química y de ingredientes, de las tripas de los perfumes; las mías dan saltos mortales en intervalos de diez segundos. Es muy emocionante ser testigo de su pasión, de su fuego, de su no saber hacer las cosas a medias. Jamás he trabajado con alguien tan involucrado en un proyecto, tan dispuesto a llegar hasta el final, cavar allí un túnel e ir más allá: hasta el fin del mundo y vuelta.

—Quiero dejar claro que no pretendo indicarte cómo debes formular tus perfumes finales —me dice—, pero creo con firmeza que las alternativas que te he presentado nos ahorrarán dinero y problemas.

—Estoy de acuerdo.

Alma se sorprende de que no replique a su propuesta.

Ahora podría argumentar mi decisión con las cifras actualizadas de cada ingrediente sintético sugerido y de su conveniencia de uso para la solidez de las fragancias, la conservación medioambiental y la regulación sobre alérgenos. Podría pavonearme bastante comentando, como el que no quiere la cosa, que la esencia de sándalo natural es inestable a temperaturas superiores a quince grados, que hay bosques enteros en la India que se están deforestando para obtenerla y que sus cien moléculas básicas presentan cien oportunidades más de causar alergia que la única molécula que forma el Saldalore, que huele igualito. Pero ¿qué le voy a contar a Alma que no sepa? Mejor aprovechar la tregua me que ha ofrecido trayéndome a su despacho y corresponder al respeto con el que me está tratando como profesional con otro poco de lo mismo.

—Tus alternativas son irreprochables. —Inclino la cabeza—. Estoy de acuerdo con casi todas. Hay un par que, si no te parece mal, voy a poner en cuarentena hasta que las pruebe. El resto son un sí rotundo. ¿Me prestas un lápiz para apuntármelo todo?

—Puedo mandarte un correo. —Me pasa un boli.

—No, si ya lo tengo aquí. —Me señalo la cabeza—. Ahora, para que baje a suelo, necesito escribirlo a mano.

Me ofrece unos folios que lleno con letrujas diminutas. Ella me observa con curiosidad mientras catalogo las moléculas por rangos olfativos y apunto al lado de los grupos palabras comerciales para facilitar el trabajo a los publicistas.

—Ahí está la clave —murmura Alma—. He pensado mucho antes de proponerte los cambios, porque ya rondábamos el ochenta por ciento de química en las fórmulas.

—No nos vamos a ir mucho más lejos del ochenta y cinco. Estamos en la media del mercado.

—Eso creo yo. Se podrá vender como «natural» siéndolo tan poco como los otros perfumes de la competencia.

—Si nos esforzamos lo suficiente, no tendremos competencia. Competencia es quien no compra perfumes.

—El Alexander de hoy me está haciendo replantearme su revocación del contrato.

Me muerdo el labio para que la sonrisa no me parta en dos la cara. La Alma de hoy me está haciendo plantearme pedirle matrimonio.

Termino de garabatear en el papel, le devuelvo el boli y doblo los folios.

—*Confieso que a veces soy cuerdo y a veces, loco. Y amo así la vida. Y tomo de todo un poco.* —Me encojo de hombros—. Y, además, me gusta Julito Iglesias, ¿qué hago, me mato?

Los ojos plata de Alma se llenan de diversión.

—No antes de terminar los Jade.

En otro lugar, en otro tiempo, ya revolotearían sus risas a nuestro alrededor como golondrinas traviesas. Lo que daría por volver a escuchar una de sus carcajadas…

—Soy un truhan, soy un señor —contesto—. Y cumpliré con mi palabra. Los Jade van a romperla. Luego ya, me mataré a gusto.

Alma asiente con la cabeza. Me cree. ¡Cree en mí!

—Lo único que me preocupa, mucho, es el sobrecoste. Nos pone el listón demasiado alto de cara a las ventas.

Ese «nos» es la cosa más bonita que le he oído decir en mes y medio.

—Puedo tantear a Monique Rémy. —Sus cejas se arquean al citarle los laboratorios de Grasse. Es imposible que haya olvidado que pasé temporadas enteras formándome con ellos—. Ya, ya sé que son uno de los proveedores más exclusivos del mundo y que Lladó no es su cliente. Si los contactas tú, te van a ofrecer precio externo. Pero si tiro de agenda, puedo intentar conseguir precio interno. Si ya tiro de un poquito de mi encanto natural, igual les saco precio de esencia por absoluto.

—Eso es lo que quiero.

—Pues déjame hablar con ellos.

—No perdemos nada por intentarlo.

—Esa es la actitud. —Me guardo los papeles doblados en el bolsillo de la camisa de cuero—. Yo, a cambio, me comprometo a reducir la lista de la fórmula de los perfumes finales a veinte ingredientes. Será un reto, no me llevo bien con el minimalismo, pero... —Le sonrío.

Y con esa mueca grito las palabras que me trago: «por ti, lo que sea».

—Gracias. —Me devuelve la sonrisa.

Y el despacho se llena de química: moléculas de fósforo y magnesio chisporrotean entre nosotros al contacto con el oxígeno que estamos compartiendo. El aroma es tan brillante como el sol del mediodía en verano. El invierno acaba de terminar, porque en la boca de Alma ha florecido la primavera; en mi pecho, una cuna de nomeolvides: la flor del amante eterno.

—No, gracias a ti por esta tregua —le digo a corazón abierto—. ¿Nos tomamos el vermú que se nos quedó pendiente?

Alma niega con la cabeza.

—Tengo muchísimo trabajo.

La sonrisa se apaga en sus labios. En mi memoria, el *sillage* que ha grabado será eterno.

—Pues te dejo en paz. —Me despido con una inclinación de cabeza.

Yo también me voy tranquilo, porque Alma ha vuelto a sonreírme y con eso es suficiente. De momento.

25

YOU KNOW I'M NO GOOD

Alma
Sábado, 25 de octubre de 2008
Parque de las Mercedes. Almendralejo. Badajoz

No podía parar de sonreír. No sé si por el wiski con naranja, por la visita de Xander o por las dos cosas juntas. El caso es que me dolía la cara de felicidad. Una alegría desbordante que se vio un poquito empañada cuando él señaló el exterior del bar al descubrir que el sol empezaba a despedirse en el horizonte.

El maldito reloj corría demasiado rápido en nuestras citas. O lo que fueran... A aquella le quedaban solo un par de horas. Decidimos aprovecharlas buscando más intimidad. O «dando una vuelta», como lo llamó Xander al llegar al cercano parque de las Mercedes.

—Una similar a la que dimos por la Ciudad del Rock —añadió, abrochándose la cazadora.

Yo no pude imitarle, porque la chupa de Coro no me cerraba —ella siempre ha sido más menuda que yo— y porque tenía un calor tan desproporcionado como el suspiro que solté al recordar la noche del concierto. El rebuzno fue tal que quedé como lo que era: una boba a punto de enamorarse del chico equivocado.

—¿Te refieres a cuando nos escapamos del corrillo de las setas y nos fuimos para el coche? —pregunté.

—Más bien, a cuando nos paramos en la calle de las fuentes y te dio por empaparme entero.

—Bueno, es que no quería ser la única… húmeda. —Pestañeé.

—Pensaba que las bragas te las habías mojado un poco más tarde. —Ralentizó los pasos.

—Húmeda de sudor, Xander. —Me reí de él.

—Eres mala, niña de fuego. Y eso me encanta. —Me miró con hambre—. Qué pena que hoy no tengamos el Ford Fiesta de Eloy.

—Tenemos este parque lleno de rincones oscuros.

Se relamió antes de agarrarme una mano.

—¡¿Y qué hacemos todavía en medio de un camino?! —Tiró de mí.

Correteé tras él, lanzando carcajadas, que se perdieron entre las copas de los árboles caducos. Xander frenó en seco tras unos setos solo para alzarme en volandas, hacerme girar en el aire y darme un beso con él que ratificamos la primera ley ponderal: la materia ni se crea ni se destruye, se transforma. En incendio.

Ya podían haberse presentado en el parque diez dotaciones de bomberos y habernos intentado separar a base de manguerazos, que nosotros habríamos seguido ardiendo. Los labios de Xander eran la puerta del infierno. Su lengua, el pecado por el que merecía la pena condenarse para siempre. Sus manos, diablillos inquietos con una eternidad de práctica maquiavélica.

Supongo que dicha práctica podía haberme acomplejado. Yo no era una experta en esa materia, ni en ninguna. Mis recientes dieciséis habían supuesto una sucesión de años, no de experiencias. Pero no me afectó. Con Xander yo no tenía complejos, sino sed de conocimiento y hambre de vida. Por eso, al igual que la noche del concierto en las fuentes, jugué con él a mojarnos enteros.

Salpiqué sus labios de besos, sonoros como truenos. Bailé bajo la lluvia con su lengua hasta que su saliva y la mía se confundieron. Me humedecí la ropa interior cuando le mordí el labio superior y él me correspondió con un gruñido que lanzó a sus manos a explorar el escote de mi vestido.

Xander echó la cabeza atrás, atento a la caricia de sus dedos. Mi piel erizada, mi respiración irregular, mi manera de agarrarme a la cinturilla de su vaquero… De todo tomaron nota sus ojos despiertos que me miraban como si yo fuera un descubrimiento, el que cambiaría el destino del mundo.

—Qué locura, niña —jadeó mientras atravesaba con la punta de los dedos el límite de mi escote.

Sus yemas estaban frías. Al contacto con la hoguera de mi pecho me provocaron estremecimientos. Rayos de tormenta recorrieron mis senos, mi vientre y mi sexo. Sentí un cosquilleo muy fuerte, también en las manos. Las colé bajo su cazadora, bajo el jersey fino... y topé con una camiseta.

—¿Cuántas capas llevas, Señor Cebolla? —Me reí. Y él también al deslizar los dedos dentro de la copa del sujetador.

—Yo qué sé. —Me besó—. Sácame la camiseta del pantalón. Tócame. Piel con piel. Como lo estoy haciendo yo contigo. —Me acarició un pezón.

De un tirón me abrí paso hasta su abdomen. Busqué el camino de pelo suave que le partía en dos el torso y saqué las uñas sobre el esternón. Lo arañé de arriba abajo, muy despacito. Con más ímpetu palpé sus pectorales, tan firmes y excitantes como sentir la palma de su mano apoderándose de mi pecho.

Tiró un poco más de mí para ocultarnos. Me besó con lengua, dientes y jadeos. Sentí la brisa del otoño sobre mi carne desnuda.

—No quiero darte de sí el escote, es de lana... —farfulló mientras me recorría con los labios el óvalo de la cara y el cuello—. Pero no puedo privarme de esto. No puedo, Alma. —Bajó hasta mi pecho y lo cubrió con la boca.

Me lamió el pezón y la corola. Me chupó con las mejillas hundidas. Me mordió mientras me sujetaba por la espalda para acercarme más a él. Su boca fundida en mi piel y su mirada hacia arriba, llama oscura, guiaron mis manos hacia su cinturón.

—Espera —me pidió—. Vamos a buscar un banco primero.

—¿Ahora? —protesté tanteando su hebilla—. ¿No puedes sacar dinero luego?

Las carcajadas de Xander sonaron a redoble de tambor entre mis pechos. Y también me excitó. Todo fue siempre así con él: raro y magnífico.

—Un banco para que me siente y me montes como la reina amazona que eres. —Me recolocó el escote y me agarró las manos para separarlas de su cinturón.

Ladeo la sonrisa al desviar la vista a mis muñecas. Las juntó, las bajó un poquito y adelantó las caderas para llenarme las palmas con más solidez que un infinito de enlaces covalentes.

—Detrás de ti —le di instrucciones urgentes—. En línea recta. A unos veinte pasos.

—Llévame.

Avancé de frente, él de espaldas y, aun así, fue Xander quien me condujo cautiva de manos hasta un banquito de madera. Se sentó antes de soltarme. Cerró las piernas y me abrió las mías. Me subió a horcajadas sobre su regazo y me acarició el exterior de los muslos con la vista fija en mis tetas. Las tenía a tiro de boca. Mi corazón, a tiro de piedra.

—Me gustan tus pantis. —Me besó, despacio y húmedo.

—¿Cómo eres capaz de ponerme con una frase así? —Me revolví para acercarme a su erección: necesitaba alivio, el que solo él había sabido darme.

—¿De ponerte cómo? —Me lamió el labio inferior.

Y me besó la barbilla. Y la clavícula derecha, donde descubrió los dientes.

—De ponerme tanto.

—Igual te lo pego. Yo qué sé. —Hundió la boca en mi pecho.

Quise encajarme en sus caderas, pero el vestido era ceñido, así que me lo subí hasta que se convirtió en jersey. Xander me sobó las nalgas a manos llenas, volvió a besarme y se apartó para quitarse la cazadora.

—Póntela para que nadie vea lo que voy a hacerte —su tono morboso me hizo palpitar.

—¿Será nuestro secreto? —Me cambié de chaqueta.

Al terminar de ajustarme la suya, me sumergí de cabeza en su aroma: un trago de agua con hielo y limón después de practicar sexo sucio en una cama de lavanda.

—¿Ha sido nuestro secreto lo que pasó en el Ford Fiesta de Eloy? —me preguntó.

Y me acarició la cara interna de los muslos al igual que en el coche de su amigo: sin perderse la expresión de mi cara mientras avanzaba hacia mi sexo.

—Solo se lo he contado a Coro. Así que sí.

Con media sonrisa saludó a mi pubis. Me contraje sin querer, por el exceso de ganas. Él retrocedió de inmediato y me acarició las rodillas. La sonrisa se le completó cuando le pedí que no parara.

—Estamos demasiado nerviosos. —Ronroneó una negación—. Yo, por lo menos. Me tiemblan tanto las piernas que no paro de bambolearte. Lo que empeora la situación, porque tus tetas se mueven como dos panacotas. Y me pierde el dulce, Alma. —Se humedeció los labios y arqueó las cejas en una mueca de disculpa—. Es que me pierde.

Lo que sucedió después, mitad abrazo, mitad «me doy un banquete con tus panacotas», disparó mi ansia y mi deseo.

—Tócame —suspiré—. Tócame, por favor.

Xander escuchó, apartó la boca de mi pecho y acató. Directo en mi sexo. Lo acarició con la punta de los dedos, con la palma de la mano, con un gruñido cuando se dio cuenta de lo mojada que estaba.

—Me quemo —gemí.

—Y yo, contigo. —Me besó con la boca abierta.

Me tocó, inventando caricias sobre mis medias, hundiéndolas junto con mi ropa interior entre mis pliegues. Nunca nada tan molesto como esas dos telitas entre nosotros.

—Rómpeme las medias.

—¿Qué dices, loca? —Si me hubiera llamado «amor de mi vida» no habría sonado más bonito.

—Rómpemelas.

Tras. Tras. Crash.

No le hizo falta más. El siguiente tirón lo dio por vicio, se lo vi en la cara. El niño bueno que mostraban sus rasgos no era tal en aquel momento. Conmigo Xander era un sinvergüenza. Y lo malo es que me gustaba más que lo que sabía hacer con las manos.

—Ah... —Un golpe seco de aire me vació los pulmones cuando me apartó las braguitas a un lado y me penetró con un dedo.

—Hola, preciosa —le habló a mi vulva—. ¿Me has echado de menos?

—Un poco. —Me reí.

Él retiró la mano y la adelantó. Y repitió el movimiento. Y repitió de nuevo.

—¿Solo un poco?

—Un poco... mucho. —Alcé las caderas, lo necesitaba más adentro.

Un segundo dedo se unió a la fiesta. Bailaron en mi interior y se curvaron en ese punto que enviaba ráfagas a mi centro: el que rogaba que también lo sacaran a la pista. El apuesto pulgar de Xander se plantó frente a mi clítoris, le hizo una reverencia y danzó con él en círculos. Me agarré a sus hombros y apreté los dientes para absorber el escalofrío.

—Vale, te ha echado muchísimo de menos—gemí.

—Como yo a su dueña.

Inclinó la espalda para unir nuestros torsos y me besó... diferente.

Esa fue la primera vez que me besó con el alma que me acusó haberle robado días después. Se permitió mostrarse vulnerable para mí, necesitado de mí. Me dijo, con la lengua hundida en mi boca, que allí encontraba consuelo. Y me nació abrazarlo. Con mucha fuerza.

Su mano salió de entre mis piernas; con la otra, me sujetó una mejilla. «No te vayas nunca», me dijo con la mirada. Después, pegó su frente a la mía, exhaló todo el aire con alivio y volvió a mis labios para acariciarlos con palabras:

—Que le jodan a la camioneta. —Ladeó el cuello y abrió la boca.

Yo me aparté de golpe.

—¿Me has hecho la cobra? —Se rio.

—No puedo quedarme tirada en Almendralejo, Xander. Mis padres me matan si no llego esta noche.

—Solo te castigarían.

—Que viene a ser lo mismo, porque quiero devolverte la visita cuanto antes.

—¿En serio? —Entonces sí pareció un niño bueno.

—Claro —sonreí—. No puedo prometerte nada todavía...

—¿Y quién quiere promesas?

Le dejé que me besara para acallar en sus labios una respuesta inoportuna. Yo sí quería promesas, que se comprometiera conmigo. Eso habría aliviado bastante mi inseguridad adolescente, pero me limité a buscar otra clase de alivio más inmediato. Bajé las manos a su cinturón y no paré hasta que le rodeé el miembro con los dedos.

—Más despacio —me rogó—. Juega conmigo primero.

A Xander le encantaban los juegos morbosos. Me lo mostró en el Ford Fiesta durante horas. Tiempo del que ahora no disponíamos. Moví la mano más deprisa.

—Frena, Alma, que me conozco —gruñó.

—¿Tienes un condón? —Sacudí su erección con más fuerza.

—No —se quejó antes de morderse el labio.

—Que no se te olvide comprar cuando vaya a verte. —Apreté la punta carnosa y bajé hasta la base.

—Será la segunda cosa que apunte en la lista. —Gimió al volver a penetrarme con los dedos.

—¿Y la primera? —La muñeca empezó a molestarme y aceleré.

—El regalo de cumpleaños que te debo. —El pulgar sacó de nuevo a bailar a mi clítoris.

—Solo me debes una cosa. Y estás cerca de dármela. —Respirábamos a golpes sobre la boca del otro—. Muy cerca, Xander.

—¿Y ahora? —Cambió el pulgar por la almohadilla de la mano y sus dedos llegaron a profundidades nuevas.

—Ya casi —jadeé y sacudí la muñeca hasta el límite de mis fuerzas.

No tardé nada en fallecer en sus brazos. El fuego me consumió entre espasmos y calambres. Con un gemido largo esparcí las cenizas de mi orgasmo por todo el banco de madera y avivé el rescoldo de su deseo. Su miembro latió en mi mano antes de humedecerme los dedos.

—Hazme hueco, niña —gimió—. O te voy a poner perdida.

Separé el pecho y él, las manos de mi cuerpo. Con la derecha sujetó la mía sobre su erección. Abrió la izquierda encima del glande perlado. Los siseos que se le escapaban entre los dientes; los gruñidos contenidos en la garganta; esa nuez de Adán a punto de estallar; esos tendones del cuello, cuerdas de arco olímpico; esa mandíbula a reventar, como su miembro; esos ojos fijos en los míos, suplicándome alivio, poniéndose en blanco, alcanzando el cielo… Xander me regaló una galería de imágenes que conformaron el mejor álbum erótico que había visto desde el concierto.

Desvié la mirada cuando sentí la humedad tibia que Xander recogía como podía entre palpitaciones.

Cerré los ojos cuando me besó en la mejilla derecha. Ese beso tierno me sorprendió cuando aún teníamos las manos manchadas con su semen.

—Alcánzame un clínex, porfa —me pidió—. En el bolsillo derecho de la cazadora.

Busqué a tientas con la única mano limpia y encontré un paquetito de pañuelos. Y también, un par de condones. Saqué todo del bolsillo.

—Se me habían olvidado —me dijo antes señalar los pañuelos con la barbilla. Le pasé uno.

La mentira sobre los preservativos no quise pasársela.

—¿Por qué no te apetecía follar conmigo?

—¿Quién ha dicho eso? —Alzó una ceja mientras se limpiaba.

—No soy tonta, ¿vale? —A veces, sí que era un poco odiosa. Cuando me sentía pequeña—. Que no pasa nada, pero me gustaría saberlo.

—Vale. —Pilló otro pañuelo y me limpió la mano—. La idea de follar contigo en un parque público a las ocho de la tarde me pone cachondo. La práctica… Pues nos imagino en comisaría, con tus padres detenidos por haber querido matarme y… —Le interrumpí con unas risotadas. Su imaginación y la mía también tenían buena química—. No sé, he creído que tocarnos sería más discreto. Además, eres la chica que mejor me ha hecho una paja jamás.

Eso me gustó. Mucho. Me sentí talentosa, mayor, poderosa. Quise más de esa droga para la autorreafirmación.

—¿Con cuántas me estás comparando?

—Con pocas, no te creas. —Sonrió de medio lado—. Y he dicho «chica». Todavía no has superado a Eloy.

Fruncí el ceño mientras él se abrochaba la bragueta.

—¿Eloy te ha hecho una paja?

—Más de una —se rio al observar mi cara de «¿pero qué me estás contando?»—. No me digas que tú nunca te has liado con una amiga. Aunque sea para matar el aburrimiento...

—Pues no me ha dado por ahí, no. —Me apresuré a limpiarme y taparme las partes íntimas.

—¿Nunca te has besado con Coro? —Alzó una ceja.

—Una vez me metió un poco la lengua cuando jugábamos a pasarnos el hielo en la peña. Pero iba muy pedo. Se la habría metido a cualquiera.

—A lo mejor decidió aprovechar que parecía que iba muy pedo para hacer lo que le apetecía.

—¿Estás flipando? —Me reí—. A Coro le gustan los hombres.

—¿Y no le pueden atraer también las mujeres?

—Pues no, porque no es bisexual. Ella sabe lo que prefiere.

Ni le gustó mi comentario, cosa lógica, ni lo ocultó al pedirme su cazadora y ponérsela.

—Procuro quitar la etiqueta enseguida de lo que me pruebo y me sienta bien. —Tiró de las solapas—. Eloy y yo nos probamos, nos gustó, y repetimos a veces, siendo conscientes de lo que preferimos.

—Tenéis una relación informal —dije, intentando entender.

—Otra etiqueta.

—Sí, vale, pero de alguna manera hay que llamarlo.

—Eloy y yo somos amigos...

—... con derecho a paja —le terminé la frase.

—Cuando nos apetece o se tercia.

—¿Y tienes más amigos de esos?

Asintió con la cabeza despacio.

—Hay una niña de fuego con la que pretendo hacer lo mismo. —Arrastró las manos hacia mis nalgas y apretó con fuerza.

—¿Y alguien más?

—No sé a qué viene ese interés, cuando ahora, aquí, estamos solos tú y yo. —Me besó el labio inferior—. Pero me estás pegando la curiosidad. ¿Tú follas con otros?

Negué con la cabeza.

—El último has sido tú.

Y el segundo de mi lista.

—¿Y pretendes que siga siendo el último mucho tiempo o tienes otros objetivos en mente?

—¿Que si me gusta otro chico? —traduje. Él asintió con la cabeza. Yo le conté lo de Jesús, por no soltar «a mí solo me gustas tú y creo que va a ser así durante mucho tiempo»—. Hay uno en mi insti…, que me llama la atención desde el colegio. Pero nunca me ha hecho ni caso.

—Entonces, pasa. Si en tanto tiempo no ha sabido apreciar que eres la más bonita del mundo entero, es que es subnormal. Y seguro que la tiene muy pequeña.

Me reí y le besé con un sentimiento que no sabía verbalizar de otra manera.

La niña de fuego, la más bonita del mundo entero. Jo, si hasta rimaba un poco. A mí me sonó a poesía, desde luego. Nadie me había visto así antes. Y me cegué pensando que nadie me vería así después.

26

LA DESPEDIDA

Alexander
Miércoles, 24 de abril de 2019
Mi torre. Sant Cugat del Vallès. Barcelona

Nueve días he tardado en reformular los Jade para ajustarlos a las recomendaciones de Alma. ¡Nueve días! Tengo la cabeza como un bombo de pelearme con los del laboratorio y los ojos abrasados de tanto ordenador. Para mí, esta es la parte más pesada del proceso de creación de un perfume. Por suerte, voy a cambiar de tercio en breve. En Grasse ya están avisados de mi visita. Solo me queda informar a Mariano.

Me desplomo sobre el sofá redondo del estudio y marco su número.

—Hola, Alexander —dice al segundo tono.

—Hola, majo. Marcho para Francia. —Le explico el motivo.

—¿Le digo a Matilde que te compre los vuelos?

—Me está pidiendo el cuerpo un *roadtrip* en la tartana.

—Bueno, pues carga a la tarjeta de la empresa la gasolina y lo demás.

—No lo dudes. Te iré informando de los avances con los proveedores.

—Vale, hijo, buen viaje. Ten cuidado con la carretera.

—Gracias, Mariano. —Sonrío.

Que me trate como a un hijo es el verdadero lujo de Lladó.

—Oye —me dice—, ¿te mando a alguien de la casa para que te ayude?

—No, gracias.

—A Alma Trinidad le vendría bien conocer la zona —dice con cautela.

Y entiendo su tono, porque en realidad me está diciendo: «pásale tus contactos a la directora por si tenemos que despedirte en junio».

—Si ella quiere venir, estaré encantado de acompañarla.

—Voy a llamarla, a ver qué opina.

—Me urge —mogollón— la respuesta. Tengo intención de salir mañana mismo.

Por suerte, no me hacen esperar mucho. Al cabo de un rato, Mariano me escribe para informarme de que Alma volará a Grasse.

Con lo bien que podíamos ir los dos en mi tartana, reduciendo la huella de carbono de la atmósfera y estrechando lazos de paso… Además, a Alma le daban miedo los aviones…

Según se me cruza esa idea por la cabeza, mi dedo pulgar se mueve de forma autónoma por el teclado del móvil. Al instante suena el primer tono. No me va a contestar pero, como ella dice, no pierdo nada por intentarlo.

—¿Sí?

—Hola —musito—. ¿Alma?

—Sí, soy yo.

Claro, quién iba a ser si no…

Me sujeto la frente y procuro controlar la respiración.

—Joder, qué nervioso me he puesto. No esperaba que fueras a descolgar. —A la lengua no puedo controlarla.

—Me llamas por lo de la visita al proveedor de Grasse, ¿no?

—Sí, sí, justo por eso.

—Entonces, el motivo de la llamada es razonable. Adelante, dime.

—Eh, pues… ¿Quieres…? ¿Te apetecería…? —Carraspeo—. Que si te vienes a Francia conmigo en coche en vez de en avión. Para ahorrarle un poco a Lladó y al medio ambiente y eso…

Alma suspira. Yo también lo haría, pero ya he sonado lo bastante patético.

—No sé qué me apetece menos: si meterme en un avión o pasarme seis horas contigo en un coche alquilado.

—Tengo coche propio.

—Siguen siendo muchas horas.

—Conduzco yo. No me importa.

—Eso lo daba por sentado.

—Pues muy bien hecho. Ahora, te ruego que atiendas a los beneficios que puede reportarte viajar conmigo. —Me incorporo—. Y no solo hablo de mi inestimable compañía, del ahorro de recursos y del mal rato de vuelo del que te librarías; hablo de que podríamos aprovechar que pasamos por Girona para presentarte a la gente de Bachs: el proveedor de proximidad de Lladó, que se va a llevar el treinta por ciento del presupuesto. Si de camino paramos en Montpellier, podríamos visitar los cultivos de mano de los productores que conozco. Si antes de llegar a Grasse nos desviamos un poquito hacia la costa, podríamos tantear el mercado del lujo en Cannes. La Croisette es una mina de marcas. Y hay una heladería a pie de avenida, donde hacen unos helados que te cagas. Sobre todo, si eres intolerante a la lactosa… Tampoco descartaría acercarnos a Mónaco para tomar referencias de las últimas tendencias en…

—Deduzco una clara intención de afrancesar a los Jade —me corta—. Y el *brief* es China.

—¿Y de dónde te crees que son los millonarios que revolotean alrededor de las máquinas tragaperras del Casino de Montecarlo? ¡Allí tienes a todos los chinos que quieras en su salsa!

—No voy a negarte que, así planteado, el viaje resulta interesante.

—¡Pues no se hable más!

—Sí, hay algo más que tratar antes de aceptar, Xander.

Ojo, cuidado, que me ha llamado por su nombre. Ahora no puedo descarrilarme.

—Te escucho —le digo.

—Será un viaje de trabajo. A la primera insinuación de lo que hubo entre nosotros, te mando de vuelta a Barcelona.

—Acepto.

—Bien.

—Acepto, aunque no me guste el plan —matizo—. Sigo pensando que lo más sano sería hablar de lo que en teoría te hice.

—¡¿En teoría?! —Bufa—. Hasta aquí, Xander. Te digo ahora el adiós que debí pronunciar hace años.

—Dime al menos por qué no lo pronunciaste.

Esperanza, qué puta eres.

—Porque no tenía fuerzas. Y ahora no tengo ganas. Nuestro tiempo... voló.

Un trillón de fotogramas por segundo me bombardean la cabeza. Las imágenes de la niña de fuego en brazos de Xander me devuelven a ese pasado feliz, lleno de oportunidades, de primeras veces, de lo mejor que fui. Con Alma.

—Fue un vuelo precioso.

—Lo fue.

—Con eso me quedo. —Me sujeto el pecho—. Gracias por admitirlo. Empezaba a pensar que mi memoria había guardado momentos que nunca sucedieron.

—Creo que es más bien al contrario: se le olvidó registrar algo. —Suspira—. Prefiero creer eso a que te haces el olvidadizo. No podría mirarte a la cara si pensara que eres tan cobarde.

—Te juro por lo más sagrado, Alma, que yo no sé lo que te he hecho. —Ella calla—. También te juro que me encantaría arreglarlo si pudiera, o disculparme o lo que fuera. Pero, eh, eso es solo lo que yo necesito. Si tú necesitas lo contrario, si te quedas más a gusto haciendo del tema un tabú entre nosotros, pues... me apunto.

—Todo claro, entonces. Nos vemos mañana a las ocho.

—¿Dónde te recojo? —preguntarle eso me levanta el ánimo.

No podemos reconstruir lo que fuimos, porque a ella no le sale del chulapo, pero sí podemos cimentar lo que seremos. Y esta vez lo haré mejor. Por la cuenta que me trae...

—En la estación de Sants, si no te importa.

—Claro que no. —Sonrío como el idiota que soy—. ¿Estás en Madrid ahora?

—Sí.

—¿Y te sería mucha molestia traerme una docenita de rosquillas de Alcalá? Con el glaseado ese de huevo tan rico, no el de chocolate.

Escucho un suspiro y la imagino sujetándose el puente de la nariz.

—Creo que comprenderás que no voy a tener tiempo de preparar el viaje mientras busco rosquillas por Arturo Soria.

¡Bin-bin-bingo! Acaba de cantarme el nombre de su barrio. Voy a seguir probando suerte, a ver si sale la dirección completa.

—Venga, mujer, ¿qué te cuesta? A la que sacas a pasear al perro, preguntas en alguna pastelería de la calle…

—No tengo perro.

—Pues sacas a Coro.

Alma se ríe.

¡Alma se está riendo!

Me desmayo.

Bueno, en realidad no, solo lo estoy fingiendo con la mano en la frente y el desplome en el sofá.

—¿Te has caído? —me pregunta.

En la marmita de las canciones con la melodía de tu risa, Alma mía.

—Sí, chica, es que soy así de torpe.

—Mejor conduzco yo mañana. Ahora alquilo el coche.

—No, porfa. A mi tartana le hace una ilusión tremenda venirse de viaje con nosotros.

—¿Es segura?

—Tanto como las fórmulas definitivas que te he enviado o los precios que vamos a conseguir de los franceses.

—No encuentro una alternativa mejor que confiar en ti. Y eso dice mucho de mi situación. —Resopla.

Atrapo un puñado de aire y lo sujeto contra el pecho.

—Todo va a salir bien.

—No dudaré en hundirte si te equivocas.

—Tranquila. Yo mismo me hundiré en las aguas heladas, aunque haya sitio de sobra para los dos en la madera. —En su silencio imagino una sonrisa tan grande como el Titanic—. Hasta mañana, Rose.

Un suspiro me acaricia los oídos antes de despedirse:

—Adiós, Xander.

27

L'APPEL DU VIDE

Alexander
Jueves, 25 de abril de 2019
Estación de Sants. Plaça dels Països Catalans. Barcelona

—¿A esto lo llamas «tartana»? —Alma alza las cejas junto a uno de los pasos de cebra de la estación.

Aparto las manos del volante para ponerme las gafas de sol de diadema y apreciar mejor el color hueso de su traje de chaqueta. Las zapatillas Balenciaga son un poco sosas. La camiseta de Versace me flipa.

—La llamo así porque tiene más años que Matusalén. —Señalo el asiento de atrás para que deje su bolsa junto a la mía.

—Es un Mustang clásico descapotable.

Me muerdo la lengua para no decirle que su gesto de sorpresa es adorable y que su aura rojiza combina genial con el color de la carrocería.

—Venga, métete en el coche, que estamos formando atasco.

Cuando Alma se abrocha el cinturón, avanzo para cambiar el sentido de la marcha y encarrilo hacia la avenida de Roma.

—¿Has abierto el correo electrónico esta mañana? —me pregunta.

—Todavía no, ¿por?

—Ya han llegado los resultados de los primeros grupos de sondeo. Y son dignos de discutir, pero tendremos que posponerlo hasta que te pongas al día.

—Con que me hagas un resumen, me apaño.

—No soy tu secretaria —me advierte—. Eres tú quien debes ocuparte de tus tareas, con un mínimo de orden a ser posible.

—Siempre te encantó el orden.

Alma me lanza una mirada cortante.

—No olvides nuestro acuerdo.

—Lo tengo muy presente. —Giro a la derecha en Vilamarí—. Me pediste que no aludiera a lo que hubo entre nosotros, no a lo que sé de ti. Y lo del orden es un halago. Para una mente caótica como la mía, es algo incluso admirable.

—No es tan caótica cuando ha logrado formular cinco fragancias definitivas en un par de meses.

—Hombre, está mal que lo diga yo, pero sí, ha sido una hazaña sobrehumana. Cuando Mariano me habló del plazo, me reí bastante.

—A mí me sorprendió que aceptaras. La idea era que la *deadline* te hiciera desistir.

Le sonrío al parar en un semáforo. Bruja mala, cómo me gustas.

—Pues te toca tragarte tus previsiones. No solo no he desistido, sino que os he dado cinco joyas que van a llegar a plazo…

—… si se apuran en el laboratorio.

—No has perdido la costumbre de terminar las frases a los demás. —Meto primera y acelero—. Los chicos de cocinas están encantados de tener que apretar el ritmo para variar. La mayor parte del tiempo se la pasan mano sobre mano entre proyecto y proyecto.

—Y eso es algo que me gustaría cambiar en cuanto saquemos los Jade.

—¿Vas a poner a los técnicos y a los perfumistas júnior a investigar como cabrones para sacar moléculas con patente propia?

—Y a ti, si te quedas. Es una gran fuente de ingresos.

—Conmigo no cuentes. Nunca vendo mis cautivos, solo los alquilo.

—Añadiré eso a tu informe.

—Nada de lo que argumentes va a superar que soy el mejor arquitecto de aromas para Lladó. —Me meto en la glorieta de Tetuán.

—Tus ventas no reflejan lo mismo.

—Yo no vendo nada, Alma —le digo con seriedad para dejar bien claro, de una puta vez, el tema de las ventas de los anteriores perfumes—. Yo me dedico a inventar, probar y formular. Y todo eso puedo hacerlo porque llevo desde los diecisiete —como bien sabe— esforzándome al máximo para formarme en el oficio, en mi opinión, más bonito del mundo. —Sigo en segunda por la Gran Vía—. En mi nariz reside un gran talento natural, no te lo niego. Talento que mimo y entreno. Pago con casi todo mi tiempo el regalo que me ha sido concedido para alcanzar unos rangos olfativos superiores a la media. Pero donde de verdad está mi arte es en la colección de aromas que guardo en la cabeza y aquí. —Me señalo el corazón—. A este lo pongo en todo lo que creo. Que luego no me saben vender el producto final... Pues mira, chica, busca tú la solución, que yo ya tengo bastante con lo mío.

—Para eso me ha contratado Mariano. —Guarda el teléfono en el bolso de mi padrino; al que no puedo aludir, por el maldito preacuerdo. Con lo que me gustaría preguntarle si es consciente de la bofetada emocional que me mete cuando la veo acariciar esa pieza de cuero.

—Pues todos contentos —le digo—. Tú te dedicas a tus números y a las cosas serias en tu escritorio de directora y a mí me dejas jugar con los colores en la alfombra. Ni te vas a enterar de que estoy ahí.

Me parece ver una leve sonrisa, pero igual me lo estoy imaginando. Me incorporo a la ronda Litoral.

—Ya es todo recto hasta Girona —comento—. Si no hay atasco en el peaje de la AP-7, tardaremos poco más de una hora en llegar a Bachs. Ellos nos suelen hacer el embotellado y el *packaging*. Son serios, cumplidores y sus tarifas son muy competitivas. Igual no es mala idea preguntarles por los frascos.

Alma rescata el teléfono y apunta algo en una de esas listas interminables en las que se organiza su cabeza.

—Gracias —murmura.

Doy un volantazo. El tono sincero de ese agradecimiento me ha llegado hasta la médula.

—Lo haría por cualquiera que tuviera tantas ganas como tú de ayudar a Lladó —contesto.

Y me callo que, por ella, lo hago con más motivo, porque pronunciarlo sería referirme a nuestro pasado común y blablablá.

Mira, de verdad, esto no es fácil.

—Ya sé que no estoy recibiendo un trato especial por tu parte —se defiende ella.

—Hombre, te estoy llevando a Grasse en mi tartana, como a una reina —dejo bien claro—. A Mariano lo habría mandado en avión.

—Pues es un hombre muy tratable.

—Pero en cuanto se mete en el coche, se pone a roncar. Y ronca que flipas.

—Tú también.

—Eso es trampa. —La señalo con el dedo—. Alusión al pasado.

—En general, no a nuestra relación o lo que fuera.

—Tú eres consciente de lo complicado que es esto, ¿verdad?

—Lo soy, desde la primera vez que me llamó Mariano.

—¿Sabías que yo trabajaba para él?

—Claro, lo sabe todo el mundo. Otra cosa son los rumores acerca del motivo de tu anonimato oficial.

—Pero a ti eso te da igual, porque tú sabes por qué soy un nariz fantasma.

—Exacto. —Deja el bolso sobre la alfombrilla, entre sus Balenciaga, y apoya el codo junto a la ventanilla—. ¿Cómo están tus padres?

Doy otro volantazo. Menos mal que no hay mucho tráfico.

—Eh, pues… bien. Mi padre sigue en Málaga, disfrutando de su jubilación anticipada. Y mi madre… creo que anda por Georgia. Últimamente le ha dado por el paisajismo. Y por enamorarse de un aventurero que es como Calleja, pero con veinte años menos.

—Ajusto la velocidad al límite de la vía—. Susanita entró en la política. Vive desde hace unos años en Madrid, como tú.

—¿Por eso coincidimos aquel día en el AVE? ¿Ibas a visitarla?

—¿Coincidimos? No me di cuenta. —Sonrío.

—Yo creí que me estabas acosando, cosa que no me gustó nada de nada. —Me lanza una mirada de advertencia—. Ahora prefiero pensar que solo fue una coincidencia.

Así comenzó nuestra relación antaño, como una sucesión de mentiras consensuadas. Frunzo el ceño.

—Pues la verdad es que te perseguí por media España solo para saber adónde ibas —digo para romper el círculo vicioso.

—Fingiré que no te he oído.

—Preferiría que no. —Desvío los ojos de la carretera un segundo para rogarle con la mirada—. Prefiero pedirte perdón por mi comportamiento y asegurarte que no volveré a hacerlo. —Ella aparta la vista. Yo la dirijo al frente—. Soy un truhan, ya lo sabes, y también puedo ser un señor. O eso creo... Déjame intentarlo, al menos. No puedo garantizarte resultados, pero no te vas a aburrir en el proceso.

Alma niega con la cabeza, baja la ventanilla y ladea la cara hacia fuera para que el viento de la mañana le peine la melena. Es la primera vez desde que nos hemos reencontrado que la siento tranquila. No lleva la espalda envarada, el mentón bien alto, las uñas como garras dispuestas a degollarme de un zarpazo. Está relajada. Y eso me encanta. Y me da mucha envidia. Yo tengo la espalda doblada del peso de la responsabilidad de demostrarle algo que, tal vez, no sea. ¿Y si lo mejor de mí es la peor mierda para ella? ¿Y si no soy más que un acorde de salida explosiva que no es capaz de dejar ningún *sillage* en la vida de nadie?

Ay, qué malo es autoanalizarse cuando has cometido tantos errores. Algunos, muchos, a propósito. *L'appel du vide* me ha llevado por el mal camino siempre.

¿Sabes esa llamada primitiva y kamikaze que sientes cuando te asomas a la calle desde la terraza de un décimo piso? ¿Esa voz que te invita a saltar? ¿Esa proyección inquietante en la que te ves pasando las piernas por encima de la barandilla y lanzándote al vacío al tiempo que dices «¡pero que yo no quiero esto!»? La tentación y el miedo van de la mano hacia el camino de la destrucción. Y acabas contigo. Acabas traicionándote a ti mismo o a alguien a quien amas, que al final es lo mismo. Acabas dándote un golpe de campeonato solo por el placer de poder hacerlo.

De eso sabía bastante mi niña de fuego. Pero ahora está en paz consigo misma. Me enorgullece que haya crecido así de bien, aunque eso suponga que me saque años de adelanto en lo que a madurez se refiere.

Con la vista fija en la carretera, imagino nuestra historia desde el concierto hasta hoy como un balancín en el que nunca encontramos equilibrio. Que, oye, no me quejo, porque lo de arriba y abajo con Alma siempre fue divertido. Demasiado divertido. Ya me gustaría volver a ver cómo le botan las tetas con el bamboleo... Pero a lo que me refiero es que, entonces, yo creía que sabía mucho de la vida y ella poco, y ahora es al revés. Ella parece haber descubierto un secreto que yo ni he intuido. Me gustaría tanto que me contara cómo ha conquistado la edad adulta, cómo ha sido su camino...

—¿Te importa que ponga algo de música? —me pregunta, estudiando el salpicadero—. A ver si así paro de tararear mentalmente *Soy un truhan, soy un señor*.

—Pues pocos mejores que Julito para acompañarnos a Girona.

Alma enciende el nuevo reproductor que le instalé a la tartana.

—Julio Iglesias —le pido al chisme.

Las notas alegres de *Me olvidé de vivir* actúan como un filtro *vintage* sobre nosotros y nos transportan a tiempos de mi tartana. Son los setenta, a finales. La dictadura ha terminado. El destape está de moda. La canción melódica todavía corona las listas de ventas.

—*De tanto correr por la vida sin freno* —me arranco a cantar—, *me olvidé que la vida se vive un momento. De tanto querer ser en todo el primero, me olvidé de vivir los detalles pequeños.*

Alma para la canción de un manotazo. Creo que ha sido una reacción a la letra de la canción, porque yo afino que te cagas.

—Voy a buscar otra cosa.

—Dale —le digo.

¿Qué le voy a hacer? Aunque me quedo con las ganas de entonar la parte que Julito escribió para que yo se la recitara a ella: «*De tanto jugar con quien yo más quería, perdí, sin querer, lo mejor que tenía. De tanto ocultar la verdad con mentiras, me engañé sin saber que era yo quien perdía. De tanto esperar, yo que nunca ofrecía, hoy me toca llorar; yo que siempre reía*».

Que Alma elija a la Lupe para gritarme «lo tuyo es puro teatro» me manda un mensaje bien claro: la dictadura de su frialdad no ha terminado, las canciones melódicas me las puedo meter por el cerito y del destape, ni hablamos.

28

LOVE IS A LOSING GAME

Alma
Domingo, 22 de febrero de 2009
Dormitorio de Xander. Marbella. Málaga

—¿Te he dicho alguna vez que eres preciosa? —me preguntó el chico que más loca me volvía mientras nos acariciábamos bajo su edredón nórdico de Bola de Dragón.

Y es que, en el fondo que yo ya empezaba a apreciar con claridad, Xander no era quien todavía fingía ser con aquel tupé a lo Zac Efron. Xander solo trataba de integrarse en su nuevo medio, pasando desapercibido, pero en su intimidad era distinto. El más distinto a todos los que había conocido.

Allí mismo, en su dormitorio, había infinidad de pruebas de su amor por lo *kitsch*. En su librería estaban mezclados sin aparente orden Lorca, Camus y Mishima con *¿Sueñan los androides con ovejas eléctricas?* y *Los juegos del hambre*. En su iPod convivían en peculiar armonía el tecno industrial alemán y Raffaella Carrà: la cantante preferida de su abuela materna. En la pared en la que se apoyaba la cama, lo mismo te encontrabas con un cartel de una peli de Almodóvar, o con láminas de Andy Warhol y Dalí, que con un abanico de lunares o un póster de Lola Flores. Sus nuevas obsesiones eran los tablaos flamencos y las folclóricas. Y, para mi sorpresa, Xander me seguía encantando, por todo lo que era y por todo lo que me hacía sentir.

—No sé. No me acuerdo de todo lo que me dices. —Me revolví en aquel amasijo de piernas, brazos y piel desnuda para arrimarme a su paquete.

Aunque me acababa de despertar y estaba entumecida e irritada en múltiples zonas de mi anatomía, seguía teniendo hambre de él.

Ya estaba en plena fase de celo.

Los cuatro meses que habían pasado desde la última vez que nos habíamos visto habían sido un preliminar absurdamente largo. Ya fuera por Messenger, *e-mail* o teléfono, no había semana que no hubiéramos hablado de lo humano y lo divino. De la necesidad de vernos. De nosotros como un todo separado a la fuerza por un destino cruel encarnado en mis padres, que no me dejaban hacer nada.

La segunda quincena de noviembre no había podido ir a visitarle porque quedaba poco para los exámenes del primer trimestre y, al ser el primer año del bachillerato, mis padres temían que me cayera algún suspenso. En Navidad, después de sacar unas notazas tremendas, tampoco había podido largarme porque había que hacer dulces y roscones como si se acabara el mundo y no iban a contratar a nadie estando yo en casa tocándome las narices. En enero había seguido enclaustrada porque había puesto el listón de las notas demasiado alto y no podía bajar la media. Me dieron unas ganas de suspender los parciales solo por joder... Pero, claro, entonces no habría podido utilizar la coartada de acompañar a la nieve a Rosalía para escaparme a Málaga en Carnavales. Y el viaje estaba mereciendo la pena. Muchísimo.

Solo había visto la calle un poco el viernes, de la estación de autobuses a la casa de Xander. Y tampoco me había fijado demasiado porque el que conducía era su padre, el modelo internacional. Qué hombre más guapo. Y educado. Y familiar. Me había tratado desde el primer minuto como si fuera la hija de sus mejores amigos. Me había abrazado y todo. Y yo, tiesa como un palo, con los ojos desorbitados, preguntando entre dientes a Xander qué significaba aquello. ¿Por qué sabía su padre que yo existía?

El domingo, después de muchas horas de confidencias y piel, conseguí responder a mi pregunta a base de montarme un poquito la película.

Bueno, fue un muchito.

Llegué a la conclusión de que Xander le había hablado tanto de mí a su encantador padre porque yo era su novia. ¿Por qué si no? Tenía sentido: desde que nos habíamos conocido no habíamos parado de hablar y hacer planes. Y ya no nos liábamos con otras personas. Eloy ya no le hacía pajas; me lo había contado una tarde. Y yo había apuntado en mi lista de «relación con Xander» la palabra «exclusividad». Había leído no sé dónde que era la forma adulta de decir «ser novios». Lo que éramos nosotros, vaya, aunque no lo dijéramos así porque a él no le gustaban las etiquetas. Con lo útiles que son a veces…

—Eres una mentirosa. —Me lamió el labio inferior, como él sabía: despacito, solo con la punta de la lengua y esa mirada que era gasolina para mi fuego—. Te acuerdas de todas las veces que te he dicho que eres preciosa, igual que yo me acuerdo de cada segundo que he pasado contigo.

—¿Cuántos han sido, listo? —Alcé la barbilla para que me la besara y bajara hacia el cuello.

Sus besos en el cuello eran adictivos.

—Han sido pocos. Muy pocos —dijo contra mi piel.

—Y lo peor es que voy a tener que irme dentro de nada.

Xander gruñó una queja al bajar a por mis tetas.

Las pobres habían sido sobreexplotadas durante el fin de semana, pero dieron la talla. Me transmitieron que la huella de unos dedos clavados con fuerza un día es dolorosa y placentera a la mañana siguiente, es sensibilidad elevada a la décima potencia. Con solo una suave caricia, mis pezones se pusieron como brasas. Balanceé las caderas, pidiendo asilo. Él miró hacia arriba, me sonrió y me acarició el vientre.

—¿Por qué no te quedas… para siempre?

—No me jodas, Xander. —Eché la cabeza atrás con las cejas arqueadas.

Que no se me pusiera romántico, por favor.

—¿No? —Se la agarró para tantearme el pubis—. ¿No quieres que te joda otra vez?

—Esa boca, niño —le imité, tirando de su nuca para acercarlo a mis labios—. Voy a tener que lavártela con saliva.

—Mejor escúpeme aquí. —Me acercó la mano.

—¡No voy a escupirte en la mano! —Me reí.

—Muchas gracias, generosa. —Me besó antes de escupirse él mismo y llevar la mano hasta su miembro.

Me aparté y hasta retiré un poco el edredón para no perderme detalle. Me gustaba mirarlo. Y a él, que lo mirara. Se ponía a mil estudiando mis reacciones a sus movimientos. Cuando se la sujetó con las dos manos y exhaló un gemido seco, abrí la boca.

—¿La quieres? —me preguntó.

Su sonrisa torcida me dijo que ya sabía la respuesta: estaba deseando volver a chupársela. Por llevar la contraria, rescaté un condón de la mesilla. Se lo puse como me había enseñado: apretando la punta de látex para evitar una indeseable acumulación de aire en el depósito. Le acaricié las bolas, cosa que también había aprendido de él. Hasta el momento eran dos elementos decorativos ajenos al juego, no me servían para nada, pero Xander me había descubierto que, bien manipuladas, ejercían un efecto mágico en su miembro y en lo que me hacía con él.

—¿Lo quieres? —le pregunté de vuelta, acercándolo a mi sexo.

—Desde el primer lametazo que le di. —Se sujetó a mis caderas con fuerza.

La punta hinchada me rozó el monte de Venus. Bajé la mano para dirigirla. Me froté el clítoris con ella, me mordí el labio y me toqué un pecho con la otra mano. Me sentía tan sexual, tan mala, como si tuviera una cara oculta que solo podía descubrir con Xander. Y eso me encantaba, me excitaba como nada, alimentaba la vena oscura que compartía con mi musa, Amy Winehouse.

—Pienso mucho en tu cabeza entre mis piernas en el asiento de atrás del Ford Fiesta —confesé.

—Yo no me quito tu sabor de la boca. —La abrió sobre la mía, adelantando las caderas—. Méteme dentro, niña, que no aguanto más.

—¿Aquí? —Me burlé permitiendo que me penetrara solo un segundo.

—Mierda, Alma —gruñó y pegó su frente a la mía—. Hazlo otra vez.

—No quiero. —La subí hasta mi clítoris y seguí jugando.

—Te voy a reventar. —Se rio antes de darme un beso con lengua que me puso los ojos en blanco.

Perdí hasta la fuerza en la mano que lo sujetaba. Y él aprovechó para cumplir su palabra: de un golpe de caderas me hizo ver las estrellas.

—Suave, suave. —Bufé. Y gemí. Y protesté cuando se retiró despacio.

—¿Así? —Su movimiento fue seda en mi interior irritado.

—Mejor. —Abrí más las piernas.

—¿Y ahora? —Giró la cadera al final, ocupando cada centímetro.

—¡Joder! —Me sujeté a sus hombros.

—Shhh… Vas a despertar a mi padre.

—¡No me hables de tu padre ahora! —gimoteé.

Xander se carcajeó mientras atrasaba las caderas. Cuando regresó, ya no había rastro de humor en su rostro. Solo sexo sin tabúes, muy explícito. Cada vez con él era diferente en la forma e igual en el morbo. No concebía que nadie supiera hacerlo mejor que nosotros. Nos compenetrábamos tan bien. Teníamos tanta química…

—Dios, no pares. —Le clavé las uñas en los hombros—. No pares, Xander. Más. Más.

—Golosa —me dijo al oído—. No te cansas nunca, ¿eh?

—Buenos días, cariño —dijo su padre al llamar a la puerta—. ¿Quieres un café?

—¡No! —gruñó Xander.

—Hablo con Alma, huevón.

Alma estaba enroscada en su hijo, temiendo amputarle el pene por la tensión acumulada en la vagina por el susto.

—¡Ella tampoco quiere!

—Bueno, pues os dejo la cafetera preparada para cuando terminéis.

Sentí que todo el calor del vientre se me subía a los mofletes y que el pene de Xander perdía optimismo.

—¡Que te pires! —chilló.

—¡A que entro!

—Mierda, mierda. —Me revolví tan deprisa y tan contraída que le arranqué el preservativo.

Colgó un rato entre mis piernas mientras buscaba como loca unas bragas, toalla o alfombrilla de ratón para taparme. Acabó siendo el edredón. Me lo eché por la cabeza, apreté las piernas y corrí hacia el baño de la habitación, con tan buena suerte que pisé una esquina del jodido nórdico. El culetazo fue monumental. El moratón me duró dos semanas. La vergüenza cada vez que pensaba en su padre, mucho más.

Tanto fue así que, cuando Xander me invitó a volver a su casa en el puente de mayo, le dije que no con una excusa mala, que él dio por buena. Incluso vino a Mérida, solo para unas pocas horas de besos y caricias en un cine que ya no existe. No llegó ni a ver terminar el año, como lo nuestro.

El verano es un verdugo implacable para las relaciones inestables. Y más, si él se muda a otro país a adquirir experiencias nuevas y tú te quedas sudando la gota gorda en los hornos de la panadería de tus padres.

No supe nada de Xander hasta septiembre, cuando me llamó para felicitarme y yo me sorprendí tanto que casi me salté un ojo con el cepillito del rímel.

—Ah, pero te acuerdas de qué día es mi cumpleaños y todo —le dije con un tonillo prepotente.

Estaba en casa de Coro, preparándome con ella para la celebración en la peña de mis nuevos diecisiete. La pobre se había pasado el verano entero escuchándome maldecir a Xander. Aunque me temblaran las rodillas solo por haber visto su nombre en la pantallita, tenía que disimular un poco, reafirmarme en que estaba enfadada. Y con motivos.

—¿Cómo no iba a acordarme de qué día nació mi niña de fuego? —Se lo tomó a risa.

—¿Tu niña? —Me burlé—. Pues podría denunciarte por abandono de menores.

—Te dije en junio que iba a estar ocupado todo el verano.

—Ni me has respondido a los mensajes, Xander.

—No podía distraerme. Sabes que las prácticas en los laboratorios eran importantes para mí. Quiero ser perfumista. El mejor perfumista. Y eso requiere toda mi concentración, Alma. No imaginas cómo es el ritmo de trabajo en Grasse.

—¿Sabes lo que escucho? Yo, yo, yo... —Me puse una mano en la cadera y miré a Coro a través del espejo—. ¿Y yo, qué? ¿Eh, Xander? ¿Qué pasa conmigo?

—No sé, dímelo tú. ¿Por qué me estás tratando como si hubiera hecho algo malo?

—Ese es tu problema. —Señalé con el índice mi propio reflejo.

—Ahora tengo problemas —suspiró.

—Pues sí. Y uno de ellos es pensar que puedes desentenderte de una persona durante meses y, luego, llamarla como si nada.

Coro asintió con la cabeza y me sacó el dedo pulgar.

—Vale, Alma. —Xander inspiró hondo—. Mira, yo solo quería felicitarte y saber cómo estabas. Ya he hecho las dos cosas y, de regalo, me he llevado un chasco tremendo. Si te apetece hablarlo en algún momento, aquí estoy. Si no, pues... qué pena. —Realmente sonó entristecido.

—Yo más que «pena», lo llamaría «decepción». Pero las etiquetas no son lo tuyo. —Por eso no tenía remordimientos por haber ignorado a su novia, que era yo, todo el verano.

—Llámame otro día, por favor.

—Ni loca. —Me reí con amargura—. Ya está todo dicho, Xander.

Nada más colgar, rompí a llorar como una tonta.

Coro me consoló y me arregló el maquillaje corrido. Lo maldijimos juntas y borramos su número para evitar tentaciones. La borrachera en la peña fue épica. Y la más triste que recuerdo.

En ninguno de los fondos de los vasos que iba vaciando encontraba la manera de olvidarle. La busqué también en la boca de mi ex y solo hallé un desvío hacia una travesía cortada. Aun así, aparqué los restos de mis emociones en esa calle sin salida digna durante el otoño. Cada vez que me acostaba con él, algo se rompía en mi interior. La autoestima, supongo.

Seguí castigándome en invierno, porque me lo merecía por haber sido tan idiota como para enamorarme de un chico raro, alérgico al compromiso, que vivía en el quinto pino.

Las notas del primer trimestre de segundo de bachillerato rozaron el aprobado por los pelos. Mis padres pusieron el grito en el cielo. A mí me pareció superinjusto porque, al final, no había suspendido nada; así que, ya puesta, me esmeré para traer peores notas en Semana Santa.

En junio ya acumulaba varios partes por no justificar las incontables faltas de asistencia. Me pasaba las mañanas en el parque, fumando lo que hubiera: tabaco, hachís o manzanilla. Mi ex volvió a dejarme.

Y que te deje dos veces un tipo que, en el fondo, te importa bastante poco es demasiado humillante.

Encima, el verano siguiente me lo pasé castigada, de la panadería al escritorio, donde me esperaban los libros que me negaba abrir.

Tumbada sobre la cama, sin más que hacer que escuchar a Amy Winehouse, la amenaza de repetir curso no me asustaba. Al contrario. Me tentaba la idea de ser repetidora, de infiltrarme en el grupo de malotes del instituto e iniciarme en el mundo de la delincuencia menor. Una ficha policial habría sazonado un poco mi insípida vida. Seguía siendo esa chica normal y corriente con pretensiones. Nada de lo que hacía era especial, diferente. O le ponía remedio o me extinguiría para siempre.

—Pues estudia, Alma —me dijo Coro un día de julio, cuando vino a comprar el pan—. La única manera que tienes de salir de este pueblo es a través de la universidad. Y te la estás cargando.

—Paso de todo. —Le di una barra de pan sin bolsa ni nada.

—Tú solo piensa que, en septiembre, podrías estar viviendo en Badajoz y vas a estar aquí metida porque un imbécil no te llamó el verano pasado.

—Eso ya me da igual.

No mentí. Lo que me seguía rompiendo el corazón no era que Xander no me hubiera llamado en todo el verano, sino darme cuenta de que lo nuestro no había significado lo mismo para él. Yo había visto tan clara nuestra conexión, nuestra química, que me había barrido los esquemas descubrir que era todo una invención mía. Ahora no confiaba en mí, me sentía más insegura que nunca. Y eso no se lo perdonaba.

—Hazme caso, Alma. Estudia y lárgate de aquí, tú que puedes. —Coro me dio un apretón en la mano.

En su mirada marrón había una mezcla de lástima, cariño y envidia. Ella no podía estudiar ni largarse del pueblo; su padre tenía una ridícula paga por incapacidad y su madre estaba harta de trabajar en el campo como una burra y seguir debiendo facturas. Coro no podía permitirse el lujo de perder su empleo en la gestoría por dedicarse a buscar evasión en forma de porros en el parque. Coro no podía soñar con vivir en una ciudad mientras lavaba la ropa de sus hermanos o le cambiaba la cuña a su padre.

A veces, hay roturas en el alma irreparables, de las que dejan una grieta que nada será capaz de reparar jamás. Otras veces, por suerte, se rompe algo dentro de ti, una cadena, y te liberas. En mi caso, de mí misma.

Reflejada en los ojos de mi mejor amiga me reencontré con la chica aficionada al orden, a los números, a las cuentas y fórmulas: un lenguaje que armonizaba con mi cuadriculado cerebro. Se me daban superbién las ciencias. Hasta me gustaban. ¿Qué estaba ganando con apartarme de los libros, mi salvoconducto hacia Badajoz capital?

—Voy a hacerlo. —Le devolví el apretón a Coro—. Voy a aprobarlo todo en septiembre. Voy a entrar en Química. Voy a mudarme a casa de la tía Adela. Y tú vas a venir los fines de semana para quemar juntas todos los bares de Badajoz.

—¿Me lo juras? —Me sonrió.

—Te lo juro —le contesté, porque yo sí era de las que se comprometían.

29

BON VIVANT

Alexander
Jueves, 25 de abril de 2019
Teatro-Museo Dalí. Figueras. Girona

—Pues ya estamos en la casa de los huevos. —Señalo los que coronan el tejado del museo de Dalí.

Alma alza la vista y la baja despacio para estudiar las hogazas de pan que decoran la fachada rojiza.

—Tenías razón. Solo por fuera, ya es impresionante.

—Verás cómo merece la pena el desvío.

La visita a Bachs ha sido tan corta y provechosa que nos hemos permitido el lujo de hacer un poco de turismo. Bueno, a Alma se lo he vendido, con las dotes comerciales que no tengo, como una visita inspiradora.

La verdad es que llevo años queriendo sacar unos perfumes relacionados con el surrealismo, pero a Mariano y a Críspulo nunca les ha convencido el tema. Merecía la pena probar suerte con la nueva directora y disfrutar con ella de este templo creativo.

Compramos las entradas y accedemos al museo por la plazoleta ajardinada de tres gradas altas, desde las que nos saludan unas maniquíes doradas en sus hornacinas. Muy por encima de nuestras cabezas hay una barca unida al primer nivel por unas cadenas de las que tira una señora rubenesca. Tras ella, frente a nuestras narices curiosas, hay un coche del año de María Castaña con un dispositivo como el de los caballitos para niños que ponen en la puerta de los mercados.

—¿Tienes una moneda? —le pregunto a Alma.

Saca un euro del bolso, lo mete en la rendija, y en el interior del coche se simula una inundación.

—El sonido es tan poco realista como el muñeco del conductor —dice Alma.

—Pero el espejismo mola; y más, con la perspectiva del tiempo.

—Es original —concede ella—. Y en su día sería más impactante.

—¿Notas el olor a añejo? —Inhalo—. Polvo, humedad y pintura rancia.

—Desagradable.

—Depende de con qué lo combines.

—No hay olores buenos ni malos.

Eso se lo enseñé yo hace muchos años. Me ilusiona que todavía lo recuerde. A ella se le ilumina la mirada cuando accedemos a la sala de la derecha: ladrillo visto en las paredes, cristal y hierro en el ventanal y la cúpula, más hornacinas con figuras antropomorfas, el lienzo como un todo que te envuelve, que te mira a ti y no al contrario.

Veo en sus ojos más fascinación cuando se planta delante del retrato de Gala en su galería. Un cuadro de pinceladas suaves, colores neutros y un pecho fuera, para que no te olvides de que lo poderoso no necesita adornos: impacta por sí mismo.

En todos los pasillos y salas Alma encuentra algo que la impresiona: relojes derretidos, un arco de puerta de mazorcas, una vitrina que guarda a una señora en pelotas.

En el salón de Mae West, subida a la escalerita —donde puedes ver que el sofá de labios rojos, la chimenea nariz y los cuadros de ojos forman un rostro hollywoodiense con las fibras rubias que ahora enmarcan el plano—, Alma sonríe como una niña delante de un algodón de azúcar gigante. Una sonrisa que se transforma en traviesa cuando se percata de que hay instalada una bañera en el techo.

—Dalí se lo debió de pasar en grande montando esto —dice mientras avanzamos hacia otra sala.

—Me da que el hombre se lo pasaba pipa siempre que podía. Era un *bon vivant* de los buenos.

—Y, aun así, no paraba de producir a destajo.

—Precisamente por saber disfrutar de la vida producía a ese ritmo.

—Hay otros artistas mucho más atormentados con el mismo ritmo de producción.

—Y ves sus obras, o las lees, y te quieres pegar un tiro. —Le señalo un pasillo. Nos dirigimos a él—. Al final, el interior del artista se refleja siempre en su obra.

—¿Qué llevaba dentro Dalí para inventar esto? —Mira a través de un ventanal la escultura de una silla recubierta por una plasta amorfa rosa.

—Un atracón de fresas con nata —le aseguro—. Bajó al taller, le dio un retortijón y, mientras evacuaba, le vino a visitar la musa.

Las carcajadas de Alma rebotan en el cristal y dentro de mi cabeza.

—Qué asco, Xander. —Al pronunciar su versión de mi nombre, todo rastro de buen humor se evapora—. Perdona.

—No, ¿por qué? —Me acerco a ella—. Prefiero que me llames así. Hace siglos que nadie lo hace. Ya hasta Eloy me llama Alex.

Alma se aparta y avanza hacia la salida.

—No me sorprendió que te hubiera seguido hasta Barcelona —me dice.

—A mí sí que Coronada se haya mudado a Madrid contigo.

—Fue al revés. Ella ingresó a su padre en una residencia de la capital. En la mejor que encontró. Allí está bien atendido y ella puede tener un poquito de libertad.

—¿Y sus hermanos?

—Ya son mayores.

—Ah, claro. —A veces se me olvida que han pasado tantos años.

Parece que fue ayer cuando Alma me contó que la madre de Coro había fallecido. La mujer por fin se había podido permitir unos días de vacaciones en la playa. Se fueron todos a Huelva y regresaron con un asiento vacío. Esa imagen mental que me dibujó Alma al contármelo nunca se me borrará de la cabeza: un vacío irremplazable entre dos chavales en el asiento trasero, un padre huérfano y Coro al volante, conduciendo tras el coche fúnebre que portaba el joven cadáver de su madre. La vida, a veces, es demasiado cruel.

—Pues me alegro mucho de que a Coronada le vaya bien en Madrid. Es de esas personas que se merecen todo lo bueno que les pase. —Alcanzamos la calle. Hace un sol que espanta. Me cubro los ojos con las gafas y me quito la chaqueta—. No entiendo por qué me llamó «delincuente» en la videollamada que le hiciste con Eloy en la puerta de Lladó, pero...

—Alusión al pasado —me corta.

—Cómo no —refunfuño mientras saco el teléfono del bolsillo trasero del pantalón de campana—. Todavía es pronto. ¿Y si comemos en Cadaqués?

—Sería otro desvío de la ruta.

—Para seguir buscando inspiración daliniana —argumento de camino al coche—. Allí también hay una casa con huevos.

—Con uno solo. Y no merece la pena que la visitemos.

—Bueno, ya veremos.

—No. Comeremos en el trayecto a Montpellier.

—Como desees. —Le hago una reverencia y le abro la puerta del coche—. Siempre podemos parar en Cadaqués a la vuelta.

—Yo regresaré en avión —dice mientras rodeo el capó.

—No te lo crees ni tú. —Me siento y arranco.

—¿Qué has dicho?

—Que espero hacerte desistir de aumentar la huella de carbono con un vuelo innecesario, en el que, además, lo vas a pasar fatal.

—Llevo en el bolso una caja de ansiolíticos recién prescrita. Y lo que es innecesario es pasar más tiempo del imprescindible contigo.

—Pues me has dejado llevarte de museos. —Enfilo hacia la autopista.

—Porque me has asegurado que te iba a servir de inspiración para futuros perfumes.

—Futuros perfumes, ¿eh? —Le sonrío de medio lado en un stop—. O sea, que tu plan de echarme de Lladó ya no sigue en pie.

—Sigue siendo el que tiene más oportunidades de prosperar, pero no está de más elaborar un plan alternativo.

—¿Que consiste en exprimirme hasta la última gota de creatividad, embotellarla y venderla por millones?

—Más o menos.

—Cuenta conmigo.

—Yo no, Lladó.

—No, mujer, tú no. Ya me has dejado claro que, si tuvieras que exprimirme con tus propias manos, el mundo se quedaría sin perfumes. Para ti soy una bandera roja, una señal de prohibido el paso, la lepra. —Suspiro con fuerza.

—Y, además, sobreactúas demasiado.

—¿Y qué es la vida sino un gran teatro, Alma? —Me pongo dramático saliendo de Figueras—. Cada cual hace lo que puede con el papel que le dan o escoge. Y ser bufón tiene sus ventajas. La frivolidad es muy útil para proteger un interior sensible.

—También, para no hacerte cargo de tus actos, ¿no?

Siseo entre dientes.

—Muy rica la torta que acabas de darme.

—¿No hablábamos en genérico?

—No —digo rotundo. Ella alza las cejas—. Creo que esa dinámica de dobles sentidos, sobreentendidos y mierdas varias no nos conviene. Si hablamos de cosas serias, prefiero que seamos honestos.

—Pues sí que has cambiado.

—En lo básico, casi nada. Pero soy consciente de que el destino nos ha dado una nueva oportunidad. La oportunidad de hacerlo mejor.

—En el trabajo.

—Y en todo. ¿O tú no te relacionas con tus compañeros de empresa?

—Ahora estoy en una posición distinta.

Asiento con la cabeza.

—Ahora eres jefa. Y se te ve bastante cómoda con el puesto.

—Lo estoy porque nadie me ha regalado nada. Me lo he ganado yo a pulso.

—¡Brava! —Sonrío—. Esa confianza me pone... contento. Me alegra ver que sabes cuánto vales.

—No he tenido más remedio que crecer.

—Y muy bien, si me permites el atrevimiento.

—Mientras tengas claro que no voy a acostarme contigo...

Suspiro con todo el drama.

—Es que no aprendemos nada. Caminamos por el sendero de la vida como en una rueda de hámster. Tropezamos con la misma piedra, una y otra vez, en un bucle sin final que nos lleva al mismo punto, robándonos la capacidad de orientación.

—¿Qué dices ahora, Xander? —Me mira con las cejas arqueadas.

—¡Que no me retes! —Me rio.

—¡¿Pero cuándo te he retado yo?! —La perplejidad le pinta una mueca preciosa en la cara.

—¡Cuando has dicho que no vas a acostarte conmigo!

—Eso no es retar, es advertir.

—Eso es echarme un capote para que envista, mona.

Alma cruza los brazos bajo el pecho. El logo de Versace se proyecta con la postura. Tengo antojo de panacotas.

—Ni tú eres un toro, ni yo soy un simio, ¿vale? —Encima se me pone impertinente, con lo que me excita...

—Más bien tú eres una leona y yo un puto chimpancé con el culo pelado de interpretar insinuaciones.

—Yo no te he insinuado nada.

—Bueno, pues me lo he imaginado igual porque me sigues gustando muchísimo. Hala, ya lo he dicho. Ahora puedes cruzarme la cara, despedirme o tenerlo en cuenta para futuras interacciones.

Siento su mirada fija en mi perfil. Levanto un poco el hombro derecho, por si se decide por la primera opción y me salta las gafas de un tortazo.

—No vuelvas a abrir la boca hasta Montpellier —dice al fin.

Y yo obedezco y cierro el pico durante las dos horas que tardamos en llegar al hotel donde pasaremos la noche.

—En una hora nos vemos aquí —me dice en la recepción, después de recoger su llave, y se apresura escaleras arriba cargando con su bolsa.

Yo me registro, pillo el ascensor y salgo en la planta al tiempo que ella alcanza el mismo pasillo. Le sonrío. Ella resopla.

—Eh —le digo—, pero mira qué piernas te está dejando la claustrofobia.

—¿Qué habitación te han dado?

—La 404. Error no encontrado.

Alma mira su tarjeta llave.

—Contiguas. Genial. —Me rebasa con otro resoplido.

—Tranquila, vecina, que no te voy a molestar si me quedo sin sal.

—Hasta luego.

Desaparece tras su puerta. Yo abro la mía, suelto la bolsa y aprovecho el tiempo libre para comer algo rápido y, después, echarme una siestecita digna del *bon vivant* que aspiro a ser.

No consigo dormir absolutamente nada.

30

AVON LLAMA A SU PUERTA

Alexander
Jueves, 25 de abril de 2019
Hall del hotel. Montpellier. Francia

—Qué majos los agricultores, ¿verdad? —le digo a Alma cuando regresamos al hotel después de la visita a los campos con los productores—. No parecen franceses.

Alma se ríe entre dientes.

—Los años no te han curado tu vena políticamente incorrecta.

—Lo correcto y lo incorrecto siempre dependen del grado de tolerancia del ofendidito que lo juzga. —Me apoyo en una columna revestida con madera clara—. Los franceses son altivos, cosa que, según se mire, puede ser hasta muy sexi.

La mirada se me desvía del mentón alzado de Alma, a sus brazos cruzados bajo el pecho. Me relamo al pensar en panacotas.

—¿Tienes hambre? —le pregunto, sabiendo que su respuesta siempre era sí—. Conozco un sitio muy cerca de la catedral, donde hacen un *aligot* insuperable.

—¿Un qué?

—Puré de patatas con queso, ajo y nata. Seda para el paladar.

Alma traga saliva, porque se le ha hecho la boca agua, pero niega con la cabeza.

—Pediré la cena al servicio de habitaciones más tarde.

—Vale, pues mataremos el tiempo con un *apéritif*. ¿Has probado el grog? Vino caliente con su palito de canela y...

—Ya nunca bebo entre semana. Y menos, si estoy trabajando.

—Ay, chica, de alguna manera habrá que relajarse. —Se me está ocurriendo otra, pero como no puedo insinuarme...

—Prefiero sudar un poco para aliviar la tensión.

Espera, que creo que empezamos a sintonizar la misma frecuencia.

—Bueno, es otra forma tan válida o más que la alcohólica. Me apunto. —Le sonrío con todos los dientes. Alma suspira—. ¿Qué pasa?

—No me gusta tener compañía en el gimnasio.

—¿Qué gimnasio? —Bizqueo.

—El del hotel.

—Ah, sudar haciendo deporte... —Hago un mohín—. A eso no me apunto. *Sorry*.

Alma parpadea. Sus mejillas se encienden al descubrir mis intenciones.

—Hasta mañana, Alexander.

—Que lo sudes mucho y bien, señora Trinidad. —Le hago una reverencia—. Yo voy a ver si me divierto un poco por esas calles de Dios.

Su mirada cambia de la plata al plomo.

—Mientras estés aquí mañana a las ocho en condiciones óptimas de conducir...

—¿Acaso lo dudas?

—Conociéndote un poco, sé que tienes intención de irte de fiesta esta noche. Y, como comprenderás, Mariano no me paga lo suficiente para tener que aguantarte borracho o rescatarte de una orgía.

—Pero ¿y esa mente tan sucia, hija mía? —Me acerco a ella despacio—. Te digo que voy a salir ¿y tú me imaginas directamente en una orgía?

—Era solo un ejemplo.

—Un ejemplo de tu mente pervertida.

—Cuidado. —Dirige la palma de la mano hacia mí. Me detengo de inmediato—. Confianzas las justas, ¿de acuerdo?

Alzo las dos manos.

—Ni te he rozado.

—Ni lo vas a hacer. —Sus ojos disparan balas al rojo vivo que impactan en mi boca.

Nunca he sido capaz de soportar que me mire los labios de esa manera.

—En cambio, estás deseando volver a probar estos piquitos que tan loca te volvían. —Deslizo la punta de la lengua por el labio superior.

—Eso es una alusión al pasado —dice absorta en mi boca.

—Pues ponme una multa. O arréstame. O tráeme una guillotina. Perder la cabeza y besarte siempre han sido la misma cosa.

Se humedece los labios.

—No vas a besarme —me asegura.

—Ya lo estoy haciendo. —Me recreo en la línea recta que forman sus labios—. Tengo tantos besos tuyos guardados que puedo revivirlos cuando quiera.

—Estás muy equivocado. —Sus comisuras se levantan, burlonas—. Piensas que soy alguien que ya no existe.

—Pues déjame conocerte otra vez. —Le tiendo la mano—. Alexander Ventura. Alex, para los amigos. Xander, para la niña de la que me enamoré como un crío. Para ti, lo que ordenes, faraona.

Alma niega con la cabeza y se marcha escaleras arriba, dejándome con la mano tiesa.

Y el pene, ni te cuento.

Me planteo seriamente una locura de las grandes: ir al gimnasio por ella. Pero no, hay límites que es preferible no traspasar para no perderse a uno mismo. Mejor me voy de vinos. Y salgo con esa intención del hotel. Y pateo un rato largo las calles y avenidas señoriales de Montpellier. Y no me paro en un solo bar. Apenas hago un alto en una tiendecita artesanal donde compro unos jabones para mi madre y una mascarilla de arcilla para esta cara dura. Ceno solo junto a la catedral. Bueno, solo no, con una botella de tinto, de la que consumo una única copa. El resto me lo llevo al hotel.

Mientras lleno la bañera, me desnudo y pongo música, no paro de pensar en la imagen que tiene Alma de mí. Una imagen fundada en mi pasado, que no dista mucho de la que refleja mi presente.

Me meto en el agua templada con la heladora sensación de que, tal vez, debería haber cambiado más durante esta década. Se supone que, con casi treinta años, debería ser más cabal, no más excéntrico, ¿verdad?

Sacudo la cabeza, rechazando la idea. Soy como soy. Punto. Otra cosa es lo que opinen los demás. Eso no es mi problema.

Me embadurno la cara con arcilla verde, me sirvo un vino y me recuesto en la bañera. Desde el móvil, Raphael se pregunta «¿qué sabe nadie de mi manera de ser?».

—Pues eso digo yo, hermano. ¿Qué sabe nadieeee? —coreo.

No me preocupa que los demás me juzguen cuando no tienen ni idea de quién soy.

Vacío la copa de cuatro tragos y la vuelvo a rellenar.

Sí me preocupa, joder. Me preocupa mucho lo que Alma pueda pensar de mí. Si me diera la oportunidad, le descubriría que ahora soy más profundo, menos egoísta, mejor persona.

Suelto la copa y me rasco el entrecejo, donde la arcilla empieza a secarse. La canción se interrumpe un segundo con un mensaje entrante.

> **Alma:** ¿Puedes decirle a Raphael que baje la voz? Estoy intentando descansar un poco.

> **Alexander:** ¿Estás en la habitación?

> **Alma:** En la bañera, que, por lo visto, está separada de la tuya por un tabique mal aislado.

Mi radar sexual lanza una alerta al ubicar a Alma, desnuda y mojada, a unos palmos de distancia. La punta de mi periscopio asoma en la superficie del agua espumosa. Todo yo emerjo como un submarino de guerra. Salgo de la bañera, me engancho una toalla a las caderas y agarro el botecito de la mascarilla.

Llamo a su puerta como si fuera una vendedora de Avon de los años cincuenta.

—¿Está la señora en casa? —pregunto.

Alma tarda un poco en abrirme. Lleva un albornoz que se sujeta a la altura del pecho con una mano; con la otra se asegura de que la puerta se abra apenas una mísera rendija.

—¿Qué quieres? —Me mira el torso desnudo y dirige de inmediato la vista al suelo.

Le presento el bote de arcilla.

—Si necesitas relajarte, ponte esto. Lleva lavanda. Y te va a dejar la cara como el culo de un bebé.

—Eh... Vale, gracias. —Al agarrar la mascarilla me roza los dedos.

¡¡Me roza los dedos!!

El periscopio inicia la maniobra para asomarse por la rendija de la toalla.

—De nada, ya ves.

Alma alza la vista hacia mis ojos, parpadea y, después, me escupe en toda la cara un puñado de carcajadas. Con la mano que se cerraba el albornoz me señala. El periscopio concluye la maniobra al atisbar su escote. Mi corazón se llena con su risa.

—¿Qué pasa? —Cruzo los muslos y me ladeo en una pose coqueta, que me viene de perlas para ocultar la picha tiesa—. ¿Es que los hombres no podemos ponernos mascarillas?

—Sí, claro. Podéis hacer lo que queráis.

—Ya nos gustaría. —Suspiro—. El patriarcado nos tiene bien jodidos.

—Vosotros sois el patriarcado.

—No, mona. Todos, no. Pero todos pagamos el precio por llevar esto colgando. —Me la aprieto un poco, a ver si baja.

—Un precio justo para los privilegios que recibís por un simple colgajo.

—Mujer, colgajo colgajo... —Lo sopeso. Alma no se pierde detalle de mis movimientos. Siempre me encantó su curiosidad morbosa—. Lo dejaremos en «apéndice». Que no vamos a amputarnos porque algunos pretendan que sus cojones gobiernen el mundo.

—Es que, por desgracia, es así.

—Tú eres directora.

—Y Mariano, mi jefe. Y tiene hermanas mayores, que podían haber heredado la presidencia.

—Pero no quisieron hacerlo.

—Vale, pero eso no quita para que sea una excepción en un mundo de normativa patriarcal, que no solo nos afecta en lo laboral.

—Ahora me vas a salir con lo de las agresiones y los feminicidios. —Y lo peor es que yo no voy a tener argumentos para defendernos.

—¿Por qué no? ¿Acaso tú sabes qué es ir con miedo por la calle?

—Pues claro. Me han robado varias veces.

—Hombres, ¿verdad?

De la puerta del otro lado del pasillo sale un susodicho con cara de perro y nos ladra para que hagamos menos ruido. Le señalo a Alma el interior de su habitación. Ella me deja pasar, se guarda el botecito de mascarilla en un bolsillo del albornoz y cierra la puerta. Junto al picaporte le contesto:

—Una fue una mujer, al descuido, en una cafetería.

—¿A que las otras fueron robo con violencia?

—Sí.

—Tú mismo me estás dando la razón. Si te cruzas con un hombre por la calle, y más si es de noche o no hay nadie cerca, aceleras el paso porque sabes que puede ser agresivo. Con una mujer no te pasa eso.

—¡Pues claro! Pero es que, además, por culpa de la masculinidad tóxica, yo no puedo ir por la calle, de noche, en un lugar solitario, sin cruzarme con una chica y que, la pobre, apriete el paso. Y odio darle miedo a nadie cuando no he matado una mosca en la vida.

—Entiendo... —masculla Alma al acercarse al sofacito que hay contiguo a la puerta.

La sigo mientras digo:

—Y en cuanto a los privilegios, es innegable que gozamos de ellos y que son inmerecidos en muchos casos. Pero vosotras también tenéis los vuestros.

Nos sentamos. Me giro un poco a la derecha para mirarla de frente. La mascarilla de arcilla ya es máscara de hierro sobre mi cutis.

—¿Como cuáles? —me pregunta.

—La variedad de ropa. —Me señalo el torso desnudo—. La libertad para expresar las emociones. Lo limpios que están vuestros baños públicos.

—¡Oh, vamos! Solo por eso merece la pena andar por el mundo con un techo de cristal acorazado encima.

La miro con la poca seriedad que tengo, le sujeto la mano y le confieso:

—Yo daría mi reino por poder cagar en el baño de un bar, Alma.

Ella pone los ojos en blanco, como esperaba. Lo que me sorprende es que no me suelte la mano. ¿Estará sintiendo lo mismo que yo? ¿Se habrá quedado pegada a esta corriente de un millón de amperios que transita entre nuestras pieles?

Me inclino hacia ella, atraído por su fuerza gravitatoria, y un pedazo de arcilla cae sobre la mano que retira.

—Deberías ir a quitarte eso de la cara.

—¿Puedo usar tu baño?

Alma me mira a los ojos. Busca en ellos lo que encuentra: a mí rendido, inventando la manera de arañarle unos minutos más a un reloj que lleva parado demasiado tiempo.

La vista se le desvía hacia mi labio superior, pero no se permite parar allí: sigue bajando. Observa cómo mi nuez baila en el cuello. Se me está secando la boca. Me cuesta tragarme el «Dios, cuánto te echo de menos» que quiere escapárseme del pecho. Ella se fija en cómo late, en cómo se infla y vacía, más deprisa cuando sus ojos de plata topan con el último tatuaje que me he hecho: unas pocas líneas en francés sobre las costillas flotantes.

—Aquel que viene al mundo para no molestar, no merece atención ni paciencia —traduce—. Muy propio de ti.

—Pues sí —le admito—. Y tú también eras así. ¿Por qué ya no? ¿Por qué te convertiste en Doña Perfecta?

—No soy perfecta. —Sonríe un poco. Lo suficiente para darme un vuelco al corazón—. Pero me gustaría serlo, no te lo niego.

—Aunque debas reprimir una parte de ti en el proceso.

—¿Quién dice que reprimo nada? —Su mirada baja hasta mi abdomen, tenso como el ambiente que estamos creando a lo tonto... O a lo listo.

—Suplico un armisticio —murmuro—. Solo un segundito, por caridad. Lo justo para hacerte una pregunta. —Ella calla. Lo doy por bueno. Bajo todavía más la voz para que sea nuestro secreto—. Dime que no te apetezco.

—Eso no es una pregunta. —Echa un vistazo a mi toalla.

—Dime que no quieres que me la abra.

—No quiero que te la abras. —Suena sincera; su mirada hambrienta me está matando.

—Dime que no quieres arrancármela.

—¿Seguimos hablando de la toalla?

Me rio.

—Eso espero.

—Entonces, no. No quiero arrancártela.

—¿Y quitármela despacito... con los dientes?

Se acaricia los incisivos con la punta de la lengua.

—Tampoco.

Hago un mohín y más arcilla se desprende de mi cara. Igual no estoy todo lo seductor que me creo...

—Lo que quiero es que pierdas la toalla al echarte sobre mí como si no tuvieras más remedio —murmura.

Cuando lo asimilo, que tardo un poquillo, empujo el pecho adelante dispuesto a cumplir sus fantasías. Alma me frena con la palma de la mano.

—Que lo quiera no significa que vaya a suceder. —Aparta la mano para señalar con ella—. Ve a lavarte la cara, anda.

Que su dedo de manicura discreta indique la puerta de su baño en vez de la de la salida me provoca una sonrisa ladeada.

Este viaje ha sido la mejor idea que he tenido en la puta vida.

31

CHERRY

Alma
Martes, 14 de septiembre de 2010
Casa de la tía Adela. Avenida de Europa. Badajoz

—No lo sé, Coro —le decía por teléfono desde la terraza del piso donde me había instalado unos días antes—. No sé en qué estaba pensando Xander para creer que era una buena idea felicitarme el cumpleaños por mensaje después de un año sin hablarnos.

—¿Vas a contestarle?

—¡Claro que no! —dije demasiado alto—. Paso de él, ya lo sabes.

—Lo que sé es que te sigue gustando. —Si solo hubiera sido eso...—. Y que vas a caer si insistes.

—Ni loca. Estoy a otras cosas más importantes. Nada me va a distraer este curso. —Vi a mis padres doblar la esquina de la calle y los saludé asomada a la barandilla. El impulso de saltar fue tan fuerte que me dirigí como una flecha al interior del piso—. Llegan mis padres. A la noche hablamos, ¿vale?

—Vale, guapa. Que disfrutes del cumple.

—Eso el sábado, cuando lo celebremos juntas.

Era la primera vez que pasaba el cumpleaños sin Coronada y nada era igual sin ella, pero había una razón de peso.

Por fin estaba en Badajoz, con el título de Bachillerato aprobado, la prueba de acceso a la universidad superada y la matrícula en el grado de Química recién estrenada. Estaba donde me había propuesto llegar. Y me sentía orgullosa de mí misma, mayor, centrada. Un mensaje de un chico cualquiera no iba a conseguir desviarme del camino que me había trazado. Un mensaje de Xander... Me había hecho ilusión, para qué negarlo. Volví a leerlo bajo la persiana de la puerta de la terraza.

> Alexander: Ya están aquí tus ansiados dieciocho.

> Ya eres libre, niña de fuego.

> Muchas felicidades. X.

La equis a modo de firma para identificarlo me sobraba. El resto, se me quedaba un poco corto. Habría preferido un texto largo, un *e-mail* o una carta, pero él seguía sin saber dónde vivía y yo ya no usaba la cuenta de Hotmail. Me apunté mentalmente revisarla por si acaso cuando sonó el telefonillo.

—Voy —dijo la tía Adela—. Seguro que es mi sobrina y su marido.

La tía Adela, hermana de mi abuela materna, nunca había mostrado simpatía por mi padre. Creo que no lo consideraba ni de la familia. Conmigo, en cambio, siempre había sido muy amable. Se puso contentísima cuando le dijimos que íbamos a aceptar su oferta de que me mudara con ella. Estaba bastante sola, en aquel piso tan grande de la capital de la provincia, pero no había quien la moviera de allí ni a la fuerza. Hacía poco, habían querido dejarla ingresada en el hospital para hacerle varios análisis de rutina y la tía Adela se dio el alta ella misma después de meterle una patada en la espinilla a la doctora.

Ella repetía hasta la saciedad que solo necesitaba estar en su casa y que alguien que le hiciera compañía.

Los días que llevaba con ella no me había dejado ni a sol ni a sombra y me había costado muchísimo hacerla desistir para que me acompañara a clase por las mañanas. A cambio, me preparaba el desayuno, como si aquello fuera un hotel, y me guardaba en la mochila un tentempié saludable y nutritivo, que generalmente se comía Julia: una pacense tan perdida como yo en el mundo universitario.

El aire formal de niña que no ha roto un plato en su vida me había llevado a sentarme al lado de Julia el primer día en Álgebra Lineal I. Esa chica introvertida y estudiosa era la influencia que necesitaba para continuar centrada. Justo al contrario que Xander, el emisor de un mensaje que no paró de incitarme durante toda la comida de cumpleaños.

Sentada a la mesa con mis padres y mi tía, solo era capaz de revolver el plato de paella, contestar con monosílabos y pensar en aquellas tres frases. Y en la equis. La que debería haber tachado sobre su nombre de haber podido, de no haber seguido enamorada de él como una tonta.

Caí en la tentación antes de que el arroz se me enfriara y le contesté con una sola palabra, «gracias», que bastó para abrir la caja de los truenos. El móvil sonó en mi regazo a los pocos minutos de enviar el mensaje.

—Alma —protestó mi madre—, ¿hasta en la mesa vas a estar con el dichoso teléfono?

—Es Rosalía —dije sujetándome las manos para que dejaran de temblarme—. Querrá felicitarme.

—Como es natural. —Me sonrió la tía Adela—. Contesta, madre. Nosotras, mientras, preparamos la tarta.

Le devolví la sonrisa y me dirigí a mi habitación.

—Espera —le dije a Xander antes de cerrar la puerta.

Me senté en la cama y fijé la vista en la tabla periódica que había colgado mi tía sobre el cabecero.

—¿Hola? —pregunté.

—Hola. —Soltó el aire de golpe—. Me alegro de poder saludarte.

Desvié la mirada hacia el armario empotrado, casi vacío, porque había decidido cambiar de estilo. Imitar a Amy no me había traído nada bueno hasta el momento. Lo único que conservaba era la melena roja, supongo que movida por la incapacidad de matar para siempre a la niña de fuego.

—¿Alma?

Suspiré al escucharle pronunciar mi nombre. Suspiré a lo bestia. La grieta que se había abierto con nuestra ruptura, o lo que fuera, y que no se había cerrado me obligó a preguntarle:

—¿Por qué no me has llamado antes?

—¿Y tú?

Me encogí de hombros.

—He preferido darte por muerto.

—Igual lo he estado, quién sabe. —Oí el frufrú de unas sábanas.

—¿Y has resucitado el día de mi cumple solo para felicitármelo?

—No tenía otra cosa que hacer.

—Mira que me extraña. Tú nunca te estabas quieto.

—Es que el *gym* no me mola. Y de alguna manera tengo que mantener este cuerpazo.

—¿Por fin te han salido los músculos?

—No. Y la barba tampoco asoma. Pero tengo unas piernas, chica, que ya las quisiera Jennifer López.

—Lo famoso de la López es el culo.

—Bueno, vale, es que no quería contarte lo terso que se ha puesto el mío así de primeras, después de tanto tiempo sin hablar.

Sonreí y me entristecí. Todo a la vez. Todo igual de fuerte.

—Eres idiota.

—La mayor parte del tiempo, sí. Luego tengo un momento de lucidez, brevísimo, y me da por escribir a alguien a quien echo demasiado de menos.

Me sujeté el pecho y apreté los labios. Aun así, se me escapó:

—No me jodas, Xander.

—Ay, Alma. —Bufó—. No me hagas contestarte.

Y ya. Con solo eso empecé a sentir el calor. Seguía ahí, una llama inextinguible, en mi vientre. Me enfadé conmigo misma, con mi débil espíritu, y lo pagué con él: el culpable de todo.

—No te perdono que me hicieras sentir tan poca cosa.

—No, mi niña —se lamentó—. No me digas eso, que me mata.

—Es la verdad. Pasaste de mí como si no importara nada.

—Me centré demasiado en lo mío, fui egoísta durante unos meses, pero me importabas. Eso no lo dudes, por favor.

—¿Unos meses? ¿Y los de después, Xander? ¡Hace un año que no sé nada de ti!

—¡Ni yo de ti! ¡Es que ni siquiera tienes Facebook! ¿Sabes la de veces que me he quedado mirando el móvil, mordiéndome las uñas, mientras pensaba cómo decirte que olvidaras lo subnormal que soy y me dieras otra oportunidad de cagarla? Porque la volveré a cagar si me das la oportunidad, Alma. Por eso, no te he llamado.

—Ya —me burlé—. No eres tú, soy yo. Lo hago por ti, por tu bien. Alejarte de mí es mi manera de decirte que te quiero...

—No, mi manera de decírtelo es felicitarte el cumpleaños por mensaje. Así de idiota soy. Y, pese a todo, todavía conservo la esperanza de que me aceptes. Como mejor te convenga. Me vale lo que sea, menos tener que esperar otro año para hablar contigo.

Agaché la cabeza y me sujeté la frente. Tocada y hundida. ¿Me había dicho que me quería o me lo estaba imaginando? ¿Otra vez estaba siendo víctima de mis fantasías? ¿De él?

—Tengo que dejarte —murmuré.

—Pues ya me has matado. Eso es justo lo que no quería oír.

—Quien algo quiere, algo le cuesta, Xander. Eso es todo lo que tengo que decir. —Le lancé el guante y colgué sin pronunciar una despedida.

Terminé de comer con mi familia, soplé las velas de la tarta y pedí un deseo en secreto. Por la noche, cuando mi tía ya estaba en la cama, usé el ordenador del salón para descubrir que ninguno de mis nuevos correos llevaba su nombre y, sin pensarlo dos veces, me abrí una cuenta en Facebook. No tardé nada en encontrarlo. Nada comparado con lo que tardé en enviarle la solicitud de amistad. Antes repasé sus fotos, entradas y compartidos. Me estudié su perfil como los libros de cálculo.

—De viaje de fin de curso en Grecia —masculló al cotillear la penúltima galería—. Qué cabrón. Yo ni he podido ir a Mallorca.

El último grupo de fotos era de Suiza, o eso ponía en la descripción. En una imagen estaba en un prado, como la vaca de Milka. En otra, imitaba a Julie Andrews en el cartel de *Sonrisas y Lágrimas*. La siguiente era un primer plano de su boca llena de queso fundido. Me inquietó que me excitara y más, la posibilidad de que ahora viviera en otro país.

—Hasta ahí no llega la camioneta.

Mi lamento flotaba en la oscuridad del salón cuando me llegó el aviso de que mi solicitud de amistad había sido aceptada. Xander me saludó desde una ventanita emergente.

Alexander: ¡Hola!

Alma: Hola.

Alexander: ¿Por qué no tienes foto de perfil?

Alma: No me ha dado tiempo a subirla.

Alexander: ¿Soy tu primer contacto?

Alma: No, para nada.

Alexander: Sabes que puedo comprobarlo si no has restringido la privacidad, ¿verdad?

Alma: Claro.

Cliqué a lo loco sobre el menú de ajustes. ¡¿Dónde estaba el botón de la privacidad?!

Alexander: Soy el primero. Acabo de verlo.

Lo peor es que siempre sería el primero.

Alma: Vale, sí, ¿y qué pasa?

Alexander: Nada, nada. No pienso creerme que te hayas hecho Facebook por mí ni mucho menos.

Alma: ¿Ahora vives en Suiza?

Alexander: ¿También me has cotilleado? Al final voy a tener que pensar que, igual, un poquito sí me estás echando de menos.

Alma: Soy una mujer curiosa. Punto.

Alexander: La última vez que hablé contigo eras una niña.

Alma: Hemos hablado esta tarde.

Alexander: Me refiero al año pasado.

Alma: No me digas.

Alexander: En lo arisca no has cambiado nada.

Alma: Ni tengo intención de hacerlo.

Alexander: Me parece genial. ¿Por qué cambiar nada de algo que ya es perfecto?

Alma: No vas a conseguir ablandarme por mucho que me lamas el culo.

Alexander: Por volver a lamerte el culo iría andando desde aquí hasta Extremadura.

Alma: ¿Dónde es «aquí»?

Alexander: ¿Por qué te interesa?

Alma: Estoy aburrida. Los martes no ponen nada decente en la tele.

Alexander: ¿Tu tía no tiene Canal+?

Alma: No, aquí solo hay TDT.

Arrugué la nariz.

Alma: ¿Cómo sabes que estoy en casa de mi tía?

Alexander: Has puesto «Universidad de Badajoz» en el perfil. ¿Qué tal la facultad? ¿Te está gustando?

Alma: Todavía no me ha dado tiempo a formarme una opinión. Además, no sé por qué tendría que responderte cuando tú no lo haces.

Alexander: Me han admitido en la Escuela de Perfumería de Ginebra, una de las mejores del mundo. Todavía no me lo creo.

Alma: Enhorabuena.

Alexander: Gracias, igualmente.

Durante unos segundos, pensé en algo que preguntarle para alargar la conversación. El amor propio, que había pedido de deseo de cumpleaños, me mandó a la cama.

Apagué el PC y, a la mañana siguiente, aproveché un descanso entre clases para usar los ordenadores de la facultad. Xander había escrito algo más en el chat.

Alexander: Me gusta mucho esto, muchísimo, aunque estoy muerto de miedo por cagarla. Esta es una oportunidad entre mil millones, Alma. Tengo que hacer lo que sea para dar la talla. Y no solo me estoy refiriendo a la escuela.

32

EL TATARANIETO DEL MAESTRO MUTEN ROSHI

Alexander
Jueves, 25 de abril de 2019
Habitación 405 del hotel. Montpellier. Francia

—Pero esta mascarilla es indeleble, ¿o qué? —Me froto la toalla contra las patillas, todavía verdosas, después de lavarme la cara veinte veces—. ¿No tendrás decapante o algo?

Alma no me contesta. No me extrañaría nada que se hubiera quedado dormida. Llevo metido en su baño un milenio. ¡Y sigo pareciendo un pepinillo con ojos! Tengo que recuperar un color normal como sea. Y la respiración, que se me corta cada vez que pienso en lo que me ha dicho: «Lo que quiero es que pierdas la toalla al echarte sobre mí como si no tuvieras más remedio». Lo que ha apuntado después de que no va a suceder... lo vamos a discutir en cuanto me arme de valor para volver al dormitorio.

Desear demasiado tiene sus inconvenientes. El peor de todos es rozar el objeto del deseo con la punta de los dedos y que las manos te tiemblen tanto que no puedas agarrarlo. No recuerdo haber estado más nervioso jamás. Dudo de mi aspecto, de la frescura de mi aliento, de si mi barba incipiente magullará la suave piel de sus muslos. Ay... me gustaría mucho que lo hiciera. Me encantaría salir ahí, echarme sobre ella, porque no tengo más remedio que hacerlo, y dar la talla. Durante y después. Antes, por desgracia, ya es imposible.

—¡Venga, niño! —Me palmeo la cara—. Échale huevos.

Lanzo a un rincón del lavabo la toalla que he dejado hecha un Cristo, me ajusto la que baila sobre mis caderas, me coloco un poquito la melena y salgo del baño con las rodillas como gelatina. Casi las hinco en la moqueta cuando descubro que Alma se ha trasladado del sofá a la cama. Entre el libro que le cubre la cara y la sábana, hasta el cuello, solo puedo adivinar que no se ha dormido. Carraspeo para advertirla de que me dispongo a cumplirle sus fantasías.

Cuando aparta a un lado el libro, me abalanzo sobre ella como un tigre.

—¿Adónde vas, animal? —Me fustiga con su lengua afilada.

Ella, domadora de fieras. Yo, un payaso cualquiera.

—Quería ver de cerca el título del libro y me he tropezado, perdona.

Tengo medio cuerpo fuera de la cama; la cara, a un palmo de sus tetas; la coronilla, debajo del canto del libro. Y es de los gordos. Como lo suelte, me deja tonto para toda la vida.

—Aparta —se limita a decir.

Y yo me levanto como puedo y me cierro la toalla.

—Supongo que quieres que me vaya.

—Hombre, si te parece, te meto en mi cama, te arropo y te canto una nana.

—Con lo primero y lo tercero me conformo.

Alma se muerde el labio para reprimir una sonrisa. Me doy por satisfecho.

—Por cierto, antes de ir al gimnasio me he tomado la libertad de responder al correo electrónico de Grasse. —Bizqueo. No sé de qué me habla—. Por lo que veo, todavía no lo has leído. Menos mal que me pusiste en copia desde el principio de las comunicaciones. Así hemos podido enterarnos a tiempo de que están disponibles mañana a primera hora. He adelantado la reunión, como es lógico. Ya estamos en Montpellier y mañana no tenemos nada que hacer, así que no tiene ningún sentido que esperemos hasta el lunes.

No, ya veo que mis intenciones de pasar el fin de semana juntos en la Costa Azul era algo demasiado bonito para ser sensato. Todo lo que voy a conseguir de esta Alma es inspiración profesional y vaciladas a mi persona. Como hombre ya no le intereso una mierda. Y no la culpo. Es posible que no valga más que eso.

—Lo siento. Montpellier queda a más de tres horas de Grasse y no sabía si mañana por la mañana, después del viaje, estaríamos frescos para una reunión que promete ser larga. Pero si a ti te parece bien, adelante. Ahora mismo anulo el hotel que había reservado —le digo—. ¿A qué hora salimos?

—A las seis.

—¿Sin desayunar ni nada?

—Hay cafetera en las habitaciones. Y creo que llevo alguna barrita de cereales en el bolso. Si quieres…

—No, ya mojaré la arcilla en el café para que me alimente un poco. —Enfilo hacia la puerta con los hombros hundidos—. Que descanses.

—Gracias.

—De nada. —Arrastro los pies por la moqueta y giro el picaporte.

—Alexander —me llama.

Una sonrisa empieza a escalarme la cara. Giro la cabeza hacia atrás. Ella también está sonriendo. Alzo una ceja. ¿Eso quiere decir que…?

—Bájate un poquito… la toalla. —Me señala el culo—. En el pasillo hay cámaras.

Su mirada burlona me despierta la irreverencia. Dirijo el cuerpo hacia ella y me abro la toalla. Me alegra saber que está un poco alegre: siempre da mejor imagen. Cuando los ojos de Alma se fijan en ella, empujo con las caderas. Imagen imborrable, reina, ahí la llevas.

Me ajusto la toalla a la cintura en dos movimientos rápidos y me aprieto el paquete.

—¿Todo en orden? —Alzo una ceja.

—Eso parece. —La voz de Alma suena un poquito más ronca.

—Genial. Ya puedes dormir tranquila.

Abro la puerta y la cierro con la misma energía para que el sonido retumbe entre sus piernas. Y por molestar al huésped que nos ha ladrado. Aunque a ese debería dejarle una nota de agradecimiento. Ha sido quien ha propiciado que Alma y yo hayamos estado hablando un rato en la intimidad de su habitación, medio desnudos, confesándonos deseos sexuales... Joder, pues al final no ha salido mal del todo, ¿no?

Que siempre seré un optimista es una verdad tan universal como que a Alma le sienta genial madrugar. Es de esa gente que se levanta, aunque haya dormido dos tristes horas, como si fuera una rosa que se abre al rocío de la mañana. ¡Ni siquiera lleva corrector de ojeras! Yo sí, y un pelín de delineador negro, y las patillas verduzcas. Por eso me he puesto las gafas de mi padrino, de montura monstruosa.

—Qué bonitas —dice Alma al sentarse en el asiento del copiloto—. ¿Son McQueen?

Asiento con la cabeza y arranco el motor.

—Como tu bolso. —Señalo el que lleva entre las Balenciaga.

Alma tuerce la boca y me mira de reojo.

—¿Te molesta que lo use?

—Me da una bofetada emocional que me gira la cabeza cada vez que te veo acariciarlo, pero no, no me molesta. —Meto primera y avanzo hacia la salida.

Pongo las luces cuando alcanzamos la calle porque todavía es de noche. Solo nos topamos con algún barrendero, un par de taxis y una ambulancia. Me toco la cruz del pecho cuando nos adelanta.

—A pesar de todo, sigue siendo mi bolso favorito —dice ella.

—¿A pesar de todo?

—Sí, a ver, es imposible no recordar el día que me lo regalaste cuando lo uso, pero...

—Alusión al pasado —la corto.

De repente, me siento demasiado vulnerable como para volver a ese día con ella. Echar tanto de menos a la persona que tengo a dos palmos de distancia física está pudiendo conmigo.

—Perdona —murmura.

—No pasa nada. —Acelero para escapar de Montpellier.

En la autopista, meto quinta. Alma trabaja en su teléfono. Yo no aparto los ojos de la carretera ni las manos del volante. No me apetece ni escuchar música. Solo quiero llegar a Grasse, cumplir con mi parte del negocio y volver a mi torre. Por lo menos, esta noche el techo en el que proyectaré las imágenes de Alma será el de mi casa.

Pasamos Nimes y Arlés sin detenernos. Mi intención es la misma cuando alcanzamos Aix-en-Provence, pero el depósito de gasolina no colabora y me desvío a un área de servicio.

Mientras le doy de comer a la tartana, Alma entra en la tienda, paga el surtidor y me trae unas rosquillas.

—No son de Alcalá, pero tienen buena pinta. —Me las ofrece cuando nos sentamos en el coche.

Las acepto con recelo.

—¿Esto es una especie de ofrenda de paz?

—¿Estamos en guerra?

—Antes creía que sí. —Suspiro y abro la bolsa transparente—. Ahora, pues yo qué sé, chica. Empiezo a estar muy perdido.

—Lo que estás es hambriento. Come y te encontrarás mejor.

Muerdo una rosquilla, seca como el talco, y, cuando consigo engullir el primer bocado, le pregunto:

—¿Y este afán de animarme? —Abro más la bolsa para que ella también coma.

—Es bastante molesto recorrer tantos kilómetros con una persona encerrada en sus pensamientos.

—Yo nunca pienso.

—Tú nunca paras de hacerlo. —Le mete un mordisco a la rosquilla reseca.

Sonrío cuando intenta tragar. Ay, maja, te crees que me iba a ahogar yo solo con esta mierda...

—Dios... —Tose—. Me ha dejado sin saliva. Voy a por... —Señala la tienda.

—Te espero ahí delante.

Reanudamos el trayecto, en el que nos comemos la bolsa entera de rosquillas con dos litros de agua mineral.

—Ahora es como cemento. —Alma se recuesta y se frota la tripa.

—Pues verás cuando salga.

Las carcajadas de Alma hoy suenan distintas: más libres para ella, más amargas para mí. Mi cabeza está tan borrascosa como el cielo que se cierne sobre Grasse al acercarnos, montes arriba.

Las primeras gotas nos pillan a capota abierta. Antes de que pueda cerrarla, el coche se llena de verde-marrón. En las proximidades de la ciudad amurallada, Alma baja la ventanilla para hacer una foto a los campos de lavanda. Las hormigas moradas se cuelan en el coche. Me aclaro la garganta, porque me pica, y cierro los ojos una fracción de segundo, porque esta sensación de paz me da ganas de llorar y porque si lo hago durante más tiempo nos estampamos. Quiero dormir arropado con una manta suave.

Detengo el coche frente a la fábrica de Fragonard. No me quiero bajar, quiero dormir en la tartana con Alma. Pero también me quiero bajar y enseñarle el lugar donde descubrí mi vocación.

En la calle huele a gris. Las piedras resbalan con la lluvia menuda.

—Estuve aquí por primera vez con cuatro años —le digo.

—Lo sé. Me lo contaste. —Entramos en los jardines. Sigue habiendo blanco por todas partes—. ¡Fusión!

Giro la cara de golpe ante su grito.

—¿De eso también te acuerdas? —le pregunto cejas en alto.

—Me acuerdo de todo. Hasta del maestro Muten Roshi. —Inclina la cabeza hacia el chico de la puerta—. ¿Será ese su tataranieto?

Alma me dedica una sonrisa traviesa —preciosa, por cierto—, que yo no le devuelvo. Entorno los párpados, fijo en sus ojos felinos, sin rastro de humor en mi gesto.

—¿De qué vas? —pregunto.

—¿Perdona? —Al parpadear, unas gotitas salen despedidas de sus pestañas.

A lo tonto, nos estamos calando. Me froto la cara.

—Mira, puedo lidiar con la Alma antipática, la que se cree que sabe más que yo del negocio, la que me desprecia como persona. Puedo demostrarle a esa Alma que se equivoca. Pero lidiar con una Alma que me cuida y busca mi complicidad con recuerdos de mi infancia… Con esa no puedo. —Me cruzo de brazos—. No sé si esperas que me relaje para darme la estocada final o le has metido un ácido a la barrita energética que te has desayunado o…

—Vale, pues déjalo. —Da media vuelta. Sus pisadas ya chapotean. La sigo—. Solo pretendía ser amable porque anoche me pasé de la raya al ponerte el caramelo en los labios para darme el gusto de dejarte con las ganas. No estuvo bien. Todo tiene un límite y yo lo he traspasado.

—Yo te enseñé el pene. —Le toco el hombro para que se detenga.

—Ya, no se me ha olvidado. —Me mira con remordimientos.

—Es que esto es lo que pasa con nosotros, Alma. —Me encojo de hombros—. Nos gustamos. Nos hemos gustado siempre. Y nos gustaremos también cuando tengamos el culo flácido. Esa es nuestra química. Somos un enlace covalente.

—Alusión al pasado. —Me señala con el dedo.

Uso mi índice para engancharlo al suyo y tirar.

—Es que tenemos un pasado. —Me acerco a su cara mojada—. Y es imposible evitar revivirlo al estar juntos. ¿Por qué no…? —Hago una pausa para recobrar el aliento: su nube rojiza me está matando—. ¿Por qué no lo aceptas y ya?

—Lo acepto, me acuesto contigo y convierto el trabajo de mi vida en una aventura sexual, ¿no?

—¡No! —siseo—. Lo aceptas, normalizamos que haya momentos en que nuestra interacción roce el coqueteo, porque nos atraemos, y la rompemos en el trabajo de nuestras vidas.

Alma frunce un poco el ceño, creo que está ordenando mi propuesta en una de sus listas mentales. El dedo no me lo ha soltado.

Eso es buena señal. La definitiva me la da cuando asiente con la cabeza.

—¿Trato hecho? —pregunto.

—Trato hecho —me confirma.

Y la beso. Con los labios apretados. Muy breve. Con la única intención de demostrarle que podemos hacerlo y el mundo sigue girando.

Mierda, ahora quiero más.

—¿Y esto? —Se tapa la boca.

Se cree que así no voy a notar su respiración entrecortada.

—Para cerrar el trato al estilo ruso, ya tú sabes.

Alma suspira. Pero no como antaño, con ese anhelo dulce. Alma suspira porque quiere y no puede. Porque me odia y me desea. Porque acabo de besarla bajo la lluvia suave de abril, en medio de un jardín donde bien pudo inventarse el romanticismo y ahora la estoy mirando como lo que es: la envidia de todas las flores.

33

LA ABEJA REINA

Alexander
Viernes, 26 de abril de 2019
Fábrica-museo Fragonard. Grasse. Francia

—No vuelvas a hacerlo —murmura Alma antes de soltarme el dedo.

Su mirada suplicante hace mella en mi conciencia. A ella también le está sobrepasando la situación. Y podría aprovecharme de su estado para repetir el beso, estoy casi seguro de que terminaría devolviéndomelo, pero no. Así no.

—Te doy mi palabra. —Bajo la barbilla. Un par de chorreones se me escurren por el pelo hasta la cazadora—. Vamos, que nos estamos empapando.

Nos dirigimos a la tartana mientras la lluvia se lleva alcantarillas abajo nuestro momento.

—Ahora me arrepiento de haber anulado el hotel —dice Alma—. Mira qué pintas, para conocer a los mejores proveedores del mundo.

—Seguirías estando impresionante aunque la lluvia fuera ácida. —Le abro la puerta.

—Gracias. —Sonríe.

Correteo para ponerme tras el volante. Me cuesta horrores quitarme la cazadora. Su chaqueta también se resiste. Salpicamos la tapicería por todas partes. Pongo a tope la calefacción y la potencia del aire para secarnos un poco. Pese a nuestros esfuerzos, llegamos al laboratorio Monique Rémy como dos Furbys despeluchados.

Me aseguro de tirar fuerte del freno de mano cuando aparco en la cuesta que lleva a la fábrica: un conjunto de naves industriales blancas y grises donde se cocina la magia.

Antes de salir de la tartana, Alma cambia las Balenciaga por unos zapatos de medio tacón. Utiliza el espejito del parasol para aplicarse un poco de colorete y pasarse un peine por la melena.

—Dios, qué pelos —le dice a su reflejo.

—Espera.

Saco de mi bolsa un bote, aprieto el dosificador y me lleno la mano con una nuez de espuma.

—Agacha la cabeza. —Le aplico el producto a estrujones suaves—. Ahora, agítate como una loca perseguida por avispas.

La miro con diversión mientras saco otra nuez del bote y me embadurno las greñas de raíces a puntas. Repeinado se me notan más las mejillas hundidas. Me pongo unos pendientes largos de mi madre para sentirme más seguro.

Alma termina de sacudirse la melena y guarda el neceser.

—¿Bien? —Me señalo el rostro.

Ella sonríe.

—Se te ha corrido todo.

Me miro el paquete.

Ella me levanta la cabeza al colocarme los pulgares bajo los ojos para retirarme los churretones de delineador negro. La sensación que provocan sus manos en mi cara, flanqueándola, es casi tan trascendental como el beso que le he dado en el jardín. Casi, porque las aparta demasiado pronto. Se las sujeto para limpiarle los dedos con la vista fija en sus ojos.

—¿Estás lista?

—¿Para conocer a los proveedores? —Frunce el ceño.

—Claro, es que para ti solo son eso.

Ella asiente con la cabeza.

—Tú, en cambio, te formaste con ellos.

—Eso es. —Asiento también—. Pasé muchas temporadas aquí, de prácticas. El primer verano fueron tan bestiales que ni te llamé en varios meses.

—Nunca me tragué esa excusa.

—Pues es la verdad. Llegué, me plantaron una bata blanca y un gorrito de esos que favorecen tan poco y me metieron en la fábrica. Cuando cerraba, corría hasta el hotel e intentaba apuntar todo lo que había aprendido durante el día. Apenas dormía unas horas y vuelta a empezar.

—Si hubieras querido hablar conmigo, habrías sacado un minuto para hacerlo, aunque fuera mientras estabas en el baño.

—Muy romántico, ¿no?

—Entonces yo no buscaba romance, sino compromiso. Y eso nunca supiste dármelo.

—Ya. —Tuerzo la boca—. Es que era un niñato.

—Y tú mismo dices que no has cambiado.

—Eso es lo malo. —Suspiro—. Lo peor es que no puedo asegurarte que vaya a cambiar algún día.

Ella me estudia durante un instante antes de salir del coche.

Yo me tomo un segundo antes de hacer lo mismo. Estoy eléctrico. No quiero pasarme de revoluciones y estropear la experiencia de regresar aquí con Alma.

Antes de entrar en la nave de las oficinas, ella me tira de la manga larga de la camisa de terciopelo.

—¿La directora comercial se llama Frédérique o Dominique?

—Frédérique. Es la hermana de Monique. El CEO se llama Bernard. Pasaremos con ellos un ratito de cortesía en algún despacho y, luego, empezará lo bueno: la visita a las instalaciones.

—Lo estoy deseando.

—Igual que yo.

Nos sonreímos. Ambos somos ratas de laboratorio. Nos gusta remangarnos, ponernos las gafas de plexiglás y jugar a los químicos. Bueno, ella incluso tiene un título oficial. Yo no, pero tampoco lo echo de menos. Si hubiera ido a la universidad, habría pasado más tiempo en la cafetería que en las aulas. Me vino mejor aprovechar esos años metiendo la narizota en pipetas y decantadores que en los libros.

Alma se transforma en la señora Trinidad al empezar la reunión con los altos cargos. Yo también procuro parecer profesional, para que se enorgullezcan de lo bien que me han formado.

Ya en la fábrica, acompañados de una técnica que hace honor a su nombre, Soleil, entre monstruosas máquinas de seis metros —ensordecedoras trituradoras de grano y raíces, extractores de vapor a ciento veinte grados, contenedores de disolvente como para colocarnos de hexano durante la próxima década...—, Alma y yo estamos en nuestra salsa. Nos da hasta pena llegar al almacén, la última sala, solo unas pocas horas después. El disgusto se nos pasa cuando Soleil nos saca de las neveras las esencias y absolutos que pueden encajar con los Jade.

❦

—La diferencia es evidente —concluye Alma cuando regresamos a la tartana, ya entre dos luces: la del ocaso y la suya.

—Sus ingredientes son los mejores. —Le abro la puerta.

—Sí, pero... ¿Treinta veces mejores? —murmura al sentarse.

Rodeo el coche y ocupo mi asiento.

—Ahí está el asunto. —Meto la llave en el contacto—. Sus ingredientes poseen el doble o el triple de calidad que los de sus competidores, pero tienes que pagar treinta veces más que en otro proveedor, porque ellos son exclusivos. Y ese doble o triple extra de calidad solo lo van a percibir narices entrenadas como las nuestras. Los clientes finales no van a apreciar la diferencia.

—¿Tú te quedarías tranquilo dándoles gato por liebre?

—No. —Pongo los ojos en blanco—. Por eso hemos venido.

—Hablaste de que podías sacarles precio interno.

—Hablé de que cabía la posibilidad. Pero para ello debemos diseñar un plan de negocio impecable. ¿A qué hora sale tu vuelo?

—Lo perdí hace dos.

Sonrío.

—Pues yo no estoy para conducir hasta Barcelona. No dormí nada anoche.

—Yo tampoco mucho.

—Y, en cambio, tienes esa cara tan lozana...

—¿Lozana? —se burla.

—Venga, dímelo. —Aprieto los morritos y me sujeto el collar—. Dime que hablo como un viejo con ese acento pacense que finges haber perdido.

Alma niega con la cabeza y saca el teléfono.

—Tendremos que dormir aquí.

—Mira tú qué desgracia. —Suspiro—. El hotel La Bastide Saint Antoine está muy bien.

—Ya puede estarlo. Sale a más de setecientos la noche.

—Mariano paga.

—No me parece ético.

—Pues invito yo.

—No, gracias.

Arranco el coche y avanzo en dirección sur.

—¿Qué tal un Western? —me pregunta deslizando el dedo por la pantalla.

—Vamos al Saint Antoine y punto.

—No merece la pena gastarse mil quinientos euros para dormir unas pocas horas.

—Si compartimos habitación, me cuesta la mitad.

—Entonces, no dormiríamos nada.

Giro la cara hacia ella con una sonrisa.

—¡Brava!

—El semáforo. —Señala al frente.

Freno a tiempo de no saltármelo.

—¿Sabes lo que se me está antojando? —le pregunto.

—No, pero me lo vas a decir.

—¿El qué?

—¡Lo que te está apeteciendo! —se desespera.

—Lo que me apetece es encerrarme contigo en una *suite* y no salir hasta el lunes, por lo menos. —Acelero—. Lo que se me está antojando es una sopa de cebolla calentita bien cargada de queso fundido. El *sushi* no me ha entonado nada el cuerpo.

—¿Por qué lo pondrán siempre en las reuniones? Ya puedes estar en la ciudad que sea, que te plantan los rollitos de los cojones.

Mi sonrisa se torna infinita.

—Si es que estamos hechos el uno para el otro.

Alma bizquea y devuelve la vista al móvil.

—De verdad que, aunque lo intento, no consigo seguir tu línea de pensamiento.

—Porque no es una línea, es un garabato.

—Ah, sí, que eres la definición andante de caos —se burla.

—Y gasolina —le recuerdo—. Soy gasolina de alto octanaje, esperando el fuego con el que quemar el mundo hasta los cimientos.

—Muy bien, Nerón, te acabas de pasar la calle que lleva al hotel.

—¿Pero no íbamos a tomarnos la sopita?

—¿Ves cómo me pierdo contigo?

—Eso no es malo, ¿no? —La miro de reojo.

—No, qué va, es lo mejor que me ha pasado nunca.

—Pues en eso también estamos de acuerdo.

—¿También? —No puede estar más confusa ni más bonita—. ¿En qué más lo estamos?

—En lo de encerrarnos en la *suite*, por lo visto, no. ¿O estás adoptando la postura de quien calla otorga?

—No voy a acostarme contigo —vocaliza cada letra muy despacio—. ¿Te ha quedado claro ya? —Asiento con la cabeza—. Vale, pues ahora dime dónde coño vamos.

—Cojones, coño... ¿Te das cuenta de que, poquito a poquito, suave suavecito, te estás soltando, Alma?

—Enervando —dice entre dientes—. Lo que me estoy es poniendo de los nervios.

—Eso tampoco lo veo mal. —Activo el intermitente y aparco en línea entre dos coches—. Ya hemos llegado. Espera, que te abro.

—Puedo yo, gracias. —Recoge su bolso y su chaqueta y sale.

Yo también, pero más deprisa. Enseguida alcanzo la puerta del restaurante. Le cedo el paso con una reverencia. Alma se sienta en la barra. Me monto en el taburete de al lado y pido un vino de la casa.

—*Deux, s'il vous plaît* —le dice al camarero.

—Bueno, bueno, bueno, pero si vas a beber y todo.

—Es viernes y, oficialmente, ya no estoy trabajando. —Me mira de soslayo y contrae la cara un segundo, como si se hubiera mordido la lengua.

O como si se hubiera dado cuenta de que está tomándose un vino conmigo fuera del horario laboral.

Se revuelve en el taburete, incómoda.

Enervada, colérica, confusa…, vale. Pero incómoda no. Así no quiero ver a Alma.

—¿Cómo que no estamos trabajando? —pregunto—. Y entonces ¿qué hacemos aquí?

—Yo qué sé. —Bufa.

—Saca el móvil y abre un archivo para el plan de negocio, anda, que todavía tenemos que engatusar a los proveedores.

Con el teléfono en las manos se siente más segura porque está en su zona de confort. Y a mí me alegra que me incluya en ella, aunque sea solo en un parcelita pequeña.

—Tenemos que escribirle a Monique hoy mismo con nuestra oferta —propongo—. No hay por qué ocultar que estamos interesados. Aquí el ego vale más que el euro.

El camarero nos sirve las dos copas de vino. Alma le pide dos sopas de cebolla. Sonrío.

—A Monique, no —me dice mientras teclea—. A Soleil.

—Hombre, sería una deferencia no saltarle por encima.

Alma asiente y bebe un sorbo de su copa.

—Dios, qué bueno.

—Mmmffff —gimo al paladear mi trago.

—A ver. —Se remanga y me acerca el móvil. Me inclino hacia ella—. Vamos a clasificar los ingredientes que nos han ofrecido por grado de interés.

—¿Imprescindible, preferible, discutible?

—Por ejemplo.

Sus pulgares bailan sobre el teclado. Las sopas se nos enfrían en la barra mientras ordenamos, quitamos, borramos y reorganizamos. Apenas soltamos frases completas. No hace falta: nos entendemos sin palabras. Nuestras mentes responden a un comportamiento de colmena. La abeja reina es la pasión que le ponemos a lo que nos gusta. Nuestros cuerpos se mueven en consonancia. Cuando Alma pulsa sobre «enviar» en el correo electrónico, nuestras caras están a una chispa de distancia.

—Lo tenemos. —Me mira con una sonrisa que interpela a la mía.

Me humedezco los labios. Se me ha secado la boca de repente.

—Qué guay, ¿no? —Me sonrojo.

No puedo controlar mis reacciones.

—Guay del Paraguay. —Se ríe.

De mí, obvio. Y yo me rio con ella, porque no hay cosa mejor en el mundo.

Le paso su copa y la beso con el borde de la mía.

—Chin chin. Por tu talento, señora Trinidad.

—Por el tuyo, Xander. —Bebe sin apartar la mirada de mis ojos entornados.

—Xander, ¿eh? —Agito el vino—. ¿Eso significa que pida una botella entera?

Niega sin dejar de sonreír.

—Solo que nos calienten las sopas. Tienes que conducir hasta el hotel.

—También podrías conducir tú.

—Mañana, si quieres, de vuelta a Barcelona.

Observo cómo guarda el teléfono, deja el bolso a un lado y coloca el codo en la barra. Se rasca un poquito el lateral de la cabeza al apoyarla en la mano y pierde la mirada por el expositor de postres. Siempre tan golosa, tan curiosa, tan divina.

—Sí, quiero. —Suspiro.

La quiero a ella. A la que fue y a la que es. En su gloria y su derrota.

¿Qué es lo que tendré que hacer para que ella también me quiera?

34

REHAB

Alma
Sábado, 23 de julio de 2011
Praia do norte. Nazaré. Portugal

—A mí se me gana fácil —le dije a Julia, que estaba resguardada en el cortavientos, hartándose de sandía—. Dame playa, birra y surfistas, y ya soy feliz.

Coro se rio a mi lado. Ambas compartíamos toalla y lata de cerveza bajo el sol. Eran nuestras primeras vacaciones juntas. Vacaciones sin adultos que nos vigilasen, quiero decir.

La tía Adela me había regalado una semana de hotel por haber aprobado primero de Química con media de notable. Mis padres no se habían mostrado tan contentos como ella, pensaban que podía haber sacado mejores notas. Esa vez, ni se lo discutí. La distancia que había puesto con ellos durante el curso había restado hostilidad a nuestras interacciones. Influida por mi tía, los miraba un poco por encima del hombro. No eran más que dos pobres infelices, que hacían pan en el último rincón de Extremadura y que no contaban con oportunidades para que su vida cambiara a mejor. Por eso me exigían tanto: porque proyectaban su ambición en mí. Yo era la esperanza de nuestra mediocre familia.

—Trata de aceptarlo, madre —me decía la tía Adela—. Mi sobrina y tu padre, por desgracia, no dan para más. Tú no les hagas ni caso. No van a ser capaces de entenderte nunca. En cambio, yo siempre voy a estar de tu parte. ¿Qué necesidad hay de que nos preocupemos por ellos cuando aquí vivimos las dos solas tan a gusto?

Lo cierto es que yo estaba muy cómoda en su casa. Incluso me sentía protegida. La tía Adela se estaba convirtiendo en un referente muy importante para mí. Admiraba su inteligencia, su férreo carácter, su fuerza de voluntad y hasta su falta de escrúpulos. Era de esa clase de personas que no se detienen ante nada para alcanzar sus objetivos. Si seguía bajo su asfixiante ala, yo también sería como ella algún día.

—Te está sonando el móvil. —Julia miró a su derecha y estiró el cuello para cotillearme la pantalla.

—Será tu tía —dijo Coro—. Hace media hora que no te da la plasta.

—Está muy sola —la disculpé.

—No es Adela. —Julia rechazó la llamada.

—¿Quién eres tú para tocar el móvil de Alma? —Coro se sentó de golpe.

—Ya salió la celosona… —murmuró Julia—. Lo he hecho sin querer al ir a dárselo.

Era mentira.

Julia había colgado a propósito porque no soportaba a Xander, ni a Coro, ni a nadie que se me acercara lo suficiente como para crear un vínculo conmigo. Pero jamás lo habría admitido porque era de las que prefieren hablar por la espalda, en vez de a la cara. No por estrategia manipuladora, sino por cobardía. Eso no me gustaba de ella. Tampoco que, cuando le preguntabas qué tal estaba, ella te respondiera con alguna pena. Siempre le pasaba de todo: en la residencia donde vivía le tenían manía desde las limpiadoras hasta sus compañeras de habitación; los chicos solo sabían aprovecharse de ella; su salud era tan frágil como la paciencia de los médicos de las urgencias que visitaba de manera periódica al primer estornudo. En la facultad tampoco era considerada la alegría de la huerta. Julia sabía, igual que yo, que la invitaban a las fiestas solo porque era mi amiga. Y en eso sí que era buena. De las mejores. Era cariñosa, siempre estaba ahí cuando la necesitabas y hacía fácil hablar de cualquier tema con ella.

—Te he oído lo de «celosona» —le dijo Coro—. Y te lo repito: yo no te tengo celos. Soy amiga de Alma desde antes que tú aprendieras a andar.

—Chicas… —protesté, y me levanté a por el móvil.

Había hablado con Xander el día anterior. Me extrañó bastante que me volviera a llamar tan pronto. Por entonces, solo nos escribíamos en semanas alternas, como dos colegas con derecho a flirteo. La distancia entre Ginebra y Badajoz no nos daba margen a mucho más. En junio nos habíamos planteado vernos, pero no habíamos podido encontrar un hueco entre mis exámenes finales y su vuelta a Grasse. Este año le iban a pagar un sueldo. Estaba supercontento. Yo superorgullosa, como la tonta enamorada que seguía siendo.

Desbloqueé el teléfono y vi que también me había escrito por el Messenger de Facebook.

—No me lo puedo creer. —Me tapé la boca, con los ojos desorbitados.

—¿Qué? —me preguntó Julia. Antes de poder responder, se levantó y miró la pantalla por encima de mi hombro—. ¡¿Se ha muerto?!

Al escucharla se me nubló la vista.

—¿Quién? —se asustó Coro.

—Amy Winehouse —dijo Julia.

Tragué saliva y apreté los dientes. Me resultaba un poco patético llorar por alguien a quien no conocía. Pero, qué demonios, sí la conocía. O eso había creído durante años. Lo había sentido así, al menos: como una amiga a la que admirar y apreciar en su enormidad fuera de este mundo. Ahora ya había trascendido. Ya era eterna. Su interior atormentado por fin estaba descansando.

—Lo siento mucho —me dijo Julia—. Sé lo importante que era para ti.

Coro me abrazó por la espalda y me besó la cabeza.

—Nos ha fastidiado el viaje —bromeó para animarme.

—Pues sí —dije entre lágrimas.

Estábamos ahorrando para ir a Londres. Coro, porque era fan de Harry Potter, y yo, porque tenía la absurda esperanza de que, paseando por Camden o tomando algo en el Hawley Arms, me encontraría con mi musa.

Ya solo podría llevarle flores a la tumba.

Unos lagrimones gordísimos me mojaron ambos lados de la nariz. Me los limpié de un manotazo.

—Ahora vengo —les dije, acercándome a la orilla.

—Le va a llamar —dijo Julia a mi espalda.

—No, mujer, va a comprobar si el móvil es acuático —dijo Coro.

Dejé de oírlas cuando el agua me cubrió los pies. Estaba fría, aunque no tanto como mis manos. Marqué con torpeza y Xander descolgó enseguida.

—No me lo puedo creer —me saludó.

—Eso mismo he dicho yo. —Quise sonreír, pero me temblaba demasiado la barbilla—. Qué fuerte. Ya no está. Ayer sí y hoy no. ¿No es ridículo?

Por primera vez en mi vida, intentaba procesar la muerte de alguien a quien consideraba cercano y no, no lo estaba logrando. Estaba confundida, más que triste. Más nerviosa que hundida. Sentía una necesidad visceral de moverme, de hacer algo, lo que fuera. Todo inútil, por supuesto. Yo no era nadie y nadie podía hacer ya nada por ella.

—A mí también me cuesta asimilarlo —murmuró Xander—. No paro de leer noticias en Internet y todas me parecen una broma de mal gusto.

—¿Se sabe cómo ha sido?

—Dicen que se le ha ido la mano con el alcohol. La han encontrado en su cama.

—Qué injusto —dije con rabia—. Hasta hace un mes, cuando dio el concierto en Belgrado, estaba mejor. Mucho mejor. Había dejado las drogas duras, había superado la mierda donde la había metido Blake, se la veía tan contenta preparando el nuevo disco… Y ahora… Ni va a cumplir los veintiocho.

El 14 de septiembre no volvería a ser lo mismo: nunca más sería el día que soplaba las velas con ella.

—Ahora ya siempre será del Club de los 27 —dijo Xander—. Su padre sacará buena tajada de ello.

—*And if my daddy thinks I'm fine* —tarareé—. No voy a poder escuchar *Rehab* igual después de esto. Si él hubiera hecho algo... Si alguien lo hubiera hecho... —Más lágrimas me interrumpieron.

—*I die a hundred times* —recitó él antes de llorar conmigo—. Ella ya estaba muerta, Alma. Cien veces muerta. Solo ha acabado con su sufrimiento.

—Eso sí. —Me sujeté el pecho—. Me siento tan absurda por llorar.

—No, ¿por qué? —susurró—. Aunque ella no lo supiera, tú eras su amiga.

Miré al horizonte y la brisa me acarició la cara.

—Por lo menos tú me entiendes.

—Seguro que no soy el único.

Sí que lo era, joder. Por supuesto que lo era. El primero y el único.

La necesidad visceral de hacer algo se concretó en la obligación de sincerarme. La muerte de Amy me urgió a no esperar a mañana para desenjaular a la niña que seguía suspirando por el chico al que aún adoraba. La vida era tan efímera...

—Te echo tantísimo de menos... —Volví a llorar.

—Mi niña. —En su voz encontré un abrazo—. ¿Te crees que yo a ti no? Te echo tanto de menos que, a ratos, no lo soporto.

—¿Y por qué estás tan lejos?

—¿Y tú? ¿Por qué no estás aquí conmigo?

—No puedo permitírmelo.

—Yo tampoco, Alma. No puedo ni estar hablando contigo ahora. Solo tengo tiempo para contarle mis cosas al espectrómetro. Y es de un rancio que no veas. —Se me escapó una carcajada entre lágrimas—. Se cree muy guay, porque vale una fortuna, pero solo es un chivato molecular de poca monta.

Xander llevaba todo el mes recreando aromas. Su mentora le daba un concepto a lo loco —la rueda de la escotilla de un submarino en un hangar de Jamaica— y él se inventaba la fórmula a ojo (nariz) y luego la analizaba con el famoso espectrómetro.

—Pues yo tengo unas ganas de pillar uno... —Suspiré.

—¿Y a mí?

—A ti, ¿qué?

—Que si tienes ganas de pillarme a mí.

—¿Por banda, a traición, por los huevos...?

—Las tres me valen. —Sentí su sonrisa—. Contigo me vale todo, Alma. ¿Cuándo vienes?

—Nunca. —Me encogí de hombros—. ¿Y tú?

—En cuanto pueda.

—¿Hablas en serio?

—¿Alguna vez te he dicho que iba a ir a verte y no he cumplido?

—No, pero has desaparecido durante meses sin avisar...

—Te avisé, Alma. ¡Te avisé la primera cuando me llegó la carta de las prácticas!

—Pero no me dijiste que ibas a desconectar de teléfono para que no te molestara.

—Ya, eso sí —sonó avergonzado.

Me gustó que no tratara de justificarse más.

—Además, ahora ni siquiera somos amigos con derecho a roce.

—¿Y qué somos, entonces?

—No lo sé, Xander. —Me miré los pies.

—Seguimos siendo nosotros, mi niña —susurró—. *We only say goodbye with words.*

35

UN BUEN AMIGO

Alexander
Sábado, 27 de abril de 2019
Habitación 209 del hotel Best Western Plus. Grasse. Francia

Dos noches, ¡dos!, llevo ya comiendo techo de hotel a un tabique de distancia de Alma. Hay torturas mucho menos crueles que esta.

Ayer, después del vino, las sopas de cebolla y los postres, fui yo quien condujo hasta el hotel elegido por ella.

Me hice el distraído en el pasillo, por si le daba por invitarme a su habitación, pero solo me dio las buenas noches. Me duché, me puse los calzoncillos más seductores que encontré en la maleta y la esperé sobre la cama hasta pasadas las doce. Después, me quedé dormido. Me he despertado antes de las tres, con los riñones congelados, y ya no he podido pegar ojo.

Es una faena que el insomnio te ataque a esas horas en las que es demasiado pronto para hacer nada de provecho. Me he quedado tumbado sobre el colchón, en ese estado de duermevela maligno, donde emergen todos los monstruos. Y yo guardo bastantes en el baúl de los recuerdos. Tal vez por eso, esta mañana, parezco un engendro diabólico.

No hay corrector de ojeras, delineador, ni sérum milagroso que me anime un poco el rostro. Las extremidades me pesan toneladas, me impiden moverme con la rapidez de siempre. De ánimo voy justito, pero creo que me alcanzará para llegar a Barcelona. Si conduce Alma...

Unos golpecitos suenan en mi puerta. Guardo el neceser en la bolsa de viaje y pregunto:

—¿Quién llama?

—Soy yo —dice Alma.

Abro la puerta.

—Lo tuyo es abusar, niña —se me escapa.

Ella contiene el aliento, que seguro que es tan fresco como su imagen. Jamás unos vaqueros y un suéter vistieron con tanta elegancia a nadie.

—He dormido bien. —Se encoge de hombros.

—Encima eso... —protesto—. Bueno, ¿qué pasa? ¿Te has quedado sin sal, vecina?

Niega con una sonrisa.

—Me ha escrito Soleil. Y no son ni las ocho de la mañana.

—¡Bravo! ¿Entras y me cuentas? —Señalo el interior de mi habitación.

Alma vuelve a negar con la cabeza.

—Te espero en el bar.

—No, si ya estoy. Pillo la bolsa y te sigo.

Frunce el ceño al mirarme de arriba abajo.

—¿Lo que llevas no es un pijama?

—Lo fue en los setenta. Hoy es mi *travel outfit*. —Me acaricio los costados de la camisa de satén con estampado psicodélico, a juego con el pantalón—. ¿No te parece bien?

—Mientras te lo parezca a ti... —Se encamina a las escaleras.

Agarro la bolsa, la chaqueta, el móvil y las gafas de sol y echo un vistazo en redondo. No me dejo nada. Creo...

Abandono la habitación para perseguir a Alma.

—¿Y qué te ha dicho Soleil? —le pregunto, machacando escalones con mis *creepers* de plataforma.

—Que ella no está autorizada a negociar los precios.

—¿Y a quién te ha remitido?

—A Frédérique directamente. Ya le he escrito.

—Antes de que nos terminemos los cafés, te llama.

En realidad, sucede después. Y Alma ha tomado té verde. Yo estoy apurando el segundo americano mientras ella atiende la llamada.

—Muy bien, ahora nos vemos, Frédérique —dice en francés antes de colgar.

Yo doy unas palmaditas.

—¡Volvemos a los laboratorios!

—Qué entusiasmo. —Sonríe.

—¿Qué quieres, chica? Nos van a dejar jugar con los colores.

—Y pasaremos unas cuantas horas más juntos—. ¿Cómo no voy a estar contento?

—Siempre me ha gustado eso de ti. —Se levanta y recoge sus cosas—. Tu optimismo es contagioso.

Nos dirigimos a la recepción para registrar nuestra salida.

—Ahora es cuando yo te digo que no hay nada que no me guste de ti y tú me recuerdas que eres mi jefa con un latigazo verbal de los tuyos.

Alma se apoya en el mostrador y me mira directamente a los ojos. No encuentro ni una pizca de rechazo o recelo en los suyos.

—Ayer me dijiste que querías encerrarte conmigo en una habitación de hotel durante todo el fin de semana, y no te veo rastros de latigazos por ningún lado.

—Me castigaste con tu indiferencia, que es peor.

Sonríe con una picardía que le resta, de golpe, diez años.

—No te engañes, mi indiferencia te encanta.

—No, señora. —Le enseño la punta de la lengua para que me mire a la boca—. Tu indiferencia solo me pone cachondo. La que me encanta eres tú.

Alma se humedece los labios. Yo me acerco a ella. El aire que compartimos se llena de electricidad, moléculas inflamables, rayos y centellas. Su bruma rojiza se oscurece. Mi soldadito levanta campamento, montando una tienda de campaña en los pantalones de satén. El recepcionista viene a atendernos.

—Te has quedado sin propina —le digo en español.

Alma esconde una sonrisa con el recibo que guarda de camino a la tartana.

—¿Quieres que conduzca? —me pregunta.

—Pues casi que sí. —Le doy las llaves—. Estoy un poco mareado.

Echamos las cosas al asiento de atrás y nos sentamos. Alma apenas tiene que recolocar los retrovisores.

—¿Arranco o necesitas un momento? —me pregunta.

—¿Para qué?

—¿No estabas mareado?

—Porque se me ha bajado toda la sangre al pene, flor. —Me abrocho el cinturón de seguridad—. En un ratito se me pasa.

Alma pone la llave en el contacto y saca a la tartana del estacionamiento como si llevara conduciéndola toda la vida.

—Creo recordar que, hace años, necesitabas más que un ratito para calmar los ánimos.

Alzo una ceja y giro la cara hacia ella.

—¿Has soñado conmigo esta noche?

—No, ¿por?

Cruzo las piernas y me pongo las gafas de sol.

—No, digo, igual has soñado que follábamos como animales y por eso estás tan… insinuante esta mañana.

—¿Se puede estar insinuante?

—Te confirmo que sí. —Me aprieto el paquete.

Ella para en un paso de cebra.

—Solo estoy de buen humor.

—¿Por qué?

—Pues… —Se muerde el interior de la mejilla—. Porque he dormido bien. Anoche cené mejor. El trato con los proveedores va por buen camino. Y…

—¿Y? —la azuzo.

Ella niega con la cabeza.

—Nada.

—Venga, no me fastidies. —Resoplo.

—Solo voy a decirte que Eloy es un buen amigo.

—¿Cuándo has hablado con Eloy? —Frunzo el ceño.

—Hablo con él casi a diario desde que me quedé en su casa.

—Ah, ¿sí? —Me bajo las gafas por el puente de la nariz—. Mira tú qué bien, oye. Los dos tan amiguitos, haciendo el vacío al tonto de Alexander. Voy a proponerle lo mismo a Coro.

—Ella no va a aceptar. —Sus rasgos se endurecen. Abro la boca para preguntar—. No voy a responderte por qué Coro no quiere ni verte. Estamos yendo a una reunión importante. Necesito concentrarme.

—¿Me responderás en otro momento?

—¿Para qué? —se pregunta a sí misma.

—Hombre, yo me quedaría más tranquilo. E intentaría remendar lo que hice.

—No te debo nada y no hay nada que puedas hacer para recomponer el pasado. Sucedió y ya está. Ahora... tengo que reconocer que trabajamos bien juntos.

—Y se lo has dicho a Eloy. Y él opina que también tendríamos la misma buena onda fuera del trabajo, que no se acabaría el mundo si me dieras un poco de margen, que disfrutar de un vino o una sopa conmigo no ha supuesto el cataclismo que imaginabas hace unos meses, que incluso podríamos volver a ser amigos...

—Sois siameses. —Sonríe.

—Llevamos media vida juntos. Todo se pega...

—... menos la hermosura.

—Ya, de eso se lamenta Eloy.

Alma se ríe.

—Él es más guapo que tú.

—¡Uy, lo que me ha dicho! —Me sujeto el pecho.

La verdad escuece: Eloy es infinitamente más guapo que yo en términos absolutos.

—Lo es. —Asiente—. Pero jamás podría llevar un pijama con tanto estilo como tú.

—Gracias. —Me ruborizo—. Eloy es que ni usa pijama... —Me arden las mejillas—. Y tú has dormido con él en su casa ¡de un dormitorio!

Quién hubiera sido palmatoria para haberles sujetado la vela.

—¿Ahora eres celoso? —me pregunta al ascender la cuesta del parquin de los laboratorios.

—No son celos, es envidia.

Detiene el coche a la derecha y tira del freno de mano.

—Venga, si sale bien la reunión, te dejo que me invites a otro vino.

—Te va a invitar Mariano, pero yo te lo amenizo de mil amores.

Salimos de la tartana y caminamos, más cerca de lo habitual, hasta la nave de las oficinas. La reunión no sale bien, sale bordada. De los once ingredientes que nos van a suministrar, solo quedan tres por cerrar. Nos los van a sintetizar de manera exprés, como un favor especial. El lunes podremos regresar a Barcelona con las muestras.

¡El lunes!

—Pues vamos a tener que quedarnos un par de noches más por aquí —le digo a Alma de vuelta al coche a media tarde—. No vamos a pegarnos la paliza hoy, para regresar pasado mañana.

—Claro, pobre huella de carbono —se burla.

—Un derroche inútil de recursos. —Le abro la puerta del copiloto y me apresuro a sentarme a su lado—. Propongo que retomemos el plan inicial y vayamos a buscar referencias para la campaña.

Alma saca su teléfono mientras arranco y salgo de las instalaciones.

—Cannes es lo que está más cerca.

—A media horita, sí. ¿Tiro para allá?

Asiente con la cabeza y se recoge el pelo detrás de la oreja. Sus ojos de plata escrutan la pantalla.

—Si nos alejamos de la Croisette, hay alojamiento por doscientos la noche —dice.

—De eso nada. Hoy me toca elegir. Y elijo el Carlton.

—Porque no hay otro más caro, ¿no?

—Porque no hay otro mejor. El lujo vale lo que cuesta, querida.

—¿El lujo no eran las personas de las que te rodeas?

Alusión directa al pasado, que le acepto con una sonrisa.

—Pues eso. Si voy contigo, lo suyo es que me aloje en el mejor hotel de Cannes.

Alma me devuelve la sonrisa, suelta el teléfono y se arrellana en el asiento.

—Tú ganas. Tienes hasta el lunes.

—¿Para qué?

—Para aprovechar la tregua que me pediste.

Doy un volantazo.

—¿En serio?

Alma se ríe a boca llena.

—Si no nos matas antes...

36

LA PREGUNTA DEL MILLÓN

Alexander
Sábado, 27 de abril de 2019
Boulevard de la Croisette. Cannes. Francia

Reduzco la velocidad y meto segunda al atisbar el Palacio de Festivales y Congresos de Cannes. Sobre la escalinata, pronto instalarán la alfombra roja por donde desfilarán las estrellas del mítico festival de cine.

—En la placita que hay ahí —le indico a Alma la que precede al Palacio— están las huellas de Peter Ustinov. Y tenía unas manazas que flipas.

—Nunca hubo un mejor Poirot.

—Ni un Nerón. —Me señalo la cara—. Mejorando lo presente.

—Muy bien, pirómano, pero esta vez no te pases la calle.

—Ya estamos en la Croisette. —Continúo de frente por la avenida de las famosas palmeras, con el Mediterráneo a la derecha y los hoteles y las tiendas exclusivas a la izquierda—. Hace un siglo que no voy al cine. Puto Netflix.

—Yo ya tengo las entradas para la nueva de Pablo Godoy.

—Yo tengo que dormir con Eloy cuando veo sus pelis.

—Siempre fuiste un miedica.

—Lo que soy es sensible a más no poder. Y fácilmente impresionable.

—Pero te encantaba todo lo oscuro y siniestro.

—Claro, porque me afecta. Lo que me aterroriza es el aburrimiento.

Paro frente al hotel Carlton y llamo con la mano a un aparcacoches.

—Y que se ocupen de nuestro equipaje, por favor. —Le doy un billete y le ofrezco el brazo a Alma para cruzar la calle.

—No soy una abuelita —me dice, dirigiéndose a la entrada del hotel.

—Bueno, hija, si era por tocarte un poco.

—No le veo la gracia a que me roces un brazo.

—Pues yo me daría con un canto en los dientes.

Cruzamos las puertas como si tuviéramos reservada todo el año una *suite* a nuestro nombre, y ya no puedo callármelo más:

—Es increíble lo deslumbrante que estás con unos simples vaqueros y un jersey barato.

—Llevo más de cinco mil euros en complementos. —No la corrijo, aunque el bolso de mi padrino vale el triple hoy en día—. Y voy acompañada de una especie de estrella del rock trasnochada. Eso viste mucho.

—Lo que viste es tu actitud, faraona.

—«Si actúas como si supieras lo que estás haciendo, podrás hacer lo que quieras», decía Amy.

—Pues si lo decía la Winehouse, amén, hermana.

Nos plantamos frente al mostrador de recepción: un acto que empieza a ser rutina. Una rutina nueva y deliciosa. De repente, tengo ganas de conocer las recepciones de todos los hoteles del mundo. Con Alma.

—Hola, buenas tardes —le digo a una empleada—. Queremos la mejor habitación que haya disponible.

Ella chequea mi petición en un iPad.

—Podemos ofrecerles una *suite* con dos dormitorios en la última planta.

—Pues mira tú qué bien. —Sonrío a Alma de medio lado.

—Dos individuales, por favor. —Le ofrece a la empleada su tarjeta de crédito.

Le sujeto la mano y doy un tironcito para que se acerque.

—Pago yo. Una *suite* para mí. Eso seguro. Y tú..., lo que te pida el cuerpo. —Le miro a los labios.

—Con una habitación sencilla me sobra. —Me da un apretón en la mano.

No me parece rara su elección. Soy optimista, no idiota. Sé que no quiere dormir conmigo. Dormir es mucho más íntimo que follar, cosa que tampoco parece apetecerle mucho. Y, además, es normal que quiera su espacio. No hay nada peor en un viaje de trabajo que no disponer de un lugar a solas donde poder soltar un gas a gusto.

¿Esto sigue siendo un viaje de trabajo?

Vamos a comprobarlo.

Reservo las dos habitaciones sin soltarle la mano. Alma tampoco hace amago de apartarse. Y eso sí que me parece raro. Raro y maravilloso, como lo fuimos nosotros. Me inclino hacia ella. Su pelo huele a marrón-canela.

—¿Me vas a hacer subir seis pisos por las escaleras? —le pregunto al oído.

—Tú puedes usar el ascensor.

—Y tú, agarrarte a mí, taparte los ojos en mi pecho y ahorrarte la caminata.

Su mirada nerviosa me dice que recuerda que ya hicimos eso en el pasado. Que sintió angustia en las primeras plantas, pero que mis caricias en la nuca la distrajeron lo suficiente para no entrar en pánico.

—De momento, prefiero la escalera.

Asiento. Entiendo ese «de momento». Me encanta ese «de momento».

—Te veo luego. —Me inclino un poco más para besarle la frente.

Me detengo a tiempo de romper la promesa que le hice en el jardín blanco. Mis labios no volverán a rozarla sin su consentimiento.

Ella me huele, cerca del cuello, y traga saliva.

—¿Tienes hambre? —murmuro junto a su frente.

—Un poco.

Desvío la vista y nuestras miradas se encuentran a unos centímetros de distancia. Seguro que está viendo destellos de plata en mis ojos oscuros. Siempre le gustaron. Lo que nunca le dije es que eran solo el reflejo que ella provocaba.

—¿Qué se te antoja? —le pregunto.

—Algo ligero. Una ensalada o similar.

Hago una pedorreta.

—Iba a pedir que te subieran a la habitación alguna delicatesen. Caviar, tartar con trufa negra, ostras para compartir... —Me lamo el labio inferior—. Pero la ensaladita te la pides tú, que a mí me da vergüenza, chica.

Me sonríe.

—Dijiste que por aquí había una heladería muy buena. —Excelente memoria—. Si me indicas cómo ir, luego te cuento mi experiencia.

—Puedo acompañarte. —Consumo un par de centímetros entre nosotros.

Al siguiente movimiento podría mandar al cuerno mi palabra.

—Prefiero estar un rato sola. —Echa atrás la cabeza.

—¿Me aceptas un consejo?

—No. —Sonríe.

—Pues te lo voy a soltar igual: no le des muchas vueltas a esto. —Acerco la punta del dedo índice a su pecho y, luego, al mío—. Pasea, gasta, disfruta. Pero no te lo pienses demasiado, por favor, o te vas a arrepentir de haberme dado la tregua. —Hago un mohín.

Alma aprieta los labios y los mete un pelín para adentro, como si quisiera tragárselos. Está preciosa con los mofletes abultados y ese mentón tan apetecible contraído.

—Vale. —Baja la cabeza un segundo, creo que para ocultar una sonrisa que no está lista para enseñarme todavía—. ¿Me dices cómo ir a la heladería?

—Está por allí. —Me giro y señalo la derecha de la puerta. Me pongo el dedo en los labios y me muerdo el canto de la uña—. ¿O es por allá? —Sacudo la cabeza—. No lo sé seguro. Pero a la que vas o vuelves la encuentras fijo.

Alma me mira con diversión. Le hago gracia. No lo puede evitar. ¡Olé yo!

—Mejor lo busco en Google —dice.

—Sí, mejor. ¿Nos vemos después? ¿Aquí dentro de un par de horas?

Asiente con la cabeza y yo le acerco la mejilla a la boca.

—¿Qué haces? —Alza las cejas.

—Despedirme en condiciones. Dame un beso.

—Eh... No quiero —se burla.

—Sí que quieres, mentirosa. —Me ladeo un poco más—. Venga, vamos a crear una dinámica que case mejor con esta conexión física que tenemos. Tú me das un beso, yo te lo devuelvo y, a partir de ahora, nos saludamos así siempre.

—Estás fatal de la cabeza. —Se ríe.

Y me deja con la cara girada sin haber necesitado mover un dedo.

—Bruja mala —sale de mi boca, lo que en realidad le digo es «guapa».

Ahora sí mueve un dedo: el corazón hacia mí mientras se marcha. ¡Brava!

Aprovecho las horitas libres para amortizar el dineral que me ha costado la *suite*. Uso la tele, la Play Station, juego con el aire acondicionado, tomo el sol en la terraza, escribo a Eloy, el desgraciado me ignora, me doy un baño y, después, me tumbo como una estrella de mar sobre la enorme cama y miro al techo.

Visualizo nuestro viaje hasta ahora como una carretera de montaña que se va abriendo hasta convertirse en una autopista que atraviesa un desierto lineal e infinito. Con esa idea de inmensidad, de vacío listo para colorear, encuentro un poco de paz, cierro los ojos y... ¡Me duermo un puto siglo! Ya atardece cuando un mosquito me zumba cerca de una oreja y me despierto de golpe.

Me lanzo de inmediato a por el teléfono.

—Dime —responde Alma.

—¿Dónde estás?

—Cenando.

—¿En el hotel? —Salgo de la cama.

—No. Me han recomendado un restaurante en Cap de la Croisette.

—Está muy cerca. Puedo llegar en quince minutos. —Abro la bolsa de viaje—. Si te apetece compañía...

—Te espero en la terraza.

—Guay. Hasta ahora.

Al colgar, Alma me envía la ubicación. Suelto el teléfono y me muerdo el nudillo del dedo índice.

La inseguridad me ataca al elegir la ropa y me dice que me ponga lo más hortera que encuentre. Respiro hondo, muy hondo, hasta que el sulfuro de dimetilo, esa partícula derivada del fitoplancton marino, se traslada desde el Mediterráneo hasta mi sistema y me relaja.

Me pongo un pantalón gris de pinzas, *wide fit*, un cinturón de mi padrino, una camiseta interior de tirantes blanca y una americana *oversized* negra. Apenas me queda tiempo para lavarme la cara, los dientes y mojarme un poco la melena. De camino al ascensor, pido un coche. Los seis minutos de trayecto hasta el restaurante me los paso taconeando una alfombrilla con los Oxford.

Cuando alcanzo la terraza de La Petite Maison, el corazón me late tan fuerte que lo noto en la garganta. De izquierda a derecha, estudio las mesas ubicadas en ese vergel de lujo sobre el mar. Encuentro a mi Afrodita, naciendo entre las olas que levanta la brisa en el mantel blanco que le roza las piernas desnudas. Está mirando al horizonte púrpura, con el pelo suelto y la chaqueta bien abrochada. Suspira. Y yo la imito, llevándome la mano al pecho: jamás he visto nada más inspirador que ella.

Alma agarra una cucharita y la hunde en el chantillí de una copa coronada con fresas frescas. Todavía tiene la boca llena cuando me coloco a su derecha.

—¿Puedo sentarme? —Señalo la silla que hay frente a ella.

—Hum... —farfulla, con la mano sobre los labios. Traga y asiente—. Como tardabas, me he pedido el postre.

—Sí, perdona. —Me coloco la servilleta sobre las piernas—. Es que me ha entrado un ataquito que flipas cuando me he dado cuenta de que iba a cenar contigo. Era incapaz de decidir qué ponerme.

—Seguro que sí. —Me sonríe con burla antes de hundir de nuevo la cuchara en la copa.

—Es la verdad. —Me encojo de hombros y llamo a un camarero—. ¿Me recomiendas algo?

—La burrata estaba buena.

Se la pido al camarero, observo la mesa y añado a la orden una botella del mismo vino blanco que el de la copa que Alma ha dejado a medias.

—¿Qué tal la tarde? —le pregunto.

—Productiva. —Se limpia con la servilleta—. Tenías razón en lo de que la Croisette era un buen lugar para encontrar referencias publicitarias.

—¿Cuántas listas nuevas has abierto?

—Cinco. —Sonríe.

Le devuelvo la sonrisa, me recuesto en la silla y miro al mar, que está tan calmado como la respiración de Alma.

—¿Alguna lleva mi nombre? —pregunto.

—Sí, pero esa lista no es nueva.

—Y... ¿le has añadido algún ítem? —La miro de soslayo.

Ella niega con la cabeza.

—He decidido aceptar tu consejo y no darle vueltas.

—Yo solo he parado de pensar en ti el rato que me he dormido.

Alma se rebulle en el asiento. Ojalá el movimiento sea la respuesta a lo que se le está revolviendo por dentro.

—¿Y qué pensabas? —me sorprende preguntando.

—Buf, millones de cosas. Guardo mucho de ti. Tanto que ya no sé qué hacer con ello. En general, me inspiras muchas dudas. Hoy por hoy, una que me atormenta es por qué fingiste no conocerme cuando nos reencontramos en Lladó.

—Creí que así sería más fácil —murmura. Después, chasca la lengua contra el paladar—. No imaginé que te empeñarías tanto en demostrarme que me recordabas.

—¡¿Cómo no iba a hacerlo?! —Me inclino sobre la mesa—. Fuiste una de las personas más importantes de mi vida. ¡Durante años! Toma una inspiración lenta y me mira a los ojos.

—Me da rabia que eso me provoque alivio.

—¿Pensabas que no era así?

—Lo sigo pensando en el fondo. Cuando me acuerdo de lo que...

—se interrumpe—. No quiero hablar de eso. Del pasado —me aclara—. No tiene sentido.

Un camarero me sirve vino y el entrante que me va a valer de plato principal. Yo mismo lleno la copa a medias de Alma. Acerco la mía y brindo.

—Por el futuro.

—Por el presente —me corrige.

Acepto, chocando los cristales. Ambos bebemos sin soltarnos las miradas.

Me obligo a comer, porque llevo muchas horas sin hacerlo. Ella no vuelve a tocar su postre. El silencio se sienta a la mesa con nosotros. Hay ruido de fondo —de cubiertos contra porcelanas, de otros comensales, de la brisa jugando con el mar—, pero el único sonido que trona entre nosotros es el de las palabras que sobran. No existe la que pueda traducir tan bien lo que Alma me provoca como la mirada que le estoy dedicando. Reverenciando. Soy un humilde esclavo a merced de su belleza sencilla. Un pestañeo suyo a ese lado de la mesa se convierte en tsunami en mi orilla. Que observe mis movimientos como si quisiera aprendérselos, ralentiza mis revoluciones. No hay sustancia que ejerza más poder sobre mí que la presencia de Alma. Eso no ha cambiado. El resto... no importa nada.

—¿A qué te huele este momento? —me pregunta.

Me congelo un segundo, por el impacto de escuchar una pregunta tan íntima. Después, suelto los cubiertos, me relajo en la silla e inspiro hondo. Una sonrisa de idiota enamorado me demuda la cara.

—A hogar. —Al salir de mi boca, se me cierra la garganta; supongo que no quiero que se me escape el corazón detrás—. ¿A qué te huele a ti?

Alma me sostiene la mirada. Me culpa con ella. Me mata con ella.

—A lavanda.

Mi corazón se salta un latido. Deslizo la mano derecha sobre el mantel, buscando agarrarme a algo para volver a la vida. Es una suerte que Alma salga a mi rescate. Acaricia el anillo que llevo en el dedo gordo: una tuerca de plata.

—Es bonita.

—Me la regaló mi hermana como un recordatorio de que tengo la capacidad de encajar, aunque deba dar infinitas vueltas para conseguirlo.

Estiro los dedos, con la absurda esperanza de que quiera entrelazarlos con los suyos.

Alma duda mientras mi pecho se encoge y termina dejando la mano a unos centímetros de la mía sobre el mantel. Su mirada se aclara, se aviva, me reta:

—¿Dónde te apetece llevarme ahora?

Alzo una ceja.

—¿Puedo responderte con libertad?

—No. —Sonríe.

Estudio todos los matices de sus ojos, de su gesto y postura. Leo en su cuerpo que está harta de reprimirse. Que no me está dando una tregua: se la está dando a sí misma poniéndose en mis manos, donde sabe que los límites solo existen para burlarse de ellos. Entonces, le agarro la muñeca y la aprieto.

—¿Lista? —Su sonrisa me responde—. Sal tú primero y pide un coche. Ahora te alcanzo.

37

EL NIÑO DE LOS COLORES

Alexander
Martes, 9 de febrero de 1999
Santa Mónica. Los Ángeles. California

América huele a amarillo. No amarillo limón ni amarillo pis, amarillo aceite de maíz. Me chupo los dedos después de acabar el *corn dog* que papá me ha comprado en un puesto de la feria. Mamá no me deja comerlos porque son *unhealthy*. Juego con el palito grasiento como si fuera una espada y pincho a papá en la espalda. Él no se entera. Está muy raro. Mamá más. Se ha marchado a casa de los abuelos. Creo que todo es por lo que me han dicho en el colegio: papá tiene una novia. Yo no lo entiendo. ¿Se puede tener novia y mujer al mismo tiempo? Nadie me responde a esa pregunta. Susana me ha pedido que no haga caso a lo que me digan. Pero es que mis compañeros solo me hablan de eso. O para reírse de mi acento francés. He intentado cambiarlo, pero no lo he conseguido. Creo que tampoco voy a conseguir aprobar todas las asignaturas. No me gusta este colegio. No me gusta California. No me gusta la niñera. Me grita mucho cuando estamos solos. Es un monstruo negro. Me da miedo. No se lo he contado a nadie, porque ya solo queda un mes para que nos vayamos a Cuba. Allí no iré al colegio. Voy a tener un profe particular. Eso tampoco me gusta. Prefiero ir al colegio, aunque se rían de mí. Estoy aprendiendo a reírme yo también. Cuando hago de payaso, todos me prestan atención. Algunos hasta olvidan el asco que les doy. En Cuba voy a ser payaso todo el rato, así seguro que hago amigos. Me gustaría tener alguno. Uno solo aunque fuera. Podría haberlo traído a la feria... Papá se da la vuelta muy deprisa y me tapa con su abrigo. Lo hace siempre que hay fotógrafos cerca. Fotógrafos que no sean mamá, claro. No me gusta jugar a que no existo, pero es por mi bien. Mamá dice que tengo derecho a ser un niño normal. Pero no lo soy. Soy el niño de los colores. El raro. El que se pasa todo el tiempo buscando nuevos olores. ¿Cómo olerá Cuba? Eso sí me gustaría descubrirlo.

38

L'ABSOLU

Alexander
Sábado, 27 de abril de 2019
Cap de la Croisette. Cannes. Francia

—¡¿Y el coche?! —le pregunto a Alma después de salir a toda prisa del restaurante.

—No me ha dado tiempo a pedirlo. —Aparta la vista del teléfono.

—Pues ya podemos correr.

—¿Por qué? —Alzo una ceja en respuesta—. ¡¿Te has ido sin pagar?!

—¡¿Tú qué crees?! —Miro a mi espalda y la engancho de un brazo—. ¡¡Corre, Forest, corre!!

No es verdad que me haya ido sin pagar la cuenta, les he dejado hasta una propina tan generosa como yo, pero solo por ver las tetas de Alma pegando botes por la carrerita está mereciendo la pena hacer el payaso un rato.

Bueno, en realidad, lo estoy haciendo porque ella quería dejar de reprimirse, romper límites, un chutecillo de esa droga mala que es la adrenalina. Y si Alma quiere algo, yo alcanzo la velocidad de la luz por dárselo.

—Lo tuyo no es normal, Xander. —Bufa, avenida abajo.

—Aprieta, que nos pillan. —Acelero, tirando de ella.

—¡¿Adónde vamos?!

—La primera opción es encontrar un taxi. La segunda, robar un coche. La tercera, escondernos en una alcantarilla. Tú eliges.

—¡Mira, una camioneta!

—¡Esprint!

Llegamos a la parada por los pelos y nos metemos en el bus interurbano sin tener ni idea de adónde nos lleva. Recobramos el aliento de pie, sujetos a una barra metálica. En el giro a la izquierda, me estampo contra Alma.

—Perdona —digo casi pegado a su boca.

Ella me agarra la cintura para estabilizarme.

—¿El empujón o la iniciación a la delincuencia menor?

—Solo el empujón.

Aprieto contra ella lo que guardo en el faldón de la chaqueta. Su dureza y tamaño descomunal le dilatan las pupilas. Meto una mano entre nosotros y descubro la botella que me he llevado del restaurante.

—Nos la íbamos a dejar casi entera. —Se la ofrezco.

Ella la agarra del cuello, mira al conductor por encima de mi hombro y bebe.

—Segundo delito —susurro.

—Tercero —me corrige—. Tampoco hemos pagado el billete.

—Mi primera vez en Roma, intenté pagar una noche, y el autobusero todavía se está riendo de mí. ¿Quieres que también se ría este?

—La verdad es que no nos ha hecho ni caso. —Me pasa la botella.

Me la acerco a la boca, fijo en la suya, y coloco los labios en forma de «O». Y casi me quedo sin dientes, porque el bus frena de golpe en un parquin, junto al puerto.

—Fin del trayecto —vocea el conductor en francés.

—Bueno, hemos adelantado un par de calles —dice Alma al apearse.

Yo la sigo, frotándome los incisivos.

—*Fi. Fefuro* que *fos* hemos *efquifado* —farfullo.

—¿Esa es la Croisette? —Señala la avenida que hay más allá de un parque.

—Sí. Y eso, un taxi. —Vuelvo a agarrarla, esta vez de la mano—. ¡Vamos!

—¿Por qué corremos ahora? —Me sigue.

—Por tener excusa para acariciarte la mano y para que no se nos baje la adrenalina.

Le doy el alto al taxi, le abro la puerta de atrás a Alma y me meto en el asiento junto a ella. Muy junto a ella.

—*Le Club Absolu, s'il vous plaît* —le digo al chófer.

—¿Vamos a una discoteca? —me pregunta Alma—. Mira cómo voy vestida.

Lo hago. Desde las Balenciaga, pasando por las pantorrillas desnudas y la falda recta, hasta la cazadora cerrada.

—¿Qué llevas debajo?

—Una camiseta superbásica.

—¿Sujetador?

—Siempre.

—¿Es bonito?

Levanta la barbilla.

—Muy bonito.

—¿Me lo enseñas? —Sonrío de medio lado.

Ella, de oreja a oreja.

—Ni loca.

—Vale, pues toma. —Me quito la chaqueta y me doy la vuelta hacia la ventanilla—. Sácate la camiseta y ponte eso.

—Ya está —me dice cuando salimos de la avenida hacia el norte de la ciudad.

Pego la espalda al asiento, miro de soslayo a la izquierda y me relamo.

—Te lo estoy viendo un poquillo. —Le señalo el escote—. Muy muy bonito.

—Es de Kiki de Montparnasse.

—Me refería a tu canalillo.

Me empuja con el hombro.

—Para y mira al frente.

Recojo la botella de entre los Oxford y no bebo, porque me la quita Alma. Me pasa el vino después de sofocar su creciente sed.

—Se está calentando.

—Ya te digo yo que sí. —Me aprieto el paquete y por fin me mojo los labios.

Ojalá a Alma le esté pasando lo mismo.

Es difícil que no te suceda en el Absolu. Su aroma *animalic* nos abofetea ya a dos calles con las ventanillas subidas. Se cuela por el conducto del climatizador del taxi. Me excita al instante.

Le doy un billete gordo al chófer, abandono la botella de vino y le tiendo la mano a Alma para ayudarla a salir del coche. Silbo cuando la veo de pie y me recreo en la piel desnuda que asoma por el escote amplio de la americana. El tatuaje bajo el pecho le azulea un poco. Ahora es todavía más bonito.

—¿Me has traído a un club de *swingers*? —me pregunta mientras estudia la puerta.

Los neones morados se reflejan en sus ojos de plata.

—También es cabaret y restaurante.

—Ya hemos cenado.

—Yo no me he comido el postre. —Sonrío.

Alma me mira con curiosidad. Duda si me refiero a ella o a las panacotas que pueda encontrar dentro del club. Nunca fue muy fan de ver a su pareja siendo deseada por otra persona o deseando a otra persona. Yo soy ultrafán del morbazo que siento cuando soy testigo de algo así.

—Con «postre» me refiero a disfrutar de cómo van a devorarte con los ojos todos los que estén en ese club en cuanto entres por la puerta —le aclaro.

—Siempre fuiste un mirón.

Sus pupilas crecen. Su aura se aviva. Rojo fuego. Ya la tengo tiesa.

—Ahora soy todavía peor. —Le tiendo el brazo.

Y ella, señoras y señores, me acepta.

¡Alma me acepta!

Cruzamos las puertas negras del club privado, detrás de las que me encargo de pagar la entrada mientras ella lo mira todo con esa curiosidad tan divina. Hay poca gente dentro. Apenas nos cruzamos con otra pareja mientras bajamos las escaleras a la luz anaranjada de los focos.

—No es tan sórdido como pensaba —dice Alma—. Es más rollo Estudio 54.

—Un poquito más moderno.

—¿Lo dices por los leds de las barras que separan las camas esas? —Señala el fondo de la planta de abajo, a las cuatro camas vestidas de cuero negro, iluminadas en púrpura y fucsia.

Mi reino por terminar en una de esas camas con Alma.

—Lo digo por la clientela —respondo—. Aquí no te vas a encontrar a nadie famoso. Aquí no vienes a que te vean. No, al menos, de esa manera. —Mis ojos se desvían a la franja de piel suave que escolta mi chaqueta—. ¿Quieres que te enseñe las instalaciones? Hay sauna, camas redondas, mazmorra con su cruz de san Andrés y todo, piscina climatizada…

—Pide que nos lleven algo allí. —Indica uno de los reservados que hay delante de las camas.

Y yo obedezco.

A los pocos minutos, nos traen al rincón elegido por Alma, el de la izquierda, una botella de champán con una bengala en la boca.

Las chispitas que despide el artilugio atraen a dos parejas al reservado de la derecha. Uno de los hombres, el morenazo de la camisa negra, se enciende al fijarse en Alma. Se sienta frente a ella en la lejanía; también, en perpendicular a las camas. Yo estoy de espaldas a ellas, asistiendo al partido de tenis de miradas. Pero no soy juez, que nadie se confunda, solo soy un idiota con mucha suerte.

—¿Por qué me cantan el *Cumpleaños feliz*? —Me pregunta Alma.

—Adivina. —Me deslizo en el asiento hacia el rincón.

Alma también se acerca.

—¿Se te ha olvidado que comparto día con Amy?

—El 14 de septiembre siempre hago dos cosas: felicitarte en secreto y destrozar el *Our Day Will Come* a voz en grito.

—Ya decía yo que últimamente solía llover en mi cumple.

—Hoy va a caer el diluvio universal. —Muevo la cabeza hacia los empleados que se están desgañitando con la botella incendiaria.

Alma los aplaude y se adueña del champán. Yo le quito las copas a un chico y las coloco sobre la mesita. Brindamos.

—Por la Winehouse —le digo.

Porque fue ella quien nos presentó.

—Por ti, bonita. —Alma alza la copa al techo y bebe hasta apurarla.

Yo solo me tomo un trago. No necesito más sustancia que la que me hace segregar Alma, la que corre por mis venas por ella.

—Los de enfrente no paran de mirarnos —me dice al oído.

Yo inhalo su bruma rojiza y le sonrío.

—¿Y qué quieres, hija mía? ¿Tú sabes lo buena que estás?

—He dicho «mirarnos». A los dos.

—¿Me estás llamando «*buenorro*»?

—Nunca lo has sido.

Me agarro la cruz del pecho y me aparto.

—Pues bien que te gustaba…

—Por llevar la contraria, supongo. El prototipo por entonces era el de metrosexual. Todo músculo y virilidad.

—¿Y yo no soy viril? —Cruzo las piernas.

Alma me mira la nariz romana, las mejillas hundidas, la mandíbula apretada y las manos, tan largas como la lengua que sujeto entre los incisivos.

—Lo eres. A tu manera.

—Eso es precioso —me enternezco.

Alma se sirve otra copa y señala con ella al tipo que no le quita ojo.

—Eso sí es un hombre viril a la manera convencional.

—Buah, ya te digo. Mira qué barba, qué anchura de hombros...

—¿Te lo follarías?

Tuerzo la boca.

—Me da que está más interesado en ti.

El morenazo le sonríe, alza su copa y la felicita en francés.

—Ahora te va a cantar también el *Cumpleaños feliz* y vamos a descubrir que es uno de los de Il Divo. ¿Preparada?

Alma se ríe. El tipo flipa con su risa. Sí, majo, es la mejor canción que vas a escuchar en tu vida de tenor.

—¿Y esos? —pregunta.

Un chico y una chica pasan entre los dos reservados como la diosa los trajo al mundo.

—Irán a las camas —respondo.

—¿Se van a poner a follar aquí mismo?

Me río.

—¿Para qué creías que eran?

—Pues de adorno, yo qué sé. —Se sonroja—. He estado en otros bares con camas de estilo balinés y la gente no se ponía a chingar ahí como posesos.

—Espero que les hayas metido una reseña de una estrella en Google. Menuda mierda de bares. —Resoplo.

Ambos seguimos con la mirada a la pareja desnuda. Él se tumba en la cama que hay detrás del morenazo y ella se mete de cabeza entre sus piernas. Alma se gira de inmediato y bebe.

—Vale, acabo de comerme un beso negro.

—No, flor, se lo ha comido ella.

—Demasiado explícito todo.

—Pues no mires. —Me acerco a su oído—. Solo escucha.

Alma cierra los párpados y yo aprovecho para aprenderme su rostro como el catecismo: con devoción. Al principio, sus ojos se mueven en la oscuridad en busca del sonido. Pronto, un gemido le ladea la cara en la dirección correcta. Sus labios se separan con el gruñido de él.

Apuesto a que la inspiración profunda que está tomando le está llenando la boca y el pecho de almizcle: el olor del sexo. Ahora arruga la nariz porque, de primeras, es un aroma demasiado fuerte, pero estimula al cerebro para que ordene la liberación de la bendita oxitocina. El placer corre por tus venas, la capacidad de sentir asco se inhibe y quieres más. Mucho más.

La respiración de Alma se acelera. El corazón le demanda más oxígeno para seguir bombeando a ese ritmo vertiginoso, muy similar al que mueve la cabeza de la mujer de la cama. Más deprisa. Más deprisa. Más deprisa… Hasta que todo se para. El jadeo ronco y largo del chico hace que Alma se agarre a la mesita. Yo ya puedo adivinar, con la primera descarga, qué ha comido él a mediodía.

—Se ha corrido —dice Alma, todavía a ciegas.

—Eso parece.

Las mujeres que hay en el reservado de enfrente aplauden. Alma abre los ojos para descubrir que han empezado a besarse. El otro hombre se toca por encima del pantalón. El morenazo le envía a Alma cebos visuales, a ver si pica.

—Está haciendo que me sienta incómoda.

—Pues vamos a otro sitio. —Me levanto.

Ella pilla la botella y me sigue a la pista de baile. Hay más gente, pero no es una locura. Se está bien. No hace demasiado calor. La música es una basura que no me atrevo a calificar como «dance».

—Eres el único que lleva algo de ropa sobre el torso —me dice Alma al oído.

—Y tú, la única que lleva chaqueta.

—Será por eso que nos miran tanto.

—Y porque están deseando ver cómo se enrollan dos titanes.

—Pues se van a quedar con las ganas.

—Todos, reina. Nos vamos a quedar todos con las ganas. —Le sonrío.

Ella no me lo niega. Es más, me sonríe al tiempo que levanta la botella. Bebe sin conocimiento. Y yo no trato de impedírselo, porque no soy quien y porque hasta sujetarle el pelo si vomita me parece un planazo con ella.

—Jo. —Se seca la boca y sacude el champán—. Parecía más grande.

—Si me dieran un euro cada vez que escucho eso...

Alma se carcajea y busca una mesita para dejar la botella vacía.

—¿Te apetece otra? —le pregunto.

Niega con la cabeza.

—Me apetece bailar.

—Genial. —Sonrío—. Que te lo pases bien.

Me apoyo en la mesita alta donde ha dejado la botella, junto a una columna negra, y la invito a avanzar hacia el centro de la pista. Alma parpadea, se encoge de hombros y me da la espalda.

El momento sería perfecto si tuviera un paquetito de pipas para amenizar el espectáculo. Alma baila sola como si no necesitara a nadie para divertirse: mis personas más admiradas. La independencia me la pone dura. Y Alma, ni te cuento. No me extraña nada no ser el único que está cayendo rendido a sus encantos. Me enorgullece no serlo.

El morenazo del reservado no tarda en aparecer. Se acerca a Alma despacio, por la espalda. Eso no me gusta: ella va a asustarse. Doy un silbido para llamar su atención. No es una oveja, pero tampoco es que disponga de un megáfono...

—A tu espalda —vocalizo a tiempo de que ella se encuentre con el tipo a un par de metros de distancia.

Se sonríen. Y él se acerca más. Ahora no tengo nada que objetar. Pero nada de nada. Ya no quiero ni las pipas. El espectáculo ha subido de nivel a obra maestra. Contemplo, mano en pecho, cómo se contonean, se rozan y se tantean.

Él le acaricia la cintura por encima de mi americana y ella le sujeta los hombros cubiertos por la camisa negra. Él le arrima el difunto para que se lo resucite. Yo me santiguo cuando él le intenta comer la boca y ella se desvía a su oído. Vuelven a sonreírse.

—¿Adónde irá? —Sigo con la mirada al morenazo.

Alma se me acerca.

—Vámonos antes de que se dé cuenta de que no voy a ir a la mazmorra con él.

—¿Y conmigo? —mendigo.

Alma se ríe y tira de mi camiseta para sacarme del club. En la calle, usa el teléfono para pedir un Uber.

—¿Quién quiere mazmorra teniendo hotel de lujo? —me pregunta.

39

LIDERAZGO

Alexander
Domingo, 28 de abril de 2019
Boulevard de la Croisette. Cannes. Francia

—Tomates secos, hidratados en aceite de oliva virgen extra. Caballa. Rúcula. Ajo. Orégano. Y… —Me pongo el dedo índice sobre los labios y me inclino hacia delante en el asiento trasero del Uber—. Reconozco que dudo entre aceto balsámico y vinagre de Jerez.

—¡Venga ya! —Alma se carcajea a mi izquierda—. Es imposible que puedas diferenciar los ingredientes de la ensalada que se ha comido el tipo ese por el olor de su semen.

—¿Volvemos y se lo preguntamos? —Señalo la ventanilla trasera.

—Prefiero quedarme con la intriga.

—¿No te ha gustado el club? —Me recuesto en el asiento.

—No, ha estado bien. Solo me he sentido incómoda un momentillo.

—Pero luego le has aceptado con una sonrisa.

—¿A quién?

—Al morenazo.

Alma frunce el ceño, fija en mis ojos. Después, una sonrisilla rejuvenece su gesto.

—Él no ha sido quien me ha hecho sentir incómoda.

—¿No? —Busco en su mirada. Y no encuentro absolutamente nada.

—Venga —se burla—. ¿En serio no te has dado cuenta?

—¿De qué?

Estoy más perdido que un pedo en un *jacuzzi*.

—Se te han oxidado ciertas facultades con los años, amigo —dice cuando el coche para.

Nos bajamos. Ella normal y yo, flotando sobre arcoíris, porque me ha llamado «amigo».

La sigo al cruzar la avenida, la alcanzo en las escaleras del hotel y vuelvo a perseguirla cuando enfila hacia el bar. Pide una botella de champán, una cubitera y dos copas, carga con todo y se dirige de nuevo a la calle. No pregunto. Da igual donde vaya, voy a seguirla de todas formas. Es lo que tiene relacionarse con personas que rezuman liderazgo...

En el otro lado de la avenida, pienso que va a colarse en la playa privada del hotel, ahora cerrada, pero no: se cuela en la del hotel de al lado solo por el placer de poder hacerlo. ¡Brava!

Nos sentamos en el límite de la arena mojada. Alma planta la cubitera entre nosotros y sujeta las copas. Yo le sirvo, en ese rol que me complace tanto practicar con ella. Esta vez no hay brindis. Alma bebe de cara al mar, con la espalda iluminada por las luces de la Croisette.

—Esta noche no hay luna —dice.

—Le ha dado vergüenza salir con semejante estrella suelta.

Alma me mira. Me señalo de ombligo a cuello.

—Ah, la estrella eres tú. —Sonríe.

—Obvio, querida. —Le devuelvo la sonrisa.

Ella mira de nuevo al frente. Su mueca alegre se pierde en la negrura del mar. Bebe y, contra el borde de la copa, murmura:

—Pues sí. Siempre lo has sido.

—¿Una estrella? —Doblo las rodillas para abrazarme a ellas y dejo la copa llena colgando sobre las espinillas—. Eso dice Eloy, pero yo nunca me he visto así.

—Y eso es lo que te hace irresistible. Que parece que lo sabes, que tu carisma no es espontáneo, pero sí lo es. Tú no conoces tu grandeza y, aun así, eres inalcanzable.

—No soy eso —pronuncio despacio—. ¿Lo soy?

Alma gira la cara hacia mí, me mira a los ojos y tuerce la boca.

—Lo eres.

—Pues qué mal. —Me muerdo el labio inferior y bajo la vista a la arena—. No quiero ser inalcanzable.

—Pues no lo seas.

Suspiro. Qué fácil, ¿no?

¿Y si es así de fácil?

Levanto la cabeza, estiro la espalda y las piernas y hago un hueco en mi pecho para que ella pueda alcanzarlo y ocuparlo.

Y lo llena al completo sin moverse un centímetro, solo con su sonrisa.

—Sí has cambiado —me dice—. Hace años, estarías argumentando con las palabras más pedantes inventadas por qué no eres como te he descrito. Ahora dudas, te cuestionas, no te crees más listo que nadie.

—Sí, eso ya se me ha pasado. La vida se encarga de bajarte los humos a tortazos cuando te pasas de listo.

—En cambio, no te has curtido. No te has doblegado. Eres igual de fresco, descarado y sinvergüenza.

—Sigue insultándome, cariño, tú no te cortes.

—No son insultos. —Se rellena la copa.

—¿Bebes siempre a ese ritmo o estás buscando un poco de arrojo líquido?

Se traga la copa entera frente a mi cara.

—¿Crees que me hace falta buscar nada en ningún sitio?

—Prefiero creer que tienes justo lo que quieres delante de tus narices.

Se ríe sin rastro de burla. Le gusta lo que ha oído.

—Es que es normal… —Agita la cabeza y se rellena la copa otra vez.

—Lo de que hables contigo misma estando yo de cuerpo presente no sé si me convence…

Con el siguiente sorbo, un mechón se cuela en la copa. Lo escurre antes de recogérselo detrás de la oreja y sentarse como un indio, un poco girada hacia mí.

—A ver... —Levanta la vista hasta mis ojos. Aprecio que los suyos están un poco turbios—. Lo del club... Lo que me ha hecho sentirme incómoda es...

—... que una de las tías se me ha comido con la mirada —por fin adivino.

—Era yo quien le terminaba las frases a los demás.

—Te jodes. Continúa. ¿Por qué te has sentido incómoda?

—Ya lo has dicho tú: porque la del pelo largo se estaba besando con la otra mientras te devoraba a ti con la mirada. No ha disimulado que estaba deseando llevarte a una de las camas. O adonde fuera.

—¿Y? —Me ladeo hacia ella.

—Pues eso. —Se encoge de hombros.

—Dilo. —Alma se pasa mi orden por la suela de las Balenciaga—. Te has puesto celosa. —Aparta la mirada, sonrojada—. Y te da rabia que todavía siga ejerciendo ese efecto sobre ti.

—Mucha rabia —les dice a sus tobillos.

—¿No sabes que tú ejerces el mismo grado de poder sobre mí?

—Tú no te has puesto celoso con el moreno.

—¡Porque soy un pervertido!

Alma sonríe.

—Eso sí.

—Pues ya está. No pasa nada. Se acepta y a divertirse. —Le tiendo la mano.

Ella me la palmea y termina colocándola para darme un apretón. Un apretón que se alarga. Su mirada está fija en nuestras manos. Cuando la levanta hasta mi cara, no lo veo venir: tira de mí antes de que me dé cuenta y me abraza.

Joder.

Me abraza tan fuerte que se me saltan las lágrimas.

Este abrazo me está calentando el alma, me la está devolviendo. Sabía que lo echaba de menos, pero ¿tanto?, ¿tan adentro? Me agarro a ella con todo el cuerpo. Cruzo los brazos en su espalda, pego su pecho al mío y abro las piernas para envolverla también con ellas. Me la metería dentro para no soltarla nunca.

Tal vez eso ya haya ocurrido.

—Alma —recito.

—Esto no significa nada —dice aferrada a mi camiseta.

—Y una mierda que no.

Yo ya no soy un niño. Yo ya sé que la intimidad es difícil de encontrar y que va ligada al compromiso. Soy responsable de las emociones que despierto o siento.

Aprieto la boca contra un lateral de su cabeza, pero no la beso.

—He bebido demasiado —me dice.

—Ah, entonces lo hacías por tener una excusa.

—No la necesito.

—Claro que no, faraona. No tienes ni que pedirlo. Toma de mí lo que quieras —le digo al oído.

Su pecho se aprieta contra el mío al echar la cabeza atrás. Me mira a los ojos humedecidos y a la boca abierta. Me agarra la cara por la barbilla y me la mueve a su antojo. A un suspiro de mis labios me aparta y me cachetea un moflete. Flojito. Delicioso.

—No te perdono que me dejaras tirada.

—¿Cuándo? —atino a decir.

—Que tengas que preguntármelo ya es bastante delito.

—Y por eso me has cruzado la cara. Y yo te lo he consentido. ¿En paz?

Me mira los labios y niega con la cabeza.

—Eso contigo también es imposible.

Se me escurre entre los brazos y se levanta.

—¿Adónde vas?

—A enfriar esto un poco. —Se quita mi americana.

—Pues lo haces muy bien. —Me espatarro porque no me cabe tanto amor—. Haces de puta madre eso de enfriar el ambiente. Hola, Kiki —saludo a su sujetador—. Encantado de conocerte. ¿Te doy la mano o la chocamos?

Alma me señala con el dedo.

—Alusión al pasado.

Yo le señalo el culo.

—Pues anda que eso.

Se ríe y se ladea para alcanzar la cremallera de la falda. Me froto la boca. Qué diosa, por favor… La falda se le escurre por las piernas, la pisa al avanzar hacia el agua y se zambulle en la oscuridad.

Yo me levanto y tardo cero en desnudarme del todo. Corro a la orilla, con un bamboleo general muy majo. Moratones me van a salir en las caderas…

—¡Ay, mamá!

Cuando el mar besa mis pies, me acuerdo de mi santa madre, de la de la naturaleza y de la de Alma.

—No está tan fría.

—No, para nada, está casi tan buena como tú, pedazo de…

—Retrocedo con un par de saltos— ¡Yo no me meto ahí ni loco!

—Hasta mañana. —Me despide con la mano.

—Sí, venga, ya te veo en la morgue cuando vaya a identificar tu cadáver. «Fallecida por hipotermia» pondrá en el informe. —Ella se ríe y salta hacia atrás una ola—. ¡Que salgas de ahí, mujer!

—¡Sácame tú!

—Me cago en mi vida, Alma —gruño al sumergirme—. ¡Ah! ¡Oh! ¡Uf! ¡Joder, joder, joder!

—Pues verás cuando metas las pelotas. —Se carcajea.

El agua solo me llega a las rodillas y ya no puedo con la vida.

—Te odio así como infinito ahora mismo.

—No me seas llorón. —Se me acerca y tira de mí hacia la orilla.

—Llorón, pero sin cistitis mañana.

Alma me mira el paquete. Y yo no me cubro: le dejo que se recree en el hecho de que me tiene desnudo, en una playa solitaria, en una noche sin luna. Escucho cómo traga saliva. Mi miembro se sacude el frío con un brinco. Alma se agacha para recoger mis pantalones.

—Póntelos.

Hago lo que puedo, que es obedecerla. Creo que me he quedado un poco corto al decirle que ella ejerce el mismo grado de poder sobre mí… Me está hipnotizando solo con el gesto tonto de estirar la americana sobre la arena seca. Cuando se recuesta sobre ella, un poco ladeada, no tardo ni un segundo en tumbarme junto a ella.

Nos miramos en silencio, con curiosidad y poca luz, intentando adivinar los cambios que han sufrido nuestros cuerpos durante estos años.

—Tienes más pelo. —Me estudia la línea alba que nace en mi ombligo.

—Sí, ¿verdad? No quiero ilusionarme, pero parece que por fin me estoy convirtiendo en un hombre.

Ella se ríe. Y yo también, por no llorar de alegría. Esta intimidad me está sobrepasando.

Alma alza la mano y la deja suspendida frente al tatuaje que me encontró el otro día: las frases en francés sobre las costillas. Quiere acariciarlas. Y yo no sé qué hacer ya con el anhelo que siente mi piel por ella, así que le agarro la mano y me la pongo sobre el tatuaje, bajo el corazón que ha encontrado un nuevo ritmo. Fuerte y lento. Siendo consciente de que de cada latido importa, porque es único. Como ella.

—Joder —susurra.

Y me pone el chiste en bandeja, pero no hay rastro de broma en mi cuerpo. Soy todo verdad a su luz.

—Jodido —confieso—. Desde que sabe que te hice daño, no ha vuelto a levantar cabeza.

Inclino la mía, suplicando perdón. Me da igual por qué. Lo que fuera, ella no lo merecía.

—Xander —me llama.

Solo soy capaz de alzar la vista, un poco borrosa. Me escuecen los ojos cuando Alma se fija en ellos. Su suspiro me remata. Mis párpados caen y, también, varias lágrimas, que cesan cuando siento sus labios sobre la frente. Ese beso, su perdón, no me creo habérmelo ganado, pero lo acepto de todas formas.

—Soy lo peor —digo.

—Lo fuiste —me confirma.

—Lo siento mucho.

—Yo también. Me juré que no te daría más oportunidades.

Parpadeo. El rencor de su tono me aparta de ella. Asiento con la cabeza y me levanto.

—Me marcho.

—No te lo he pedido —le oigo decir.

—Claro que lo has hecho. —Recupero el resto de mis prendas menos la chaqueta—. Que me odies a mí, vale. Pero que te odies a ti misma… De eso nada.

Me termino de abrochar el cinturón y recojo la cubitera y las copas.

—Desayunaré en el hotel, por si te quieres apuntar —le digo.

—Mejor te acompaño. Ahora sí noto el frío.

Se incorpora, sacude mi chaqueta con mimo y se la coloca sobre los hombros antes de ponerse la falda.

De regreso en el hotel, le pido que me espere en el *hall* mientras devuelvo los chismes al camarero, que ya está medio dormido, y, luego, le hago un gesto con la cabeza hacia los ascensores.

—¿Te animas ahora?

Alma asiente, entra primero en el ascensor y pulsa el número de su planta. Le abro los brazos, por si lo necesita.

No sé si es necesidad o no, pero se refugia en mi pecho y esconde la cara en él. La abrazo hasta que nos detenemos en su planta. Desde el pasillo, a salvo, Alma me regala una sonrisa. Yo me despido como el caballero que no soy, pero por ella, lo intento:

—Gracias por otra noche inolvidable, borrachina.

40

SOME UNHOLY WAR

Alma
Domingo, 19 de agosto de 2012
Calle Carrera. Mi pueblo. Badajoz

Aquel domingo, a las dos de la tarde, cuando cerré la puerta de la panadería para volver a casa, descubrí lo que sentía la masa cuando entraba en el horno.

La calle ardía, las chicharras chillaban, del asfalto brotaba una estela brillante y ondulada que me desenfocaba la vista.

Empecé a sudar a chorros mientras echaba el cierre. Corrí a la acera de enfrente en busca de sombra y tuve que detenerme al encontrarla porque el oxígeno calentorro que respiraba me estaba carbonizando los pulmones. En la tele habían dicho que iba a ser un verano caluroso, pero aquello era otro nivel: el modo experto. Al doblar la esquina de la calle, di con el verdadero infierno.

—Hola, guapa —respondí a la llamada de Coronada.

Estaba en Huelva de vacaciones con su familia. Las primeras vacaciones que habían podido pagarse después de que su padre dejara de trabajar por causas médicas. Me habría encantado acompañarlos, y a Coro también, pero no cabía en el coche: ellos eran cinco.

—Mi madre, Alma. Mi madre…

No necesitó decirme más para entender que la había perdido. Jamás había escuchado a nadie tan desgarrado, tan en carne viva.

Me quedé helada a pleno sol. Paralizada, solo podía pensar en qué decir además de «lo siento, lo siento mucho, joder, lo siento muchísimo».

—¿Cómo puedo ayudarte? —dije al fin—. ¿Quieres que vaya? ¿Llamo a alguien por ti?

—Al seguro —alcancé a entender entre sollozos.

—¿Dónde está la póliza?

Coro tardó en contestarme, pobre mía, tendría la cabeza como para rescatar ninguna información de ella...

—En el cajón de abajo del mueble del salón.

—Ya voy para allá. —Eché a correr hacia mi casa para pillar las llaves de la suya—. No me cuelgues, ¿vale?

—No. Mi padre... —Más llantos salieron de la grieta abierta en el corazón de Coro—. Mi padre no reacciona, Alma.

—Ve con él. —Corrí más deprisa—. Cuando hable con los del seguro, te llamo.

—Gracias.

—No, madre, no me des las gracias.

El apodo cariñoso que se utiliza con los niños por mi tierra remató a Coro.

—Madre... Mi madre... —fue lo último que le escuché llorar antes de que me colgara.

Los del seguro se portaron fenomenal, con una sensibilidad y un buen hacer que se agradecieron mucho dadas las circunstancias. A la mañana siguiente, Coro y su familia pudieron regresar al pueblo.

Mientras ellos recorrían la vía de la Plata hacia el norte, yo, sin más que hacer que llorar y despachar el pan con mi madre, me escapé un momento y llamé a Xander.

—Qué cruel es la vida a veces, joder —me dijo después de que le contara todo.

—Un puto asco. —Pateé el bordillo de la acera—. Está el mundo lleno de cabrones y se tiene que morir un ángel como Feli. Qué injusto ¡Qué injusto, joder!

—Y la pobre Coro... —murmuró.

—Pues imagínate lo que le espera: digiere que tu madre se ha muerto con cuarenta y siete años, que tu padre es una persona dependiente que tampoco ha cumplido los cincuenta, que tus hermanos todavía van al instituto, y que tienes una casa y un trabajo y solo dos manos para sostenerlo todo.

—También tiene las tuyas.

—Eso por supuesto. Como si tengo que venirme a vivir aquí otra vez, vamos...

—¿Y el grado?

—Que se espere.

—Nosotros también tendremos que esperar.

Fruncí el ceño con la vista fija en la reja de la ventana de la panadería. Al cabo de unos segundos, me di una palmada en la frente.

—¿Te puedes creer que se me había olvidado? —le dije.

—Demasiado que te has acordado de llamarme... —No había rastro de rencor o duda en su voz.

—Lo siento mucho.

—¿Eh? ¿Qué dices? Ya nos veremos más adelante. No pasa nada.

—Sí pasa, Xander. El mes que viene estarás viviendo en otro país de nuevo.

Se mudaba a París en esta ocasión, para seguir formándose como perfumista.

—Pues ven a verme allí en vez de a Málaga.

—No tengo ni la excusa ni el dinero para escaparme tan lejos.

—Vale, pues se me ocurre otra cosa, pero...

—¿Qué?

—No te va a gustar.

—¿El qué?

—Decirme cuál es tu pueblo, en realidad.

—En realidad...

—A ver, la primera vez me citaste en Almendralejo en vez de en Mérida. O te gusta demasiado el parque de las Mercedes o...

—Vale, sí, también te mentí en eso —confesé.

Mi madre salió a buscarme. Las bolsas de sus ojos eran de tamaño container.

—Alma, hija, ¿dejas el maldito teléfono y me ayudas un poco?

—Voy. —Me dirigí a la puerta—. Luego te escribo —le dije a Xander.

Le mandé mi dirección horas más tarde, un poco antes de cerrar la panadería. Por la tarde no abrimos, aunque fuera lunes. «Cerrado por defunción» pusimos en un cartel, como la mitad de los comercios del pueblo.

En la iglesia no cabía un alfiler. El sonido de los abanicos a toda potencia se mezclaba con los sollozos y la voz monótona del cura. No aparté la mirada de la espalda de mi amiga, ubicada tres bancos más adelante, sujeta de manos por sus hermanos. La silla de ruedas del padre temblaba a su derecha. Que en aquella caja de madera que había a los pies del altar estuviera Feli, me ponía los pelos de punta. Era inasimilable.

Cuando la metieron en un nicho y los dos hombres vestidos con un mono de obra lo sellaron para siempre mientras charlaban por lo bajo del partido del domingo… En ese momento, mi estado de *shock* fue tal que tuve que agarrarme a mi madre. Y me sentí jodidamente afortunada por poder hacerlo. Y jodidamente mal por Coro, que encima nos tuvo que aguantar en su casa un rato largo, en esa costumbre de acompañar a la familia del difunto, cuando ellos solo quieren estar solos, descansar, que pase el tiempo rápido, que deje de doler tan fuerte, respirar.

Yo inspiré muy hondo cuando salimos de su casa, ya de noche. Seguía haciendo un calor espantoso. Tan horrible como el silencio que había en la calle. Mis padres y yo la recorríamos con las cabezas gachas cuando me sonó el teléfono.

—Es Rosalía —mentí al detenerme—. Ahora os alcanzo.

—¿Hola?

—Hola. Dime —bajé la voz—. ¿Ya estás aquí?

—En el hotel del pueblo de al lado.

—A ciento veinte no has venido…

—A Eloy le gusta correr con el coche.

—¿Te has traído a Eloy?

—Él quería ver a Coronada.

—Ah… —Me extrañó, porque no habían vuelto a hablar después del concierto, pero no le eché más cuentas cuando vi que mi madre se daba la vuelta—. Voy a cenar en casa. Quiero estar con mis padres y eso. Cuando se vayan a la cama, te escribo, ¿vale?

—Claro. O si prefieres que nos veamos mañana…

—No, no —le corté. En un susurro añadí—: Necesito muchísimo un abrazo tuyo.

—Entonces, te daré mil.

Mil no fueron, pero unos cientos, es muy probable. Aunque es difícil contar un abrazo, sobre todo cuando los cuerpos se niegan a separarse del todo; siempre hay una parte en contacto, unas caderas, unas piernas, unos hombros.

En el asiento de atrás del nuevo Golf de Eloy, mi cabeza estuvo casi todo el rato descansando sobre el hombro izquierdo de Xander. Fue muy reconfortante. Casi hogareño. Y no sentí miedo por poder perderlo de nuevo, sentí nostalgia por no haberlo disfrutado más a menudo.

En aquel coche prestado, en brazos de mi primer amor, sumergida en la oscuridad del duelo y en la confusión que conlleva, solo vi una cosa clara:

—Te quiero.

Xander dejó de respirar al escucharme. El brazo que sostenía mi cintura perdió fuerza. La mano colgó inerte sobre mi cadera. Yo aparté la cabeza de su hombro y fijé la vista en su perfil. Observé cómo su nuez subía y bajaba a lo largo de su cuello, cómo su piel palidecía, cómo el sudor brotaba de los poros de su frente.

Cuando giró la cara hacia mí, cerré los ojos. No quería verle decirme que él no sentía lo mismo que yo. No quería guardar esa imagen en mi memoria. Ya había acumulado durante el día demasiadas de ellas demoledoras.

—Alma —murmuró. Yo apreté los párpados—. Eh, mi niña. Mírame, porfa.

Su tono dulce me abrió el párpado derecho. Su sonrisa llamó al color en sus mejillas y al alivio en mi sistema. Abrí el izquierdo. Él buscó mis manos a tientas, las apretó con suavidad, me acarició con los pulgares, se fijó en ellos... y la sonrisa desapareció. Tragó saliva antes de volver a mis ojos. Los suyos me pidieron perdón cuando me dijo:

—Yo también te quiero.

41

LAS APARIENCIAS NO ENGAÑAN

Alexander
Domingo, 28 de abril de 2019
Terraza del hotel Carlton. Cannes. Francia

—Buenos días —me dice Alma cuando alcanza el sillón que hay a mi derecha en la mesa para cuatro.

—Qué madrugadora. —Me levanto, le doy el alto a un camarero que viene a retirarle la silla y lo hago yo mismo.

—Me ha despertado Eloy.

—Tan oportuno como siempre. —Sonrío mientras ella se sienta.

Vuelvo a mi sillón, me recoloco la servilleta sobre el pantalón del pijama y le doy un sorbo al café. Ella pide un té.

—¿No vas a preguntarme qué me ha contado tu amigo? —Me quita el zumo de naranja y bebe con ganas.

—No, porque ya lo sé. —Le doy un mordisco al *pain au choco-lat*—. Anoche me escribió para sonsacarme cómo iba el viaje.

—Y no le contestaste. Ya te vale. —Apura mi zumo.

—Es un cotilla. Y un chivato.

—Y tu mejor amigo.

—Más bien, el único.

Alma se fija en mi boca y traga saliva. Amo que sea tan guapa, que parezca tan descansada después de beberse el Mediterráneo en champán anoche. Odio esta maldita distancia que nos separa.

—Eloy te quiere muchísimo. Incluso hubo un tiempo en el que llegué a pensar que estaba enamorado de ti. —Recoloca los cubiertos.

—Sí, seguro. —Me rio.

—Lo que está claro es que te quiere bien. Tanto como para cambiar Málaga por Barcelona por ti.

—Fue al contrario. —Me limpio las manos—. A Eloy le ofrecieron el puesto de directivo en las oficinas centrales de su banco, aceptó y, tal que un mes después, alquilé mi torre.

Mientras el camarero le sirve, Alma me mira con el ceño fruncido. Lo que sea que le perturba desaparece con el aroma herbáceo del té.

—Debo de haberlo entendido mal. —Endulza la infusión y se recuesta en el sillón para beber—. ¿No te planteaste en ningún momento vivir en el centro con él?

—Sí, cuando me lo propuso, pero se me pasó enseguida. Eloy y yo ahora mismo no estamos en la misma etapa. Él está centrado en escalar la pirámide empresarial, en ganar todo el dinero que pueda para lanzarlo a puñados por Barcelona una noche cualquiera. Y yo sigo siendo muy fan de liarla un martes mismo solo por el placer de poder hacerlo, pero ya no tengo ansia de escalar nada. Ya estoy donde quiero. Solo preciso seguir alimentando mi conexión con las materias primas de las que se nutre mi oficio, que es lo que me llena la nevera y ese vacío existencial que aparece al preguntar: ¿para qué he venido yo al mundo?

—Con un objetivo todo es más fácil.

—Todo es, sin más. —La miro a los ojos y sonrío—. ¿O tú no te sientes mucho mejor desde que te has propuesto boicotearme la carrera en Lladó?

Alma apaga una sonrisa contra el borde de la taza, bebe, y niega con la cabeza.

—En la tregua que caduca mañana no tiene cabida hablar de Lladó.

—Por el nuevo tabú. —Brindo con mi café—. Al final, solo vamos a poder hablar del tiempo y de sexo.

—Pues es verdad que hace un día estupendo. —Mira el cielo despejado.

—Me apetece mogollón una mamada.

Alma gira la cara hacia mí despacio. Me meto en la boca lo que me queda del bollito y me encojo de hombros.

—*Fi fe fieres afunfar...* —Mastico y trago—. Eso, que si te quieres apuntar, te lo agradecería mucho. Yo no me llego.

Alma aprieta los labios para no reírse, inspira hondo y dirige la vista a su té.

—Es que no voy ni a contestarte.

—No, si mientras colabores, no tienes que abrir la boca para nada. —Me llevo la servilleta a los labios y me doy unos toquecitos coquetos—. Bueno, tienes que abrirla para rodearme con ella toda la...

Me embute la servilleta hasta la campanilla con tal rapidez que no me da tiempo ni a parpadear.

—Alusión al pasado —dice antes de comer.

Me saco la servilleta de la boca, la tiro sobre el plato y toso un par de veces.

—¡¿Me estabas recordando con la po...?! —Esta vez me calla con la mano.

Se me escapa un beso.

Lo que no se me escapa es que, al retirar la mano, se roza con el pulgar en el punto donde la he besado.

—Qué picarona. —Sonrío.

—Eres idiota. —Se ríe por fin.

—Y tú, la más bonita del mundo entero. —Se sonroja hasta las orejas. Me tiemblan las manos de anhelo al levantarme—. Subo a vestirme. Escríbeme cuando estés lista y te recogeré en la puerta con la tartana.

—Lista... ¿para qué?

—Para romper tabúes. —Alma bizquea—. O lo que surja...

Le guiño un ojo antes de marcharme hacia los ascensores con el objetivo de demostrarle que podemos mantener la tregua mientras trabajamos para Lladó y, con suerte, que podemos hablar de nuestro pasado sin que se caiga el cielo.

En la *suite*, me acicalo para mi cita con un buen afeitado, un cepillado exhaustivo de dientes, un jersey —el más fino y suave, con rayas marineras—, un pantalón blanco y mocasines sin calcetines, a lo *team* Julito.

Solo me llevo el móvil, las llaves de la tartana y la tarjeta electrónica del hotel. Hoy no necesito adornos ni complementos. Estoy en paz. Me siento capaz. Supongo que demostrarme a mí mismo que puedo hacer algo bien está repercutiendo de forma positiva en mi autoestima.

Anoche tuve la ocasión de cagarla, intentando acostarme con una Alma ebria y resentida, y no lo hice. Eso tiene que significar algo. Y tiene que volver a repetirse. No lo de no follar con ella. Esa es una malísima costumbre que ya está tardando en desaparecer en esta nueva etapa de... nosotros.

¿Y si nunca nos separamos del todo? ¿Y si realmente tenemos un futuro?

Ya está el lío armado.

Es que es aparecer la duda y ponerme a inventar escenarios donde Alma y yo vivimos felices y juntos para siempre. Me estoy montando toda la secuencia solo por haber sujetado al pajarito dentro del pantalón anoche. A mí no se me puede dar pie...

Alma me escribe. Ya está en la calle cuando le pido al aparcacoches que traiga el mío.

—Qué guapo —me dice antes de ponerse unas gafitas de sol monísimas.

En mi imaginación repican campanas de boda.

—¿Sí? ¿Te gusta? —Me estiro el jersey—. Pues tiene un tacto, chica...

Alma levanta la mano para acariciarme el hombro. Incluso baja un poquito hacia el bíceps. Yo aprieto el puño para que abulte más.

—Muy suave, sí. Además, las rayas horizontales te aumentan visualmente la anchura de tórax.

Una reverenda imaginaria nos declara marido y marida.

—Tengo que añadir a mi cesta de Amazon unos calzoncillos marineros.

Alma se ríe de mi mala broma. Algo debe de querer...

Por favor, por favor, que sea una luna de miel bien larga.

—*Merci beaucoup.* —Le doy una propina al aparcacoches.

Nos sentamos en la tartana y avanzo en dirección este.

—¿Adónde vamos? —Al bajar la ventanilla, la brisa mediterránea juega con su pelo.

—Pues tenía intención de llevarte a Mónaco, como te comenté en aquella llamada antes de empezar el viaje, pero si prefieres ir a otro sitio...

—No, está bien. Me gustaría conocerlo.

—Es muy coqueto. Pequeñito, acogedor, bien cuidado... La primera vez que lo visité, flipé con que hubiera futbolines en los parques públicos. ¿Te imaginas lo que duraría uno en cualquier otro país?

—Me imagino a la gente robándolos para venderlos en Wallapop.

—Pues en Mónaco ni los tocan. Tienen el dinero por castigo. Montecarlo es un poquito más para todos los públicos, pero a la Roca, donde está el palacio y eso, solo se puede subir con matrícula del principado o a pie.

—Me alegro de haberme puesto zapatillas. ¿Tus pies no peligrarán por no llevar calcetines?

—No, descuida, estos zapatos nunca me han hecho rozaduras.

Para qué lo habré dicho...

Al poco de salir del parquin monegasco donde dejamos la tartana, nos toca ir a comprar tiritas.

Luego, caminamos cuesta arriba por una de las avenidas por las que, dentro de un mes, pasarán zumbando los fórmula uno en el Gran Premio de Mónaco.

En la plaza del Casino de Montecarlo, casi en la puerta del Hotel París, Alma se detiene y saca el teléfono.

—¿Vas a subir una foto a tu cuenta privada de Instagram? —le pregunto.

—No, es para consumo propio. —Dispara un par de veces antes de apuntarme—. ¿Te importa?

—¿Que me hagas una foto para tu consumo propio? —Sonrío de medio lado—. ¿Cómo va a importarme, faraona?

Niega con la cabeza, pero bien que me la hace.

Damos la vuelta al ruedo de la plaza y entramos en el Casino. Aquí Alma también registra todo lo que le llama la atención en su teléfono. Yo le voy señalando lo que me despierta la curiosidad. Lo que más me asombra es que ella sea capaz de pillar palabras sueltas y alguna expresión en chino mandarín.

Alma me explica que va cuando puede a una academia que hay en el barrio de Usera y, después, sigue buscando inspiración. Pronto acopiamos una cantidad considerable de referencias para utilizar en el trabajo, que no se cuela en nuestra conversación, se convierte en el centro de ella sin ninguna clase de obstáculo.

Me hace feliz confirmar que nuestra sintonía sigue viva, que nuestros gustos no son iguales, pero se complementan de fábula.

—¿Lo tienes todo? —le pregunto cuando revisa la galería de su teléfono.

—De aquí, sí.

—¿Subimos a la Roca?

Asiente de vuelta a la plaza.

—Me hace gracia que lo llamen como Alcatraz.

—Ladrones hay en todas partes. —Le cedo el paso en la puerta—. Y donde hay dinero, más.

***

Es cerca de la una de la tarde cuando terminamos de patearnos la última piedra de los alrededores del palacio.

—¿Qué te apetece comer? —le pregunto.

Alma guarda el teléfono y se toca la tripa.

—Un buen plato de pasta estaría genial.

—Me apunto.

De camino a la tartana, miro en Google cómo salir del principado en dirección a San Remo, que nos pilla a menos de una hora de trayecto. Esta vez, Alma ni pregunta adónde vamos. El primer comentario al respecto lo hace ya cuando rebasamos el cartel de carretera que anuncia que se ha acabado Francia.

—Eh... —masculla—. ¿Estamos entrando en Italia?

—Claro, tú querías un buen plato de pasta y yo te llevo al país donde la popularizaron después de robarles la receta a los chinos.

—Tu país de nacimiento.

—Mi abuelo se puso muy pesado con que su primer nieto varón naciera en su patria. Ya ves, como si eso definiera lo que yo iba a ser en un futuro...

—De hecho, tú eres bastante apátrida.

—Qué remedio —suspiro—. Pero, eh, no pierdo la esperanza de encontrar algún día mi lugar.

—Optimismo nunca te ha faltado.

—¿Conoces una manera mejor de luchar contra la vida?

—¿Te me vas a poner en modo pitufo filósofo?

Sonrío.

—Si tú quieres..., puedo hablarte de por qué la monogamia no debería practicarse en la adolescencia. —Le lanzo esa nueva alusión al pasado con la esperanza de que nuestro tabú también se rompa.

El de no hablar de Lladó durante la tregua se ha quedado hecho polvo en la alfombrilla del casino de Montecarlo.

—¿Y qué hay de la monogamia cuando estás cerca de cumplir los treinta? —me pregunta.

—No sé, dímelo tú. ¿A favor o en contra?

—Ahora mismo solo tengo tiempo para casarme con Lladó.

—Pues como se entere la mujer de Mariano verás. Hace thai chi y de una onda vital te puede mandar a Australia.

Desvío la vista de la carretera un segundo al escuchar su risa.

—¿Y tú? —Me mira a los ojos.

—Yo paso de casarme con Mariano. No es mi tipo para nada.

—Me fijo en la carretera—. Contigo sí me casaría.

—Sube la capota. —Vuelve a reírse—. Se te está reblandeciendo el cerebro con tanto sol.

—Lo que tengo blandito blandito es otro órgano. Que no es mi pene —puntualizo.

—No, ese no pierde la forma ni con aguas heladas.

—Qué repaso le diste anoche en la playa, golosona. Y eso que no había luna…

—Teníamos iluminación de fondo.

—Recuérdame, cuando volvamos al hotel, que bese todas las farolas de la avenida —le digo cuando aparece a nuestra derecha el edificio modernista del Casino de San Remo.

Aparco un poquito más adelante, frente al puerto, y me llevo a Alma tierra adentro, por las callecitas pintorescas, hasta una plaza pequeña donde hay un restaurante con más años que el sol.

—¡Qué bien que siga abierto! —Aplaudo y le hago un gesto de mano hacia una de las mesas que hay bajo el toldo que esconde la fachada del restaurante.

Pedimos pasta con mejillones y unas copas de vino blanco. Solo dos, que dejamos a medias. De lo que no dejamos ni rastro es del tiramisú. Está tan rico que hasta rebaño el plato con el dedo. Alma sigue la trayectoria de mi índice boca adentro. Abre la suya cuando me chupo los labios.

—Todavía te vuelven loca estos piquitos, ¿eh? —Me los lamo.

—No tanto como a ti mi culo. —Sonríe.

—¡Brava! —Le devuelvo la sonrisa—. ¿Te acuerdas de lo que le dije la primera vez que lo vi?

—¿En el Ford Fiesta de Eloy?

Asiento con la cabeza, participando encantado en el funeral de nuestro tabú.

—En una de las últimas plazas del parquin de la Ciudad del Rock, lejos de las farolas, sin más miradas curiosas que la tuya.

Nuestros ojos se enzarzan en una lucha de destellos. Son los flashes de la memoria, que proyecta imágenes en nuestras cabezas.

—Tenía muchas ganas de aprender por entonces —me dice.

—Yo era tan subnormal que pensaba que podía enseñarte algo.

—Y lo hiciste. —Los destellos se convierten en rayos y centellas. Aparta la mirada—. Me enseñaste que las apariencias no engañan.

Frunzo el ceño. No sé si quiero conocer la respuesta, pero tengo que preguntarle:

—¿Qué te parecía yo?

—Un sinvergüenza.

—En plan malo, claro.

—En el peor plan de todos.

—Joder. —Tiro de la manga de su camiseta. Cuando me mira, agacho la cabeza—. Cuéntamelo, por favor.

—Es que... —Aprieta los dientes y baja mucho la voz—. Es que ¿no entiendes lo duro que es para mí que me rompieras el corazón y ni siquiera te acuerdes del momento?

—Claro que lo entiendo —gimo en un susurro—. Y me siento como la mierda más grande del mundo, Alma. Porque yo te quería. Igual no como debería. Ni mucho menos como te merecías. Pero te quería mucho.

—Pues no lo supiste demostrar. Cuando llegó el momento de hacerlo, desapareciste como un cobarde. Y, lo que es peor, significó tan poco para ti que ni lo recuerdas.

Me cubro la cara con las manos. No soporto verme en sus ojos. Tengo muchas ganas de llorar. Y de vomitar. Me doy mucho asco ahora mismo.

—También me enseñaste que no necesito a nadie para conseguir mis objetivos.

—Eso lo aprenderías por tu cuenta. Yo no... —Me muerdo el labio para contener un sollozo.

Con un gesto de mano le pido un momento y me escondo en el baño del restaurante durante un cuarto de hora largo.

Bien llorado, salgo, pago y regreso a nuestra mesa.

Alma me mira a la cara y hace una mueca.

—Si hubiera sabido que iba a afectarte tanto, no te habría dicho nada. —Se levanta—. Pese a todo, no disfruto viéndote pasarlo mal.

—Porque eres una buena persona. Siempre lo has sido.

—Dentro de un mes, me lo vuelves a decir. —Sonríe de medio lado.

Yo no puedo acompañarle el gesto.

—Deberías despedirme —le digo muy en serio—. Nos harías un favor a los dos. Tú trabajarías mucho más a gusto y a mí me obligarías a reinventarme.

—¿Y ese cambio de opinión?

—¿Qué quieres? —Me encojo de hombros y señalo la mesa—. Acabas de desarmarme. Por dentro, que es lo más complicado. La lucha ha terminado para mí.

—Venga, hombre... —dice con ese deje pacense casi perdido y ladea la cabeza—. ¿Ya te rindes, Xander? ¿No me aguantas ni un trimestre? ¿Tan poco fuelle te queda?

—No me seas cabrona. —Le sonrío.

Y le agradezco con la mirada que trate de animarme con un reto, que me tire el guante, que me acaricie con él en vez de abofetearme. Por un mimo suyo, mi reino.

—Voy a pagar —me dice.

—Ya lo he hecho yo.

—Vale, pues piensa dónde quieres que te devuelva la invitación. —Señala la calle que nos ha traído hasta el restaurante.

—Llévame tú adonde quieras —le ofrezco las llaves de la tartana.

Alma las acepta y saca el teléfono. Yo me abandono a mi suerte: el destino del vencido.

42

EL HOYO

Alexander
Domingo, 28 de abril de 2019
Plaza de Giuseppe Verdi. Génova. Italia

Alma me ha traído a Génova sin darme una explicación al respecto ni escuchar queja alguna por mi parte. Solo he abierto la boca cuando hemos pasado por el puerto. No he podido callarme que me olía a sobaco de sardina en salmuera. Alma se ha reído de mi comentario, pero yo no he sentido las cosquillitas de recompensa en el ego. De pronto, no me sirve ser un bufón. Y sin eso… ¿qué me queda?

—¿Tú dónde crees que nació Cristóbal Colón? —me pregunta.

—¿Perdona?

Parpadeo junto a la tartana que acaba de aparcar enfrente de la estación de Brignole: un edificio renacentista, majestuoso y muy decorado, que oculta en su interior horrores inimaginables. Un poco como me siento yo ahora mismo.

—Se supone que Colón era genovés —me dice Alma al tiempo que señala la Via Fiume. La abordamos por la acera de la derecha—. Pero hay quien opina que era gallego, portugués e, incluso, catalán.

—Ya, pues… —Suspiro—. Yo qué sé, chica. Por sus ansias de encontrar oro allende los mares, igual catalán sí era.

Alma sonríe.

—Siempre me ha provocado curiosidad que los Reyes Católicos le financiaran el viaje pese a las deudas contraídas con los judíos.

—Yo nunca me lo he planteado, la verdad.

—Bueno —se sonroja—, tampoco es que sea una cosa que me obsesione.

—No, no, si está muy bien cuestionarse la historia oficial... o lo que sea. De la duda siempre nace algo. Es la respuesta la que mata, la que cierra, la que... Para ya. —Alma se detiene—. Me lo decía a mí, perdona. —Reanudamos el paso. Ella me indica girar en la Via XX Settembre—. Es que estoy en pleno bucle mental. Y me jode, porque debería estar aprovechando las últimas horas de tregua, pero... ¿Y si no debo? ¿Y si la mejor manera de demostrar que siento lo que hice, que te aprecio y te respeto, es darme media vuelta y largarme?

—Dejándome sola a dos países de distancia del nuestro... Esa es una gran manera de demostrarme tu *aprecio*.

Frunzo el ceño.

—¿Por qué has pronunciado lo del aprecio como si fuera algo malo? —Me toco el pecho—. Yo puedo ser lo peor, no te lo niego, pero mis sentimientos no tienen culpa de nada.

—Aprecio se siente por la vecina jubilada que te pasa croquetas de contrabando o por la frutera que te guarda los aguacates más guais.

La señalo con el dedo.

—Has dicho «guais».

—Todo se pega. —Me mira de reojo.

—Solo lo malo, me temo.

—Vale, ahora voy a decírtelo yo: para ya, Xander.

—No, si me encantaría, pero es que estoy hecho polvo. —Clavo los pies bajo un soportal cuyo artesonado policromado es más que una obra de arte. Uno de los muchos lugares asombrosamente bonitos de esta ciudad—. No concibo, Alma... No soporto... No puedo vivir con la idea de haberte hecho daño.

—Pues tendrás que hacerlo. Igual que yo tuve que encajar el golpe en su día.

—Hombre, a ver… —Carraspeo—. Que no estoy yo en posición de juzgarte, faltaría más, pero… quizás… no lo encajaste del todo, ¿no? —Su mirada fría me endulza aún más el tono—. Quiero decir que tratarme con esa antipatía al reencontrarnos puede ser indicativo de que la herida no estaba cerrada. Cosa que me parece normal —me apresuro a añadir—. Entiendo que quisieras devolverme parte del daño que te hice. No porque seas una persona vengativa, sino porque te lo exige el amor propio.

—Eso es justo lo que me faltó hace años: amor propio.

—Ahora vas sobrada.

—A ti, en cambio, se te ha perdido por el camino.

Bufo para aflojarme el nudo de la garganta y me revuelvo el pelo.

—Es difícil amar a alguien tan desastroso como yo.

—No estoy de acuerdo.

Alma suelta la bomba y reanuda el paso. Así, como si no hubiera dejado el cadáver del tonto de Alexander detrás.

Acaba de matarme. De matar la duda. De dar respuesta a la gran pregunta: ¿qué tengo que hacer para que ella también me quiera?

Ser solo yo.

Y no volverla a cagar. Por su bien y por el mío. Porque no puedo perder también esta oportunidad, tal vez la única de hacer hogar en mi verdadera patria: su pecho.

—Oh, qué bonito. —La cara de Alma se ilumina al llegar a la Piazza De Ferrari.

Observa los edificios palaciegos, las estatuas y las fuentes con la boca abierta, como la estoy mirando yo a ella. La acompaño mientras fotografía y examina fachadas y rincones. También en la siguiente plaza, y en la de la catedral. Ahí aparto por fin la mirada de Alma y la fijo en los arcos del pórtico.

—Ese juego de dovelas en blanco y negro siempre me ha flipado —murmuro.

—Es identitario y rompedor. —Alma se coloca a mi izquierda—. Imagina el impacto que causaría en su época.

—Esa explosión mental es la que busco provocar con mis perfumes.

—¿Y por qué no lo has hecho ya?

—Ay —me quejo al ladear la cara hacia ella—. Eres mala, señora Trinidad.

—Soy sincera.

—Cierto. —Devuelvo la mirada a la catedral—. Podría excusarme en la falta de financiación: no dispongo de fondos suficientes para montármelo por mi cuenta...

—... pero tienes unos padres ricos y un mejor amigo director de banca.

—Gracias por terminarme la frase, mona.

—Perdona.

—Nada. El rollo es que... me da miedo. Me aterroriza pensar en dar el salto fuera de una estructura empresarial consolidada. Tú sabes cómo es esta industria. Las posibilidades de lograr establecerme como un productor independiente son escasas. Como mucho podría aspirar a que una de las Big Boys me hiciera una oferta. Y eso supondría volver a la casilla de salida.

—Casi peor. En una casa como Lladó, gozas de un mínimo de respeto creativo. En una multinacional, trabajarías por encargo. Ni escucharían tus ideas.

—Pues tú estuviste a punto de fichar por Coty.

Sonríe de medio lado.

—Solo escuché su oferta para aumentar el interés de Lladó.

—Bruja mala..., qué bien te lo montas. —Le hago una reverencia con la cabeza—. Lo de no trabajar nunca fuera de Europa, ¿es por Coro?

—Y por mis padres. No me gusta estar lejos de las pocas personas que me importan de verdad.

—¿Qué tal les va? ¿Y a ti con ellos?

—Bien, bien. Nos llevamos mucho mejor. Solo me hacía falta madurar un poco. Y romper con las influencias tóxicas.

—¿La tía Adela, por ejemplo?

Al nombrarle a su acaparadora parienta, Alma cierra los ojos con fuerza.

Durante unos segundos no sé qué se le pasa por la cabeza, pero desagradable es, porque su aura amarillea y se oscurece. Mostaza. Densa y agria. Se esfuerza para tragar saliva antes de decir:

—Supongo que también habrás olvidado que con ella sí que se cumplió lo de que las apariencias engañan.

—Solo recuerdo que te advertí que una mujer que conjunta el tapizado del sofá con su bata no es de fiar.

Alma vuelve a callarse un instante. No está aquí, está en el punto negro de mi memoria. Su amarillo sigue despidiendo un aroma acre hasta que elige creerme. Una nota dulce le aclara el tono al murmurar:

—Casi te mueres del infarto aquella noche.

Yo me baño en el almíbar de un pasado muy feliz y salpico un aspaviento.

—¡Joder, es que estaba camuflada con el tresillo! ¡No me senté en su cara de milagro!

La sonrisa de Alma compite en belleza con los arcos blanquinegros. Y gana por goleada.

—Y, para remate, se marcó la *performance* del Nosferatu mellado —dice.

—¿Te refieres a cuando se incorporó de la forma más terrorífica que he visto en mi vida, con la cara blanca como la cera, y me pidió que le pasara el vaso con la dentadura? —Me señalo la boca—. ¡No vomité el wiski con naranja por un pelo!

—Recuerdo tus arcadas.

—Yo, el suelo de tu habitación.

Su sonrisa se ladea, traviesa.

—Es que el somier sonaba demasiado.

—¿Te acuerdas del que reventamos en aquella casa rural?

—Ese ya estaba roto. Se lo cargaron los inquilinos anteriores y lo recolocaron de cualquier manera, como hicimos nosotros, para no tener que pagarlo.

—Lo rompimos nosotros como las bestias sexuales que éramos. Punto pelota.

—Punto pelota. —Se ríe—. Vamos, señor mayor, a ver si encontramos dentro un cura para que te vaya dando la extremaunción.

—Falta me hace.

Aunque no lo parezca, sigo muerto allí, debajo del soportal donde me ha dicho que no es tan difícil quererme.

Entramos en la catedral y, a falta de cura, ella me unge con miradas afectuosas, casi cómplices.

Debería sentirme como Dios por haber recibido su perdón, por que me haya creído cuando le he jurado por lo más sagrado que mi memoria ha borrado el pecado capital que cometí, pero no estoy muy contento que se diga. Es como si en vez de haberme ganado a pulso el trofeo, me lo hubieran regalado. Así el triunfo no sabe igual, deja un regusto áspero. Tengo la lengua como lija. Le propongo ir a beber algo cuando terminamos la visita.

En la primera terraza que nos parece aceptable, ocupamos una mesa. El sol de la tarde nos baña la espalda. Un par de mojitos y una tabla de embutidos locales nos amenizan el rato. Yo sigo dando vueltas en mi bucle mental. Pido el segundo cóctel antes de que Alma se haya bebido la mitad del primero. Entorna los párpados cuando me agarro al vaso como un desesperado.

—Conduces tú, ¿no? —le digo.

—Sí, claro, no hay problema.

Bebo dos tragos largos y el frío me entumece la frente. Por desgracia, la cantidad de alcohol no es suficiente para enfriarme el resto de la cabeza.

—Hay una cosa que quiero preguntarte. —Alma juega con los mezcladores que adornan su mojito—. Que no es que me vaya la vida en ello… Solo tengo curiosidad por saber si es verdad que estuviste saliendo con Neus.

Giro la cara hacia ella, con el ceño muy fruncido.

—¿Quién te ha dicho eso? —Ella niega con la cabeza—. En todas las empresas hay chismes y chismosos, Alma. Y Lladó no es menos. De ahí a que sea verdad lo que cuentan…

—Es una pregunta de sí o no, Xander —me interrumpe—. Que estás en tu derecho de no contestar, por supuesto.

—No, Neus y yo nunca hemos sido pareja.

—¿Y amantes o similar?

—Tampoco. Solo nos gustamos de forma profesional.

—Pero os liasteis.

—Alguien pudo ver cómo nos besábamos en una fiesta de Navidad. Lo que pocos saben es que la cosa quedó ahí. Sin más. Probamos, no nos gustó y no repetimos.

—Vale.

—No, vale no, ahora lo suyo es que me aclares si fuiste especialmente seca con ella porque estabas celosa o porque estabas tratando de ganarte el respeto del equipo.

Alma tuerce la boca.

—Un poco de ambas.

—Ay, bruja. —Sonrío—. Pues eso no se hace.

—Ya lo sé. —Pone los ojos en blanco—. Y me da vergüenza haberlo hecho.

—Pero no pudiste reprimirte.

Me mira a los ojos, sonríe y niega con la cabeza.

—Te odio.

—Eso no es verdad.

—Sacas lo peor de mí.

—Eso es un guantazo a mano abierta. E injusto. Porque yo no te he incitado en ningún momento a que te comportes como una sargenta encabronada.

—Es que solo me arde la sangre en las venas cuando estás cerca.

—Un buen motivo para seguir viviendo.

Parpadea.

—¿De qué hablas?

—De mí. —Me toco el pecho—. Me gustaría mucho ser la persona que te ayudara a mantener vivo tu fuego.

Alma me mira durante una eternidad. Yo mantengo la mano en el pecho, como señal de juramento inquebrantable, ese que no fui capaz de pronunciar por ella.

Mis antecedentes me condenan a la duda que le contrae las pupilas y al cambio de tema posterior, que acepto sin más opciones.

Ya he plantado la rodilla por ella, ahora me toca levantarla por mí.

—Pues sí —le respondo—. La mortadela es pura grasa, pero está muy rica.

La imito al comerme una loncha de boloñesa.

—Y con el salami, tres cuartos de lo mismo. —Pilla un par de trozos y un colín.

—Y el queso ni te cuento. —Me apropio de una cuñita.

Cuando acabamos con la tabla, Alma paga la cuenta y regresamos a la estación de tren.

—Tenía que haber ido al baño. —Se sujeta el vientre al cruzar la plaza de las fuentes.

—En la estación ni lo intentes.

—¿Por?

—Confía en mí: no quieres saberlo.

—Sí que quiero. Y tú estás deseando contármelo.

—Es bastante escatológico.

—En tu línea, vamos…

Nos acercamos al soportal donde yace mi cadáver. Todavía no asimilo la idea de que se me pueda querer solo por lo que soy, pero… ¿y si en realidad es así de fácil? ¿Y si es cierto lo de que todos merecemos ser amados pese a que arrastremos sacos y sacos de defectos, traumas y errores?

—Vale, está bien. —Me rindo—. La última vez que estuve por aquí fue cuando se casó mi hermana. Susanita estaba a días de celebrar la boda en Venecia y gran parte de la familia nos habíamos acoplado en casa de los abuelos. Yo estaba harto de aguantar las malas caras del viejo y tal y propuse una escapada a Milán, en plan despedida de solteros *light*… que se nos fue un poquito de las manos. Éramos diez o doce, entre primos, sus parejas y nosotros. Empezamos a beber sin conocimiento ya en el tren de Venecia. Después de quemar Milán, por la mañana, nos equivocamos de tren por culpa del listo de mi cuñado y aparecimos en Génova. Y ya que estábamos… seguimos de fiesta. El caso es que cuando decidimos volver, por esta misma calle, yo ya llevaba acumulado día y medio de... desechos digestivos. Caminaba con los glúteos tan apretados que temía que se me pasara piel de una nalga a la otra. Un dolor abdominal, unos retortijones, unos sudores fríos, chica... —Me abanico con la mano en los alrededores de la estación que señalo con el dedo—. Y apareció ella, tan majestuosa, tan bien plantada, con esos baños públicos tan bien indicados... que eché a correr, con el consiguiente aflojamiento de esfínter. Vamos, que entré en la cabina del inodoro con el topo asomando por la madriguera, no sé si me explico... Iba tan ciego de necesidad que no me di cuenta de que no había taza del váter hasta que superé el punto de no retorno.

—¿No había taza? —Alza las cejas, con la diversión cosquilleándole la cara.

—¡Qué va! Era uno de esos en plan: yo te pongo aquí este agujero en el suelo, y ahí te apañes. Un puto hoyo sobre una plataforma con dos señales para colocar los pies a los lados mientras haces equilibrismos para los que no estaba en condiciones aquel día. —Alma se traga los labios. Está a punto de descojonarse en mi cara—. Pero ya no había vuelta atrás. No la hubo. Y papel higiénico tampoco encontré.

Una de sus risas tintinea sobre el ruido del tráfico.

—Y no llevabas un paquetito de clínex, claro.

—Pues no. Tuve que usar los calzoncillos. —Más risas salen a jugar a la calle—. Pero eso no fue lo peor.

—Ah, ¿no?

Niego con la cabeza al llegar a la tartana.

—Lo peor es que no acerté en el hoyo, Alma.

—¡No! —Se tapa los ojos.

—No acerté, no. Y esa imagen me perseguirá hasta la tumba.

—¡Ahora a mí también, desgraciado! —Se carcajea.

—Solo te he dado lo que me has pedido, reina. —Abro los brazos—. Este soy yo: uno de esos despreciables hombres que se cagan fuera en los baños públicos.

Alma se descubre los ojos y finge una arcada, que me hace sonreír. Su mirada alegre, disfrutona, tan viva como expresiva, me incita a estirar las manos con la ridícula esperanza de que ella quiera resucitarme con uno de sus abrazos.

—¿Tu autoestima me está pidiendo mimitos? —me pregunta, la muy bruja.

Alzo una ceja.

¿Cómo puede acordarse de esa frase? Ni siquiera se la dije. Se la escribí por Messenger una tarde de sábado, en octubre de 2008, ella estaba en casa de su colega Rosalía y... Y ahí está la respuesta: si yo me acuerdo del momento como si fuera ayer, ella también puede hacerlo. Y eso, a su vez, es lo que más reconcomido me tiene, porque yo pensaba que mi memoria no había perdido nada de ella y, por lo visto, borró el instante más crucial.

Me asusta bastante haberlo olvidado.

—Ya me estás contestando con esa cara de mártir. —Alma se me acerca y me rodea el cuello con las manos—. No voy a decirte que te agradezco que hayas compartido conmigo esa parte tan oscura y sucia de tu pasado, pero supongo que te habrá sentado bien soltarlo. —Se carcajea frente a mi cara.

—Eres una pedazo de ca... —Me tapa la boca con los dedos de la mano derecha.

Yo me sujeto a su cintura.

Sus dedos dejan de apretarme los labios, los acarician un poquito y se retiran. También se marcha la burla de su gesto. Una inspiración honda le dibuja una queja en la cara.

—Ese puto aroma tuyo... —dice entre dientes.

—No soy yo, es quien me huele. Tus receptores encajan con mi rango. —Sonrío—. ¿A que nunca te habían dicho nada tan bonito?

—Jamás. —Me devuelve la sonrisa y desvía la vista hasta mi boca.

—Te apetece que te bese —susurro. Ella vuelve a mis ojos. Hago una mueca—. No puedo, Alma. Me lo prohibiste en los jardines de Fragonard.

—Eso fue antes de la tregua.

—Que caduca en unas horas. —Me acerco un poco más, porque no puedo hacer otra cosa—. ¿Y luego qué? ¿Volvemos a ser jefa y empleado como si no hubiéramos abierto la caja de Pandora? Porque se va a acabar el mundo si te beso, Alma. Va a arder entero, hasta los cimientos. Y después no habrá nada más que un nuevo comienzo. ¿Estás preparada para eso? ¿Es lo que quieres?

—Te pasas de dramático —se burla—. Un beso es un beso, no una bomba nuclear. El mundo seguirá igual después.

—El mío no —le confieso.

Alma echa la cabeza atrás. Me mira a los ojos intentando averiguar si es cierto lo que he dicho. Que busque lo que quiera, no tengo nada que ocultar.

Cuando descubre la verdad, sus hombros se relajan. Ladea un poquito la cabeza. Me acaricia una mejilla y yo cierro los ojos para absorber la sensación, para retenerla, para asimilarla.

—Te odio —le oigo decir.

—Vale, sí, muchas gracias.

—Mírame, anda.

Abro los párpados con pereza y los entorno, porque me escuecen un poquito los ojos.

—Te odio —repite con una mirada que grita lo contrario. Hasta me sonríe... No entiendo nada—. Ese, justo ese Xander abierto de par en par frente a mi cara es del que me enamoré hace años. Y por el que todavía siento algo. Bastante potente, por lo visto. Porque hay una parte de mí que me pide que te folle hasta que perdamos el conocimiento, que se cumpla lo de destruir tu mundo, que disfrute con verte jodido por mí después.

—Es una parte muy interesante desde el punto de vista erótico —le concedo—. Pero ignoras el punto emocional. O mucho has cambiado o no vas a poder disociar sentimiento y sexo.

—En estos años he follado con unos cuantos tipos que no han significado nada.

—Pero yo no soy un tipo cualquiera.

Aprieta los labios.

—Pues no. Nunca lo has sido.

Le agradezco que me lo diga con una sonrisa. Levanto una mano desde la cintura hasta el nacimiento de su melena y le aparto un mechón para besarle en la frente. Con los labios casi pegados a su piel, pregunto:

—Aquí sí puedo, ¿no?

—Eres muy tonto, de verdad. —Me rodea la espalda con los brazos y aprieta fuerte, pero no tanto como yo.

El abrazo termina siendo uno de esos en los que te balanceas y estrujas, más que uno de los que terminan sobre cualquier superficie horizontal. Incluso vertical... Vamos, que es un verdadero abrazo de amigos. Y yo feliz. Más que feliz. Renacido.

43

WILL YOU STILL LOVE ME TOMORROW?

Alma
Viernes, 21 de diciembre de 2012
Casa de la tía Adela. Avenida de Europa. Badajoz

—Shhh... Baja la voz, es muy tarde —le dije a Xander al salir del ascensor en la planta de la casa de la tía Adela.

Era la primera vez que lo había utilizado. Hasta aquella noche, solo mirar a la puerta de aquel cubículo me había provocado sudores, pero refugiada en el pecho de Xander solo había sentido un poquito de miedo al principio. Supongo que la confianza es así: te da fuerza para hacer cosas que ni imaginarías.

—¿Seguro que tu tía está de acuerdo con que duerma contigo? —me preguntó de camino a la puerta del piso.

—Sí, ya te lo he contado: me ha prometido no decirles nada a mis padres a cambio de que te quedes a desayunar con nosotras. Tiene muchas ganas de conocerte. —Saqué las llaves.

—Claro, tanto hablarle de mí... —Me abrazó por la espalda y me apartó la melena para besarme en el cuello.

—Buah, es que no hay minuto que pase sin que pronuncie tu nombre.

Entorné la mirada para dar con la llave de casa porque iba un poco perjudicada: el equivalente a haber empezado a beber a las doce de la mañana, cuando Xander había aparecido en la cafetería de mi facultad para celebrar conmigo el mejor fin de trimestre académico de la historia. Una historia nueva que habíamos empezado a escribir la última vez que nos habíamos visto. Pronunciar aquellos «te quiero» en el asiento trasero del Golf de Eloy lo había cambiado todo. Para mí, al menos.

Pese a que las circunstancias no eran las mejores —la alegría de Coro seguía en el féretro de su madre; yo me sentía regular por haberme dejado convencer por mi tía para volver a Badajoz en vez de ir y venir desde el pueblo, donde podía abrazar a mi amiga más que un par de días a la semana; el segundo curso de Química era mucho más difícil que el primero; Xander seguía viviendo en el extranjero—, pese a que el futuro representara una gran incógnita que no estábamos preparados para resolver todavía, nos queríamos. Fui tan idiota como para pensar que eso era suficiente. Y toda precaución cayó con ello. Le abrí de par en par las puertas de mi pequeño mundo a Xander. Y también, la de casa de la tía Adela, que nos recibió con un susto más propio de Halloween que de la Navidad que estábamos a punto de celebrar.

La Nochebuena corrió a cargo de Xander en el suelo de mi habitación. En París estaba aprendiendo mucho; de perfumería, de cómo vestirse acorde con sus verdaderos gustos y de folleteo. Aunque no habláramos demasiado de ello, por incómodo, ambos nos sabíamos libres de explorar nuestras vidas sexuales de manera independiente. Yo hacía lo que podía, pero todo me sabía a poco. Lo nuestro, en cambio, era química pura. Y lo mejor es que, aquella noche, Xander me demostró con su cuerpo y con su voz que para él significaba lo mismo. Por la mañana desayunamos con la tía, que insistió e insistió e insistió hasta la saciedad para que nos quedáramos unos días más. Su oferta nos tentó demasiado y nos arrepentimos dos mil veces de haberla rechazado de camino a la estación. Allí, no volvimos a hablar del tema, ni de nada más. Apuramos los últimos minutos entre besos y caricias. Él se marchó en el bus de Madrid, donde tomaría un vuelo a Venecia para reunirse con su familia, y yo lloré todo el camino hasta mi pueblo.

—Tenía que haberle hecho caso a mi tía —gruñí unas noches después en la peña.

—Qué cansina eres, chacha —protestó Rosalía, sentada a mi lado en el sofá cama.

Giré la cara hacia ella, resoplé y me tragué del tirón medio wiski: el cuarto o quinto que me había bebido ya. No soportaba a Rosalía. No quería estar con ella en aquel local que me asfixiaba, con un exnovio a unos pocos metros de distancia, que no paraba de echarme miradas. Me serví otra copa, atrapada en la añoranza.

Coro no estaba para nadie, las fiestas son crueles para la gente que ha perdido a alguien importante, son el cambio de estación para una herida: se resiente con fuerza. Julia estaba mala, un catarro se le había complicado con el lumbago, las cervicales y la hipocondría. Mis padres solo existían para hacer dulces y explotarme en el negocio familiar...

—Ojalá me hubiera quedado en Badajoz con él.

—No te aguanto más. —Rosalía me hundió el hombro en el respaldo del sofá al apoyarse para levantarse.

Y me hizo daño. Es que hasta me crujió la articulación. Y le di un manotazo automático... sin imaginar que iba a devolvérmelo en la cara.

Yo nunca me había peleado con nadie. Nunca me había visto en la circunstancia de tener que defenderme de un ataque físico ni había sentido la necesidad irracional de darle un tortazo a otra persona. Hasta esa noche. Rosalía pagó mi mal humor, mi turbio destino, la furia mal digerida por la pérdida de Feli, por la nula conexión con mis padres, por la ausencia de Xander.

La cosa no llegó a mayores, solo fueron unos cuantos tirones de pelo y arañazos, pero Rosalía se chivó a sus padres, como la niñata que era, y ellos vinieron a la panadería para hablar con los míos. Entre todos me arruinaron mi única ilusión: pasar el puente de febrero con Xander en una casa rural que habíamos encontrado en Ávila.

Bueno, o eso se creyeron mis padres: que me habían castigado. La tía Adela fue mucho más comprensiva.

—Este año vas a cumplir veintiuno, edad de sobra para tener amigos. Tu madre empezó a salir con tu padre mucho antes.

—Ya —protesté—. Y a mí ni se me puede ocurrir hablarles de Xander...

—No, no. Tú no les digas nada. ¿Para qué?

—Para que me castiguen otra vez.

—Pues eso. Ni media palabra. Déjamelos a mí.

—¿Qué les vas a decir?

—La verdad: que el reúma me está matando y necesito tu ayuda para moverme por casa.

Le sonreí, porque sonaba muy creíble aunque estuviera en mejor forma que yo. También la abracé, ese día y cuando me acompañó a la estación para tomar la camioneta a Ávila.

San Martín del Pimpollar, qué buenos recuerdos me traes. Y eso que, por el pueblo, apenas dimos una vuelta; que terminó con un culetazo monumental de mi parte a la orilla del río, por cierto. Fue el resto lo que me cosquillea al recordarlo: los desayunos de tostadas con Nocilla al sol en la terracita de la casa rural, el sofá del salón, la cama de matrimonio que rompimos, la ducha y la alcachofa con la que le arreé —sin querer, que conste en acta— en todo el entrecejo, y que le dejó una marca muy Frida Kahlo como souvenir de vuelta a casa.

—A casa... —repitió cuando le pedí en la estación de tren de Ávila que me escribiera al llegar—. ¿París es mi casa? ¿Lo es acaso algún lugar?

No me extrañó la tristeza con la que arrojó al aire esas preguntas. Las despedidas solo son felices cuando son voluntarias. Nosotros estábamos obligados a separarnos. Me abracé con más fuerza a su gabardina roja.

—Quizás tu casa es una persona —le dije al oído.

Sentí cómo se estremecía pegado a mi pecho. Yo también temblé con la intensidad de su mirada, con su caricia en la barbilla, con el beso más dulce que me habían dado en la vida.

—Lo eres —me respondió.

Y el mundo volvió a cambiar de eje, dirección y peso molecular. Ahora, por fin, sabía que era especial, porque en mí vivía alguien tan excepcional como Xander.

—Mierda. —Se palmeó la frente—. Casi se me olvida.

Me soltó para buscar algo en su maleta. Algo que me dejó con la boca abierta, sin palabras, solo conseguí balbucear y babear ante el bolso más bonito que había visto nunca. Un bolso que tenía un valor sentimental incalculable para Xander.

—Pero… es de tu padrino. —Que había decidido acabar con su vida un par de años antes—. Yo no… Te lo agradezco, pero no… Es que ni loca, Xander. No lo puedo aceptar.

—¿Por qué? Te debía un regalo de cumpleaños y aquí está. —Lo levantó un poco con ambas manos; yo ni me atrevía a rozarlo.

—Esto no es un regalo cualquiera. Esto significa demasiado para ti.

Asintió con la cabeza.

—Es una de mis posesiones más preciadas, lo suyo es guardarlo bien en casa, ¿no?

Me sujeté el pecho, porque me reventaba.

—Xander… —Ladeé la cabeza, intentando contener el temblor de la barbilla.

—Quédatelo, por favor —susurró—. Y, cuando pienses en mí, dale una caricia. Igual me llega…

Lo agarré y me lo apreté contra el vientre cuando su tren entraba en el andén.

—Lo voy a dejar pelado antes de que acabe el mes.

Xander me sonrió, me encerró la cara entre las manos y me besó hasta que la megafonía anunció su marcha. Entonces, apartó la cara, ceñudo. Yo sonreí muerta de pena y le animé a subirse al tren. Esperé poder verle a través de una de las ventanillas, pero no hubo suerte. Me quedé ahí plantada, abrazada a un bolso de alta gama y mayor valor, hasta que mi móvil sonó en un bolsillo para anunciarme que tenía un nuevo mensaje de WhatsApp.

Alexander: ¿Cómo se puede querer tanto a alguien?

La alegría que me provocó esa pregunta fue tan intensa que rompí a llorar.

Alma: No lo sé, Xander. Nunca me había pasado.

Alexander: ¿Te da miedo?

Alma: No.

Sí.

A veces...

Alexander: Te entiendo.

Alma: Mejor que nadie.

Alexander: Eso me da esperanza.

Joder, eso me hace muy feliz, Alma.

Pero tengo que preguntártelo.

Alma: ¿El qué?

Xander me contestó con un enlace de YouTube a la versión de Amy de *Will You Still Love Me Tomorrow?*

Alexander: *So tell me now, and I won't ask again.*

Me envió esa estrofa después, cuando yo ya era un mar de lágrimas. Solo atiné a escribir dos palabras que siguen siendo ciertas.

Alma: Sí, siempre.

44

NAINO NA

Alexander
Lunes, 29 de abril de 2019
Laboratorios Monique Remy. Grasse. Francia

—Bueno, pues parece que lo hemos conseguido —le digo a Alma mientras arranco la tartana.

Ella guarda con todo el cuidado del mundo la neverita con los nuevos ingredientes de los Jade, se abrocha el cinturón e inspira hondo. Cuando salimos de las instalaciones de los laboratorios, alza los brazos al cielo y grita:

—¡Lo hemos conseguido, joder!

—¡Yuju! —jaleo.

—Estoy deseando oler las nuevas fórmulas. —Aplaude.

—Se me ocurren dos maneras: esperar a que las mezclen en Lladó o dejar que cocine para ti en mi torre. —Giro la cara hacia ella y meneo las cejas—. Tengo habitación de invitadas.

—Todavía no he comprado el billete del AVE a Madrid —piensa en voz alta.

—Pues no le des más vueltas.

—Me he pasado toda la noche repitiéndome eso mismo.

Asiento mientras circunvalamos el casco antiguo de Grasse para alcanzar la carretera.

—Se te veía muy pensativa ayer. Desde que salimos de Génova, te encerraste en ti misma. Estuve por pedirte que pararas para comprarte unas rosquillas —le sonrío—, pero creí que era mejor dejarte a tu aire.

—Aun a riesgo de que pensara demasiado, cosa que me recomendaste que no hiciera.

—Te lo recomendé cuando todavía no había pasado lo demás.

—Me da un poco de vértigo que las cosas hayan cambiado tanto en unos días.

—Días que hemos exprimido, bebido y hasta meado. Y ahora, el cuerpo te sigue pidiendo más. Y no pasa nada, Alma. Nada te impide dárselo.

—Mi orgullo me está gritando que recuerde que la semana pasada te odiaba y que la tregua ya ha terminado.

—Pues dile a ese que se calle un poco. Dar segundas oportunidades es de guapas.

—En realidad, no te estoy dando nada.

—Uy que no. ¡Me estás dando la vida, Alma! Y yo te estoy muy agradecido. —Me toco el pecho—. Aunque el mes que viene me pongas de patitas en la calle, habrá merecido la pena solo por el viaje.

—No se me olvida que me dijiste que te haría un favor si te despidiera.

—Eso, tú guarda solo la información que le puede venir bien a tu conciencia.

—Todo se pega. —Carraspea.

Yo aprieto las manos en el volante.

—Me asusta muchísimo no acordarme de lo que te hice.

—Estabas de fiesta. Y borracho, según me dijiste.

La miro.

—Entonces, ¿fue por teléfono? ¿Tan grande fue la burrada que te solté?

Niega con la cabeza.

—Mira al frente, por favor.

—Empiezo a pensar que no contármelo es otra manera de castigarme.

—No lo había visto así, pero… me sirve.

Se cruza de brazos y mira por la ventanilla. Está claro que el tema le escuece. Y a mí también, pero ¿qué clase de persona sería si la obligase a abrir la herida solo por calmar mi curiosidad? ¿Qué más da lo que le hiciera si el resultado sigue siendo el mismo? La cagué, no hay más, y ahora no es momento de revolver la mierda.

—Pues ya está —le digo—. Si a ti te sirve, a mí también.

Podría haber añadido que su felicidad es la mía y que no hay cosa que esté en mis manos que no vaya a poner en las suyas, pero igual me habría pasado de explicativo. O no... No lo sé. ¿Habré transmitido bien el mensaje que me parpadeaba en el pecho?

Ladeo la cabeza hacia Alma al tiempo que ella hace lo mismo hacia mí. Devuelvo la vista a la carretera después de ver su sonrisa, contagiosa. Sí que he transmitido bien el mensaje. ¡Olé yo!

—¿Te apetece que ponga música? —le pregunto.

—Mientras no me mandes indirectas con las canciones...

—¿Yo? ¿Por quién me tomas? —Me atuso la melena y le pido al chisme—: *Amigos para siempre.*

Alma se ríe y la musiquilla de feria le imita el tintineo mientras berreo:

—*Yo no necesito conversar, porque adivino que ya sabes cómo soy. Tú me has conocido siempre. Tú, cuando me miras, puedes ver dentro de mí lo que ni yo puedo entender. Yo te he conocido siempre.*

—¡*Amigos para siempreeee!* —Me sorprende al hacerme los coros—. *Means you'll always be my friend. Amics per sempre means a love that got no end...*

Ahí Alma me deja solo. Y es que lo de un amor sin final es demasiado fuerte. La entiendo.

Cuando escucho las estrofas en inglés donde dicen que la siento cerca de mí incluso cuando está lejos, que solo sabiendo que está en este mundo se calienta mi corazón, me da un pellizquito muy curioso en el susodicho. Otra vez me he enamorado. De la misma mujer.

—*Ven, nos queda tanto por vivir* —tararreo—. *Buenos momentos que podemos compartir. Ya solo sé vivir contigo.*

—Pon otra —me pide.

—No, espera, que queda la mejor parte. —Señalo el salpicadero, sigo el ritmo con la cabeza unos compases y lanzo el dedo al cielo—. *¡No naino naino naino naino naino na!*

Alma se lleva la mano a la frente y yo sigo con lo mío, soltando en cada *naino na* un te quiero disfrazado.

Casi ocho horas después —con paradita en el camino para repostar y almorzar mediante—, todavía tarareo la canción de Los Manolos. Es tan pegadiza como el olor del regaliz. Se me ha adherido al paladar, a las muelas, al corazón palpitante. El temblor de por fuera es a causa del traqueteo de la tartana por la carretera empedrada. La paro en la verja, abro y avanzo hacia la casona. Me aseguro bien de echar el freno de mano, me bajo del coche y saludo a Luisito.

—¡¿Cómo estás, majo?!

—No tan bien como tú. —Mira a Alma mientras se nos acerca.

—¿Has visto qué contactos tengo? —Señalo a la señora copilota—. Te presento a Alma Trinidad, la próxima Big Girl de la industria de la perfumería.

Alma sonríe porque ha pillado el juego de palabras relacionado con las Big Boys: las empresas que manejan el negocio del perfume a nivel internacional. Luisito sonríe porque no ha visto a una mujer tan guapa en su vida.

—Encantada. —Alma le tiende la mano.

Luisito se limpia la suya en los pantalones de faena antes de estrechársela con una reverencia que, claramente, me ha copiado. Se me hincha el pecho de orgullo.

—Él es Luis Antúnez, el jardinero más prometedor que vas a conocer.

—Solo trabajo aquí porque mi padre me obliga —añade él.

—Y por las risas —replico.

—Eso también. —Asiente sin soltarle la mano a Alma.

Ella forcejea hasta liberarse y se desplaza lateralmente hacia la puerta principal.

—Está abierta —le digo—. Cotillea lo que quieras, estás en tu casa. Ahora mismo voy.

Aprovecho para ponerme al día con Luisito. Nada ha ardido en mi ausencia. Nada en el torre, quiero decir. Mis venas son pura lava.

—Venga, pues nos vemos mañana —me despido.

—¿Hoy no me invitas a un vermú?

—Nunca te invito, majete, te lo bebes tú, a morro la mayoría de las veces.

—Pero sueles ponerme unas tapitas...

—¡Para que no te mates de vuelta al pueblo con la bici!

—Anda —rezonga— ¿Qué te cuesta?

Señalo la casa y alzo una ceja.

—¿Tengo que explicarte por qué quiero estar a solas con ella?

—Esa es mucha mujer para ti.

—¡Y para cualquiera! —Le palmeo el pecho y me dirijo a la puerta.

—Mañana me cuentas.

—Claro que sí, guapi. —Le tiro un beso y entro en casa—. ¿Alma? No contesta.

Me dirijo a la izquierda y confirmo que el salón está vacío. En mi dormitorio solo encuentro una cama solitaria y un baño sin usar. Me miro en el espejo. Parezco un idiota enamorado. Me sonrío. No siempre tengo la suerte de parecer lo que soy.

En la cocina todo está igual excepto las manzanas que hay en el frutero de madera, que han mermado. Frunzo el ceño. Tampoco la encuentro en la habitación de invitadas, ni escondida tras las cortinas del recibidor. Camino despacio hacia el invernadero. Alma está sentada en el sofá redondo mirando el cielo amarillento de la tarde a través del tejado de cristal.

—Te has tomado al pie de la letra lo de que te comportaras como si estuvieras en tu casa —le digo.

Por lo menos, ha tenido el detalle de quitarse las zapatillas.

—Ni siquiera he cotilleado nada. Solo me he sentado aquí. —Baja la vista hasta mi cara.

—Ese sofá solo había conocido un culete. —Me lo señalo—. Y, además, has contaminado el estudio con tu aroma. A ver dónde hacemos ahora las pruebas olfativas...

—No seas maniático. No estamos en un ensayo oficial. Solo vamos a jugar con los colores. —Se sienta como un indio y agita la mano—. Venga, dame gloria.

—Alma... —Ladeo la cabeza—. No me toques las palmas...

La muy bruja aplaude con una sonrisa traviesa.

—Vale, tú lo has querido. Desnúdate. —Me quito la camisa.

Ella lleva una camiseta de tirantes bajo la suya, color hueso. Me froto la boca e inspiro hondo antes de acercarme a la nevera de los laboratorios, que ha dejado sobre el escritorio. Saco las ampollas para que tomen temperatura y me dirijo al armario de los colores.

—¿Puedes ir poniendo el Frank? —le pido a Alma.

Ella mira alrededor mientras escojo los ingredientes del Jade Verde. La Winehouse empieza a tararear una intro muy jazz que se funde con el comienzo de *Stronger Than Me*. Me lleno los bolsillos del pantalón ancho y tiro un poquito del cinturón antes de acercarme, torso al viento, a las ampollas. Las palpo, todavía están frías. Saco una pipeta de un cajón y voy mezclando los ingredientes viejos.

—Me impresiona que lo hagas a ojo —me dice Alma.

—No es a ojo, es de cabeza. —Me toco la sien.

—¿Te sabes todos los porcentajes de los jugos?

—Al dedillo. —Asiento mientras juego con los colores—. Son mis hijos. Los conozco como si los hubiera parido, porque así ha sido.

Tardo alrededor de media hora en terminar. El primer disco de Frank se está acabando. Espero unos segundos más para que empiece a sonar *In My Bed* y me acerco al sofá.

—Jade Verde —le presento la muestra.

—Jade. —Me sonríe—. ¿Te puedes creer que lo he relacionado con Amy ahora?

—Más vale tarde que nunca. —Le devuelvo la sonrisa.

Me quito las botas, me arrodillo junto a ella e intento agarrarle el brazo derecho para pulverizarle la ampolla en la cara interna.

—No. —Alma echa el brazo atrás—. Con esta canción tiene que ser el Jade Naranja.

Inclino la cabeza.

—Amén.

Cambio de ampolla dentro del bolsillo. Esta vez me ofrece ella misma el brazo. Observa cómo lo sostengo con cuidado y lo perfumo. La miro a los ojos al acercárselo a la cara.

—Ciérralos.

—Que me los cierre tu fórmula.

Dicho y hecho. En cuanto inhala, sus párpados caen y una sonrisa ebria se despereza en su boca. Paladea.

—Por la boca es otro nivel —susurra.

Y yo me pregunto:

—¿No seremos gemelos separados al nacer?

—Espero que no. —Se ríe.

—Ya. Lo de follar entre hermanos solo funciona en Juego de Tronos y así.

No pierde la sonrisa mientras roza con la punta de la nariz la muñeca y traga, golosa, toda la saliva que le inunda la boca.

—Ponme el mío en el otro brazo. —Abre los ojos.

—¿El tuyo?

—Sí, el Jade Rojo. Esa referencia sí que la pillé el primer día. Te delató la flor de jengibre.

Le impregno su Jade en el brazo izquierdo. Ella lo prueba, se siente cómoda con él, escarba en sus matices y lo mezcla con el verde.

—Tu conceptualización es muy divertida. Espero que la gente se anime a jugar con todos los colores.

—Y si no, ellos se lo pierden. —Saco la ampolla a la que he añadido el nuevo *Lavandin* de Grasse. Me rocío el pecho desnudo e inspiro hondo—. Brutal.

—Coincido. —Atrapa el aroma en una bocanada muy abierta—. Yo también quiero.

—Pues tómalo.

Alma duda un segundo antes de estirar la mano para acercarla a mi pecho. Mi piel se eriza por la expectación. El sonido sordo del equipo de música anuncia que ha llegado el momento de cambiar el disco. El deje velado de nuestras respiraciones jadea para nosotros una melodía nueva y, a la vez, tan antigua como el tiempo.

El deseo, el instinto, la pasión ya estaban ahí mucho antes de que nosotros naciéramos y, aun así, estamos siendo capaces de adaptarlos a lo que somos ahora mismo: dos antiguos desconocidos con ganas de dejar de serlo.

Sonrío cuando sus dedos me acarician los pelitos de punta que le saludan desde el esternón, el que se contrae con fuerza bajo su tacto fugaz. Alma se mira la mano y se frota las yemas entre sí. Casi puedo ver una vaporosa espiral lavanda ascender hasta su nariz recta. Se le dilatan las aletas y también, las pupilas. Sus labios se despegan, los párpados se entornan, un leve bostezo suaviza el tono de la melodía jadeante de su aliento. Alma se lleva los dedos a la boca.

—No he bostezado por aburrimiento —me dice.

—Lo sé —contesto en un hilo de voz: apenas me queda oxígeno.

Boqueo al observar cómo Alma desliza los dedos en la cara interna de sus brazos, cómo funde los aromas que colorean su piel y los convierte en oro sobre el mármol de sus muñecas.

—¿Puedo? —Le señalo la izquierda.

Ella me la acerca a la narizota, con los ojos fijos en mi mirada agradecida. El pulso que late acelerado en su muñeca bombea ráfagas áureas a mis células receptoras. Mis bulbos olfatorios florecen como botones dorados en un campo de heno listo para ser segado. Los centros más primitivos de mi cerebro se dan un baño brillante de recuerdos y emociones. Antes de que mi epitelio olfativo comience a segregar la solución enzimática que borrará todo rastro de las moléculas que me han excitado hasta las neuronas, Alma me acaricia la mejilla derecha. Ahí mi cerebro colapsa. Mi corazón se para. Otra vez no soy más que un objeto inanimado en sus manos, rezando para que me devuelva a la vida.

Siento que no tengo fuerza ni para mantener el cuello erguido y que la cabeza se me ladea. Alma me sostiene. Es un alivio. Lo de que aproveche la postura para frotar el brazo derecho sobre mi clavícula expuesta y esnife allí como un bróker antes de que abra la bolsa es todo lo contrario a un alivio: es un ataque a mi autocontrol. Aprieto los puños a ambos lados del cuerpo.

—Joder, qué hambre —me dice para rematarme—. Si consiguieras sintetizarte, te harías de oro.

—Oro... —murmuro—. Tu rojo, mi lavanda y este oro. —Inspiro hondo—. Y en esa bandera, Alma, bordaría el amor más grande de mi vida, como Mariana Pineda.

Ella esconde un suspiro en un comentario carraspeado:

—No sabía que fueras republicano.

—No lo soy, reina. —Expongo más el cuello, para que lo use a placer—. Solo me gusta Lorca.

—¿Ahora me vas a recitar algo de él para que caiga rendida a tus pies? —Me sonríe con burla antes de volver a inhalar sobre mi piel.

No puede dejar de hacerlo. Los Jade funcionan. Y nuestra química, también.

—*Y que yo me la llevé al río* —empiezo a recitar—, *creyendo que era mozuela, pero tenía marido.*

Las risas de Alma me interrumpen. Su mano izquierda se aprieta contra mi mejilla y el pulgar me acaricia el pómulo, distraído. Se permite una última inhalación en mi cuello, el chutecillo final antes de mirarme de frente.

La intención de sus ojos de plata es equivalente en intensidad a la represión de sus labios contraídos. Yo no puedo estar más abierto a todo, a ella. Solo cierro los párpados para recordar las palabras que escribió el poeta granadino para que yo se las susurrara esta tarde a mi Alma:

—*Tengo miedo a perder la maravilla de tus ojos de estatua, y el acento que de noche me pone en la mejilla la solitaria rosa de tu aliento.*

—Siento el suyo al detenerme. Lo siento más cerca y cálido que nunca—. *Tengo pena de ser en esta orilla tronco sin ramas; y lo que más siento es no tener la flor, pulpa o arcilla para el gusano de mi sufrimiento.*

—Que es el suyo. Por lo que le hice. Por lo que ya no tiene remedio—. *Si tú eres el tesoro oculto mío, si eres mi cruz y mi dolor mojado, si soy el perro de tu señorío* —me sujeto el pecho y abro los ojos—, *no me dejes perder lo que he ganado...,* por favor —añado de mi propia cosecha.

Ella me sonríe y el poema queda inacabado.

No puedo seguir recitando con sus labios pegados a los míos.

45

EL IDIOTA

Alexander
Lunes, 29 de abril de 2019
Mi torre. Sant Cugat del Vallès. Barcelona

Con el primer beso de Alma ni siquiera puedo respirar. Otra vez escucho el réquiem que retumba en la catedral de mi cuerpo. Otra vez mis párpados se cierran como las losas de un panteón edificado en honor a un hombre antiguo.

Con el siguiente beso, los minutos presentes se convierten en horas y los años pasados en segundos. Bendito el día de ayer, cuando conocí a la niña de fuego. Así reza mi epitafio.

Al tercer beso, resucito.

—Alma… —Con una caricia en la barbilla la aparto un poco para mirarla a los ojos—. ¿Qué significa esto?

—No lo sé. —Deja caer los brazos a ambos lados del cuerpo.

—Sí que lo sabes. —Deslizo la mano hasta su nuca, que también acaricio. Alma cierra los ojos al escucharme suplicar—: Por favor, dímelo.

No quiero volver a hacerlo mal con ella. No quiero que me haga daño.

—Esto significa que sigo siendo una niña que no se entiende la mayor parte del tiempo. Que me pierdo cuando intento encontrar el sentido a lo que hago. Que solo me siento real cuando me olvido de quien debo ser.

En su mirada no hay rastro de vergüenza o arrepentimiento al abrir los ojos. Un leve encogimiento de hombros sentencia su verdad. Y entonces encuentro la mía: si ella es una interrogación, yo quiero ser el punto que la acompañe siempre. Le sonrío.

—¿Qué? —me pregunta ceñuda.

Su confusión es tan arrebatadora como su seguridad de líder natural. Aprieto la boquita al aventurar los dedos en el bosque de su melena.

—Quiero ser tu punto —le digo.

Ella entorna los párpados y, después, arquea las cejas con condescendencia.

—¿De qué hablas ahora, Xander?

Sacudo la cabeza.

—Cosas mías. —Me acerco a su boca—. ¿Me harías el honor de permitirme que te ayude a que te olvides de todo… un ratito?

Tuerce la boca.

—Lo del ratito no suena muy seductor.

—He podido correrme seis veces ya y no lo he hecho. —Inhalo su bruma dorada—. Pero no puedo prometerte que no vaya a irme en los próximos segundos.

Su mirada se oscurece.

—Nunca has sido amigo de las promesas.

—Ya. Fíjate hasta dónde llega la cosa, que lo último que me he prometido es vencer a la temible e inflexible Alma Trinidad y aquí estoy, de rodillas ante ella.

Alma toma entonces conciencia de mi postura, que no cambio ni un milímetro.

—Si supieras la de veces que he deseado verte así. —Suelta todo el aire de golpe, como si la rabia que todavía guarda pudiera sofocarse un poco en la exhalación.

—Pues ya lo tienes. Y ahora, ¿qué quieres de mí? —Estiro los brazos hacia los lados; solo me faltan un par de montones de libros en cada mano para cumplir mi castigo—. Si es mi arrepentimiento, recuerda que también lo tienes ya. Si buscas venganza, solo has de marcharte de mi casa.

—Debería hacerlo.

Agacho la cabeza, aceptando su voluntad, pero ella tampoco se mueve ni un ápice. Es su aura la que se agita, diseminando por todo el sofá blanco notas luminosas como pavesas de la hoguera donde arde su deseo. Intento atraparlas al bajar los brazos. Casi noto las chispas en las palmas de las manos, pequeñas punzadas eléctricas que se propagan hasta mi pecho. Me está pellizcando el corazón con su silencio. Entiendo que la tortura funciona cuando me escucho confesar:

—Te juro que nunca he querido a nadie como a ti. —Me aclaro la voz, temblorosa de más—. Y me jode, Alma. Me jode la vida pensar en que, cuando tuve la oportunidad de estar contigo, la cagué porque era un niñato obsesionado con definirse. —Levanto la cabeza. Su ceño sigue fruncido—. Hablo de los veranos que pasé sin escribirte, de los años que anduve de aquí para allá buscando mi lugar en el mundo cuando ya lo había encontrado a tu lado.

—Qué habría sido de nosotros, si hubiéramos tenido la oportunidad de establecernos juntos, es algo que he pensado muchas veces —susurra—. Casi siempre me convenzo de que la convivencia y la rutina habría acabado con nosotros.

Hago una mueca.

—Dime que hay un pero después de eso.

Alma se encoge de hombros.

—Aquí estoy, ¿no?

No respondo a su pregunta, porque no es necesario. Ella me está dando el beneficio de la duda y es suficiente para mí. Incluso demasiado. No sé qué si lo que puedo ofrecerle a cambio bastará, pero, aun así, se lo entrego.

—Aquí estás. —Le tomo la mano para colocármela en el pecho.

Alma traga saliva y me mira a los ojos. Le sonrío, aprieto nuestras manos y me acerco a su boca.

—Aquí estarás siempre.

Sello mi juramento en sus labios, que me reciben con alivio. Me deslizo de rodillas para consumir el espacio que nos separa, le rodeo la cintura con el brazo izquierdo y tiro de ella. Cuando un suspiro le abre la boca, ladeo la cabeza y cruzo el umbral de sus labios con la lengua.

Al alcanzar el almíbar de su saliva, un escalofrío me recorre la espina dorsal y se me ponen los pelos de punta. Mis caderas se sacuden, buscan las suyas, ansiosas por que me ayuden a descargar esta tensión incontenible. Gruño cuando noto el roce de su vientre contra mi miembro: acero de Damasco listo para fundirse entre sus piernas.

—¿Cómo puedes estar ya tan empalmado? —jadea.

—Estoy a punto de correrme. —Le chupo el labio inferior; las pelotas se me encogen y la erección me palpita.

—Conociéndote... —Me besa los piquitos del labio superior— no me parece muy normal.

—Lo que es normal son las ganas que tengo.

Le sujeto la cabeza con ambas manos y doblo el cuello para darle un beso tan húmedo como empiezo a notar los calzoncillos. Alma me acaricia los costados, los pectorales y el abdomen, duro como el tirón que siento en el frenillo del glande, desprotegido de la piel que se ha retirado para exponerme a un exceso de sensaciones.

El dolor y el placer empiezan a combinarse para crear un derivado exquisito.

Alma empuja las manos contra mi torso, me tumba de espaldas y me monta a horcajadas. Siseo por la punzada que me lanza mi erección, apretada contra su muslo. Gimo cuando se quita la camiseta con la vista fija en mi boca entreabierta.

—Hola, Kiki. —Sonrío—. Me alegro de volver a verte.

Alma se lleva las manos a la espalda para librarse del sujetador. Me incorporo para detenerla. Le sujeto las muñecas con la mano izquierda y, con la derecha, le acaricio el escote.

—Deja que Kiki se quede un poco más —le pido con un beso en sus labios de cereza—. Parece maja. Me gustaría conocerla mejor.

Deslizo las yemas de los dedos por el ribete de encaje pálido y cuelo el pulgar tras la copa suave, tan fina que deja traslucir el contorno de su pezón. Al rozarlo, se contrae y Alma se muerde el labio.

Su pulso es más fuerte, lo noto en sus muñecas. Agita los hombros, porque la postura no es cómoda, pero no me pide que la suelte. Y no lo hago. No quiero hacerlo nunca. Prefiero seguir observando cómo transforma mis caricias en jadeos, cómo su mirada me implora que no me detenga.

Le acerco la boca al esternón y tiro de sus muñecas para que arquee la espalda y me ofrezca la plenitud de sus tetas. Las beso por encima del encaje. Y también por debajo, después de engancharlo con ambas manos y empujarlo hacia los costados. Kiki se queja con un crujido que ambos desoímos. Me lleno la boca con su piel caliente y los pulmones, del aroma de la masa fresca: harina recién molida, rociada con una pizca de sudor limpio que amaso entre los dedos, celosos de mi boca. No doy abasto para saciar este deseo.

Empujo las caderas hacia arriba cuando me agarra la cabeza y me aparta de su pecho solo para regresarme a su boca. Me besa como antaño, como nunca, y yo la rodeo todo lo que dan de sí mis brazos.

Caemos de lado, tan enredados que tardaríamos en explicar dónde empieza cada cuerpo. Su pierna derecha asciende por la mía para asegurarse a mi cadera y acunarme. Cuela una mano entre nosotros y, a tientas, encuentra la cinturilla de mi pantalón. Y yo la suya. Y nos entran las prisas, que no son nada buenas para desabrochar botones.

—Puto chisme… —Se ríe luchando contra mi ojal, que va ganando.

—Todos los pantalones deberían llevar velcro, como los de los *strippers*.

—El mío lleva otro cierre por dentro.

—Mira tú qué oportuno —gruño, porque pensaba que ya solo me quedaba la cremallera.

Oigo el sonido de la mía y noto menos presión sobre el paquete. Me afano para desabrochar el pantalón de Alma y arrastrarlo caderas abajo, como hago con el mío. Nos ayudamos con los pies para librarnos de ellos.

—Esta braguita no es de Kiki —le digo al fijarme.

—Ya, es que esa terminó bastante perjudicada después del baño nocturno en la playa de Cannes.

—¿Te tocaste después en tu habitación... igual que hice yo? —Sonrío y acerco una mano a sus muslos.

Alma me devuelve la sonrisa, separa las piernas y me agarra la mano para meterla bajo sus bragas desparejadas.

Hundo los dedos en el jazmín caliente que esparce todo su indol por el estudio. El aroma de la vida, de la carne, del deseo en su punto óptimo de maduración, ese es el sexo de Alma, el que me moja los dedos y me incita a recorrerlo entero. Lo abarco con la mano, lo ciño, y ella aprieta los muslos. No hay presión suficiente en el mundo que baste para colmarnos.

El primer dedo que entra en ella desenjaula una cadena de gemidos que me urge a utilizar otro dedo más. La braguita estorba, ¿qué hace aquí todavía? Entre los dos la apartamos de su cuerpo. Para que no se sienta sola, la acompañan mis calzoncillos.

—Joder —farfullo.

—¿Qué pasa?

—Nada, que acabo de tomar conciencia de que estamos desnudos del todo y...

—No tienes condones.

—Sí, sí. En la mesilla de mi dormitorio hay una caja sin estrenar. Creo...

Alma me sonríe de medio lado y se estira para alcanzar su bolso. Saca de él un paquetito de tres preservativos.

—Menos mal que se me ha ocurrido gastar las monedas que llevaba en el bolsillo en la maquinita del baño de la gasolinera. —Agita la caja frente a mi cara.

Le sonrío de oreja a oreja.

—Eres tan bruja que podrías dar clase en Hogwarts. —Le quito los condones y, mientras lucho contra el envoltorio, le pregunto—: ¿Cuándo has decidido exactamente que íbamos a acostarnos hoy?

—Ayer. En el camino de Génova a Cannes. —Me mira a los ojos—. Me dije: si esta noche no te arrepientes de haberlo perdonado, te lo follas a la vuelta.

Me río, por no besarle los pies. Su descaro y su seguridad me llevan a venerarla como la diosa que es. Ataco con los dientes el plástico de la caja, lo escupo para atrás, rompo la pestaña de cartón y me enfundo antes de que vuelva a pestañear.

—Pues, hala, ya está. —Apoyo los codos en el sofá—. Puedes follarme cuando y cuanto te apetezca.

—Genial, muchas gracias. —Se me sube al regazo.

La sonrisa burlona no se le borra al rodearme la erección con una mano para guiarme a su interior. Tampoco al sentir cómo mi miembro se abre paso en su carne, cera caliente que se me amolda alrededor. Solo deja de sonreír cuando ya no queda espacio entre nosotros, cuando respirar se hace difícil, cuando o aprietas los dientes o eres incapaz de asimilar la sensación.

—Mierda —gruñe—. Lo recordaba bueno, pero no tanto.

—Deja que me mueva —suplico.

—No, espera. —Coloca las manos en mi pecho; yo se las agarro y ella trenza nuestros dedos—. Estás sudando.

—Es que no me he esforzado tanto en mi vida por estarme quieto.

Alma levanta un poco el culo y baja de nuevo con un siseo que le achina los ojos.

—¿De verdad que siempre la has tenido así de grande?

—Que yo sepa, no crece con los años. Igual se me ha dado un poco de sí...

—De tanto usarla, ¿no? —Me mete un empellón de caderas que nos hace gemir a los dos.

—Pues sí, chica, he hecho lo que he podido. —Le acaricio los dedos y me bamboleo despacio. Alma se retuerce provocando una fricción deliciosa—. Lo complicado va a ser a partir de ahora, cuando solo quiera usarla contigo.

—No te imagino abrazando la monogamia.

—Lo que quiero es abrazarte a ti siempre. Ponle el nombre que te dé la gana.

Sus movimientos empiezan a fluir, atrás y adelante, sinuosos. Me acompaso al vaivén que hace pendular su vientre. Llego más lejos en cada oscilación. Relajo la mandíbula y la presión sobre sus manos y abro la boca para que nada bloquee mis gemidos, todos suyos.

—Qué gusto, niña. —Echo la cabeza atrás y pego la coronilla al tapizado.

Alma aprovecha para tumbarse sobre mí e inhalar sobre mi cuello.

—Ahora hueles todavía mejor —me dice.

—Yo estoy a puntito de perder el olfato.

—¿Eso es posible? —Me muerde la mandíbula.

—¿Sabes cuando te das un golpe tan fuerte que se te cierran los ojos y solo escuchas un pitido?

Levanta un poco la cabeza para mirarme a la cara.

—¿Lo que te estoy haciendo es tan intenso que puede privarte del resto de sentidos?

—Exacto. —La beso en los labios y me agarro a su cintura: el vaivén me está haciendo perder hasta el equilibrio.

—¿Y si te hago esto?

Alma descarga el peso de su torso sobre el mío para dar rienda suelta a sus caderas. Arriba y abajo. Arriba y abajo. Me perrea como una diva en un festival latino mientras jadea otra pregunta.

—¿Me lo repites un poco más alto? —gimo luchando para que no se me cierren los párpados.

—Que si todavía me hueles. —Acelera el ritmo.

—Eh... Oh... Uf... Mira, yo qué sé. —Me incorporo para agarrarme a sus nalgas, duras como mi miembro.

Ataco su boca y la ayudo a sentarse sobre mí. Necesito un poco de control o el festival va a terminar a mitad del primer concierto. Le sujeto las caderas y tiro y suelto, bien prieto, para que la fricción no solo me enloquezca a mí. Alma deja de besarme, pero no aparta los labios, jadea sobre los míos, con las frentes unidas y sus manos aferrándose a mis hombros.

—Respiras más despacio —me dice.

—Tú no. —La beso.

La alejo y la acerco, con las caderas arriba, frotando nuestros pubis hasta que cierra los ojos. Entonces la tumbo de espaldas con un giro rápido. La sorpresa me devuelve su mirada de plata. Le sonrío y le sujeto las rodillas, las doblo hacia fuera, me relamo al observar su carne húmeda e hinchada y me guío dentro, muy adentro, todo dentro.

—Joder... —gimo fuerte.

—Dios... —Arquea la espalda. Me retiro y embisto sin reprimirme nada—. ¡Dios, sí!

Su grito abierto, sus uñas en mis hombros, la palpitación de su sexo... me dan vía libre. No encuentro ni un solo obstáculo a la vista. Acelero como en mi vida y Alma me acompaña con todo el cuerpo, quemando la gasolina que se me escapa por cada poro. Nuestro motor funciona mejor que nunca. Me inclino sobre su boca y le aparto el pelo húmedo que se le ha pegado a la cara.

—Mírame a los ojos cuando te corras —le ruego.

—No voy a tardar. —Retuerce las piernas—. ¿Y tú?

—Cuando me lo pidas.

—Un poco más. —Me acaricia los pectorales y los costados.

Me soba el culo a dos manos con una caída de pestañas que me hace apretar las muelas y el ritmo. Ni siquiera lo perdemos cuando el frenesí me descarrila fuera de ella. Ni siquiera me hace falta ayudarme con la mano para volver: me sé el camino de memoria.

—Xander.

Al llamarme por su nombre me sacudo. Y no solo con el miembro. Me sacudo con todo el cuerpo al escuchar a mi Alma.

—Dime, ¿qué quieres? —La beso mientas me entierro en el núcleo de ese fuego que es el origen de mi vida—. Pídemelo.

—Tú... A ti... —Hinca los dedos en mis glúteos y se arquea—. Te quiero a ti.

Y eso le doy: a mí entero para llevarnos a un orgasmo que trasciende a nuestros cuerpos.

Esa es la magia del sexo con sentimientos: que la carne y el espíritu quedan satisfechos. No hay vacío ni vergüenza después. No, joder. Nada de eso.

Cuando esa comunión se da —rara vez, por desgracia—, lo que sucede después es mi ideal del paraíso: una cama de indol bien calentita, sonrisas tontas, muchas caricias y pieles mimosas. Si hay mucha suerte, risas cómplices.

—¿Eso ha sido un pedo? —Alma alza las cejas y aprieta la boca cuando todavía estoy saliendo de ella.

—Un pedito —puntualizo—. Vaginal, que conste. Ahora viene la traca. —Me retiro y, efectivamente, suena una fanfarria.

Alma se cubre el sexo con ambas manos, se ladea y pega la cara al sofá para ahogar en él el ataque de risa. Yo también me río mientras me quito el condón, lo anudo y lo dejo en el suelo.

—Tremendo trueno. —Me carcajeo al tumbarme de espaldas a su lado.

Con un brazo me sujeto la tripa, el otro lo pongo debajo de la cabeza. Alma está roja como su aura cuando levanta la cara. Y no es a causa del embarazoso sonido, sino de las benditas endorfinas.

—Me han vibrado hasta los labios menores —dice entusiasmada antes de llevarse un dedo a la boca y moverlo arriba y abajo. Su imitación del sonido me arranca otras cuantas risas—. Te lo juro, ha sido una cosa fuera de lo común.

—Estoy muy de acuerdo, pedorra.

Alma sofoca ahora las risas contra mi pecho. Le acaricio la cabeza, le beso la coronilla y suspiro al recordar su última frase antes de matarnos de placer. «Te quiero a ti». Entonces, miro al cielo a través de los cristales, un cielo de un naranja apabullante al que doy las gracias.

Como vino a decir Dostoievski —en una obra que me va ni al pelo, *El Idiota*—: estoy tan seguro de que daría toda mi vida por este momento que puedo asegurar que este momento, por sí mismo, vale toda una vida.

46

EL IDIOMA DE LOS COLORES

Alexander
Domingo, 13 de octubre de 2002
Zoo de Regent's Park. Londres. Reino Unido

Odio a las hienas. Se están riendo de mí mientras lloro. Debería haberme quedado donde las jirafas, mis preferidas, pero no podía estar cerca de mamá. Ahora mismo, también la odio a ella. ¡Me ha engañado! Me ha dicho que íbamos a pasar el domingo en familia y solo hemos venido al zoo el padrino, su marido, ella y yo. Encima, ellos nos han dejado solos. Y, entonces, mamá me ha dicho que papá y ella van a divorciarse. Susana ya lo sabe y, como es mayor, lo entiende. Va a seguir estudiando en Boston como si nada. Yo, como soy un mocoso de diez años, no logro entenderlo. ¿Por qué se divorcian si mamá dice que se quieren mucho? Si se quieren mucho, ¿por qué no pueden vivir juntos? ¿Sus novios y novias no los dejan? Mamá no me ha contestado a esa pregunta. Solo se ha puesto roja y me ha dado la espalda. Y yo he echado a correr antes de empezar a llorar. No quería que me viera. La abuela Caridad me dijo en La Habana que los hombres no lloran. La abuela Caridad huele a azul. Azul de Prusia: oscuro y frío. Es lo que menos me ha gustado de Cuba. El resto lo echo mucho de menos. Lo que más, las bolas de cacao que mezclaba con la leche del desayuno. Cuba huele a tostado: chocolate, café, caucho, caramelo, ron, tabaco, el rebozado del cerdo a la santiaguera... El del *fish and chips* de aquí huele distinto, más artificial. Todo en Londres me resulta artificial. Desde que mamá y yo llegamos hace un mes y pico, me siento como dentro de un escenario de una película en blanco y negro. Disimulo en el colegio para que mis compañeros me acepten. A Holly, que de santa no tiene nada, le gustan mis bromas y el acento extraño con el que pronuncio las palabras de su idioma. En Cuba le pregunté al abuelo Severino cuál era mío. ¿El español de papá, el italiano de mamá, el francés del primer cole, el inglés de los otros? Su respuesta me hizo juntar las cejas en medio del hueco ese que las separa. Todavía pienso mucho en sus palabras. Y cuanto más lo pienso más me gustan.

«Tu idioma es el de los colores. Y ahora que ya lo sabes, *culicagao*, ve a pintar el mundo entero».

47

DE PESCA

Alexander
Martes, 30 de abril de 2019
Mi torre. Sant Cugat del Vallès. Barcelona

—Son casi las dos —me dice Alma después de mirar la hora en su móvil—. Normal que tenga hambre.

—Yo estoy bien. —Me desperezo sobre el sofá del que no nos hemos movido en varias horas.

Horas perezosas en las que hemos hecho nuestro el *dolce far niente.*

—Pues yo no puedo vivir del aire, lo siento. O me das algo de comer o saldré yo misma a saquearte la huerta. —Deja el teléfono a un lado y se estira para recuperar su camiseta. Con las bragas en la mano, arruga la nariz—. No me queda ropa interior limpia. ¿Podrías también prestarme unos calzoncillos?

—Solo si me los devuelves sin lavar.

—Cerdo. —Se ríe.

Yo gruño como un puerco al que sacan a rastras de su confortable cochiquera y guio a Alma hasta mi dormitorio.

—¿Puedo usar la ducha? —Señala el baño de la habitación.

—Claro, lo que quieras. Las toallas están limpias.

Mientras busco unos calzoncillos en un cajón, escucho el sonido del agua. Me apuro para dejarle la ropa interior sobre la repisa del lavabo y marcho para la cocina.

Aunque la idea de meterme en la ducha con Alma es tentadora, no he recibido ninguna invitación para tal magno evento. Y, además, prefiero seguir oliendo a ella. Toda mi piel está bañada por el oro que ha sintetizado su deseo. Un deseo del que me siento responsable, que también es mío y que está empezando a fabricar en mi subconsciente una nueva fórmula magistral. Si consiguiera llevarla al papel, medida y pesada, crearía el perfume más grande de todos los tiempos.

Entro en la despensa siguiendo el hilo con el que pescar la idea que me ronda. Alcanzo unas latas al tuntún y las dejo sobre la mesa rústica que hay frente a los fogones que no pienso encender.

Abro un armario y saco unos platos, vasos y una jarra, que lleno con agua, hielo y limón. Alma llega al tiempo, peinándose con los dedos la melena mojada. Solo lleva su camiseta de tirantes color carne y mis calzoncillos blancos: dos prendas más que yo. Me señala el ciruelo.

—¿No vas a vestirte?

—No tenía intención, no. ¿Te molesta? —Pongo sobre la mesa la jarra que Alma mira con fijeza.

Niega con la cabeza, absorta. Me rebasa para pillar uno de los vasos que he sacado, lo llena, me huele y bebe un trago.

—Esto eres tú. —Sonríe.

—¿El qué? —Bizqueo.

—Un trago de agua con hielo y limón después de practicar sexo sucio en una cama de lavanda.

Me caigo de culo. Por suerte, sobre una silla. Escarranchado en ella, mientras parpadeo como una notificación de actualización del sistema, empiezo a asimilar lo que me ha dicho. Y otra nueva pestaña se me abre en el subconsciente, otro proyecto, otro perfume legendario. Tengo la creatividad a flor de piel. Cosa nada extraña estando en presencia de semejante musa.

—¿Qué clase de limón? —le pregunto.

Alma apura el vaso y se encoge de hombros antes de sentarse a mi lado.

—Pues limón limón. Amarillo, ácido, con pipos… Vamos, lo que viene siendo un limón de toda la vida.

—Ya, pero es que resulta que hay tropecientas variedades. Verna, meyer, yuzu, lisbon, eureka...

—¿Lo tienes?

—¿El qué? —Vuelvo a bizquear.

—El tipo de limón. Como has dicho «eureka»...

—Ah, no. —Sonrío—. También es una variedad. Más ácida y con la piel finita y lisa.

Estira la mano y me acaricia una mejilla.

—Lo de la piel fina te pega. La acidez, no. —Me sonríe—. Mañana no lo reconoceré, pero siempre he pensado que eres muy dulce.

«Mañana». El maldito adverbio de tiempo me apaga el subconsciente. Ahora soy demasiado consciente de que el mejor momento de mi vida puede estar a punto de caducar. Cruzo las piernas y me llevo las manos al regazo. Debería haberme vestido. Me siento demasiado desnudo.

—Mañana no vas a querer ni verme, ¿no? —Desvío la mirada hacia la mesa.

—Quiera o no vamos a tener que vernos en Lladó.

—Y fingiremos que solo somos jefa y empleado...

—Oficialmente es lo que somos, Xander. —Me acaricia una mano—. Esto, ahora mismo, no creo que pueda definirse.

—No, sí, claro. —Respiro—. No seré yo quien se preocupe de buscar etiquetas...

—¿Pero?

Aprieto los labios.

—Quiero más.

Alma me mira a los ojos unos segundos. Ojalá ser capaz de saber lo que piensa, pero no soy mentalista, ni me creo en el derecho a preguntar. Pocas cosas más privadas que los pensamientos. Finalmente me palmea la mano y agarra una de las latas.

—Vamos a empezar por comernos estos... berberechos. —Hace una mueca y se ríe—. Eres único hasta para agasajar a la persona con la que te acabas de acostar. Así seguro que me apetece repetir más tarde.

—Tienen mucho hierro. —Me levanto para acercar los platos a la mesa.

—¿Hay pan?

—En el congelador.

Alma saca media hogaza de payés y la descongela en el horno. El olor de la miga calentándose me recuerda a su pecho. Se me empina mientras pesco unos tomates de rama. Alma alza las cejas cuando coincidimos en la mesa y me la mira.

—Ni caso —le digo. Me siento y pillo otra lata de conservas—. ¿Qué tal maridarán los berberechos con las anchoas de Santoña?

—Seguro que bien. —Se relame.

De la media hogaza solo quedan migajas un buen rato después. Se ha puesto hasta arriba de pan con tomate y lo que hemos sacado de las latas. Si no me llego a espabilar con las anchoas, ni las pruebo. Me encanta esta mujer. Así, en términos absolutos. Le doy un beso fuerte en la sien antes de levantarme para recoger la mesa.

—¿Qué silbas? —me pregunta cuando estoy metiendo los platos en el lavavajillas.

—Un *hitazo* del Fary.

—¿El Fary? —Escucho sus carcajadas—. ¿No había otro cantante más romántico, Xander?

—Hasta donde sé, nunca te fue lo romántico. —Me seco las manos en un trapito—. Y la canción te va que ni pintada.

Alma retira las migas de la mesa mientras farfulla:

—Y lo peor es que me la va a cantar…

Me acerco por su espalda, despacito, con este son cubano que me corre por las venas. Me pego a su cuerpo, me froto contra ese culo que quita el sentido, le beso un hombro, el cuello, y junto a su oído tararreo:

—*Carabirubi. Carabirubá.* —Pellizco con los labios el lóbulo desnudo de su oreja—. *No sé qué tienes que cada día me gustas más.*

Con una sonrisa preciosa, Alma ladea la cara y adelanta la barbilla para besarme, pero se carcajea en mi cara antes de llegar a rozarme. Yo también me río, porque no recuerdo haber sido tan feliz nunca. Le beso la frente y le sobo una nalga. No puedo parar de tocarla.

—Te quiero —se me escapa— en mi cama —me apresuro a añadir—. Ya.

Me quedo ahí tieso, en general, con el dedo y el pito señalando el pasillo. Alma tarda en moverse. Cuando lo hace, no me mira. Avanza hasta la entrada de la casa y, allí, duda.

—Si prefieres dormir sola, hay más habitaciones —le digo. Ella se frota la cara y observa la puerta principal—. Si quieres irte, puedo llevarte. O pedirte un taxi o...

Me interrumpo con su negación de cabeza. No tengo muy claro si me ha dicho que no quiere irse o solo se ha sacudido una idea de encima. Achico los ojos. Nada... Es imposible descifrar a esta mujer.

—Vamos a tu cuarto —me dice.

Le cedo el paso con la mano extendida. Ella ya conoce el camino. Ojalá no quiera olvidarlo nunca.

Cierro la puerta después de entrar en mi dormitorio tras ella. Busco unos pantalones de pijama, por cortesía, y me tumbo a su lado, guardando la misma distancia que ha impuesto ella entre su cuerpo y el centro de la cama.

—¿Apago la luz?

—Sí, por favor —murmura.

En la oscuridad también la veo. Y lo que es mejor, la huelo. No voy a volver a cambiar las sábanas jamás.

—Necesito hacerte una pregunta —susurra—. Pero no quiero que dé pie a alargar el tema. Solo necesito saber... por qué no viniste.

—¿Adónde? ¿Cuándo?

—A Badajoz, después de la peor noche de mi vida.

—Te juro que no sé de qué me estás hablando.

Tras unos segundos en silencio, se revuelve bajo las sábanas y masculla:

—Joder... Es que, en el fondo, suenas creíble. Pero me cuesta asimilar que el motivo por el que rompimos sea que ibas tan borracho que no te acordaste de que habíamos quedado.

—Rompimos ¿el qué, Alma? —susurro con el ceño fruncido—. El año que dejamos de hablar, ya solo lo hacíamos de vez en cuando. Muy de vez en cuando. Estábamos tan distanciados que yo terminé interpretando que no me contestaras más como que ya no tenía sentido responderme a un «¿qué tal te va?» con un simple «bien, ¿y a ti?». Porque no teníamos mucho más que decirnos por entonces... Y, aun así, seguí echándote de menos después y...

—Déjalo —me interrumpe—. Sin la parte que tu memoria ha eliminado, no vas a entenderlo. Y a mí no me apetece abrirme en canal para explicarte cómo hice el ridículo aquella noche.

—¿El ridículo? ¿Tú? Mira que lo dudo porque...

—En serio, déjalo ya —me dice en tono cortante. El que usaba cuando se sentía vulnerable—. Ha pasado demasiado tiempo. Ahora la situación es distinta... No la estropeemos.

—Ok, perdona. —La busco con las manos y me acerco a su cara—. Solo voy a añadir, así muy deprisa, que siento mucho haberme desmadrado tanto como para olvidarme de algo tan importante y que te agradezco que me creas, ¿vale?

—Vale —susurra.

Le acuno una mejilla y le acaricio la punta de la nariz con la mía. Inspiro hondo antes de acercar nuestras bocas.

—Nunca pensé que me incitaría tanto el aroma de las anchoas de Santoña —susurro.

—Debería lavarme los dientes. —Sonríe sobre mis labios.

—Yo te los lavo con saliva.

Atrapo su risa y hundo la lengua en su boca. Cereza, sal y masa madre. Me alimentaría de esto el resto de mi vida.

Por el momento, me conformo con el ratito de besos antes de dormir. Lo de que me pida que me dé la vuelta y me abrace por la espalda también lo agradezco muchísimo. Me hace sentir seguro y, a la vez, me favorece el sueño: en modo paquete-culo no habría pegado ojo.

Cuando los gallos de los vecinos empiezan a anunciar el alba, me despierto, más descansado de lo que me he sentido jamás. Alma se ha hecho la dueña de la cama. Ocupa todo el centro derecha, vertida entre las sábanas de las que tiro para arroparla. Hace pastitas antes de aovillarse de lado y yo me sujeto el corazón para que no se acurruque a su lado, porque lo necesito para ponerme en movimiento. Hoy puede ser un gran día, y yo voy a sumar mi granito de arena para hacerlo magnífico.

Primero, me acerco a la tartana para pillar nuestros equipajes. Luego, preparo tostadas y la cafetera italiana, de la que me bebo una tacita. Después, regreso al dormitorio para descubrir que Alma sigue roncando. Abro y cierro un par de cajones, así, como si no corrieran los rieles, y nada, no se despierta. Y son casi las ocho. Arrastro los pies de camino al baño y me ducho haciendo pucheros. Quería sexo matutino. Jodida dormilona…

—Buenos días —me dice ya vestida cuando salgo del baño en albornoz.

—Serán para ti. —Me aprieto la toga que me cubre la melena y me meto en el vestidor.

Ella ha vuelto al traje de chaqueta y yo no voy a ser menos. Tengo uno color burdeos que es una locura, chica. Lo conjunto con una camisa dorada, porque mi subconsciente sigue guerrero, y con los Prada de cinco centímetros. Ella se está calzando unos tacones de diez cuando vuelvo al dormitorio.

—Había hecho tostadas, pero ya estarán como una piedra.

—Me valen.

Mientras me tomo el segundo café, Alma acaba con el único tomate de rama que sobrevivió anoche. Con el último bocado entre las muelas, se encarga de llenar el lavavajillas.

—Me cepillo los dientes y nos vamos.

—Te espero en el coche.

Ni caso me hace en el trayecto a Barcelona; va enfrascada en el teléfono. A cuatro calles de Lladó, me pide que pare.

—Puedo dejarte en la puerta. Tengo el parquin más arriba. Haré tiempo para que nadie sospeche que hemos venido juntos.

—Mejor me dejas por aquí, no vaya a ser que alguien nos vea.

—Guay. —Aprieto los dientes.

Y que conste que me parece lógico que no quiera dar cuartos al pregonero, ni a los cotillas que hay en todas las empresas, pero, joder, tengo mi corazoncito y ella se está bajando de la tartana sin decirme adiós siquiera.

Sabía yo que «mañana» no iba a ser lo mismo...

48

LO QUE LOS VENTURA NO SABEN HACER

Alexander
Martes, 30 de abril de 2019
Sala de juntas de Lladó. Passeig de Gràcia. Barcelona

—Perdón por el retraso —digo al entrar en la sala donde ya llevan un rato hablando de mis Jade sin mí.

He llegado tarde para no llamar la atención cambiando de costumbres, pero igualmente todas las cabezas me siguen por la sala. Y creo que no es por el traje, los he llevado mucho más horteras. Me miro la bragueta: el pajarito sigue dentro.

Me siento en la cabecera opuesta a la puerta y censuro las muecas de todos con una ceja en alto. Los ojos de los publicistas y los técnicos me rehúyen. Los de Neus, me preguntan qué demonios me pasa. Los de Alma vuelven a ser balas de plomo que llevan mi nombre. Los de Mariano parecen los de un dibujo manga: todo pupila.

—¿Te has disculpado al entrar? —me pregunta sin salir de su asombro.

—Ah, así que ese es el motivo por el que me observáis como si fuera el único vestido en una playa nudista. Pues es que veréis...

—Señor Ventura —pronuncia Alma despacio—, ¿tendría a bien acudir a las reuniones a la hora convocada y enfocado en el orden del día y no en lo que le sale de las narices?

Le recojo el guante con media sonrisa.

—Precisamente lo que concierne a mis narices es lo que nos ha reunido aquí.

—Entre otras muchas cosas —me replica.

—Ahí llevas razón. Podría enumerarte un centenar de motivos por los que debemos estar juntos ahora.

Alma suspira.

—Centrémonos. —Desvía la vista a su iPad—. Como os comentaba hace un instante…

—Antes de que te interrumpiera —la corto para dar continuidad a esta dinámica de tocarnos las partes nobles también en público.

Alma Trinidad aprieta los dientes y se dirige a los técnicos.

—Necesitamos que los *jus* con los nuevos ingredientes estén listos en dos semanas, considerando que el periodo de maduración de los *concentrés* será de diez días.

Yo propuse veintiuno en un principio, ella dijo que había que reducirlo a la mitad… y se ha salido con la suya gracias a los amiguitos de Grasse.

—Puede hacerse —dice el jefe del laboratorio. Su ayudante, Hugo, ladea la cabeza con las cejas en alto—. Siempre que recibamos las fórmulas a tiempo.

Acepto su ataque con una sonrisa burlona.

—Mírate el correo del departamento, anda.

—Ya las tenemos —dice Hugo al revisar los correos.

—Os he enviado las fórmulas hace un rato. —Mientras hacía tiempo en el parquin—. Por eso me he retrasado: porque quería darle a nuestra directora lo que necesitaba.

—¿Está todo en orden? —le pregunta ella al jefe del laboratorio.

—A simple vista… —ojea las fórmulas—. Sí, parecen correctas. Habrá que ver cómo se comportan cuando…

—Como angelitos —le digo—. Van a comportarse como angelitos. Son buenísimas. Ya verás. —Me levanto e inclino la cabeza—. Y hasta aquí llega mi humilde aportación. Ya me avisaréis para los últimos ensayos.

Desandando mis pasos y, casi en la puerta, Mariano me dice:

—¿No te quedas a escuchar el nuevo enfoque de la campaña?

—Si lo ha diseñado Alma, estoy conforme. —Ella aprieta los párpados. Mariano boquea. Hago un par de aspavientos—. A ver, que nadie se rasgue las vestiduras, ¿vale? La directora ha demostrado saber lo que se hace. Pero como se me ha acusado de pretender afrancesar los perfumes —digo con retintín, disimulando que ya no hay nada que pueda reprocharle—, pues sí, me quedo.

Me vierto sobre la silla que hay entre Alma y Mariano. Y me enorgullezco de que el triunvirato soñado sea por fin una realidad.

—El *brief* era China. No podemos afrancesar los Jade —dice Mariano.

Y por la cara que pone apuesto a que está pensando en el cuello de Críspulo Reina rodeado por un collar del que penden sus pelotas.

—Tranquilo —dice Alma—, no lo haremos.

—Ya veremos —añado, muy en mi papel de enemigo de la mujer por la que suspiro.

—Eso ya está decidido —repica ella—. Además, no es necesario. China no es solo tradición milenaria. La China contemporánea es tan occidental como McDonald's.

—Lo vimos en Montecarlo —comento—. Los ricachones que llevaban las marcas más caras, los relojes más lujosos, los coches más exclusivos...

—... eran de origen chino —me termina la frase.

—O, al menos, hablaban mandarín estupendamente.

Que ella reprima una sonrisa me lleva a cruzar los brazos sobre el pecho y atrapar las manos en las sobaqueras del traje para contener el impulso de acariciarla.

—El nuevo enfoque se basa en eso: ostentación, extravagancia..., exceso.

Me la como. Como repita lo del exceso, la tumbo sobre la mesa y les enseño a los compis lo que es un buen orgasmo múltiple. Alma ya lo sabe.

—Pero los frascos ya están diseñados —dice Mariano.

—Y las cajas —dice Neus.

—Y son perfectas. —Le sonríe Alma—. Al igual que los envases. —Me doy por sonreído—. No pretendo cambiar nada al respecto. Lo que propongo es un estuche de lanzamiento.

—Eso es carísimo —bufa Mariano.

—Ahí está la clave. Cualquier persona podrá acceder a uno de los Jade o la *eau de toilette*, pero solo unos pocos podrán adquirir el estuche.

—Edición limitada, entiendo —dice Mariano.

—Eso es. En teoría saldrá solo para la prensa, pero se la ofreceremos a los clientes vip en las tiendas de Lladó.

—¿Solo allí? —pregunta Mariano—. Eso va a dar pie al mercado negro.

—Si te encuentras un estuche en eBay, puedes descorchar el cava gran reserva —le digo.

Cuando la publicidad se empieza a hacer sola, es que has triunfado bien fuerte.

—Ahí llevas razón… —dice Mariano.

—Será mucho más trabajo para tu departamento —le dice Alma a Neus.

—No hay problema. Tú dime lo que quieres y yo me encargo del resto.

—Genial, pero te lo contará Alexander. Trabajáis bien juntos. No quiero interferir en vuestra sinergia.

Procuro no parpadear aunque me haya impactado lo de la sinergia. ¿Le habrá bastado mi explicación sobre Neus para calmar sus celos o después de echarme un polvo ya no le intereso?

—Tendrás que ponerme al corriente de tus ideas antes de nada —le digo a Alma—. Tú y yo no sintonizamos igual de bien.

La reto con la mirada a que lo desmienta.

—Luego te enviaré un *e-mail*.

—Eso, no vaya a ser que concederme un ratito en persona suponga rebajarse demasiado para la señora directora.

Alma esconde una mano bajo la mesa. Mano que va directa a mi entrepierna. Pego un respingo con el primer pellizco. Con el segundo, finjo una tos para disimular el gemido.

—Cuidado, Alexander —me dice con voz grave mientras rezo para que llegue un tercer pellizco—. Tu renovación todavía sigue pendiendo de un hilo.

Me inclino hacia ella, que no se mueve ni un pelo. Solo un brillo morboso refulge en la punta de bala de su mirada.

—Podría decirte que lo que me pende a mí es por donde me paso la renovación a la que aludes. Pero, como soy un caballero, solo te diré que recibiré con gusto tus instrucciones por *e-mail* para transmitírselas a Neus como un vulgar mensajero. Y, ahora, si no me necesitas para nada más —me retuerzo bajo su mano—, marcho a bocetar el texto del librito que vas a incluir en el estuche.

—Yo puedo encargarme de eso —dice Vera, de márquetin.

—Tú le vas a dar sentido comercial —la corrijo—, pero seré yo quien traduzca en palabras el alma de mis perfumes.

El esperado tercer pellizco me pilla despistado y se me escapa un gruñido.

—Relájate, Alexander —me dice Mariano—, que nadie te va a robar la autoría de nada.

—Eso espero… —Alma me aparta la mano de la bragueta—. Vale, pues ahora sí. Con la venia, me retiro.

Mientras Alma empieza a teclear algo en su teléfono, me despido y cierro la puerta al salir de la sala de juntas. En el pasillo, recibo un mensaje.

> Alma: Ve a mi despacho.

> Alexander: Que folláramos anoche no me convierte en tu perrito faldero.

> Alma: Por favor.

> Alexander: Eso es otra cosa.

Meneo el rabito de camino al ascensor. Que quiera verme en privado me hace ilusión. Así de idiota soy; con un gestito de nada, ya me tienes contento.

Encuentro la puerta abierta de su despacho. La dejo entornada a mi espalda y apoyo el culete, tan feliz, en su escritorio. Al cabo de veinte minutos, me sé los quince metros cuadrados de memoria. Y se me ha dormido una nalga. Estoy a punto de incorporarme cuando ella entra resoplando.

—Joder, no terminábamos nunca. Perdona.

—No pasa nada.

—Sí, sí que pasa. —Cierra la puerta y lanza sus chismes a un rincón, chaqueta del traje incluida—. Me reúno con los de finanzas en un cuarto de hora.

Se me abalanza encima tan deprisa que solo puedo abrir los brazos y dejar que se estampe contra mi pecho. Su boca va directa a mi cuello. Me besa, lame y huele como si acabara de recuperar sus sentidos perdidos.

—¿Pretendes que ajustemos las cuentas pendientes antes de la reunión? —La sujeto por la nuca y la acerco a mis labios.

—Pretendo demostrarte que tú y yo sintonizamos mejor que bien. —Me besa con las manos en mi pantalón—. Catorce minutos.

—Me sobran diez.

Profundizo el beso mientras le desabrocho un poco la camisa. Ella se cuela bajo mis calzoncillos.

—Ya la tienes dura —ronronea.

—Por tu culpa, sargenta. —Le acaricio un pezón—. ¿A qué ha venido lo de los pellizquitos en los huevos?

—Los dos primeros han sido para llamarte al orden. El tercero, por vicio. —Me lame el labio superior a la que aprieta mi erección.

—¿Lo de la sinergia con Neus iba con segundas? —aprovecho para preguntar.

—No. —Se aparta un poco para mirarme a los ojos—. Lo he dicho en serio.

Asiento.

—¿Todo bien, entonces?

—Sí, ¿por? —Frunce un poco el ceño.

—Necesitaba asegurarme —resumo, porque ya nos quedan menos de diez minutos.

Ataco su boca, sus tetas y su sexo a un tiempo. Quién fuera pulpo para tener ocho brazos.

—Condones —gime Alma—. En mi bolso.

La suelto para rescatar de la pieza de mi padrino el paquetito que abrimos anoche. Saco un preservativo de vuelta al escritorio y lanzo sobre él el otro que queda mientras Alma se desnuda de cintura para abajo. Me relamo.

—Eres consciente de que puede entrar cualquiera en el despacho, ¿verdad? —le pregunto.

Su mirada flamígera me responde. Y yo me enfundo y le sonrío. Esta es la niña de fuego que conocí, la que me busca para romper límites, la adicta a la adrenalina. La engancho de un brazo para darle la vuelta sin protocolo, la empujo el centro de la espalda hasta que sus tetas hacen cuna en la madera y la penetro desde atrás.

—Yo que tú me sujetaría —le digo al retirarme.

Cuando sus manos se enganchan al borde del escritorio, embisto fuerte, y acelero y acelero y acelero hacia el acantilado que marca el límite del mundo. Allí corto el cable del freno y todo se vuelve incontrolable. Meto una mano entre sus piernas y dibujo torbellinos alrededor de su clítoris hinchado. Con la otra mano le estoy tatuando mis huellas en su generoso culo.

—Me corro —le advierto entre dientes.

—No, no... Un poco más... —Se empuja contra mí—. Así, así... Sí, sí, sí... La mano, más deprisa, más... Ahora casi... Ya, ya... —Araña la madera—. ¡Sí, Dios, sí!

Me tumbo sobre ella para acallar en su nuca las últimas penetraciones, las palpitaciones y calambres, el puto éxtasis bendito que solo sé materializar de verdad en su cuerpo.

Todavía noto sacudidas cuando Alma se revuelve debajo de mí.

—Voy a llegar tarde.

—Pero mucho más relajada. —Me aparto.

—Verás qué poco me va a durar la calma. —Empieza a vestirse—. Los financieros ya estaban haciendo malabares con el presupuesto. Cuando les hable de los estuches, van a querer sodomizarme con ellos.

—Diles que se pongan a la cola: me pido *primer* para sodomizarte con lo que sea. —Termino de adecentarme—. Y diles también que tu idea es incontestable. Menos protestar y más trabajar un poquito.

Alma me sorprende con una caricia en la mejilla, que le respondo con un beso en la palma de la mano.

—Gracias por pensar que sé lo que hago. —Me sonríe.

—No lo pienso, lo creo. —Le aprieto la mano antes de soltársela y señalo la mesa con la cabeza—. ¿Me guardo el condón por si necesitas repasar luego las cuentas nuevas?

Niega con la cabeza.

—En cuanto termine la reunión, me voy a Madrid.

—Es comprensible. —Aparto la mirada para que no vea que ya la estoy echando de menos—. Tendrás que poner lavadoras, darle de comer a los gatos y contarle a Coronada los cotilleos del viaje...

—Solo lo primero. —Me da un beso fugaz en los labios—. Ni tengo gatos ni me atrevo a contarle a Coro que hemos vuelto a acostarnos.

Suspiro. Porque me duele que Coro me haya cancelado de su lista de admitidos. Yo la tengo en alta estima, me parece una mujer estupenda, la aprecio por quien es y porque siempre ha demostrado querer bien a Alma. Que me odie por algo que no sé ni lo que es, me provoca impotencia. Pero, en fin... Es lo que hay... De momento... *Piano piano si arriva lontano.* Y yo no tengo ninguna prisa para llegar al infinito con Alma.

Le devuelvo el beso en los labios y señalo la puerta.

—A por ellos, faraona.

Alma cuadra los hombros y abandona el despacho como la jefa que es. Yo, en la retaguardia, admiro sus andares de camino al ascensor. Mientras bajo, me permito un atrevimiento en forma de mensaje.

Alexander: A ese culo, un día, le sacaré un perfume.

Alma me deja sin respuesta, pero me apuesto la nariz a que está sonriendo. Igual que yo de camino al parquin y de ahí a mi torre, en el que me encierro para dar rienda suelta a esta corriente creativa que me corre por las venas cuando soy feliz.

Algunos dicen que el estado ideal para crear es la tristeza, incluso la desesperación. Pero yo, cuando me pongo en plan *drama king*, solo tengo ganas de comer donuts y romper cosas. No puedo evitarlo. Para construir y alimentar de verdad mi creatividad, requiero alegría. Así que me valgo de la que me ha regalado Alma para sentarme delante del ordenador —en un estudio todavía bañado de los aromas de nuestros cuerpos— y me pongo a jugar con los colores como un niño chico: con entusiasmo y sin más finalidad que la de divertirme.

Me lo gozo tan a lo grande que no abandono mi torre en lo que resta de semana. Eloy se me encabrona el jueves, porque lo dejo tirado para ir a no sé qué fiesta, pero es que no existo para nada más. Ni siquiera para Alma. Solo le contesto el correo que me envía con las instrucciones de los estuches. Bueno, y le mando un mensajillo el viernes...

Alexander: ¿Qué tal se presenta el fin de semana?

Apenas tarda quince minutos en responder:

Alma: Entre mal y una puta mierda.

Alexander: ¿Y eso?

Alma: Los riñones del padre de Coro están dando signos de agotamiento.

Lo han ingresado en el hospital.

Alexander: Lo siento mucho.

¿Cómo está Coro?

Alma: Muy en su papel de tenerlo todo bajo control, pero asustada de verdad por dentro.

Alexander: Como para no asustarse...

Dale un abrazo, pero no le digas que es de mi parte.

Alma: No se lo diré.

El lunes nos vemos.

Alexander: Sí, en Lladó...

Y, si te apetece, después podemos reunirnos en tu despacho o donde surja...

Alma: Intentaré hacerte un hueco en mi agenda.

Alexander: Esa sonrisita burlona que te pinta ahora la cara, niña, te la voy a borrar a bocados.

Alma: Veremos si has aprendido a cumplir tus promesas...

Se desconecta.

—Ya te digo yo que lo vas a ver. ¡Y también las estrellas, reina! —me rio.

Me tiro de la entrepierna, que demanda atención, y busco el número de mi padre. Lo del de Coro me ha llevado a echarlo de menos muy fuerte.

—Hola, papi chulo.

—¿Qué haces, *culicagao*?

—Nada. —Sonrío—. Me has recordado al abuelo con ese mote.

—Tengo intención de ir pronto a verlo. ¿Te apetecería acompañarme?

—¿A Cuba? Siempre. Pero los próximos meses voy a estar ocupado.

—¿No debías entregar los Jade en unas semanas?

—Sí, pero luego seguiré encima del proyecto, por si me necesitan para la campaña o algo...

—¿Desde cuándo te interesa la publicidad? Ah, sí, desde que tu directora es Alma, claro. ¿Has logrado algún avance con ella?

—Sí, la cosa va mucho mejor.

—Vamos, que ya no te vas a mover de Lladó ni a tiros.

—¿Por qué lo dices como si fuera algo malo?

—Porque llevas tres años quejándote de que no estás haciendo los perfumes que realmente quieres.

—Ya, pero tengo libertad para desarrollar los proyectos a mi rollo, gano bastante dinero y me siento apreciado.

—Aferrarse entra dentro de la condición humana... —murmura—. Por cierto, ¿qué sabes de tu madre?

—Poca cosa. Hace mucho que no hablo con ella.

—Susana me ha dicho que el chico ese le ha pedido la mano. Y que Marina se lo está pensando.

—Ah, pues mira tú qué bien. Me apetece ir de boda.

—Ten hijos para esto.

—Papi... —Suspiro—. ¿Te referías a mamá con lo de que aferrarse es humano?

—No es lo mismo.

—Claro que no, tú llevas casi veinte años anclado en la idea de que, algún día, volveréis a estar juntos.

—Y mira de lo que me sirve... Si no puedes aprender de tus errores, hazlo al menos de los míos.

—¿Los Ventura saben hacer eso?

Mi padre se ríe de la desgraciada herencia que me ha transmitido y, luego, me cambia de tema. Al cabo de una hora, se despide porque se le está acabando la batería. Y menos mal, porque, en realidad, no hemos vuelto a hablar de nada serio. La única voz solemne que escucho al colgar es la de mi abuelo recordándome que me dijo que fuera y pintara el mundo, y que yo solo estoy pintando lo que me manda Lladó.

Con esa idea regreso a mi caja de colores mental y a las nuevas listas que estoy bocetando. De momento, no son más que garabatos muy brillantes, pero creo que, si los persigo con ahínco, me llevarán hasta el punto del camino donde perdí mi destino.

Ni respondo a la llamada de Mariano el domingo para no distraerme de mi objetivo. Me molesta bastante que insista por segunda vez. A la tercera, descuelgo de malos modos.

—¡¿Qué quieres?! —le chillo.

—Ya has visto el *e-mail* que te he enviado —dice en voz baja.

Parpadeo y abro el correo en el ordenador.

—No, ¿por?

—Hay un problema con los Jade.

—¿Cómo de gordo? —farfullo mientras ojeo el último dosier de prensa de una Big Boy.

Detengo de golpe el *scroll* cuando encuentro la descripción de un conjunto de fragancias combinatorias.

—¡Nos han plagiado! —Me llevo una mano a la boca.

—No solo eso: van a lanzar esas malas copias el mes que viene.

—Adiós proyecto.

Ni los mejores abogados del mundo podrían salvarlo. Con que les hayan cambiado un poco el porcentaje de los ingredientes y les hayan metido alguno suelto, ya no serán las mismas fórmulas. De eso se sirve para enriquecerse, por ejemplo, todo el negocio que hay montado alrededor de los clones de los perfumes más icónicos.

Y lo peor es que ha podido hacerlo cualquiera. Cualquiera con acceso a nuestras muestras y a un espectrómetro de masas ha podido decodificar las fórmulas. Quién ha sacado la información de la *maison* es la gran pregunta.

Siento un escalofrío cuando se me cruza un nombre por la cabeza.

—Sí, el proyecto está cancelado —me confirma Mariano.

—¿Qué ha dicho la directora?

—Todavía no he hablado con ella. Ahora iba a llamarla, pero llevamos tanto tiempo trabajando juntos, hijo, que he sentido que primero debía contártelo a ti.

—Muchas gracias, Mariano. Si no te importa, deja que la llame yo para contárselo.

Corto la llamada de Mariano y, al instante, marco sobre el contacto de Alma.

—Xander —susurra con una tristeza que me dispara la rabia—, ahora no puedo hablar…

—Ya te has enterado —la interrumpo.

—Eh… ¿Cómo te has enterado tú? —Sorbe por la nariz.

—¿Estás llorando?

—Hombre, no es para menos.

—A ver, es una pérdida tremenda, pero intentaremos buscarle una solución… —No me creo ni yo estas últimas palabras.

—No te entiendo. ¿Cómo se puede solucionar que el padre de Coro haya fallecido?

—¡¿Qué?! —Me quedo helado—. Joder, cuánto lo siento. Imagino que ella estará…

—… destrozada —me termina la frase—. Pero, ya sabes, lo lleva con un estoicismo admirable. Si la hubieras visto hace un rato eligiendo un féretro en un catálogo… A mí me preguntan qué caja quiero para encerrar ahí a mi padre para siempre y habría contestado: «¡ninguna, joder, parad ya esta broma de mal gusto!», en cambio ella… —Solloza—. Te dejo, ¿vale?

—Sí, sí, no te preocupes por nada. Estar con Coro es lo único importante ahora mismo.

—Vale, pues… hablamos.

—Cuando quieras, aquí estaré.

Inspira hondo y suelta el aire muy despacio.

—Gracias.

—No hay nada que agradecer.

Encargarme del hijoputa que nos ha robado los Jade será un placer. Con un poco de suerte, cuando ella se entere del tema, ya podré ofrecerle una solución.

Con ese convencimiento, persuado a Mariano para que no moleste a Alma y me preparo para provocar el mayor incendio de la historia de Lladó.

49

I HEAR LOVE IS BLIND

Alma
Sábado, 7 de septiembre de 2013
Puerta de Palmas. Plaza de los Reyes Católicos. Badajoz

Después de aquel Carnaval en San Martín del Pimpollar, el pueblito de Ávila del que me había traído el corazón lleno de sonrisas y un bolso de valor incalculable, después de los días más felices con Xander..., llegaron los demás.

2013 no fue muy amable con nosotros. El festivo del primero de mayo pilló fatal, en miércoles, y ya no pudimos planear otra cita hasta pasado el verano, cuando a él se le terminó el contrato en los laboratorios de Grasse.

Se me cayó la baba al ver a Xander ese septiembre: su aspecto cada vez casaba mejor con su interior chispeante, en perpetua revolución, diferente. El pelo más largo le quedaba genial. La melena suelta y libre hacía juego con sus pintas afrancesadas. Vestía una camisa estampada, muy ancha y corta, y unos pantalones pitillo. Me pegué bien a ellos mientras le devolvía el millón de besos que le había guardado durante tantos meses. Luego, nos perdimos por Badajoz, sin rumbo fijo, solo por el placer de caminar juntos.

Le conté que se me estaba quedando pequeña la ciudad, que quería más, pero no sabía dónde. Él me besó la mano que no me había soltado y la sujetó contra su pecho casi al llegar al río Guadiana.

—Pues ya tienes deberes para el último curso —me dijo—: averigua adónde quieres volar después de graduarte y hazme un huequito en la maleta.

—¿Te vendrías conmigo?

—¿No estoy aquí ahora?

—Pero en un rato te irás. —Volvía a emigrar para seguir con su formación como perfumista.

—Vente conmigo.

Le miré y me tragué un suspiro, porque encontré en sus ojos un infinito de sinceridad.

—Sabes que no puedo. —Le acaricié una mejilla.

—*Our day will come...* —tarareó.

Aquella canción, la nuestra, se convirtió en poco más que una utopía durante el invierno, largo y frío como él solo.

El último curso del grado fue una carrera contrarreloj, de culo y cuesta arriba. Por nada del mundo quería esperar a septiembre —o peor— para echar a volar, así que me dediqué a los libros como nunca.

Xander también se centró mucho en lo suyo. O eso imaginé... Lo cierto es que pasamos de hablar a diario, a hacerlo una vez por semana, un par al mes y, para primavera, ya solo nos escribíamos mensajes muy de vez en cuando.

Que la comunicación con él fuera tan escasa no me preocupó demasiado, porque mi vida social, en general, era igual de limitada. Por entonces, apenas interactuaba con la gente de mi entorno más cercano: profesores, Julia, la tía Adela y Jon, un muchacho muy majo que me ayudó a encarrilar el TFG.

También preparamos juntos los exámenes de Semana Santa y, entre «X» e «Y», surgió un flirteo que concluyó con un amago de revolcón en la biblioteca. Imagino que intenté demostrarme que había más hombres en el mundo, pero lo único que conseguí fue corroborar que la química en la práctica es mucho más complicada que en la teoría.

Esa misma noche, escribí a Xander. Él tardó varios días en contestar. Escondí la decepción en un par de frases hechas y cuatro emojis y volví a centrarme en lo importante: graduarme y proyectar mi futuro lejos de allí.

A la primera que le conté mis intenciones de largarme fue a Coro. Que arrugara la nariz como respuesta no me gustó. Entendí que ella también quisiera escapar y no pudiera, pero que se preguntara si mi marcha acabaría con nuestra amistad... Eso no pude comprenderlo. Ni callármelo... ¿Por quién me estaba tomando?

Discutimos feo aquella tarde. Tan feo como solo se puede discutir con una hermana. Nos dimos donde más nos dolía y, así, impusimos entre nosotras un silencio necesario. Gracias a él, Coro pudo asimilar mi huida y yo me fui con los remordimientos acallados por los gritos que nos habíamos pegado.

A mis padres ni se lo mencioné. No pensaba decirles nada hasta que fuera demasiado tarde para que pudieran intervenir. Me imaginé echando monedas en una cabina del aeropuerto y dándoles una información imprecisa y apresurada sobre mi próximo paradero. Sus gritos seguirían sacudiendo el teléfono solitario que colgaba de un cable mientras yo embarcaba.

Otra que se enfadó bastante cuando le conté que pensaba irme bien lejos al terminar el curso, aunque no supiera todavía adónde, fue Julia. Su carita tímida igualó el color del kétchup que me estaba poniendo en las patatas en aquella hamburguesería. Me miró como si la hubiera traicionado. Y supongo que para ella fue así, porque no la había incluido en mis planes. Y no me lo perdonó. Tampoco me dio explicaciones. Simplemente, dejó de hablarme. Me quedé de piedra al día siguiente, en clase, cuando la saludé y ella se cambió de asiento. Así murió nuestra amistad: en silencio. En fin..., sospecho que los finales de las historias acaban definiéndolas.

Sin pena ni gloria terminó también el curso. Pero graduada. E ilusionada a más no poder. Salí hasta guapa en la foto de la orla, que le regalé a la tía Adela. Cómo lloraba, la pobre, cuando la puso en el mueble de la tele.

—Estoy tan orgullosa de ti, madre... —Con una mano me apretó una mejilla y con la otra, un hombro.

—Bueno, todavía me queda la defensa del TFG.

—Bah, si no es ahora, pues en septiembre. Así te pasas el verano conmigo. —Me sentó en el sofá y me agarró las manos—. Como este año no tienes amigas, nos podríamos ir juntas a la playa.

—Sí que tengo amigas, tía. —Tragué saliva—. En cuanto vuelva al pueblo y hable con Coro...

—¿Qué falta te hace rebajarte ni marcharte a ningún sitio? Aquí está tu casa y tu futuro trabajo. ¿O te crees que vas a encontrar algo de lo tuyo en el pueblo? Allí te vas a cansar de hacer panes. Todo lo que has estudiado no va a servirte para nada.

—No voy a volver al pueblo definitivamente —le dije—. Solo iré de visita y a por unas cosas. Y luego... ya recogeré lo que tengo aquí.

—¿Por qué? —A mi tía se le agarrotaron las manos—. ¿Adónde piensas irte?

—De primeras —no pude comedir la sonrisa—, a lo mejor paso unos días de vacaciones en Málaga.

—Bueno, te has ganado un poco de diversión con tu amigo. Eso no lo veo mal. Mientras tengas cabeza y regreses pronto...

—Si todo sale como espero, tía, después me iré todavía más lejos —murmuré, porque me daba miedo decirlo bien alto y gafarlo.

Tenía tantas ganas de comerme el mundo, de conocerlo entero, estaba tan cerca de ser la dueña de mi vida que me asustaba solo con pensarlo.

Inspiré hondo y permití que una sonrisa tímida me mojara los labios. La tía Adela me soltó las manos. Me miró con asco. Con verdadera repugnancia. Como si fuera una desagradecida, una egoísta, una vergüenza para su familia o la de cualquiera.

—¿Y te crees que te lo voy a consentir? —me preguntó.

Parpadeé. Y en ese breve lapso, en cuestión de un nanosegundo, la tía Adela se me presentó como era en realidad.

50

NERÓN IS BACK, BITCH

Alexander
Lunes, 6 de mayo de 2019
Atelier de Críspulo Reina. Passeig de Gràcia. Barcelona

—A los buenos días —digo al cruzar la puerta del ático de la sede de Lladó.

Avanzo por el coqueto *hall*, aireando el vuelo de mi kimono. El recepcionista intenta detenerme:

—Perdona, ¿tienes cita?

—Soy la cita.

Empujo la puerta acristalada y accedo al pasillo por el que me persigue el lacayo del diseñador a una distancia prudencial.

Críspulo no tiene un equipo, ni siquiera empleados, sino súbditos. Todos igualitos: imberbes, delgados y sin sangre en las venas. Creo que es de lo que se alimenta el diseñador para conservar su juventud. Y debería cambiar de dieta: sigue pareciendo una vieja bombilla de filamento.

Su calva reluce bajo el sol que se cuela por las ventanas que tiene a izquierda y derecha del despacho. Está plantado en el rincón, detrás de su escritorio barroco, como una lámpara que alguien ha olvidado apagar.

—¿Molesto? —Cierro la puerta tras de mí, y en las narices del recepcionista, y echo el pestillo.

—Pues sí. —Críspulo se apresura a quitarse las gafas.

—Pues me alegro.

Taconeo hasta su mesa y me siento encima. Él se pega al respaldo de la silla cuando me atuso la melena. Por desgracia, no se me cae ni un solo pelo.

—¿Qué crees que haces? —masculla.

—Mira, eso es justo lo que iba a preguntarte yo.

Su aura se oscurece, aprecio notas torrefactas, pero no las suficientes. Tengo que azuzarlo más, quemarlo hasta los cimientos para que mi teléfono pueda grabar cómo se delata.

Él sabe, tan bien como yo, que no tengo pruebas para acusarlo formalmente del plagio de los Jade. No tengo pruebas, pero tampoco dudas.

—Si quieres hablar de algo conmigo, pídele una cita a uno de los chicos. —Me señala la puerta con una patilla de las gafas—. Ahora, lárgate, estoy ocupado.

—No, tranquilo, si ya tengo un pie fuera. Tu jugada me va a sacar de Lladó. El proyecto de los Jade, mi última oportunidad de permanecer en la *maison*, está cancelado. —Un destello juguetón se asoma en sus ojillos ambiciosos—. Es eso lo que querías, ¿verdad? Me tienes tanta envidia que no te ha importado joder en el proceso también a Mariano, el que te paga la nómina y te ha puesto su casa a los pies.

—¿Envidia? —se burla—. ¿En qué debería envidiarte? ¿Qué tienes tú que yo pueda desear?

—Talento, cariño. Este talento que me corre por las venas a mil por hora. —Me acaricio los brazos—. Esto que me hace tan único, esta creatividad y pasión por la vida en cualquiera de sus formas. Mi curiosidad, Críspulo. —Me inclino sobre él—. Nunca me canso de observar con ojos nuevos, de cuestionarlo todo, de profundizar... ¿Te acuerdas de cómo era eso? ¿Te acuerdas de las colecciones que hacías entonces? —La mirada del diseñador se aclara—. Pues ya no te queda nada. Ni una pizca. Por eso robas.

Él me sonríe.

—¿De qué me estás acusando en concreto? —Abro la boca. Él me para—: Espera, mejor lo grabamos para el juicio de la demanda que te voy a meter por difamación.

—Graba, graba —le animo a que agarre el teléfono.

Y él lo hace. ¡Bravo!

—¿Ya está? —Arrimo la cara al móvil que sujeta en la mano—. Probando, probando. Uno, dos. Uno, dos. ¿Se me escucha?

—Sí, ya está en funcionamiento. —Deja el móvil junto al teclado del Mac—. Acababas de acusarme de robo.

—Eso lo dirás tú. Aquí no se ha escuchado ni media palabra al respecto.

—Alexander... ¿A qué has venido?

—A contarte un chisme. —Cruzo las piernas—. Verás, resulta que aquellos perfumes que probaste en Lladó... No sé si te acuerdas... Los Jade de colores, los que ya estaban en fase de ensayos finales y que tú conociste gracias a que Mariano te proveyó con las muestras y con toda la información plasmada en la presentación digital que le entregué en su día, la que quedó de lujo... Vamos, más detallada no podía ser, eso no me lo negarás...

—No. Sigue.

—Uy. —Chasco la lengua—. No te veo muy convencido. ¿No te gustó la presentación? ¿Me olvidé de algún tipo de dato acerca de los ingredientes, el concepto combinatorio o las características particulares de cada fragancia?

—Que no, que fuiste muy exhaustivo. Continúa, por favor.

—Ah, pues gracias. Me quitas un peso de encima, porque me lo trabajé muchísimo. Me alegra que te gustara tanto como a mí la reunión a la que acudiste el lunes 15 de abril del presente año, 2019. —Eso lo digo bien cerca del micro del teléfono—. Pasamos un ratito entrañable, ¿verdad? Recuerdo que tuvimos una charla muy distendida acerca de cosas tan locas como tu proctólogo, la monarquía o Priscila, la Reina del Desierto. Qué baño me diste en el concursito, maestro.

Me congratula ver que la calva de Críspulo emana ya una buena fumata negra. Se está encabronando, porque sabe que aquel día se la jugué, y a su ego le hizo pupita no haberse enterado hasta días más tarde. Y por eso, y por los otros enfrentamientos que hemos tenido durante estos años, ha buscado venganza reventándome mi proyecto. Y el de Mariano. Y el de Alma.

Me levanto de la mesa y le doy la espalda con un aspaviento para que no vea que esto para mí es un asunto personal. Me ha robado a mis hijos y ha perjudicado a dos de las personas que más aprecio en el mundo. Pero eso no lo puede saber el diseñador. No pienso darle el gusto de descubrirlo.

—En esa reunión donde nos mostraste tu grandeza —digo con los brazos extendidos—, tú mismo me reconociste que mis perfumes, los Jade, no estaban mal, pero te desvinculaste del proyecto de todas formas por falta de interés.

—Sí, vale, ¿y?

Me giro hacia él con el dedo tieso.

—¡Pues que tú mismo estás reconociendo que tuviste acceso a la información pormenorizada de los productos!

—¿Y qué se supone que hice con ella? —Se relaja en la silla.

—No lo sé. —Me encojo de hombros—. Dímelo tú. Explícame por qué han aparecido en la lista de lanzamientos de una Big Boy cuatro fragancias combinatorias sorprendentemente similares a los Jade de Lladó.

—No puedo explicarte lo que desconozco. —Trenza los dedos sobre su abdomen.

—Ya, pues resulta que el resto de las personas que acudieron a esa reunión, en la que tú has reconocido participar, están dispuestas a presentar una declaración jurada —miento—. Y del hilo de la Big Boy también se está tirando… El cerco se está estrechando… ¿No te parece lógico que haya venido para preguntarte si sabes algo del asunto?

—Te lo repito: no sé nada.

—Está bien, está bien. —Me rindo, manos en alto—. Siento haberte molestado, entonces.

Me cierro el kimono mientras el diseñador apaga la grabadora de su teléfono.

—Entiendo que estés demasiado ocupado como para perder el tiempo con mis tonterías. —Lo miro con lástima—. La colección de China es un desastre difícil de arreglar.

Críspulo finge una risa.

—Qué sabrás tú de nada…

—Pues eso digo yo. Si es que me doy unos aires… —Me abanico la cara—. Pero si de algo estoy seguro es de que no me vestiría con un traje tuyo ni muerto.

—No podrías. No hacemos trajes para niños.

—Y tus tiros son demasiado cortos. —Me ajusto las pelotas—. Por no hablar de la mierda de telas que eliges siempre. ¿Mariano no te da presupuesto para más? Pues verás ahora, después de la cancelación de los Jade. ¿Qué tal te llevas con la mezclilla?

Él se balancea en el sillón y se frota las manos. Si levantase un meñique y se lo acercara a la boca, sería clavadito al villano de Austin Powers.

—¿Qué tal te llevas tú con la oficina de desempleo? —me pregunta con una sonrisa maligna.

—Pues no la conozco, la verdad. Espero que sea maja, porque voy a tener que pasar mucho tiempo dentro de ella.

—Bueno, así podrás reflexionar a fondo sobre tus actos.

—¿En la oficina de desempleo? —Me sujeto el pecho, me acerco a la mesa y bajo la voz—. ¿Me estás sugiriendo que reviva a fondo mis actos sexuales mientras me encuentro en una delegación estatal con vigilante jurado? Igual no es buena idea… No imaginas cómo me pongo cuando me da por pensar en…

—Ese es tu problema: lo relacionas todo con el sexo. Rozas lo enfermizo.

—Ya… E incomodo a los demás con mi tendencia a sexualizarlo todo, ¿no, pichón?

Ahora se me cruza de brazos, señal de que se encuentra descubierto. A lo tonto, estamos llegando al meollo del asunto. Es hora de calzarme los guantes de látex hasta el codo.

—Así que ha sido por eso… —Sonrío—. Te pregunté si eras gay en la reunión y, al no poderme cruzar la cara como le hiciste al periodista, me has metido un bofetón laboral, filtrando mi proyecto. —Él ni pestañea—. Ay, Críspulo, si es que tienes feo hasta el nombre. ¿Sabes lo que veo? Un hombrecillo acomplejado y reprimido, que vive de los réditos de un pasado efímeramente glorioso.

Se pone en pie y cuadra los hombros.

—Lo que ves es la historia de la moda europea, el presente de Lladó, y el futuro de la industria en América.

¡Lo pillé! Ya sabemos cómo le han pagado el robo de los Jade.

—¿Tú, en América? ¿Después de la bazofia china que vas a presentar en septiembre? —Me río—. ¡Pero si es un despropósito que avergonzaría a los chollos de Aliexpress!

—¡La colección es una mierda, sí! —Lanza esa bocanada de humo negro y su cara se enciende como un horno de *pizza*—. ¡Una gran mierda que ya está vendida! ¡Hasta la última falda!

—¿Eso lo sabe Mariano?

—Mariano —se burla—. Ese ni pincha ni corta. Se lo diré cuando lo crea conveniente.

—No va a hacer falta. —Saco el teléfono del bolsillo del pantalón, paro la aplicación y le guiño un ojo—. Hasta más ver.

—Sabía que me estabas grabando.

Me carcajeo de camino al pasillo y flipo al ver allí todavía al recepcionista, que se pega a la pared cuando paso delante de él.

Meto un zambombazo a la puerta del *hall* y otro a la de la escalera. Bajo los peldaños de dos en dos, eufórico. La cita con el diseñador no me ha aportado pruebas para acusarlo legalmente, pero sí para dejarlo sin trabajo. Y ahora toca informar al presi de todo.

Entro en el despacho de Mariano a las bravas, para no perder las buenas costumbres, y me lo encuentro reunido con dos de sus hermanas, que también son accionistas. Una me estudia el kimono con los ojos entornados. La otra me frunce el ceño.

—¿Le has dicho a Matilde que venías? —me pregunta Mariano desde su silla.

—¿Cuándo he hecho yo algo semejante?

Mariano resopla y mira con apuro a sus hermanas. Ninguno de los tres arranca a añadir nada más.

—Es importante, ¿vale? —le digo a Mariano—. Y urgente. —Meneo las manos hacia la puerta.

Las hermanas se van entre protestas. Pillo un «nos está dando la razón» y un «hemos hecho lo debido» antes de que cierren la puerta. Parpadeo al sentarme frente a Mariano.

—Tus modales, Alexander... —empieza diciendo.

—Luego me regañas —le corto—. Primero, déjame que te ponga una cosita.

Mientras Mariano escucha con atención el archivo de audio de Críspulo, nada cambia en su gesto, pero su aura olfativa me va enviando señales de todos los colores. Empieza siendo amarillo-ansiosa, se enrojece según la conversación se calienta, se oscurece cuando se pone fea y cambia a azul al final. Azul de Prusia. Conozco bien ese color. Y no me gusta nada.

—Yo sí sabía lo de la venta de la colección a la multinacional estadounidense —murmura—. Lo supe hace unos días...

—Pero has seguido adelante, aunque la operación oliera a chanchullo. —Alzo una ceja.

—Intuía que algo deberíamos pagar por la... gestión. De lo que no fui consciente, hasta ayer mismo, es que ese algo eran los Jade.

—Espérame ahí un momento. —Le enseño la palma de la mano mientras ordeno mis pensamientos—. O sea, que cuando me llamaste ayer ya sabías que Críspulo había filtrado los Jade a los americanos a cambio de que le compraran toda la colección.

—Me di cuenta cuando leí la nota de prensa que te envié, sí. Y preferí que te enteraras por mí. De verdad que, antes, no había imaginado que los perfumes pudieran verse comprometidos.

—Vale —elijo creerlo—. Y ahora, ¿qué?

—Ahora, después de hablar con la junta y visto lo irreversible de la situación... —Toma aire y lo suelta despacio—. Debes entender que los Jade ya los hemos perdido y que no podemos perder también la oportunidad de expandir nuestra marca. La multinacional nos ofrece un escaparate inigualable. Y Lladó es, ante todo, una casa de moda.

—Y Críspulo es su diseñador, ¿no? —Aprieto las muelas cuando Mariano me rehúye la mirada.

—Por el momento, no hay otra opción. La colección ya lleva su nombre.

—Estupendo. Pues nada. Entiendo que el perfumista sí es prescindible… —Señalo la puerta, pero no me levanto.

En el fondo, estoy deseando que me ofrezca unas migajas, un último proyecto, un poquito más de tiempo en esta casa, que también es la de Alma.

Esperanza, qué puta eres.

Mariano adelanta la mano y me sujeta el antebrazo. Fracaso al intentar no suspirar de alivio.

—Hijo, yo voy a seguir estando aquí siempre que me necesites.

—Pues dame un nuevo *brief*. O, mejor, dame libertad para desarrollar mi propio concepto. Tengo ideas, buenas ideas, y…

—Ya, es que verás… —Me da unas palmaditas en el brazo—. Tú sabes que las cifras de ventas no han jugado nunca a nuestro favor, hemos discutido este tema muchas veces. También, entre los socios. Y, en fin…, ha llegado el momento de admitir que descentralizar la División de Perfumería es la opción más rentable. Tampoco podemos permitirnos el lujo de desoír la oferta que nos ha presentado la multinacional al respecto. Eso, por supuesto, no cambia el aprecio que te tengo. Es más, si tú quieres, te escribiré una carta de recomendación para…

Tiro del brazo con brusquedad y ahora sí me levanto.

—¡¿Pero qué invento es este?! —Me llevo las manos a la cabeza—. ¡¿Le vais a encargar los próximos caldos a los que me han robado a mis hijos?!

Aunque lo tenga delante de mis narizotas, me cuesta creer que Mariano haya sucumbido a la tentación vestida de dólares que ha seducido a tantas otras empresas del sector. Pensaba que él era inmune a los cantos de sirena de las Big Boys, que era uno de los pocos que todavía defienden el arte dentro de la industria, que era un hombre con corazón.

No solo me deja a mí sin trabajo al externalizar la División de Perfumería, deja sin curro a los técnicos del laboratorio, a los perfumistas júnior, a un tercio de los creativos y publicistas, a Alma…

—Es una cuestión práctica —me dice—. Un mero cambio en la gestión para aumentar los beneficios. Todas las casas lo están haciendo. Te lo estás tomando demasiado a lo personal, Alexander.

—¡Pues claro que sí, joder! —le grito—. ¡Es personal!

—Las formas…

—No. —Le señalo con el dedo—. La culpa no es de las formas, sino del fondo putrefacto de vuestro modelo de negocio. Así no se hacen las cosas. Así no merecen la pena. Meteros los Jade por el orto y todas las fragancias que os he creado. Haré más. Y mucho mejores. Me sobra arte. Me sobra Lladó. ¡Me sobráis todos!

Me voy, tan gallardo, porque me he quedado muy a gusto, aunque el último grito que he soltado en Lladó no sea cierto.

Todos no me sobran. Alma me falta muchísimo. Y es lo primero a lo que voy a poner remedio.

Luego, ya lloraré en un rinconcito por haberme quedado sin *maison*, sin hijos y sin padre profesional.

51

METRALLA

Alexander
Lunes, 6 de mayo de 2019
En la puta calle. Passeig de Gràcia. Barcelona

Nada más salir de la sede de Lladó, he llamado a Alma y le he contado todo lo sucedido luego de preocuparme, obvio, de cómo está Coro, de cómo se encuentra ella y de cómo ha visto a sus padres en el pueblo donde van a enterrar a Gabriel esta tarde.

Bueno, pues después de decirme que Coro lo lleva como puede, que ella se siente bastante impotente y que sus padres están bien pero tristes, después de todo eso, le he preguntado si tenía ánimo para hablar una cosita del trabajo. Y ella me ha dicho que sí. Y yo le he chivado que Lladó va a conquistar el mercado internacional a costa de nuestros perfumes, pasados y futuros. Y Alma lleva casi un minuto en silencio. Sé que sigue ahí, porque la oigo respirar… cada vez más deprisa.

—¿Te está dando ansiedad o te estás enfadando? —pregunto.

—Lo segundo.

—Vale, mejor. Yo estoy que te no imaginas. Me arrepiento de no haber sido más dramático en el atelier y, no sé, haber volcado un par de muebles o haberle lamido la calva a Críspulo… Y con Mariano… —gruño—. Con Mariano he sido demasiado blando. Creo que todavía estoy un poco en *shock*. Espero que me vengues con tu látigo de acero.

—¿Y qué debería usar contigo?

—Lo que quieras, reina. —Sonrío y, acto seguido, frunzo el ceño—. Bueno, espera. ¿Por qué tendrías que usar nada conmigo? ¿Qué he hecho yo ahora?

—Ahora… —Le rechinan los dientes—. No vamos a mezclar lo de antes y lo de ahora, Xander, porque entonces sí que se me va a ir de las manos el asunto. —Resopla—. Vamos a centrarnos en el puto trabajo y a resumirlo todo en que he sido la última en enterarme de que se ha cancelado el proyecto que dirigía.

—Yo me enteré ayer.

—Y le pediste a Mariano que no me informara.

—Sí, ya te lo he contado.

—¿Y te parece normal?

—Joder, Alma, que estabas con Gabriel de cuerpo presente…

—¿Y qué? ¿Eso te da derecho a olvidar que soy tu jefa? Y que conste que estoy tan enfadada contigo como con Mariano por pasaros por el forro la jerarquía de la empresa. ¿A qué viene ese paternalismo? Y, mira, de Mariano podría esperármelo, que es de otra época. Pero ¿de ti? ¿Acaso no me respetas lo suficiente como para informarme de algo que sabes que es tan importante para mí?

—Joder... Yo... Yo no lo veo así, Alma. Lo siento. Yo pensé: pues intento solucionar lo de los Jade, cosa que no he logrado, y luego ya se lo cuento y así le ahorro el disgusto cuando está acompañando a su mejor amiga en el duelo por su padre. En ningún momento he llegado a pensar que iba a sentarte mal. Vamos, que no ha sido mi intención cagarla contigo…

—Pero lo has hecho. Y lo peor es que me lo advertiste. Me dijiste hace ya años que, si te daba la oportunidad, volverías a cagarla.

—Bueno, mira, en eso he cumplido…

—No estoy para bromas, Xander. Ni tengo ganas de profundizar en cómo me siento en realidad contigo. Ahora prefiero centrarme en lo que ocurre aquí y… —bufa— en buscar trabajo.

—Eso lo siento muchísimo. —Me sujeto el pecho—. Te lo juro, Alma, lo que más siento de todo es que esto te haya pillado por el medio.

—Nos ha pillado a los dos. Lo que te han hecho a ti... —gruñe—. Esos perfumes eran buenos, muy buenos. Se van a hacer de oro con ellos.

—Inventaré más, no hay problema. Y en cuanto a ti, tengo contactos que puedes elegir usar a tu conveniencia.

—No me subestimes. Yo también tengo contactos. Pero primero está mi salida de Lladó.

—Sácales hasta el último céntimo, faraona. Y luego, llámame para contármelo.

—Actuaré como me dé la gana.

—¡Brava! Pero la llamada sí que me la haces, ¿no?

Tras un segundo, baja la voz.

—Acababa de perdonarte por algo que para mí fue doloroso. Acababa de hacer un puto acto de fe ciega contigo, porque hay detalles que siguen sin cuadrarme, que lo sepas... Y tú... Tú te has vuelto a olvidar de algo demasiado importante: soy tu jefa. Bueno, lo era... Me debías un mínimo de lealtad profesional y, a la primera de cambio, me has apartado a un lado para actuar según tus reglas. ¿Cómo esperas que siga confiando en ti si no has sido capaz de respetarme en el trabajo?

—Lo siento mucho. —Trago saliva—. Es lo único que puedo decirte ahora mismo, Alma, que siento profundamente que mi manera de actuar no haya sido la correcta. Este soy yo, supongo: el que, por mucha buena voluntad que le ponga, no para de cometer errores. Ya está. No hay más. Lo mejor es que te deje en paz.

—Sí, en paz... —masculla—. ¿Ves cómo estar en paz contigo es imposible?

—Ya. —Me escuecen mucho los ojos—. Por lo visto, no hay paz para los malvados.

—Si te tomaras la vida tan en serio como a tus perfumes...

Al parpadear se me escapan un par de lágrimas que me seco de inmediato.

—A ti siempre te he tomado en serio.

—Pues qué mal lo has demostrado.

Un sollozo apagado precede al vacío que deja Alma en línea.

Tardo unos minutos en caer en la cuenta de que, en la misma mañana, he perdido mis dos hogares: la mujer de la que estoy enamorado y Lladó. Porque tenía razón Mariano cuando dijo que la *maison* era lo más parecido a una casa que he conocido nunca en el sentido laboral. Pero ahora mi padre profesional me ha dado la patada y la onda expansiva ha derribado a Alma, a quien también he perdido, de nuevo. Siento un pellizco cerca del esternón, el inicio de un ataque de ansiedad. Tras una buena explosión, siempre me alcanza. Es como si las bombas de la vida lanzaran metralla a mi sistema nervioso. Metralla que puede tardar meses en dejar de sacudirme en los momentos más insospechados en forma de pánico… Necesito ayuda.

Empiezo pidiendo un taxi —que no está uno para andar conduciendo ni su vida—, en el que llamo a mi padre para llorarle un poco. Al final, casi llegando a mi torre, le cuelgo porque me pita el teléfono y, como soy un optimista sin cura, pienso que pueden ser Mariano o Alma. Pero resulta que es Eloy; lo dejo en espera mientras pago la carrera y abro la verja.

—Ya, dime. —Cierro de un puntapié.

—¿Dónde estás?

—En la puta calle. —Arrastro los pies camino arriba.

—¿De dónde, Alex?

—De mi torre, ¿por?

—Pensé que podías haber ido al entierro del padre de Coro.

—¿Te has enterado? Qué lástima, de verdad…

—Sí, la llamé ayer para hablar y… la pillé en el tanatorio. Supongo que Alma estará con ella, ¿no?

—Sí, claro. Y superenfadada conmigo *ooooootra* vez.

—¿Qué has hecho ahora?

—Buf… —resumo.

—¿Me acerco esta tarde a tu casa y me lo cuentas?

—No me lo preguntes en ese tono, que no estoy nada católico.

—Vale, pues hablamos y ya está.

—Vente cuando quieras.

—En cuanto pueda.

—¿Y me rescatas la tartana del parquin del Passeig de Gràcia, porfi?

—Sí, claro. ¿Y algo más?

—No, con eso ya estaría. —Me callo un segundo en la puerta de la casona—. Eloy, oye... Gracias.

Eso se lo digo al aire, porque ya ha colgado.

Yo me planteo colgarme de las vigas del salón o encerrarme en el invernadero y gana lo primero, pero no estoy ni para andar buscando sogas ahora. Además de que no me apetece darles el gusto a mis enemigos de verme morir de una forma tan poco favorecedora. Mejor me voy a la ducha. Me siento sucio. Huelo a churrasco viejo y a azul de Prusia.

Bajo el chorro de agua caliente, deseo con fuerza que el negocio les vaya tan bien como a mí con Alma. Ojalá se lleven el chasco más grande de su vida. Aunque lo veo complicado con todo ya vendido. Tendría que ocurrir algo muy gordo para que 2020 no fuera el año de Lladó. Van a triunfar a lo grande. Y yo...

—Tú nada, *culicagao* —me digo—. Tú a ser el nuevo otra vez. La historia de tu triste vida.

Salgo de la ducha, me refugio en el albornoz, capucha y todo, y me siento en un rincón junto al cesto de la ropa sucia. Solo me levanto cuando mi santa madre me llama por quinta vez.

—Ya has hablado con papá —le saludo.

—Sí, voy de camino al aeropuerto.

—¿Adónde, esta vez?

—¿Tú qué crees, Alexander? ¡A Barcelona!

Me arrugo el albornoz contra el pecho por la emoción.

—¿Vienes a verme?

—Vamos todos. Papá, Susana, Bazyli y yo. Cada uno desde su lugar, obvio.

—¿Calleja también viene a consolarme?

—No le llames así. —Se ríe.

—¿Vas a casarte con él?

—Pensábamos contároslo en persona.

—O sea, que sí. —Sonrío—. ¿Me dejas llamarle «papuchi»?

—¡Ese señor era un viejo!

—Ya sé que el tuyo no, rumbera. Pero el mote me gusta. Es eso o «minipapi».

—No, de mini no tiene nada.

—*Meeeeeec*, demasiada información. Eres mi madre, haz el favor. —Abro un cajón de la cómoda —. Te dejo, que tengo que hacer la compra para la panda de gorrones que viene a visitarme.

—Bazyli solo come productos orgánicos.

—No, si aquí lo que sobra es campo. Puede irse a pastar tan tranquilamente, vaya.

No hago más que colgar a mi madre y me llama Susana. Mi cuñado también se apunta a las convivencias. ¿Pero esta gente no trabaja? Pregunto… Aunque ya demasiado tarde, cuando estoy haciendo la compra en el súper, un poquito antes de que me llame Eloy.

—¿Por qué no me abres? —me dice.

—Porque no estoy en casa.

—Estupendo.

—Pita fuerte, está Luisito.

—Me ha visto, el muy imbécil, y se ha hecho el loco.

—No, qué va, es que es miope. Ahora mismo llego.

—Date prisa.

Hago lo que puedo en las condiciones vitales actuales, que no es poco.

Bueno, igual me vuelvo un poco loco en el pasillo de los precocinados, pero ¿y quién no? El caso es que, cuando por fin me deja el Uber en mi torre, Eloy tiene una actitud muy poco amigable.

—Mira, pues así no, ¿eh? —Le advierto ya arriba, junto a los coches aparcados—. No tolero más dramas hoy. He cubierto el cupo. Suficiente. Además, tengo que preparar la casa para mis invitados. —Le cuento lo de las convivencias mientras saco del Uber varias bolsas que reparto entre los dos.

—Vamos, que pretendes que te ayude y luego me vaya, porque aquí lo que sobra es gente —protesta Eloy.

—Yo esperaba que te quedaras. —Empujo la puerta principal y enfilo hacia la cocina.

—Tendríamos que dormir juntos.

—¿Y?

—No sé… Como últimamente parece que no quieres…

Eloy y yo empezamos tonteando hace muchos muchos años, en un reino muy lejano llamado Puerto Banús. Él tenía claro que era bisexual, siempre lo ha sabido, y a mí me gustaba explorar.

Siempre me ha gustado explorar. Y también, Eloy.

Es una de mis personas favoritas, de mis imprescindibles, de los pocos que han formado una constante en mi vida, el mejor amigo que nadie pueda tener jamás. Y por eso, y porque se me cruzó en dicha vida la niña de fuego, Eloy y yo dejamos el sexo a un lado y nos fue rebién… hasta que volvimos a coincidir, intencionadamente, en la misma ciudad.

El roce hace el cariño —y Eloy está buenísimo y hace unas pajas que flipas— y, total, que volvimos a liarnos de manera ocasional hasta hace unos meses, cuando Alma apareció de nuevo y a mí me sobró el resto del mundo. Ya solo quiero esa clase de intimidad con ella.

—Es que… —le digo con tiento—. Alma ha vuelto.

—Ya, si lo sé. —Suelta las bolsas sobre la mesa que hay frente a los fogones—. Veo lo que hay, no soy ciego. Pero no termino de entenderte.

—¿Por qué?

—Joder, pues… —Se recoloca el tupé y mete una mano en la americana—. Si tan importante es Alma para ti, si su influencia sobre ti es tan enorme… ¿Por qué has pasado años sin intentar hablar con ella siquiera?

—¡Sí que lo he intentado! ¡Lo he intentado muchas veces! Al principio, sobre todo. Luego, pillé un complejo de acosador demasiado grande y paré. Más o menos… También insistí cuando me enteré de que trabajaba en la industria, pero había cambiado de número.

—Eso no me lo habías contado.

—¡Porque no había nada que contar, Eloy! ¡Fue otro puto fracaso!

Otro fracaso…

Noto cómo un espasmo me sacude los hombros y cómo la barbilla recibe la réplica. Noto la cara ardiendo y las manos frías. Noto un peso demasiado grande sobre la espalda y una vergüenza aún mayor.

—Venga, eh… —Eloy se me acerca con los brazos abiertos. Me refugio en ellos. Su aroma verde es tan intenso en el cuello que ya estoy tumbado en mi pradera preferida—. Tú mismo lo has dicho: suficiente por hoy. —Me acaricia la cabeza—. Vamos a cocinar algo rico para tu familia y esta noche, si te apetece, me cuentas más en la cama.

—Gracias —susurro contra su hombro, que beso después.

Al levantar la cabeza, nos miramos a los ojos. Veo algo en los suyos antes de que me devuelva el beso en los labios. Un beso que no logro descifrar, al igual que lo que he descubierto en su mirada. Sería un beso más de los infinitos que nos hemos dado de no haberse acompañado de este toque tan *gourmand*. Siento miel en los labios al retirarlos y me llevo la mano a la boca. Eloy carraspea y se pone en marcha, sacando cosas de las bolsas para convertirlas en verdadera comida.

Cuando llega mi padre, el primero en acudir a las convivencias, Eloy lo enamora con una crema fría a base de tomates muy típica de Málaga. «Una porra antequerana que quita el sentido» la llama él. Susana se mete dos platos, con su huevo y su jamón picaditos, entre pecho y espalda nada más soltar la maleta. Mi cuñado encuentra el vermú y me vacía las existencias. Cuando aparecen mi madre y Bazyli, tienen que compartir el último cuenco de porra y conformarse con cerveza. Luego, empieza un jaleo de reparto de camas y de quién se ducha primero y así, que yo aprovecho para esconderme en mi dormitorio y aislarme un poco, que es lo que me apetece en realidad.

Mañana, seguramente, los despertaré a todos a base de achuchones, porque son los mejores y porque es un regalo divino que hayan aparcado sus vidas para amortiguar el golpe que se ha llevado el desgraciado que suscribe, pero hoy necesito descansar. Un pelín aunque sea…

Recién metido en la cama, Eloy abre la puerta de la habitación.

—¿Estás despierto?

No respondo.

Y sigo haciéndome el dormido mientras se desnuda y me acompaña bajo las sábanas. También cuando me acaricia una mejilla. Ahí finjo un espasmo y me doy la vuelta.

No puedo parar de pensar en lo que Alma me dijo: «Siempre he creído que estaba enamorado de ti».

Y me estremezco porque, si eso es verdad, no sé cómo Eloy me sigue mirando a la cara.

52

ME AND MR. JONES

Alma
Viernes, 25 de julio 2014
Casa de la tía Adela. Avenida de Europa. Badajoz

—¿Y te crees que te lo voy a consentir? —acababa de preguntarme la tía Adela.

Bueno, o alguien parecido...

La mutación que experimentó a mis ojos aquella tarde, en el sofá del salón de su casa, fue digna de la serie preferida de Xander: Bola de Dragón. La tía Adela se transformó en Super Saiyajin en cuestión de un pestañeo. Se le pusieron hasta los pelos de punta. Su nuevo superpoder: helarme la sangre con la mirada.

Sabía que era una mujer de mal carácter, de temperamento incluso violento, pero conmigo se había portado siempre tan bien que jamás pensé que me convertiría en blanco de su ira... hasta que me interpuse en sus objetivos.

—No te entiendo —balbuceé.

—¿Que si te crees que voy a consentirte que me abandones?

—No voy a abandonarte, solo...

—Quieres marcharte a vivir lo más lejos posible.

—Pero te llamaré. Y vendré a visitarte siempre que pueda. Y tú puedes venir a verme a mí...

—No te he aguantado cuatro años enteros, con sus días y sus noches, para tener que pasar la vejez sola. ¿Me oyes? Te he cuidado estos cuatro años para que tú hagas lo mismo por mí hasta que el Señor me recoja en su seno. Y no me mires con esa cara de pasmada. No eres tonta. Tú sabías lo que esperaba de ti.

—Yo no tenía ni idea, tía.

—Eres igualita que tu padre. Os pensáis que todo el mundo es tan simplón como vosotros, que las uvas caen del cielo... Y no, madre, no. La vida no funciona así. Pero, bueno, ya tendrás tiempo de aprenderlo mientras me atiendes.

—De eso nada —me oí decir. Y una energía más potente que reactividad del radio me levantó del sofá—. Yo te debo mucho, muchísimo, pero no pienso pagarlo con mi futuro. ¡No puedes pedirme eso!

—Y encima me grita... ¡Me gritas! —Ella también se puso en pie—. ¡No te lo estoy pidiendo! ¡Yo no tengo que pedirte nada! ¡Tú lo vas a hacer y punto!

—¿O qué? —Eché un paso atrás.

La tía Adela levantó también la mano.

—O te echo ahora mismo de mi casa.

—Vale. —Me encogí de hombros.

Y me giré para recoger mis cosas del dormitorio. Y la tía Adela me enganchó de la coleta, me arrastró hasta la puerta y, entre empujones, me tiró en medio del descansillo.

—¡Y verás cuando les cuente a tus padres lo que has estado haciendo con tu amigo! —chilló antes de dar un portazo.

Me dejó en la calle con lo puesto: unas chanclas, unos *shorts*, una camiseta de Amy y el móvil del que ya no me separaba. La cartera con la documentación, mis libros, la ropa que todavía no me había llevado al pueblo... todo se quedó en el piso.

Bajé los tramos de escaleras sujetándome al pasamanos, muerta de frío aunque ya era verano.

Al salir del portal, no supe adónde dirigirme. Los comercios estaban cerrando y no tenía dinero ni para pagarme un refresco que me permitiera estar un rato en un bar, asimilando lo que había sucedido.

Empecé a caminar hacia un parque cercano, pero lo rebasé precisamente por eso: porque estaba demasiado cerca de la casa de la tía Adela. Una parte de mí quería volver, decirle cuatro cosas muy bien dichas, recomendarle un curso para el control de la ira, hacer las maletas y marcharme con la cabeza alta.

Me acaricié la coronilla, todavía dolorida por los tirones de coleta. Si volvía al piso, se formaría la de San Quintín, por eso debía alejarme.

No me paré a pensar que me dirigía al Guadiana hasta que los vi. Al río y a la proyección de Xander, apoyado en un puente, hablándome del mundo que yo ansiaba conquistar.

Desbloqueé el teléfono para llamarlo. Al tiempo, se colaron mis padres por medio, para no variar.

La tía Adela ya los había informado de que yo era una arrastrada que había perseguido a un chico por media España, que se lo había metido en su casa para acostarme con él y que pensaba fugarme a Málaga. También les dijo que ella había intentado detenerme, porque me quería mucho y no soportaba ver cómo iba directa a la deshonra más grande de la historia familiar, pero que yo le había gritado y la había insultado y empujado. Y que ahora le dolía mucho la cadera; ojalá no se la hubiera roto.

—Yo no le he tocado un pelo a la tía Adela —dije con la boca bien pegada al micro del móvil—. Ha sido ella quien me ha enganchado a mí de la coleta para sacarme del piso.

—¿Te estás oyendo? —preguntó mi madre—. Que se han enganchado de los pelos, dice.

—Alma —me dijo mi padre—, esto... esto... ¿De verdad lo hemos hecho tan mal? ¿Te hemos educado tan mal como para...?

—¡¿Por qué la creéis a ella?! —sollocé—. ¡Os estoy diciendo la verdad! ¡Yo no he hecho nada malo!

—¿Y lo del chico? —preguntó mi madre de fondo.

—Eso... tampoco es del todo como os lo ha contado.

—¿Del todo? —preguntó mi padre.

—No, si yo lo sabía —escuché a mi madre—. Te lo dije, Diego, que esta andaba con un chico. ¡Te lo dije!

—Pero eso tampoco es malo. Tengo casi veintidós años...

—¿Y qué? —dijo mi padre—. ¿Eso te da derecho para fugarte con un fulano sin decirle nada a tus padres? ¿Nos merecemos que nos trates así?

Agaché la cabeza.

—Eso digo yo —oí a mi madre—. ¿Cuántos disgustos más nos esperan de esta niña?

—Dile a mamá que no se preocupe. —Me sequé las lágrimas—. Ya no voy a volver a daros más disgustos. Os lo prometo.

Y con las mismas colgué. Y me quedé mirando al río hasta que me di cuenta de que había anochecido, de que estaba agotada y de que no tenía donde dormir. Entonces, me acordé otra vez de Xander. En qué maldita hora...

Eran pasadas las diez, de un viernes. Debí suponer que él estaría de fiesta, pero no andaba yo muy centrada en ese momento. Cuando no me respondió, me sorprendí. Y le escribí a la desesperada.

> Alma: Necesito ayuda, Xander.

> La tía Adela me ha echado de casa.

> Estoy en un puente del Guadiana, sin un puto euro, y voy a dormir aquí debajo si no te pregunto... ¿Puedes venir a buscarme?

> No te lo pediría si tuviera alguien más a quien acudir.

Cuántas vueltas le di a esa última frase. Me llegué a culpar y todo de haberla escrito. Me arrepentí de no haberle dicho que, en el fondo, solo quería estar con él. Y luego me arrepentí de haber querido decírselo.

Esa noche, la última que interactué con él hasta que nos reencontramos en Lladó, me mordí la uña del pulgar un rato largo hasta que recibí su respuesta.

Alexander: Perdona, guapa, es que estoy en el cumple de Eloy y no veas la que hay formada.

Estoy bastante pedo.

Te lo advierto por si me notas raro.

Alma: No, perdóname tú.

No quiero estropearte el cumple.

Ni que conduzcas el coche después de haber bebido, por supuesto.

Con saber que vendrás cuando puedas, me sobra.

Ya me arreglaré para pasar la noche donde sea.

Alexander: Te he pillado una habitación en un hostal que hay cerca del río.

Me copió la dirección y añadió:

Alexander: Te veré allí por la mañana.

Alma: Estoy llorando, ¿vale?

Gracias, Xander.

Muchísimas gracias.

Me has salvado la vida.

Te quiero.

De ese último mensaje también me arrepentí. Mil veces. La primera, cuando comprendí que Xander no vendría por la mañana, ni por la tarde, ni me contestaría más al teléfono, porque... ¿Por qué?

Pues, según conclusiones recientes, por amnesia etílica. Así de simple. Xander destrozó nuestro futuro por una ridícula borrachera. Y, ahora, ha reventado nuestro presente por traicionar mi confianza a la primera de cambio. Y que conste que entiendo que no lo ha hecho de mala fe, pero no me sirve para acallar la voz que me pregunta: «¿y si te falla de nuevo?», «¿y si vuelve a hacerte daño?», «¿cuántas veces más vas a tener que perdonarlo?».

¡Que era su jefa, joder, y hasta así ha seguido haciendo lo que le salía del nabo!

Maldito Alexander Ventura, primer y único amor, estrella indiscutible, combustible de mi fuego..., cuantísimo me gustaría odiarte.

53

EL VAQUILLA

Alexander
Martes, 7 de mayo de 2019
Mi torre. Sant Cugat del Vallès. Barcelona

El primer desayuno de las convivencias está siendo mucho peor de lo que esperaba. ¡Nadie me hace ni caso! Y, en teoría, habían venido todos a ayudarme con la crisis laboral, existencial y sentimental que me ha tenido en vela toda la noche. Ellos parecen ajenos a mi lastimera presencia. ¡Están tan contentos!

Bueno, algunos. Otros están un poco mustios.

Lo de Calleja lo entiendo: no habla con fluidez nuestro idioma. Lo de mi papi chulo también lo comprendo: sigue enamorado de la mujer que va a casarse con Calleja. Lo de Susanita es lo que más me inquieta. Me la llevo a la despensa, cierro la portezuela y, antes de que se nos acabe el oxígeno, le pregunto:

—¿Estás preñada?

—¿Qué? ¿Yo? ¡Pero si anoche no paré de beber vermú!

—Vale, pues entonces, ¿qué te pasa?

—¿Qué va a ser, Alex? —Resopla—. ¿Es que no lees los periódicos?

—No suelo, no.

—Pero estás al tanto de que hubo elecciones generales el mes pasado, ¿verdad?

—No voté. Todos los políticos sois iguales. No me convencéis ninguno.

—De convencer, precisamente, va la historia. No va a salir gobierno. No nos vamos a poner de acuerdo y volveremos a las urnas en noviembre. Mi candidato, además, va a tener que partirse la cara con su partido para revalidar el cargo. Estoy de trabajo hasta las orejas, Alex.

—Ah, menos mal. Si es solo una cuestión laboral, me quedo más tranquilo.

—¿Tú qué vas a hacer?

—Pues reinventarme, Susanita. —Suspiro—. Reinventarme por enésima vez.

—Te sugiero que también dejes de teñirte de negro. Cuando te pones los pantalones de campana, es fácil confundirte con el Vaquilla.

—*Él nació* —me arranco a cantar— *por amor un día, libre. Libre como el viento, libre. Como las estrellas, libre. Como el pensamiento.*

Susanita, que también se la aprendió cuando nos dio por explorar el cine quinqui, me acompaña por Los Chichos de vuelta a la cocina, donde se hace el silencio.

—¿Qué pasa? —pregunto—. ¿Estabais hablando de mí o qué?

—No, es que no esperábamos a los mellizos flamencos —dice mi padre.

—Mellizos, sí, como si nos pareciéramos en algo... —dice Susana antes de sentarse encima de su marido.

Su antigua silla la ha ocupado Eloy, bien pegadito a mi madre, con la que no para de cuchichear.

—Perdona, guapa, es que no veas la que se formó —le escucho decir al arrimarme a la mesa.

—Tendrías que haber visto a mi padre cuando me corté la melena por primera vez —le dice mi madre—. Lo del que se rapó en tu oficina no es nada en comparación.

—Ya, pero era para que entendieras lo de la forma de vestir. No puedo permitirme el mínimo desliz y, al final, ese *dress code* contagia el de las pocas horas que paso fuera de la oficina.

—Yo tengo la suerte de poder trabajar desnuda si me apetece.

Bufo. Otros hablando de trabajo, qué aburrimiento. Yo no tengo nada que aportar a esa conversación. Me voy con mi papi, que ya está jubilado.

—Los bonos son más rentables a largo plazo, pero las criptomonedas... —le está diciendo mi cuñado.

Mira, de verdad, chica, qué pereza de familia. Me voy al huerto.

Pienso en Alma de camino, supongo que por asociación de ideas sobre adónde me gustaría que me llevara. Junto a las mejoranas, marco su número.

Ella no me contesta. Ni a la llamada ni al mensajillo que le escribo. Debe de seguir enfadada. Ha pasado poco tiempo. Y estará todavía en el pueblo. Con la que hay allí liada... No voy a ser pesado. Puedo esperar.

—Lo que haga falta, Alma —le digo a la pantalla negra del móvil.

Me doy cuatro vueltas por la parcela y, cuando empiezo a sentirme ridículo, vuelvo a la casa. Nadie ha notado mi ausencia. Y menos caso me hacen todavía cuando mi madre nos reúne en el salón, con Calleja de la mano, y nos cuenta que van a casarse. Entonces, después de un silencio tenso, de unas felicitaciones bastante contenidas, de la salida de escena de mi padre, de la persecución posterior de mi madre y de una conversación medio en inglés medio en polaco de Google con el pobre chico que no está entendiendo nada, después de todo ese tinglado, Susanita propone una excursión por los alrededores.

—Joder, cómo aprieta el nuevo. —Rebufa mi cuñado monte arriba.

Allá, a lo lejos, ascienden minipapi y Eloy. Perico, Susanita y yo vamos echando el hígado bastante detrás.

—Está en buena forma —dice Susana—. Ya sabemos por qué mamá quiere volver a pisar la vicaría.

—No veo yo a Marina casándose solo porque ese sea bueno en la cama —dice mi cuñado.

—¿Por qué te crees que me casé yo contigo?

—Porque, en el fondo, todos necesitamos un hombro en el que apoyarnos cuando la vida se pone tan cuesta arriba como este sendero. —Suspiro—. Y porque si ahí arriba resulta haber unas vistas alucinantes, serán aún mejores si puedes compartirlas con alguien que te importa. Los humanos somos seres sociales, creamos vínculos con la esperanza de que perduren en el tiempo y, cuando no sucede, nos sentimos incompletos, defectuosos, perdidos. Solo el amor nos sitúa en el espacio que anhelamos ocupar, en el hogar que todos buscamos.

—Para ahí un momento. —Susana se apoya en las rodillas mientras recupera el aliento—. Tú ya tienes un hogar, Alex, siempre lo has tenido. Aunque estemos dispersos por el mapa y no nos veamos todo lo que quisiéramos, somos tu familia.

—Claro, hombre. —Perico me pasa el brazo por los hombros; mayormente, porque no puede con su alma.

Y yo tampoco puedo nada con la mía...

—Vosotros tenéis vuestras vidas, flor —le digo a mi hermana—. Y muy bien que hacéis. Soy yo el inadaptado. Siempre lo he sido. Y ahora que empezaba a sentirme en mi lugar, con mi torre, mi trabajo, mi nueva directora artística... Ahora, va a ser mucho más difícil volver a empezar.

—Pues lucha por recuperar lo que has perdido —me dice mi cuñado.

—No merece la pena —contesta ella—. En su antigua empresa no estaba desarrollando todo su potencial. Te lo he dicho mil veces, Alex: móntatelo por tu cuenta ya.

—Eso es mucha pasta, Susanita.

—Te puedo asesorar para que inviertas —me dice Perico.

—Y te podemos prestar algo. Papá y mamá también van a ayudarte si se lo pides...

—Y Eloy me puede conseguir crédito, ya lo sé. —Me revuelvo el pelo—. Si lo que menos me preocupa, en el fondo, es lo del trabajo.

—Entonces, estás así por Alma —dice Susana.

—¡Pues claro!

—¡Pues llámala!

—¡¿Y qué te crees que he hecho antes cuando me he ido?!

—¿Te has ido antes? No me he dado cuenta. —Pongo los ojos en blanco—. Vale, entiendo que no quiere hablar contigo.

—A ver, yo lo veo normal —dice Perico—. Alma se ha quedado sin empleo, en parte, por culpa de tu enemistad con el diseñador.

—No —dice Susi—, por la enemistad, el Críspulo ese le ha robado los perfumes a mi hermano. Aunque, conociendo a los tipos de su calaña, estoy segura de que habría hecho lo mismo con su mejor amigo. Esa clase de gente es capaz de cualquier cosa por un poco de reconocimiento, por su minutito de gloria. Aquí el verdadero culpable es Lladó por vender la División de Perfumería.

—Eso también lo veo normal —dice mi cuñado—. Una vez causado el mal..., hay que salvar los muebles. No están en posición de rechazar ofertas de una multinacional potente.

—Veo que estáis muy bien informados —carraspeo.

—Papá nos lo ha contado todo.

—Sí, ha sido él el que ha organizado el viaje —dice Perico.

—Hasta le ha comprado los billetes a mamá y a Juanito.

—¿Juanito? —Bizqueo.

—Oiarzabal... Como el montañero aquel... Bueno da igual, a mamá y a Bazyli.

Miro hacia la falda del monte, a mi torre, donde se han quedado nuestros padres.

—¿Qué estará pasando entre ellos ahora? Hace un rato que ya no se oyen las voces.

—Porque hemos subido mucho —dice Susana—. Estarán pegando gritos hasta que se haga de noche. Como siempre. Con la excepción de que hoy no van a follar después.

—Los padres no follan, hacen el amor —la corrijo.

—Los nuestros nunca han sabido hacer nada a derechas.

—Nos hicieron a nosotros...

—Pues eso. —Me sonríe—. Llámala otra vez, anda.

Saco el móvil del bolsillo.

—No tengo cobertura.

—A la vuelta, le escribes.

—¿Y si sigue sin contestarme?

—Ya inventarás la manera. A creativo no te gana nadie.

—Eso es verdad. —Me animo un poco—. Otra cosa no, pero de imaginación voy sobrado.

—Bueno, pero tampoco te vengas muy arriba —me dice Perico—. Se trata de hablar con ella, no de montar un espectáculo.

Tarde, ya siento en la cara el calor los focos; bajo los pies, la firmeza de los escalones que están besando mis tacones; ya escucho los aplausos y, entre el público, veo a una niña que me sonríe...

—Por casualidad, ¿no sabréis dónde puedo hacerme con un cartel de «Compro oro?»

54

TASACIÓN SIN COMPROMISO

Alexander
Jueves, 6 de junio de 2019
Calle de Ulises. Arturo Soria. Madrid

—Una caja de tiritas, por favor, que me están matando los náuti-cos, y no he hecho más que empezar —le digo a la farmacéutica.

—También tenemos *sticks* antirrozaduras y unos apósitos en gel de doble acción: calman y protegen.

—Pues ponme uno de cada. Me temo que aún me quedan unas horitas de patearme la calle arriba y abajo.

—Ya entiendo. —Me sonríe, comprensiva, y se marcha a la re-botica.

Yo me suelto los tirantes de los carteles de «Compro oro», que pesan una barbaridad, y miro hacia fuera. Todo será que, mientras estoy aquí, se me escape Alma de camino al metro.

Porque algo tiene que utilizar para moverse por Madrid, digo yo. Y coche no tiene. Pero Coro sí... Como se lo haya prestado, le retiro el saludo.

—Aquí está todo. —La farmacéutica me da una bolsita de plástico, que no voy a poder reutilizar porque es enana, y el ticket.

Alzo las cejas al leer el importe.

—¿Me lo envuelves para regalo, por favor?

—¿Disculpa?

—Mujer, con el precio que tienen los apósitos, qué menos, ¿no? —Le paso la tarjeta de crédito—. Muestras de cremas no te quedarán...

—Solo de pasta al agua para los cambios de pañal.

—Echa un par.

Todavía no he llegado al punto de escocerme por haberme orinado encima, pero no está de más ser precavido.

Con cuidado de no tropezarme con los carteles, regreso a la parada de metro de Arturo Soria. Me apoyo en uno de sus muretes y me descalzo. Alguien me lanza una mirada lastimera mientras me curo las rozaduras. Y no me extraña nada: doy bastante pena. Hoy no es un día feliz en el calendario laboral que Alma y yo compartíamos. Hoy deberíamos estar celebrando que el proyecto de los Jade está terminado y es un éxito. Hoy deberíamos estar cosechando los frutos de nuestro esfuerzo y enorgulleciéndonos de ellos. Hoy, en la realidad alternativa donde somos felices, saldríamos juntos de Lladó como emperadores del mundo de los perfumes que hemos conquistado con nuestro talento.

Pero no, hoy los Jade ya están en la calle, saqueando las carteras de los clientes para regocijo de los ladrones que les han cambiado el nombre, el aspecto y, un poquito, la esencia.

No quiero pecar de injusto. Los perfumes que han sacado esa panda de cabrones huelen bien. Mejor que bien. Puedo reconocerlo sin llorar demasiado... No soy como el fontanero que te llega a casa para una emergencia y lo primero que hace, en vez de detener la inundación, es resoplar y preguntarte quién te ha hecho esa chapuza. Ni mis fórmulas originales eran chapuceras ni el subproducto que están vendiendo ahora es mediocre.

La verdad, no sé cómo me siento acerca de eso. A veces, cuando voy por la calle y noto la presencia de mis niños, sonrío, porque brillan por sí mismos y me da igual que nadie sepa que son míos: con saberlo yo me basta. Otras, cuando mi memoria olfativa los rescata por las noches, a solas, tengo que añadir una manta a la ropa de cama porque me muero de frío. Supongo que el síndrome del nido vacío es así, pero tampoco es que esté muy preocupado en comprenderlo.

Preocupado estoy por lo de Alma, quien me sigue castigando con su silencio. Este mes no he hecho otra cosa que pensar en ella, trabajar a fuego en dorado y esperar a que moviera ficha. Cosa que no ha sucedido, de ahí que esté haciendo el mamarracho en la puerta del metro.

Antes de llegar aquí, me he repetido un millón de veces que debía respetar su espacio, su tiempo y su persona, en general; pero a la millón y una, mi agonizante paciencia ha pronunciado sus últimas palabras: «¡Inicio de la fase 2!». Y me he puesto en marcha.

Y sí, me ha costado un poquito conseguir el cartel de las narices. A las cinco de la tarde tengo que devolvérselo a su dueño. Y darle otros cincuenta euros… Ahora son las dos y media y, por lo visto, acaba de llegar un tren a la estación, porque su boca está vomitando viajeros; muchos de ellos, oficinistas con las ojeras más oscuras que las mías.

—Ay, pobre esa, va con la barbilla pegada al pecho y todo…

Ups, he debido de decirlo en voz alta, porque la chica levanta el mentón con un golpe seco de cuello y… ¡Anda!

—¡Hola, Coro! —Le saludo con la mano de la caja de tiritas; algunas se escapan y se dispersan por la acera.

También dejo atrás un zapato y, tacón puntilla-tacón puntilla, le doy alcance. Ella está muy quieta, observando con los ojos como platos mi cartel delantero.

—Joyas, brillantes, relojes, monedas. Tasación sin compromiso. —Le sonrío.

—¿Ahora trabajas de esto?

—En realidad, no. Me lo he puesto para llamar la atención de Alma.

—No está en Madrid.

—¿No? —Me entristezco—. Bueno, pues, mira… No hay mal que por bien no venga. —Me quito los carteles—. Me estaba destrozando la espalda con estos chismes. ¿Qué tal te va?

—¿A mí o a Alma?

—A ti, mujer, a ti. Aunque no sea recíproco, yo me alegro de verte. —Me alegro bastante, en realidad—. Por cierto, sentí mucho lo de tu padre.

—Gracias.

—¿Tus hermanos están bien? Y tú, ¿cómo lo llevas?

—Eh, pues... vamos tirando.

—Bueno, es que ha pasado muy poco tiempo. Además, qué te voy a contar que tú no sepas ya... —Me interrumpo porque mentarle a su madre igual no es lo más adecuado—. En fin, que nada de lo que diga va a aliviar tu pérdida, pero que me admira verte tan entera.

—Ya, sí. —Se cruza de brazos—. La procesión va por dentro.

—En eso te entiendo mejor.

Coro se fija en mis ojeras, en lo hundidas que tengo las mejillas, en los pendientes de perlas largos de mi *nonna*.

—Te lo has montado tan mal, Alexander. Pero tan tan mal. Alma... —Se muerde la lengua, sin éxito, porque prosigue—: Ella estaba loca por ti, más enamorada de lo que nunca ha estado por nadie.

—En un mes esos sentimientos no pueden desaparecer —murmuro.

—Me refiero a entonces, a todos aquellos años en los que tú ibas y venías, y ella te esperaba siempre con los brazos abiertos. Alma empezó a enamorarse de ti el primer día, en el concierto.

—No creo que eso lo dedujeras aquella noche, pitufina.

—Pero le escuché decirlo muchas veces. Y no siempre lo decía sonriendo. Le hiciste pasarlo mal. Al final, te portaste fatal, Alexander. Y ella podrá perdonártelo, pero yo...

—Me odias, vale, lo acepto. Sé que la cagué con tu amiga. Yo tampoco me lo perdono. El problema, Coro, es que sigo sin acordarme de lo que le hice.

—Eso lo empeora todo.

—¡Pues claro! Si Alma me hubiera dado explicaciones, el tema ya estaría resuelto.

—Imposible. No hay nada que pueda arreglar que la dejaras tirada en la calle literalmente. Bueno, en la calle no, en un hostal de mala muerte.

—¿En un hostal? Yo nunca he estado con Alma en un hostal.

—No, tú le pillaste una habitación en uno de Badajoz la noche que te escribió para pedirte ayuda porque la tía Adela la había echado de casa.

—¡Ahí va mi madre! —Me sujeto la frente—. ¡¿La tía Adela la echó de casa?!

—Esto es absurdo. —Coro echa a andar.

—No, no, cuéntame más, por favor. —La persigo.

—¿Para qué? ¿Para que también finjas que no os escribisteis? —Me encara—. Pues que sepas que yo vi esos mensajes. ¡Con estos ojitos! Leí cómo le decías que la recogerías en el hostal por la mañana…

—… y nunca aparecí.

—En teoría, porque te agarraste una borrachera tan grande en el cumple de Eloy que, después, no te acordaste de nada.

—¿En el cumple de Eloy? —Aprieto los párpados para centrarme en el recuerdo—. Alma y yo dejamos de hablar en 2014. Eloy cumplió veinticinco aquel año… Lo celebramos en su casa. Y desfasamos bastante. Perdí hasta el móvil. —Abro los ojos de golpe—. ¡Lo dejé en la mesita donde bebíamos chupitos de Fireball! Eloy estaba a mi derecha, sentado en la *chaise longue*. Me acuerdo porque su mano izquierda me estaba poniendo tan tonto, a base de acariciarme el muslo, que tuve que sacarme el móvil del bolsillo para ganar holgura en la bragueta. Lo dejé en la mesita de cristal, seguimos a lo nuestro, me fui al baño y al volver ya no estaba.

—Pues quien te robó el teléfono escribió después a Alma. —Coro aprieta los labios y ladea la cabeza—. Más claro, agua, vamos…

—No pudo ser él —digo de todas formas, porque me niego a creer que mi mejor amigo sea capaz de algo así—. ¿Te importa hacerme un favorcillo de nada?

—No voy a llamar a Alma.

—No, eso ya lo haré yo. Toma esto. —Le paso los carteles—. Tráelos aquí mismo a las cinco y dale cincuenta euros al muchacho. Luego te hago un Bizum. —La rebaso en dirección al metro.

—Pero yo no... ¡Si no tienes ni mi número!

—Tranqui, ya me lo dará Eloy.

55

WAKE UP ALONE

Alma
Sábado, 26 de julio de 2014
Hostal de cuyo nombre no quiero acordarme. Avenida Adolfo Díaz
Ambrona. Badajoz

Después de la peor noche de mi vida, de un montón de horas interminable lleno de llantos, arrepentimiento y soledad, salí del hostal muerta de hambre.

A Xander se le había olvidado reservar el desayuno. Y venir a buscarme...

Marqué su número. Lo marqué mil veces. Al principio, esperaba un poco entre toque y toque. A media mañana, ya enlazaba llamadas con mensajes, cada vez más desesperados.

> Alma: No puedo creerme que no estés aquí.

> Alma: ¿Te has dormido?

> Alma: ¿Te ha pasado algo con el coche?

> Alma: Contesta, por favor. Estoy preocupada.

> Alma: ¡Mis mensajes aparecen como leídos!
> ¡No entiendo nada!

Alma: Seguro que sigues de fiesta y no piensas parar ni para responder a una persona que, en teoría, te importaba.

Alma: En realidad, nunca te he importado. Me lo estás demostrando.

Alma: Espero que hayas tenido un accidente.

Espero que la próxima vez que nos veamos sea en un hospital, porque vas a necesitar ayuda médica urgente.

¡Quiero matarte, joder!

Alma: No puedo creerme que me estés haciendo esto.

Alma: Vale, no vas a venir.

Y no vas a darme ninguna explicación.

Y yo no voy a volver a dirigirte la palabra.

¡Nunca más, Xander!

Quise escribir la palabra «adiós», por despedirme de manera oficial y para siempre supongo, no sé... El caso es que no pude hacerlo. Eso sí, me juré que jamás volvería a darle otra oportunidad. Esa sería la última vez que Alexander Ventura me rompía el corazón.

Guardé con rabia el teléfono en un bolsillo trasero de los *shorts*, metí el rabo entre las piernas y me dirigí a casa de la tía Adela. Necesitaba recuperar mis cosas como fuera. Al menos, la cartera para comprarme un bocadillo y un billete de vuelta al pueblo, el lugar donde vivía la única persona que me apetecía ver en aquel momento: Coro.

No la había llamado todavía porque no quería que pensase que era una interesada. No quería que pedirle ayuda para volver al pueblo fuera lo primero que escuchase de mi boca después de la bronca que habíamos tenido. Quería presentarme frente a ella, decirle que mi vida se acababa de ir a la mierda, pero que ya lo arreglaría y que, para ello, debía empezar por hacer las paces con mi persona favorita. Luego solo le pediría un abrazo.

Jo... Lo que hubiera dado aquel mediodía por un abrazo de Coro...

Suspiré al girar en la Avenida de Europa, levanté la vista de la acera y me quedé sin aliento. Los empleados municipales estaban vaciando los contenedores que había cerca del portal de la tía Adela. Adiviné por el color —rojo chillón— que la maleta que estaban echando al camión era la mía. También vi libros sueltos, carpetas y... poco más, porque el llanto me desenfocó la vista.

Deseé correr detrás de los basureros cuando se subieron al camión, gritarles que se pararan, agitar los brazos, silbar con los dedos, pero la conmoción solo me permitió sollozar como una mocosa mientras se llevaban mis cosas al vertedero municipal.

Después de aquello, no encontré motivos para subir al piso.

Bueno, montarle una buena bronca a mi tía sí que se me pasó por la cabeza, pero estaba tan destrozada que ni me pude dar el gusto.

Puse rumbo a la estación de autobuses y le conté al taquillero mi situación para conseguir un billete a coste cero. Y cero precisamente fue lo que obtuve. Una puta mierda, vamos.

Lo volví a intentar con el conductor del último autobús de la mañana. Lo abordé en la dársena, lo perseguí hasta la cafetería de la estación y, allí, le supliqué mientras salivaba con el filete empanado que se estaba comiendo. Tampoco conseguí su ayuda. Ni la del dueño del bar.

Regresé al parquin, me senté en el suelo y rompí a llorar otra vez. Le debí tocar la fibra sensible a una señora, porque me dio un pañuelo de papel y un euro. Entonces, se me ocurrió que mendigar era la única salida que me quedaba.

A las seis de la tarde, me monté por fin en la camioneta. Mi amor propio se quedó en Badajoz una larga temporada.

Coro se asustó al verme en la puerta de su casa. Supongo que mi aspecto reflejaba mi interior, hundido en la miseria.

—Entra, anda —me dijo.

Caminé tras ella por el pasillo. Al fondo, antes del patio, se abrió el salón. Su hermano Néstor estaba jugando a la consola. También se asustó al verme. Paró la partida y me hizo un hueco en el sofá.

—No, vamos a mi habitación —le dijo Coro—. Termina tú de tender la ropa.

—¿Otra vez? Ya tendí ayer. Díselo al otro.

—¿A quién? ¿A tu hermano el que está estudiando o a tu padre el que hoy no ha podido levantarse de la cama?

—Mejor me voy, no quiero molestaros —murmuré—. Ya hablaremos en otro momento.

—No, ya tiendo yo —bufó Néstor.

Pero no emitió más queja de camino al patio. Era un buen chico. Lo es. Y un máquina de la informática. La de dinero que nos ahorra a su hermana y a mí cada vez que viene a Madrid a vernos...

Ojalá alguien me hubiera dicho entonces que Coronada y yo íbamos a superar el bache y que terminaríamos viviendo juntas y felices en un piso precioso de Arturo Soria.

Aquella tarde estaba tan asustada cuando me senté sobre su cama que me costaba hasta respirar.

—¿Has comido? —me preguntó Coro.

—No tengo hambre —mentí, porque necesitaba más hablar con ella que cualquier otra cosa.

—¿Qué ha pasado? —Cruzó los brazos bajo el pecho y se apoyó en la puerta cerrada.

—No, primero... —Palmeé el colchón a mi lado—. Ven, porfa. Necesito pedirte perdón por todo lo que te dije el último día.

—Yo tampoco me corté mucho. —Se sentó.

—Tenías razón en todo.

—Y tú. Eso es lo malo. Lo peor fue...

—... la manera de decírnoslo.

—Odio que me termines las frases.

—Yo te sigo queriendo aunque me odies.

—Eres más tonta, madre...

Eso ya me lo dijo abrazándome. Y, entonces, volví a llorar; esta vez, por suerte, en un lugar seguro.

Le conté todo a Coro. Todo. Lo de Julia, lo de la tía Adela, lo de mis padres y lo de Xander.

—A lo único que le veo solución es a lo de tus padres —me dijo cuando la cama ya estaba cubierta de un montón de pañuelos arrugados—. Se les está olvidando que, además de algún disgusto, también les das alegrías. Eres la primera graduada de la familia, y tú vas a recordárselo.

—Vale, sí, eso haré.

—Lo de Julia... Mira es que ni me voy a molestar en intentar encontrarle explicación. —Con una sacudida de mano zanjo el tema—. Lo de la tía Adela explica por qué está tan sola. Por cierto, ve pidiendo hora en la comisaría para sacarte el DNI. ¿Has cancelado ya la tarjeta de crédito?

—No, luego lo haré también.

—Después de hablar con tus padres.

Asentí con la cabeza. Coro no me estaba dando un plan, me estaba dando un salvavidas.

—¿Y lo de...?

—Ni me lo mientes —me cortó—. Ese nombre no vuelve a pronunciarse, ¿de acuerdo?

Ladeé la cabeza.

—De acuerdo, pero... ¿te importaría echar un vistazo a los mensajes? —le rogué—. Para no quedarme con la cosa de haberlo entendido mal o...

—Dame. —Estiró la mano con la palma hacia arriba y me urgió moviendo los deditos.

Coro leyó los mensajes dos veces y, después, me borró todo el chat. Aunque quise enterrarla bajo los pañuelos llenos de mocos, entendí que lo hacía por mi bien. No me iba a beneficiar en nada guardar un montón de palabras que no eran más que mentiras.

—Borra también el número —le pedí.

—Te lo sabes de memoria.

—Ya lo olvidaré.

Mi amiga me dio una palmada en el hombro antes de limpiarme la agenda de indeseables.

—Y elimínalo del Facebook —me dijo.

—Vale, otra tarea apuntada a la lista.

—Pero tus padres, lo primero.

—A ello voy. —Inspiré hondo y estiré la espalda. Solté el aire con alivio al sentir que sobre mis hombros había menos peso—. Gracias, Coro.

—Para eso estamos. —Sonrió.

Yo también sonreía al salir de su casa.

Por la calle, se me fue escurriendo la mueca, al igual que las gotas de sudor frío por el cuello. La bronca en casa iba a ser monumental, eso no me lo quitaba nadie. Ojalá después mis padres quisieran escucharme... Y lo hicieron.

Tras un rato largo de regañinas y explicaciones, ya con los ánimos templados, mis padres me dijeron que me veían incapaz de empujar a la tía Adela; que, de haber sabido que ella pretendía cobrarse el favor a costa de mi servidumbre vitalicia, jamás me habrían animado a mudarme a su casa; que sentían lo que me había pasado, que le iban a pedir que se disculpase y que, si no lo hacía, no volverían a tratar con ella. También me reconocieron que estaban orgullosos de mi grado.

—¿Cómo no vamos a estar orgullosos? —dijo mi madre sentada en la mecedora—. Pero ¿y ahora qué, Alma? ¿Ahora cómo vas a encontrar trabajo?

—En la panadería siempre hace falta gente —dijo mi padre, que le daba la espalda al mueble de la televisión.

—No seas melón, Diego. La niña no ha estudiado como una burra todos estos años para terminar haciendo panes en el pueblo.

Alcé las cejas.

—¿Y qué tiene de malo hacer panes? —preguntó mi padre.

—¡Nada! Pero no es para ella. —Me miró—. ¿A qué no?

—Bueno, a ver... —Me retorcí los dedos, en el centro del tresillo—. Si necesitáis ayuda en la panadería, yo seré la primera en ir, pero... sí que me gustaría trabajar fuera del pueblo, en lo mío a ser posible.

Y en eso quedamos: en que mi madre me entendía mejor de lo que pensaba, en que mi padre se contentaba con que les echara una mano en mi tiempo libre y en que buscaría trabajo fuera del pueblo.

Me puse a enviar currículos como una posesa el lunes siguiente, justo después de salir de la peluquería donde me despedí para siempre de mi melena roja. Ya no sería más la niña de fuego, ahora era una mujer, centrada y profesional. Me lo creí tanto que bordé mi primera entrevista laboral.

Conseguí empleo en tiempo récord, seguramente porque me pagaban una risa y los turnos eran infernales, pero, a mí, la droguería de Mérida me gustaba. Me sentía en contacto con las materias primas que había estudiado, y mis compañeras eran un encanto. Ellas me hicieron mucho más ameno lo de dedicarme a trabajar, a ahorrar y a esperar mi momento para optar a un puesto más relacionado con la química. Momento que llegó a través de un proveedor de la droguería. Este conocía a un representante de L'Oréal, que ahí donde la ves —tan asequible, tan del pueblo llano— es la empresa de cosméticos más grande del mundo.

El primer contrato que firmé con ella fue para la campaña de Navidad de ese año, 2014. Al siguiente, en la cena de empresa, me presenté al jefe del laboratorio de la fábrica de Burgos. En 2016 ya me incluían en las notas de prensa. Después, vino el contrato de Clichy, la sede de L'Oréal, donde me asignaron la filial estadounidense y mi nombre empezó a oírse al otro lado del charco.

De América me llegaron un par de ofertas tan jugosas como la tarta de queso neoyorquina, pero yo quería volver a mi país. Supongo que mis raíces se hicieron fuertes al estar lejos. Echaba mucho de menos a Coro, y a mis padres, que por fin estaban orgullosos de mí, no solo de lo que conseguía. Y yo también estaba orgullosa de la mujer en la que me estaba convirtiendo. Y quería compartirlo con ellos. Joder, si es que echaba de menos hasta mi pueblo. Allá donde iba hablaba de él, de lo bien que se vivía allí, de lo bonito que era ahora que la distancia, y la confianza en mí misma, me habían ofrecido la perspectiva correcta.

Hoy digo, con el mentón bien alzado, que soy de un pueblo pequeñito, casi olvidado en una de las carreteras secundarias de la provincia de Badajoz. Para mí, el mejor pueblo del mundo, porque en él viven personas de una calidad humana excepcional. Lo mismo abren los brazos para acoger a una nueva desempleada, que se visten de negro para acompañar a una familia en su duelo.

Ahora, en la iglesia donde estamos celebrando el funeral de Gabriel —cumplido el mes de su entierro—, todos arropamos a los tres huérfanos que ha dejado. Todos lloramos su pérdida y recordamos lo buen hombre que era. Todos sostenemos a su familia y honraremos su memoria, sacándolo en las conversaciones y manteniéndolo vivo para las generaciones venideras.

—Un día le contaré a tus hijos el pedazo de abuelo que tenían.

—Beso a Coro en la sien.

Ella esconde la cara en mi hombro. Yo aprieto el suyo. El móvil me vibra en el bolso.

—Te están llamando —me dice—. Seguro que es él.

—Seguro que sí —gruño con rabia.

Cuando Coro ha llegado esta tarde de Madrid —ya que, a diferencia de mí, sigue teniendo trabajo— y me ha contado lo del numerito de la puerta del metro..., pues la verdad es que tampoco me ha sorprendido tanto, porque Alexander Ventura es capaz de eso y más.

Lo de que ahora tengamos en casa un cartel de «Compro oro»..., pues me parece muy práctico, porque puedo usarlo como objeto contundente si me cruzo con Eloy.

Y es que lo de Eloy...

Cierro el puño contra la pierna con tal fuerza que me clavo las uñas en la palma.

Lo de Eloy me provoca una rabia tremenda.

Y también, un poco de alivio. Ahora ya me cuadra que Xander nunca llegara a leer aquellos últimos mensajes. Entendía que los hubiera olvidado por la borrachera, pero no que no se los hubiera encontrado al entrar en nuestro chat un día cualquiera; como cuando me escribió para felicitarme el cumpleaños meses después, por ejemplo. Eloy se encargó de borrar bien las huellas de su delito. Y de ganarse mi confianza cuando volvimos a encontrarnos. Hay que ser mala persona... De verdad que es para matarlo y no honrar jamás su memoria de manipulador de mierda, de mentiroso, de malparido, desgraciado, hijo de Satanás, verás cuando te pille...

—¿Qué farfullas? —me pregunta Coro.

—Nada, madre. Nada. —La estrecho con fuerza y miro al párroco.

—... que el Señor le perdone sus pecados y le lleve a la vida eterna.

—Amén —coreo.

—*Señor, ten piedad* —canta el cura.

Y yo asiento con la cabeza. Que tenga piedad con Eloy ese señor o el que sea, que le perdone él sus pecados, que ya me encargaré yo de llevarlo a la vida eterna de la patada en el culo que se merece.

56

EL HOGAR DE LOS COLORES

Alexander
Sábado, 5 de julio de 2008
Ciudad del Rock. Arganda del Rey. Madrid

Eloy huele a Málaga: salitre marino, azúcar de tortas locas y cera de cirio, blanca como una biznaga. Me gusta Málaga. Me gusta Eloy. Me gusta la mezcla de ambos. Estar con él es como estar de vacaciones: sin horarios, sin obligaciones, pura diversión. Todo lo contrario que Inglaterra, adonde no pienso volver por mucho que se empeñe mi madre. Ya tuve suficiente con aquel año en Londres, esquivando a los fotógrafos que nos perseguían a todas partes, y con los sucesivos de internado en internado, y de país en país, echando de menos tener a alguien, aunque fuera para acosarme. Lo único bueno de estos últimos años ha sido la mudanza de mi padre a España. Visitarlo a menudo me ha permitido apreciar este bendito país: el más acogedor que he conocido nunca y en el que vivo desde hace un año. Aquí está todo lo que necesito para ser feliz. ¡Hasta he hecho un amigo de verdad! Porque mi vecino Eloy es mi amigo y siempre lo será. Lo sé. Lo siento. Somos dos almas gemelas separadas al nacer. Sus padres también están divorciados, pero él no tiene una hermana con la que ponerlos a parir, así que se desahoga conmigo. Y yo con él. Nos entendemos tan guay que hasta me ha contado que le gusta la copla sin temer una reacción negativa por mi parte. También me ha contado que es bisexual y me ha agradecido que no le soltara lo de siempre: «a ti lo que te pasa es que estás sin definir». He sufrido en mis propias carnes que la gente piense que estoy en un puente que solo tiene dos direcciones: una rosa y otra azul. Cuando uno es lavanda, ese puente es el destino, no una parada intermedia. Yo sé que mis gustos fluyen al margen de los géneros desde que le robé la primera sonrisa al idiota de Bastien y el primer beso, a la traviesa Holly. Eloy lo ha tenido igual de claro siempre. Y también me gusta compartir eso con él, sin obligaciones, por pura diversión. Además, me ha organizado un cumpleaños épico en Madrid. ¿Cómo no voy a adorarlo? Anoche estuvimos de fiesta en una mansión de la Moraleja de unos amigos suyos y hoy nos hemos venido unos cuantos al Festival Rock in Rio. Volver a escuchar a la Winehouse en directo me ha confirmado que la magia existe. Joder, todavía noto el *Back to Black* en los huesos. Me ha impactado tanto como a la chica de pelo rojo que tengo delante. Su aura sanguínea no para de arder, carameliza sus notas dulces, resalta su picante. Pimienta rosa. Grosella. Y... ¿de dónde sale ese aroma a hogar?

57

POR QUÉ NUNCA SERÉ UN LOBO

Alexander
Jueves, 6 de junio de 2019
Estación de Sants. Plaça dels Països Catalans. Barcelona

En el trayecto de Madrid a Barcelona llamo varias veces a Alma; a Eloy, ni una sola: ya le diré lo que debo en persona. Y voy a hacerlo ahora mismito, en cuanto saque a la tartana del parquin, conduzca hasta las oficinas de su banco y suba a la sexta planta. Allí Eloy me va a oír. ¡Me van a oír en Mongolia!

Vale, ya estoy aquí. En la puerta del despacho de Eloy, no en Mongolia. Su asistente se ha creído que vengo a recogerlo, como tantas otras veces. Verás cuando me vea salir con él en una bolsa para cadáveres…

—Cuelga el teléfono —le ordeno al entrar.

Cierro la puerta con energía y me cruzo de brazos. Eloy me levanta un dedo.

—¡Ni un segundo ni medio! ¡Cuelga!

Se disculpa con quien habla antes de soltar el iPhone sobre el escritorio de cristal y suspirar con cansancio.

—¿Qué te pasa ahora?

—El tema que nos incumbe no es de ahora. —Avanzo despacio hacia la derecha, donde está su mesa, su MacBook Pro y su cara de no haber roto un plato en la vida.

No logro percibir a su alrededor notas oscuras, ni claras, ni fosforitas… Nada. Estoy tan dolido que he perdido el olfato.

—Estoy superliado, Alex.

—Tranqui, solo te voy a robar unos minutitos de nada. No como tú, que nos has robado años enteros.

—¿Yo? ¿A quién? —Sus cejas casi le acarician el tupé.

Me gustaría mucho agarrarle de las solapas del traje y zarandearlo hasta que confesara, pero me limito a quedarme de pie frente a su mesa, sin rastro de humor en mi gesto.

—Saca el móvil, llama a Alma y... No, espera —me interrumpo—. Saca el móvil y mándame el número de Coro primero.

—No creo que a ella le haga gracia que te lo dé.

—Menos gracia le va a hacer que no le envíe los cincuenta euros que le debo.

—¿Por qué le debes...?

—No, cariño, las preguntas voy a hacerlas yo, que tengo unas cuantas. Tú, por tu bien, limítate a contestar o a obedecer.

—No estamos en la cama, Alex. No pienso acatar tus caprichos sin rechistar.

—Nunca más volveremos a compartir cama. Ni para follar ni para dormir ni para nada.

—¡¿Pero yo qué te he hecho?!

—El número de Coro primero.

—Joder, de verdad, menudo aguante tengo... —farfulla mientras desbloquea el móvil.

Yo aprieto las muelas para tragarme la retahíla de insultos que me asciende por la garganta. Pese a todo, quiero a este hombre, me importa, lo respeto. Aunque solo sea por el pasado feliz que hemos compartido, voy a tragarme la bilis.

—Ya está —me dice al tiempo que suena mi móvil.

Le hago un Bizum a Coro con el concepto «No te lo gastes en setas» y busco el contacto de Alma.

—Ahora voy a llamar yo a Alma, la saludaré, le preguntaré si le importa que ponga el manos libres y tú nos explicarás por qué nos traicionaste en tu vigésimo quinto cumpleaños.

—No me acuerdo de lo que cené anoche, como para recordar lo que pasó aquel día.

—Nosotros te ayudaremos, no te preocupes. —Suenan los primeros tonos. Y otros pocos más. Y me salta el buzón de voz—. Hola, soy yo. Necesito hablar contigo con urgencia. Devuélveme la llamada lo antes posible, por favor. Un beso. Hasta luego. —Cuelgo.

—Debe de estar en el funeral del padre de Coro.

—¿El funeral? ¡Pero si murió el mes pasado!

—Sí, hoy hace un mes que lo enterraron.

—Joder... —Y yo pidiéndole a Coro que llevara los carteles al tipo que me los alquiló.

—Cómo pasa el tiempo, ¿verdad? —Eloy interpreta mal mi queja y sigue a su rollo—. Pues verás a partir del mes que viene... Dicen que cuando cumples los treinta, los años no corren, vuelan.

—Igual no llegas a cumplirlos...

—¿Qué pasa, Alex? —Se inclina sobre la mesa y estira una mano. Paso de agarrársela. Ni le sostengo la mirada. No puedo bajar la guardia o me echaré a llorar por haber perdido al único amigo que he tenido.

—Pasa que no te conozco, Eloy. Que, después de todos estos años, me he dado cuenta de que no sabía qué tipo de persona eras en realidad. Y ahora que lo he descubierto, no me gusta. No me gusta nada. Pasa que estoy tan resentido contigo que no sé cómo voy a superarlo. Pasa que me debes una explicación, por lo menos. Y otra a Alma. Y no voy a marcharme sin conseguirlas.

—¿Qué es lo que te ha dicho? —murmura.

—Ella, nada. Me lo ha contado Coro. Leyó los mensajes que le mandaste a Alma con mi teléfono, el que me robaste y luego utilizaste... ¿para qué, Eloy? ¿Por qué quisiste separarnos?

—Porque estaba celoso —reconoce.

—Gracias por contestar a la primera. —Suelto el aire despacio—. Te agradezco de corazón que no hagas nuestra última conversación más difícil.

—¿Nuestra última conversación? —Frunce el ceño—. No puedes apartarme de tu vida ahora por algo que pasó hace tanto tiempo.

—Sí que puedo. Y lo voy a hacer. De ti dependerá si será para siempre o un pequeño cese de nuestra convivencia. —Inspiro hondo antes de preguntar—: ¿Estás enamorado de mí?

Eloy se sonroja. Y me emociona cuando se pone así de tierno. Me dan ganas de acariciarle la mano que todavía tiene estirada. Trenzo los dedos sobre el regazo para evitar la tentación.

—Cuando lo de Alma, tal vez un poco sí.

—Te he preguntado en presente, Eloy.

—No sé... Yo creo que no. Quiero decir... Estoy casi seguro de que no. Aunque, a veces... No muchas veces, solo algunas veces...

—Vale —le corto.

Su respuesta es afirmativa, ambos somos conscientes. No es necesario que pase el mal trago de pronunciar un sí que le va a atormentar demasiado tiempo.

—¿Te he dado signos de corresponderte? ¿Mi comportamiento ha provocado que hayas llegado a pensar que yo estoy enamorado de ti?

—No, eso nunca ha sucedido —murmura antes de retirar la mano.

—Pues lo siento. Siento profundamente no haber desarrollado esa clase de sentimientos hacia ti, porque mereces que te quieran bonito. —Eloy balancea la cabeza—. Ya, bueno, aparte de lo hijoputa que puedes ser cuando te lo propones. Y que conste que no te estoy insultando, sino describiendo.

—Es que... —Suspira y se frota la boca—. Me dio por ahí...

—Te dio por ahí... Pues ya podría haberte dado por pellizcarte los huevos, por ejemplo.

—No, lo que quiero decir es que lo hice sin pensar. Estábamos en mi cumpleaños, yo era el centro de atención por una vez, tú ibas guapísimo aquella noche, respondías a mis caricias y...

—... Alma me pidió ayuda y tú supiste que lo habría dejado todo por ella.

—Exacto.

—Entonces, se te encendió una bombilla que podemos llamar «voy a jugar a suplantar la identidad de mi mejor amigo para separarlo de la mujer a la que ama».

—Algo así...

—Ya. —Chasco la lengua contra el paladar—. Lo malo que no solo lo hiciste esa noche, en la que por lo menos tuviste la decencia de pagarle un hostal a Alma. Lo malo es que mi móvil nunca apareció. Me compré otro con el mismo número y no me enteré de nada hasta meses después, cuando fui a felicitarle el cumpleaños y ella no me respondió ni a los mensajes ni a las llamadas. ¿Te acuerdas de que te conté que hasta me había eliminado de Facebook? ¿Y que te dije que me temía que se hubiera puesto a hacer limpieza en sus agendas y que me hubiera borrado de ellas porque ya nunca hablábamos? ¿Te acuerdas de que tú añadiste que también podía ser por aquel tipo de su universidad; que, si se habían seguido enrollando y había ido la cosa a más, te parecía normal que me hubiese cancelado para evitar recaídas conmigo? ¿Y que yo te contesté que ojalá fuera por eso y no por haberme comportado como un subnormal demasiado ocupado como para dedicarle el tiempo que se merecía? Tú me diste la razón en lo de que era un subnormal, sobre todo, por darle demasiadas vueltas al asunto. Tuviste tanta sangre fría, Eloy, que hasta zanjaste el tema con un «seguro que vuelve a llamarte cuando menos te lo esperes».

—¡¿Y qué querías que hiciera?! ¡Ya no podía recular!

—No, claro que no, y, además, te habías salido con la tuya. Alma y yo no volvimos a hablar. A ti sí te comí la oreja aquel otoño con el tema. ¿Cuántas veces me escuchaste decir que la echaba de menos, que había sido un idiota por descuidarla, que tenía que haberle dicho más a menudo que, aunque lejos, seguía ahí? ¿Cuántas veces me estrechaste entre tus brazos y me prometiste que encontraría a otra persona? ¿Eras tú a quien te referías?

—Supongo que sí.

—Joder. —Me tapo la cara—. ¡Joder! —Ahogo el grito contra las palmas de las manos.

—Lo peor es que, cuando me seguiste hasta aquí y volvimos a acostarnos, me convencí de que había hecho bien. En el amor y en la guerra vale todo, ¿no?

—No —farfullo. Me descubro la cara y vuelvo a negar—: ¡No, no y no! ¡No vale todo! ¡Por supuesto que no! Igual en tu mundillo laboral, que está lleno de lobos, sirve lo de ir pisando cabezas para escalar la pirámide de mierda que sostenéis con vuestro esfuerzo, pero en mi mundo no vale todo, Eloy.

—En el fondo, creo que sabía que no ibas a perdonármelo nunca.

—Y por eso te has esforzado tanto en ocultarlo, ¿no? Por eso te pegaste al culo de Alma en cuanto asomó por Lladó. Con ella en tu bando era más fácil controlar que la información no se filtrara. ¿Le diste tú la idea de no sacar jamás el tema conmigo?

—No, eso fue cosa suya. Yo, en esta etapa, he intentado mediar entre vosotros. Me entraron unos remordimientos de conciencia tremendos cuando Alma casi se me echó a llorar la noche que se quedó a dormir en casa. Después de tantos años, me pareció increíble que todavía le removiera tanto... —Me mira a los ojos y sonríe un poco—. Pero se trata de ti, es normal, a ti es imposible olvidarte.

—Pues nosotros vamos a tener que hacer el esfuerzo, Eloy, porque hoy por hoy no tengo la capacidad de perdonarte.

—Venga, ha pasado demasiado tiempo. No puedes castigarme ahora por aquello. —Ladea la cabeza.

—El castigo es para mí, Eloy, que acabo de perder a mi único amigo y no sé si voy a poder recuperarlo.

Me tiembla la barbilla al desbloquear el móvil. Inspiro hondo, vuelvo a llamar a Alma y me llevo el teléfono a la oreja.

—Hola, dime.

—Hola. —Sonrío. Eloy me mira, tuerce la boca, y baja los hombros—. Me gustaría hablar contigo si tienes un momento. No es sobre trabajo.

—No, eso ya no nos une.

—Y bien que me pesa.

—Me ha contado Coro lo del metro... ¿Un cartel de «Compro oro», Xander?

—Yo qué sé, chica. Se me ocurrió en plena montaña, me faltaría oxígeno o algo...

—Nunca has andado muy sobrado de riego cerebral.

—Si quieres tocarme los huevos, yo feliz, pero primero me gustaría resolver un asunto que me trae un poquito por la calle de la amargura.

—Coro me ha dicho que nunca había visto a nadie tan hundido. Y perdió a su padre hace un mes...

—Yo te perdí por esto, ¿cómo quieres que esté? —Eloy carraspea con los ojos enrojecidos—. Tengo aquí a alguien que puede contarte lo que ocurrió, por si a mí no me crees. —Le apremio a saludar al conectar el manos libres.

—Hola, Alma —dice Eloy.

—Vete a la mierda, desgraciado.

—Vale, ya está, me cree. —Desconecto el altavoz—. Solo quería eso, Alma, que los dos estuviéramos convencidos de qué fue lo que ocurrió.

—Dile a Eloy que más le vale que no me lo eche a la cara.

Lo miro.

—Sí, le diré que mejor que no te llame en una temporada.

—¡Que no me llame en su puta vida!

Agito la mano.

—Una temporada larguita...

Eloy niega con la cabeza. Yo me encojo de hombros: es lo que hay, majo.

—Y hasta aquí. —Alma suspira—. Ya no tengo nada más que hablar contigo, Xander.

Me pongo en pie de un brinco.

—¿Y eso por qué?

—Porque... —duda—. Porque sigo enfadada por lo de Lladó.

Me acerco a la planta que hay en un rincón.

—Ya, ahí no estuve fino. Y me vuelvo a disculpar por ello. Y a reiterar en lo de que lo que más siento de todo es que te hayas quedado sin curro.

—Me han ofrecido un puesto en Nueva York.

—¡¿Vas a aceptarlo?! —siseo.

—No, lo he cambiado por una indemnización desorbitada.

—¡Olé tú!

—Eh..., gracias. Pero eso no quita que...

—Que sí, que sí. Que debí haberte informado. En eso llevas toda la razón. De ahí a que sea el motivo por el que ya no quieras hablar más conmigo, pues...

—Sí que quiero. Claro que quiero. Lo quiero desde aquí dentro, desde las putas tripas... —dice entre dientes—. Y son once años ya, Xander... Con la tontería, llevamos once años de idas y venidas. De fuego, ilusión, emociones fuertes, sexo increíble... y miedos, dudas, malentendidos y descontrol. Contigo todo es demasiado intenso. Es genial y aterrador a partes iguales. En unos pocos meses, has pasado de ser «el innombrable» a convertirte en el centro de mis conversaciones. Privadas y laborales. Hasta de las mentales, que no he parado de mantener conmigo misma. Día tras día y noche tras noche, Xander. Lo has ocupado todo. ¡Todo! Y yo... Yo necesito un poco de espacio. Necesito recuperar el control. Ordenar lo que ha sucedido entre nosotros en mis listas interminables y sacar alguna conclusión razonable en la que basar mis decisiones. A estas alturas de mi vida, ya no me sirve actuar movida solo por mi instinto o mis deseos.

—Lo entiendo. —Acaricio una hoja de la planta—. Me rompe un poco el corazón que necesites alejarte de mí, pero te entiendo.

La línea se llena con una mezcla de suspiro y rebuzno que me recuerda a antaño.

—Que seas tan jodidamente comprensivo me desarma entera —gruñe—. ¿Lo ves? ¿Ves cómo soy incapaz de...?

—¡Chsss, chsss! Para ahí. Tú eres capaz de todo. Punto pelota.

—Dios, te odio, en serio —susurra.

Y yo me sujeto el pecho, donde hay tanta ternura y cariño como en su «te odio».

—A mí me sirve —le digo—. Prefiero que me odies a que me olvides.

—Pues a mí me encantaría sacarte un poquito de mi cabeza. Tomarme unas vacaciones de ti. Un veranito a mi aire. No sé si te suena el concepto...

—Me suena, me suena. —Tuerzo la boca—. Pero igual un verano entero es demasiado, ¿no te parece?

—Ahora mismo…, no lo sé, Xander. Y en un futuro…, ya lo descubriremos.

58

EL DORADO

Alexander
Jueves, 25 de julio de 2019
Mi torre. Sant Cugat del Vallès. Barcelona

—Hoy Eloy cumple treinta años. —Arranco una espiga de lavanda del huerto aromático y me la llevo a la narizota. No aprecio más que unas profundas notas de melancolía—. También es el aniversario de su traición. ¡El quinto aniversario! El tiempo no perdona, la vida es demasiado corta. Y yo estoy aquí, clavado, herido, ahogado en un bar donde se ha terminado la bebida, la música ya se ha parado y las luces blancas chillonas son mi única compañía. Estoy solo, más que solo. Sin trabajo, sin amigos, sin Alma... ¿Qué me espera a mí en un futuro así?

—Pues, visto cómo pega el sol esta mañana, te espera una quemadura de tercer grado en el ciruelo como no te tapes pronto —dice Luisito.

—Total, para lo que lo uso... —Suspiro.

—Hazte Tinder —me dice por enésima vez—. Yo me estoy hinchando a follar.

—No lo entiendes, querido. —Le acaricio uno de sus hercúleos hombros con la espiga—. Tu testosterona juvenil te impide comprender que la monogamia es una opción muy válida. La única que me sirve desde que Alma volvió a aparecer. Pero...

—Bajo el brazo y dejo que la espiga regrese a la tierra—. *Ya no puedo sentirla a mi lado, ni su cuerpo ya podré tocar. Ella ya no está. Ella ya no está.*

—La mare del tano... ¿Qué mierda cantas ahora? —Luisito se tapa las orejas. No sabe apreciar el arte de Camela, ni el mío.

Yo canto más fuerte:

—*Siempre que me acuerdo yo de ella, mis ojos se empiezan a inundar de lágrimas de amor. De lágrimas de amor.* —Espero dos compases—. *Sueño contigo, ¿qué me has dado? Sin tu cariño no me habría enamorado. Sueño contigo, ¿qué me has dado? Si es que te quiero y tú me estás olvidando.* —Me sujeto las mejillas—. ¿Me estará olvidando? ¿Lo habrá conseguido ya? Voy a llamarla otra vez para preguntárselo...

Me dirijo a la casa, donde tengo el móvil. Encima no llevo nada. Nada de nada.

—No te va a contestar —escucho decir a Luisito a mi espalda.

Ojalá haber cenado alubias para lanzarle un torpedo olfativo letal.

¡Ya sé que no me va a responder! Pero... ¿y si lo hace?

Esperanza, ya sabes lo que opino de ti.

Vale, pues no, no me ha contestado. Tampoco me responde a los mensajes ni a los *e-mails* y ni me acepta en redes ni nada de nada. Se ha tomado muy en serio lo de las vacaciones de mí. ¡Demasiado en serio! Me ha cancelado, me ha extirpado de su vida, me ha amputado como a una parte prescindible o cancerosa. De perfumista fantasma he pasado a miembro fantasma. Me muevo, sí, a ratos, pero por simple reflejo nervioso, porque soy un polvorilla, no porque tenga motivos reales para levantarme de la cama. Solo hay una cosita que...

Al pensar en ella, mis pies se dirigen al estudio. Ya no veo el cielo a través de los cristales del tejado, porque en pleno verano es mejor echar el toldo, no porque la melancolía me ciegue ni nada.

A ver, estoy jodido, ¿vale? Pero de la vista estoy estupendamente.

Puedo observar, sin esforzarme ni un poquito, el nuevo tablón; uno con trece carteles y un nombre: «El Dorado».

En esta pizarra está colgado el corazón de un proyecto inspirado en una experiencia olfativa sin igual con Alma y conceptualizado a partir de la figura de un rey que se cubría el cuerpo de polvo de oro antes de realizar una ofrenda sagrada. La búsqueda de ese rey y de su ciudad legendaria cambiaron el rumbo de miles de vidas durante casi tres siglos. Atemporalidad, divinidad, oro. El exceso que te consientes cuando gobiernas tus días, cuando quieres dar brillo a tus noches. El aroma de una estrella: un puntito que destaca en una formidable oscuridad.

El Dorado está destinado a ser el rey Midas de la División de Perfumería de cualquier casa, si es que algún día encuentro una en la que volver a confiar.

Todavía tengo lo de Lladó muy reciente. Todavía siento ansiedad al pensar en separarme de mis hijos. Me paraliza la idea de que caigan en malas manos otra vez, de que no me los sepan cuidar... Así que me toca esperar a que se me pase o plantearme lo de montármelo por mi cuenta. De momento, va ganando la primera opción. No sé..., algo me dice que 2020 será un gran año.

—Va a ser inolvidable, ya verás —me animo a mí mismo a falta de amigos—. Puto Eloy.

Otra vez tengo ganas de mandarle un mensaje. Es su cumple. No felicitarle me provoca remordimientos. Pero ¿y qué hago? ¿Aquí no ha pasado nada, vuelve a pisarme el corazón cuando te dé la gana, hermano? No tengo la autoestima tan baja. Bajo tengo el ánimo, porque, pese a todo, lo echo mucho de menos. De ahí a hacer borrón y cuenta nueva, va demasiado trecho. ¡No soy un cíborg, joder! No puedo resetearme y empezar de cero como si nada. En esto también toca esperar.

Y con Alma... Ay, mi Alma. Con ella no puedo esperar y, por eso, le sigo enviando mensajes, día sí, día no.

La falta de respuestas me desespera tanto que, en agosto, me da por viajar a Málaga para que mi papi me abrace un poquito y casi no lo cuento. A punto estoy de morir dos veces asfixiado: por una riada de gente en la feria y por los recuerdos de un pasado donde Alma se cruzaba en autobús España entera solo por estar conmigo durante un fin de semana.

A la vuelta a mi torre, lo que me está ahogando es la angustia. La siento así, que me aprieta la garganta cuando pienso que ahora todo podría ser distinto. Mejor. Con Alma.

El 14 de septiembre vuelvo a escribirle, esta vez de manera justificada.

Alexander: Felices veintisiete, niña de fuego.

No te mueras este año, porfa.

Ya eres eterna. Y me darías el disgusto de mi vida. ¿Qué hago yo en este mundo sin ti?

Me he repetido mucho esa pregunta este verano.

También me he acordado de tus padres muchísimo, sobre todo cuando los mentaba porque estabas cumpliendo con tus vacaciones de mí.

Gracias a ellas te he entendido un poco mejor. Y te pido disculpas por aquellos años en los que «de tanto querer ser en todo el primero, me olvidé de vivir los detalles pequeños». Una llamada, aunque sea corta, un mensaje, un te quiero, porque sí, aunque sea a destiempo... Esa clase de detalles fueron los que me faltaron entonces. Como habrás podido comprobar, he tratado de compensarlo durante estos meses. Si se me ha ido la mano, lo siento. En lo que respecta a ti, me cuesta mucho medir la intensidad.

De todo, Alma. De todo.

Pero, bueno, ya te dejo en paz, o eso espero, porque mi intención era solo felicitarte el cumpleaños y, al final, voy a terminar confesando que te echo de menos más de lo soportable y... que te quiero, Alma.

Te quiero, niña de fuego.

Me quedo mirando la pantalla del móvil y suspiro. Después, releo el mensaje y paso un rato de apuro.

Igual no debería haber metido la estrofa de Julito, ¿no?

Pero, ay, chica, quería decirle entre líneas que también había conseguido entender su reacción cuando sonó la canción en la tartana, y ella la apagó a manotazos y me acusó de estar haciendo teatro. ¿Habrá entendido Alma lo que pretendía transmitirle?

Mira, de verdad, odio los mensajes. Se pierden muchos matices... ¿Y si lo elimino y lo reescribo para...? ¡Anda! Es ella la que está escribiendo...

Alma: Gracias.

Y ya está. Se ha desconectado.

—Te quiero. Gracias. —Parpadeo.

Alexander: Las que tú tienes, guapa.

Mientras busco el emoji del payaso, ella vuelve a conectarse. Me pongo nervioso y le envío una berenjena. Todo estupendo.

Alexander: Se me ha escapado, perdona.

Ahora está grabando un audio. ¿Por qué no me llama? No me gustan los mensajes de voz, soy un viejo encerrado en un cuerpo de escándalo que se siente ridículo al grabarse en una conversación diferida.

Ay, ya me ha llegado. A ver qué dice... Joder, se está riendo. Me desmayo.

—Me he tenido que esconder en la cocina de mis padres por el ataque de risa que me ha entrado con la berenjena, ¿vale? —Inspira hondo—. Perdona que haya sido un poco seca al contestar, estaba a la mesa. De verdad te agradezco que me hayas felicitado, que te disculpes y que seas sincero acerca de tus sentimientos. Los míos siguen... Bueno, digamos que siguen, y ya está. No he podido permitirme más que eso. Me he enfocado a tope en lo laboral y me enorgullece poder contarte que voy a volver a L'Oréal, a la planta de Alcalá de Henares. Es un paso atrás en cuanto a la dirección artística, pero la otra opción era trabajar fuera de España, así que mejor me quedo aquí, que me dejan jugar con las pipetas. Además de que pagan muy bien. No necesito más por ahora. —Se escucha una voz de fondo y de nuevo a ella—: Me llaman, Xander. Espero que este audio cumpla su función, que no es otra que transmitirte que valoro tu mensaje, aunque no pueda corresponderte de otro modo en este momento. —Un suspiro—. Ya está dicho. —Un silencio—. Mierda, vuelvo a no saber cómo despedirme de ti... Te odio, Alexander Ventura. Te odio más de lo soportable.

Y ya está. Me mata con esas dos últimas balas grabadas con mi nombre y mi apellido y se queda tan tranquila. ¿Se cree que soy un gato? ¡No tengo tantas vidas, joder! Cualquier día acabará con la última.

Muy probablemente ya lo haya hecho.

Por si acaso, la muy bruja me asegura la tumba con un sepulcral silencio que solo rompe cuando ya estoy hasta el orto de turrones.

> **Alma:** ¡Feliz 2020! Mis mejores deseos para este año que comienza. Con afecto, Alma Trinidad.

> **Alexander:** ¡¿Me has mandado una felicitación corporativa?!

La indignación se me pasa un poco cuando veo que se está apresurando en contestarme.

Alma: Perdona. Sigues en mi agenda del trabajo. Ahora te borro.

Alexander: No te precipites. Estoy a punto de rematar algo grande. Atemporal. Legendario.

Y estoy contemplando la posibilidad de comercializarlo por mi cuenta.

Me vendría genial contar con alguien como tú, con tus amplios conocimientos de la industria, para que me echara una mano.

Alma: No termino de entenderte. ¿Me estás ofreciendo empleo o pidiendo ayuda?

Alexander: Lo que mejor te venga.

Alma: Empleo ya tengo. Podría escuchar tu oferta, pero te adelanto que, para estudiarla, debería ser muy muy atractiva.

En cuanto a la ayuda... Bueno, supongo que a un amigo sí podría echarle una mano con su nuevo negocio.

Alexander: ¿Me has llamado «amigo»?

Te lo pregunto sujetándome el pecho.

Alma: Eres idiota.

Alexander: Tu amigo, el idiota.

Alma: Ese mismo.

Alexander: ¿Y cuándo vienes a visitar a tu amigo, el idiota, para que te cuente a fondo lo del negocio?

Alma: Tengo la agenda cerrada hasta marzo.

Alexander: Joder con la ministra... ¿Ni un fin de semana suelto te queda?

Alma: No, nada.

Alexander: Venga, vale, pues apúntame para marzo.

Alma: Segunda quincena. A finales...

Alexander: Sí, no vaya a ser que no me quede claro que soy la última mierda del mes. La cita incómoda que dejas para última hora y que, si la tienes que cancelar, pues, ay, chica, es que ya se me ha hecho tarde, ¿no?

Alma: Te imagino haciendo aspavientos.

Alexander: Yo a ti, removiendo el caldero en el que hierven tus pócimas de bruja.

Alma: ¿Te anoto en la última semana de marzo o no?

Alexander: Si es la semana entera en mi torre, vale.

Alma: Cinco días. El fin de semana me gustaría pasarlo en la costa. Me debes una comida en Cadaqués.

Alexander: Imprime esa última frase en una camiseta, por favor, y póntela para la cita.

Alma: Cita de amigos.

Alexander: Nosotros no sabemos ser solo eso.

Alma: Yo aprendo deprisa.

Alexander: Pero nunca olvidas. Y tu cuerpo, menos.

Alma: Que folláramos, llegado el caso, no tendría que suponer que fuéramos algo más que amigos. Tú lo has hecho con Eloy durante años y os ha funcionado.

Alexander: Estupendamente. Nos ha funcionado a las mil maravillas. Tanto que llevamos meses sin hablarnos. Y yo no soy él, Alma. Yo no podría estar contigo, dentro de ti, y no decirte a viva voz o en un gemido lo mucho que significas para mí.

Alma: Vale, pues nada de sexo.

Alexander: Tampoco seamos radicales. Existe una tercera vía en la que tú me tapas la boca y me vendas los ojos para que no te lance miraditas intensas.

Alma: Esa vía no me convence. Lo que más me ha gustado siempre del sexo contigo ha sido lo de las miraditas.

Nadie me ha mirado como tú jamás, Xander.

Mierda... Creo que no es buena idea lo de marzo.

Alexander: Ah, se siente. Ya me has apuntado en la agenda. Aquí ha quedado escrito, por lo menos. Creo que no tendré problemas para demostrarlo en ningún tribunal.

Alma: Vamos hablando.

Alexander: ¿De verdad? ¿Me vas a responder ya al teléfono?

Alma: Si te comprometes a no cantarme, ni a susurrarme, ni a poner esa voz grave que...

Mejor te llamo yo cuando tenga un rato.

Alexander: Como quieras. Yo voy a estar esperando. Siempre.

Alma: Lo sé.

Te estás encargando bien de demostrarlo.

Mejor que bien, Xander.

Alexander: ¡Toma!

Alma: Abstente de mandarme berenjenas, por favor.

Alexander: Sí, descuida.

Le mando un plátano.

Su emoji llorando de risa me llena el pecho de lo único que he buscado toda la vida: sentirme en casa.

¡Y ella va a venir a la mía en marzo! ¡Una semana entera! ¡Con comida en Cadaqués —ojalá, por favor— incluida!

Ya solo falta esperar un poco más, un poquito de nada, y por fin llegará mi anhelada primavera.

59

AVISO DE LAS AUTORIDADES SANITARIAS

Miércoles, 11 de marzo de 2020
Sede de la OMS. Ginebra. Suiza

Un nuevo coronavirus conocido como SARS-CoV-2 ha infectado a un chino que comía murciélagos y ahora se está propagando de forma global. Apunta estos términos: pandemia, COVID, estado de alarma, confinamiento, actividad no esencial, teletrabajo, gel hidroalcohólico, mascarilla quirúrgica, FFP2, filtros EPA, PCR, frenar la curva... porque te vas a hartar de oírlos.

Esto no es un simulacro ni un experimento de control de población, es el puto fin del mundo tal y como lo conocías.

Compra papel higiénico como si no hubiera un mañana, que es muy posible que así sea, y ponte a hacer pan y bizcochos y bollos, porque, total, todos habremos muerto antes de que tengas que cambiar de talla.

Acepta que ya solo puedes ver a la gente a través de una pantalla. Si vives solo, estarás más expuesto a crearte una cuenta de TikTok y quedar en ridículo para los siglos en el mundo digital. Háztelo mirar con un psicólogo *online* si te descubres practicando malabares con el papel higiénico.

Y tú en concreto, Alexander Ventura, olvídate de tu cita con Alma, porque vamos a estar metidos en casa, por lo menos, otros quince días.

60

AQUÍ, SOBREVIVIENDO

Alexander
Domingo, 29 de marzo de 2020
Mi torre. Sant Cugat del Vallès. Barcelona

—¡¿Otros quince días, Susanita?! ¡Dile a tu jefe que se peine, vamos! Y luego, ¿qué? ¿Otros quince? Y así, ¿hasta cuándo? —Me tiro de los pelos en el sofá del estudio—. Es que voy a volverme loco. Estoy… ¿Has visto el vídeo del pingüino ese que da saltitos mientras canta *llevo un día en casa y me va a dar un chungo, quiero salir de casa, quiero salir de casa…*? Pues así voy yo todas las mañanas por el huerto. Luego me encierro a controlar las noticias compulsivamente, buscar nuevos vídeos de Martita de Graná y comprar *online* por hacer algo. Mi archienemigo, el aburrimiento, me está venciendo, Susana. Por tu madre, que es la mía, consígueme un pasaporte diplomático. ¡No aguanto una tarde más aplaudiendo solo a los sanitarios! ¡Lloro a moco tendido! Menos mal que luego me vengo arriba con el *Resistiré…*, pero creo que voy a terminar pillándole manía. Igual que a la repostería. ¡Los hojaldres de chocolate no me suben como a la de los tutoriales!

—Es porque no atemperas las láminas antes de meterlas en el horno.

—Salió la experta…

—Lo dijo papá el otro día en el videovermú. Creo que tú estabas en la despensa. Luego trajiste unas aceitunas.

—Ah, sí, que me dio por escupirle un hueso a mi cuñado, pero rebotó en la *tablet* y me arreó en el ojo, me acuerdo.

—Tengo que colgar. Hay comunicado oficial en un rato.

—Lo que le gusta a tu jefe un comunicado, ¿eh? No puede pasarse un par de días sin montar el *show* un poquito...

—¿Y qué quieres, que no informe de nada?

—Para contar embustes y vaguedades, mejor que se calle.

—Haz el favor de dejar de ver esos canales de YouTube. La «plandemia» no existe —me dice como despedida.

—No sé yo...

Qué malo es dar alas a una mente libre como la mía. Libre y loca. En cuestión de semanas, me he vuelto adicto al nuevo programa de Iker Jiménez. La que deben de tener liada los chinos en los laboratorios esos. ¿Para qué andarán jugando con los bichitos? Luego la cosa se va de madre y la pagamos todos.

—Todos. —Sonrío con malicia al levantarme del sofá.

Porque si algo bueno ha traído esta mierda de pandemia, que nos ha jodido la vida a muchos —y a otros les ha negado el derecho a morir con dignidad—, es que la colección de Críspulo Reina ha cosechado un fracaso rotundo.

—¡Viva China! —Bailo hacia el escritorio.

Según me ha contado Neus, la colección inspirada en el país que más *hate* está recibiendo desde comienzos de año se la han tenido que comer con patatas los americanos y ahora pende de un hilo muy fino el contrato de la División de Perfumería de Lladó.

—¡Toma del frasco, Carrasco! —Le hago un corte de mangas a la pantalla del ordenador y me siento frente a ella.

Al clicar sobre la carpeta «mis proyectos», me acuerdo de mis niños: los Jade que siguen triunfando gracias al auge de las compras *online*. Pero no me pongo triste al pensar en ellos, ni me amargo ni me enfado, prefiero enfocar el tema con mi optimismo característico. Los perfumes eran buenos, muy buenos, ahí queda demostrado. Y ahora tengo algo todavía mejor.

Con solo veintiséis ingredientes —los trece originales y otros tantos covalentes—, he formulado un bombazo de oro, exceso y buen oficio. Una fragancia estable, asequible, con Alma. Ella y yo destilados como algo más que una esencia, como un absoluto.

Ya le he hablado a ella de El Dorado, obvio, pero tampoco demasiado porque bastante tiene con lo suyo. Mientras el resto del mundo estamos esperando a ver si queda algo después de todo este desastre, ella está en Badajoz, trabajando a destajo en la panadería y en los laboratorios de un hospital. Se ofreció voluntaria en cuanto dijeron por la tele que los técnicos no daban abasto. Me contó que sentía la necesidad de colaborar y que, además, así podría salir un poco de casa de sus padres, porque aunque ahora se quieran mucho y bien, pues, al final, todo cansa.

Lleva con ellos desde antes de que declararan el primer estado de alarma. Coro y ella se marcharon para el pueblo poco después de que los chinos de la academia de Usera echaran el cierre. Alma me escribió para advertirme que la cosa estaba peor de lo que imaginábamos. Mi optimismo y yo creímos que tampoco iba a ser para tanto... y así estamos: más solos que la una.

—*Coronavirus, coronavirus...* —canturreo mientras abro el Excel—, *todo eran risas hasta que nos morimos...* de asco, como poco.

Otros quince días en casa, madre mía... Y luego, ¿qué?

Pues luego, llega abril. Y me aficiono a montar en bici y a cortarme el pelo por mi cuenta. Y no, el *mullet* no es tan fácil como parecía en Instagram. Verás cuando se me vea mi peluquera... Alma casi se mea de risa el otro día por Skype. La muy bruja... Cuantísimo la echo de menos.

Cada vez que escucho lo de las fronteras autonómicas, me entran ganas de patear la tele y comerme una caja de donuts. Pero cállate, Maricarmen, que a partir del 21 de mayo, quieren decretar como obligatorio el uso de mascarillas...

—¡El bozal se lo van a poner los muertos de tu jefe, Susanita! —le chillo por teléfono.

Ella me argumenta con todo el sentido común del mundo la conveniencia de la medida para que la gente no siga muriendo asfixiada y sola a causa de un virus que propagamos el resto.

—El virus somos nosotros, Alexander. No es solo por protegernos, es por no hacer daño a los demás.

—¡El virus lo serás tú, guapa! Yo estoy sano, ¡sanísimo! Y no voy a enfermar porque a vosotros os dé la gana.

—Pues quédate en tu casa.

—¡No me sale de las narices!

La cuelgo y le pego un puntapié a la verja, que no cruzo más de lo imprescindible porque tengo conciencia. Es la paciencia lo que se me está agotando.

Doy media vuelta y empiezo a desandar el camino empedrado cuando recibo un mensaje de Eloy con un enlace a un nuevo hilo de Twitter. Él también está muy encima de las teorías conspiratorias. Me gusta tener eso en común con él. En el fondo, él me sigue gustando. Y se está trabajando bastante nuestra reconciliación. También se ha disculpado con Alma ya varias veces. Me lo ha contado ella, Eloy no ha querido marcarse el tanto. Lo está haciendo bien. Y eso no borra que lo hiciera fatal en el pasado, pero sí mejora nuestro presente.

Sonrío al alcanzar los árboles que dan sombra a mi tartana. La tengo tapada con una lona, a la pobrecita. Total, para lo que la uso...

Me pego un pellizquito al tiro de los calzoncillos. El ciruelo también lo tengo cubierto, por los mismos motivos: falta de uso. Es que ni pajas me hago ya. Qué pena, con lo que yo he sido...

Esta puta pandemia me ha robado también la capacidad de concentración. No leo como Dios manda y me pierdo con el argumento de las pelis. Las series me enganchan más, sobre todo las ligeritas, pero mi plena atención solo la ha conseguido El Dorado. Estoy a un paso de la fórmula definitiva. Esta noche cerraré el archivo, abriré una botella de cava y brindaré por mi talento.

Y luego llamaré a Alma para contárselo, obvio.

Querré, más que nada, compartir mi éxito con ella y, de paso, intentar ganármela para la causa.

La necesito en este proyecto.

La necesito cerca.

La necesito.

—Dame tiempo para pensármelo —me dice después de que le hable durante media hora de mi plan de negocio, de su sostenibilidad, de la apuesta por los proveedores locales para esquivar la nueva saturación de los mercados globales, de mis ideas alternativas a la feroz distribución tradicional...

Miro el cielo nocturno a través de los cristales del tejado del invernadero y ruego por que me crezca un poquito de paciencia. Con un par de centímetros más, me apaño.

—Vale, si total, tiempo es lo que nos sobra —resoplo al levantarme de la silla del escritorio—, pero no te lo pienses mucho, porfa. Quién sabe lo que podría suceder... Otro cataclismo en los fondos de inversión, otra guerra mundial, que el virus mute y nos convierta a todos en zombis, que te olvides de lo mucho que te quiero...

—Xander...

—¿Qué? ¡Es la verdad! ¡Me muero de miedo por perderte de nuevo!

El grito que me sale de las entrañas hace eco en mi solitario estudio. Al otro lado de la línea, un suspiro entrecortado rompe el silencio de Alma.

—Lo que iba a decirte es que veo más probable lo de los zombis que olvidarme de ti.

Me sujeto el pecho.

—Ay, pues menos mal. Ya me quedo más tranquilo. Gracias.

—De nada. —La imagino sonriendo.

—No paro de pensar en ti —susurro al acercarme al tocadiscos—. Procuro distraerme de mil maneras, pero me acuerdo de ti hasta cuando me afeito.

—Curiosa asociación de ideas.

—Es que unas piernas peludas como las tuyas, niña, no se superan.

—Qué cabrón. —Se ríe.

—Eso mismo me llamaste aquella misma noche en las fuentes de la Ciudad del Rock, después de que me pusieras como una sopa y yo solo te salpicara un poquito.

—¡Me echabas agua con las dos manos! —Sigue riendo.

—Y tú corrías demasiado.

—Pues no te costó nada alcanzarme...

—Pero fuiste tú quien me rodeó el cuello con los brazos y me besó como si se acabara el mundo.

—El mío se acabó cuando terminó el concierto de Amy y me ofreciste gasolina.

—El mío también.

—¿Cuántas apocalipsis hemos sobrevivido ya?

—Uf, ni idea. He perdido la cuenta. Solo siento no haber estado ahí cuando la tía Adela te montó el Armagedón padre.

—Eso ya está superado.

—¿Sí?

—Bueno, me queda un poquito de resquemor hacia Eloy.

—Ya, igual que a mí.

—Pero hoy sé que, si te hubieras enterado, habrías venido a buscarme.

—Andando, Alma. Descalzo, de rodillas o en autostop, que es peor. Habría llegado hasta ti como hubiera sido. Luego, igual, no te habría servido para nada...

—Eso lo dudo. Tú me habrías animado a perseguir al camión de la basura para recuperar mis cosas. Me habrías ofrecido tu pecho para no pasar miedo en el ascensor y tu mano para infundirme calma mientras le plantaba cara a mi tía. Tú me habrías entretenido con cualquier tontería en el trayecto al pueblo, me habrías esperado mientras hablaba con Coro y con mis padres, me habrías ayudado a hacer una maleta pequeña y me habrías llevado a casa de tu padre para pasarnos unas vacaciones de lujo en Málaga.

Lo que se escucha hasta en Siberia no es la detonación de una superbomba nuclear, es mi pecho estallando de felicidad.

—Todavía estamos a tiempo de hacer lo de Málaga —le digo.

—Si no nos mata antes el maldito bicho...

—Tranquila, de esta también saldremos.

—¿Me lo juras?

—Te lo juro.

Eso y todo. Ahora sí soy de esa clase de hombres que son capaces de comprometerse: los dignos de una mujer como ella.

—Entonces, ve preparándote, Xander. *Our day will come...*

61

EL ÚLTIMO PACTO

Alexander
Lunes, 22 de junio de 2020
Mi torre. Sant Cugat del Vallès. Barcelona

Ayer se acabaron las fases de la desescalada, concluyó el estado de alarma y la circulación de ciudadanos entre comunidades autónomas vuelve a ser libre. Y aquí estoy yo, metido en casa porque el desgraciado de Luisito se ha ido de vacaciones y alguien tiene que ocuparse de las plantas.

—Espero que cuando crezcáis os acordéis de todos los sacrificios que ha hecho papi por vosotras —les susurro a las albahacas—. Nada de poneros mustias si os digo que a las doce, y ni un minuto más, tenéis que estar en casa, ¿eh? Y tú, perifollo, ya podías parecerte un poquito más a tu primo el perejil. Te estás poniendo de un rebelde que, el día menos pensado, voy a tener que atarte en corto.

Sigo desvariando a mi rollo, manguera en mano, hasta que unos pitidos me distraen.

—Uy, ¿y ese taxi? —Estudio el que se vislumbra tras la verja y me acerco unos cuantos pasos.

El *short* de ganchillo, que me hice la semana pasada, se me acurruca entre las nalgas. Me lo saco sin disimulo y también me recoloco el top a juego. Voy hecho un pincel. Cuando me vea el taxista, va a querer cambiar de gremio.

Sin soltar la manguera, me planto en medio del camino. El coche escupe un pasajero y el conductor inicia una maniobra de escape rápido.

Parpadeo cuando mi visita se quita la mascarilla.

No es pasajero, es pasajera. La más bonita que ya haya visto jamás un transporte público o privado.

—¡¿Alma?! ¡¿Eres tú o el aislamiento me está provocando ahora alucinaciones visuales?! —pregunto con los patucos de ganchillo, también a juego, clavados en el charco que estoy formando con la manguera.

—Abre, anda.

—Ay, ¡AY! ¡Voy! ¡Voy volando!

Pego tal brinco por la emoción, que me piso las borlas de los patucos y termino con el culo en el barro. Los súbitos nervios no me facilitan lo de levantarme: me revuelco un poco más de la cuenta antes de echar a correr hacia la verja.

—Hola —digo sin aliento y me sujeto a los barrotes de hierro—. Qué guapa estás con ese vestido de flores. Bueno, y con lo que te pongas, porque lo tuyo, chica, es una barbaridad. Si lo hubiera sabido, me habría puesto algo más elegante. Me quedé un poco corto al comprar el hilo y cuando no se me escapa una tetilla, es un huevo el que sale a tomar el fresco. Pero, claro, quién iba a pensar que ibas a visitarme. No puedo creerme que hayas venido. Es que no imaginas lo feliz que soy ahora mismo.

—Yo también me alegro de verte. —Me sonríe—. Pareces el ganador de la lucha en el barro de una Drag Race.

—Gracias —murmuro emocionado.

—¿Me abres?

—No tengo la llave. Se me olvidó coserle bolsillos al *short*.

—Pues o vas a por ella o tumbamos la verja…, no sé.

—Intenta escalarla mientras la busco.

—Vale, sí, aquí te espero.

No corro camino arriba, porque me gustaría seguir teniendo dientes cuando regrese. Aprieto el paso, eso sí, en plan corredor de marcha. Las risas de Alma me animan a seguir haciendo el subnormal. Pillo la llave en casa y un sombrero de paja, con el que me cubro solo para quitármelo con dramatismo al abrirle verja.

—Ya puede usted honrar mi humilde morada con su presencia, faraona. —Le hago una reverencia.

Alma aguarda a que vuelva a la posición vertical, lanza al viento una última carcajada y, después, me mira con tanta intensidad que me estremezco entero.

—Hola —vuelvo a decirle—. ¿Qué haces aquí?

—Cumplir con la cita que te había agendado. —Me sonríe.

—Tres meses más tarde...

—Al igual que te pasó a ti, no es culpa mía no haber llegado a tiempo.

—¿Acaso eso es lo más bonito que me has dicho jamás? —Arrugo el sombrero contra el pecho.

—¿Estás pecando de mala memoria... otra vez?

—No, recuerdo muchas cosas bonitas que me dijiste en su día. Pero esto, que te presentes aquí un día después de que hayan abierto las fronteras para cumplir con tu palabra y que lo primero que me digas es que no tuve la culpa de nuestro distanciamiento es... —Me vengo arriba—. Es un te quiero en toda regla.

—De momento, lo que quiero es un poquito de sombra. Menudo verano de calor nos espera... —Echa a andar hacia la casona.

—Ya te digo... —Le observo con atención ese culo que hipnotiza y la mochila que lleva a la espalda—. ¿Cuánto te quedas?

—Depende de cómo te portes.

—Uy, pues entonces ve pidiendo cita para empadronarte en Sant Cugat.

Alma se ríe al cruzar la puerta, se para en el *hall* y señala al frente.

—¿Esa es la habitación de invitadas? —pregunta por la que hay junto a la mía.

—Una de ellas, sí.

—¿Te importa que me instale ahí?

—Claro que no.

—Vale, gracias, pues voy a... —Trata de avanzar.

—Solo un segundito —le ruego antes de agarrarle la mano derecha.

Alma pestañea al fijarse en mis ojos. Ellos también le ruegan que me conceda un instante para creerme que, después de un año de distancia, tengo delante a la mujer que amo.

Su sonrisa me obliga a tomar una profunda inspiración. Ser consciente de que mis sueños acaban de hacerse realidad me sobrepasa, estoy flotando. Para no salir volando, y porque si no lo hago me muero, me abrazo a ella.

—Joder, Alma... —susurro contra su pelo marrón-canela—. Cuánto te he echado de menos.

Ella me estrecha entre sus brazos y cuela la cara en el hueco de mi cuello.

—¿Cómo puedes oler tan bien hasta cubierto de barro? —me pregunta.

—Son tus receptores, ya lo sabes.

—Quiero que me enseñes en lo que has estado trabajando.

—Yo quiero enseñártelo todo, hasta lo que no conozco.

—Te pasas de dramático.

—Y tú, de preciosa. —Me aprieto contra su pecho y le gruño al oído—: ¿Has comido mucha miga de pan en el confinamiento?

Ella echa la cabeza atrás.

—He engordado un poco, sí. ¿Y qué?

Vuelvo a gruñir, porque me pone muy bruto su insolencia, me despego de su torso y miro hacia abajo.

—Pues que ahora tienes unas tetas que flipas, guapa.

Alma se ríe.

—También tengo una nueva barriguita bien esponjosa. En cambio, tú... —Me palpa el abdomen.

—Si quieres pillar chicha, es un poquito más abajo.

—Ah, sí, aquí. —Me pellizca junto al ombligo—. Aquí parece que hay algo.

—Y todavía no has llegado a lo gordo...

—No, eso ya lo estoy viendo a través de los agujeritos del... ¿pantalón?

—Es que me comí un par de puntos del patrón del ganchillo.

Alma se muerde la sonrisa y cabecea hacia la puerta de mi dormitorio.

—Ve a ducharte.

—¿Yo solito?

—Confío en que podrás hacerlo, campeón. Luego te veo en el estudio.

—Ah, ¿pero vamos a empezar el reencuentro trabajando?

—¿Se te ocurre un plan mejor? —Se dirige a su cuarto.

—Sí, y a ti también, so bruja.

Sus carcajadas se pierden tras la puerta de su cuarto. Yo me quito los patucos, pataleo, y arrastro los pies hasta mi ducha. Allí me la toco a fondo, porque soy un optimista y no quiero hacer el ridículo con ella si la suerte me sonríe.

Me visto un poquito de persona con un pijama setentero de manga y pernera corta y salgo de la habitación al mismo tiempo que Alma, que se ha puesto unas mallas de ciclista y una camiseta de los Lakers.

—Ese amarillo es perfecto para la prueba olfativa —le digo.

—A ver si es verdad…

En el estudio, le presento El Dorado mientras ella lo pulveriza en sus muñecas. Me escucha con la misma atención que estudia la fragancia con su nariz entrenada. Nariz que se arruga cuando concluye la cata.

—El fondo es demasiado agrio.

Alzo las cejas y la señalo con el dedo.

—Relájate, Trinidad, que estás hablando de mi benjamín.

—Es la verdad. —Se encoge de hombros—. Hay un ingrediente acre en la fórmula.

—La *saccharomyces sp.*

—¿Por qué has escogido levadura modificada genéticamente?

—Es menos reactiva que la…

—No me des lecciones de química. Sabes a qué me refiero.

—Necesitaba notas de masa madre.

—Pues se te ha colado la canción entera.

Sonrío, porque me enamora que hable con tanto descaro de mi fórmula, que también es la suya.

—A mí me gusta.

—Tienes que afinarlo para que sea comercial.

—Hazlo tú.

—¿Yo? —Se aparta del escritorio donde está la ampolla de El Dorado—. No me atrevería a interferir en tu...

—No sería atrevimiento, porque te lo estoy pidiendo —la interrumpo—. Incluso puedo formalizarlo aún más... —Hinco la rodilla—. ¿Me harías el honor de afinarme el jugo?

Los ojos desorbitados de Alma destellean por una sonrisa.

—Solo tú puedes ser tan surrealista, sexual y romántico a la vez.

—¿Eso es un sí?

—¿Por qué no?

—También me vale.

Me levanto, me quito el anillo con forma de tuerca del dedo pulgar y se lo ofrezco.

—¿Me estás dando el anillo de tu hermana?

—Ella me lo regaló como símbolo de algo. Y yo te lo doy a ti como prueba de que, después de dar infinitas vueltas, sigues siendo la persona con la que quiero encajar el resto de mi vida.

—Pero... —Aprieta los labios y arquea las cejas; mitad confusa, mitad enternecida; toda belleza.

—Igual te va un poquito grande —Lo deslizo por su dedo anular y sí, baila la conga con gran holgura—. Se me ocurre.,. —Lo retiro.

—¿Qué?

—Nada, ya lo verás.

—No, dímelo ahora.

Ronroneo una negación al ponerme el anillo.

—Ahora mejor sellamos el pacto con un beso, ¿vale? —le pregunto antes de sostenerle las mejillas.

—¿Qué pacto?

—El de querernos bien y para siempre.

La sonrisa de mi Alma crece tan deprisa como la promesa de un futuro juntos. Un nuevo mundo que pintaremos de colores, que haremos nuestro.

Mi alegría ha vuelto a casa y en el hogar de su pecho hay un rincón con mi nombre, mi apellido y mi destino.

Alexander Ventura, un perfumista con Alma.

EPÍLOGO

Alexander
Martes, 14 de septiembre de 2021
Casa de los nonni. Venecia. Italia

—Feliz cumpleaños, niña de fuego. —Le aparto la melena del cuello, se lo beso y me pego bajo las sábanas a ese culazo que ya tiene un perfume propio: «Chups».

Es el último que he formulado para la colección de fragancias surrealistas que están conquistando los mercados minoristas. La Banda Roja, nuestra empresa, está siendo un éxito. Pocos saben que el nombre es un juego de palabras entre nuestros aromas primarios, la mayoría piensa que viene de la cintita escarlata que decora todos nuestros frascos. Tampoco sabrá nadie que Chups le debe el nombre al caramelo para el que Dalí diseñó el logotipo, una golosina igualita al culo de Alma: tan redondo y apetecible que me hace salivar en cuanto lo desenvuelvo.

Y envuelto, también.

—Gracias, marido.

—Grrr… —le gruño al oído—. ¿Sabes lo bruto que me pone que me llames así?

—Algo estoy notando.

Dibujo un círculo con las caderas.

—Y ahora, ¿lo notas mucho?

—No del todo. —Me baja los pantalones del pijama.

Habría dormido desnudo, como siempre que tengo la suerte de compartir cama con Alma, de no haber estado en casa de los *nonni*. El abuelo me sigue dando respeto. Y él conserva un oído para haber cumplido ya doscientos años...

No veas la bronca que le metió a Bazyli el domingo por haber estado haciendo cochinadas con mi madre antes de la boda. Menos mal que el chaval no se enteró de mucho porque no habla una palabra de italiano, pero incluso en el juzgado el abuelo le estuvo lanzando amenazas.

Susanita, Perico, Alma y yo nos reímos un buen rato en el lado de la novia, hasta que el funcionario le preguntó a minipapi si la aceptaba como pareja oficial y yo le dije al oído al amor de mi vida «sí, siempre» y ella me contestó «pues ya somos dos».

Y así nos hemos vuelto a casar por la ceremonia de nuestras santas narices. Ritos que, por improvisados, no pecan de falta de formalidad, de realidad, de compromiso.

—Ahora sí la noto del todo. —Alma me rodea la erección con una mano.

Yo utilizo hasta los pies para desnudarla de cintura para abajo y, después, me cuelo en su camiseta para abrazarme a esas tetas de las que nunca tengo suficiente.

—A estas les tengo que hacer también un perfume. —Me viene a la cabeza un célebre cuadro de Dalí—: *Las acomodaciones de los deseos*.

—Esa lámina la tenías en tu habitación de Málaga.

—Ahora está enmarcada en el salón. A la nueva novia de mi padre le encanta. Y a él se le pone cara de vicio cuando la mira.

—¡No me hables de tu padre ahora!

—Shhh... —Le tapo la boca. Alma me chupa los dedos—. Como despiertes al *nonno*, no va a ser café lo que te ofrezca.

—Cuidado —dice cuando intento entrar en ella—. Despacio.

—Perdona. —Atraso las caderas y tiro de su hombro para que se tumbe boca arriba.

Que nos sonriamos al mirarnos a los ojos, pasados trece años de nuestra primera vez, es señal de que tan mal no lo hemos hecho. Es incluso la señal definitiva de que, por aquí, vamos al lugar correcto.

—¿Cómo puedes estar tan bonita después de beberte anoche el Gran Canal en vino blanco?

—Son tus ojos, que encuentran belleza en mis rasgos aunque esté muriendo de deshidratación.

—Voy a por agua. —Salto de la cama.

—Siempre tan atento...

Su comentario me ensancha el ego de camino al baño de la habitación. Me gusta que valore que me encanta hacer lo que sea por ella, anticiparme a sus deseos, aportar mi granito de arena para que en la playa de su felicidad nunca se vea el final.

La verdad es que me lo ha puesto bastante fácil desde que se presentó en mi torre cuando abrieron las fronteras. Se quedó dos semanas enteras. Llenó mi estudio de inspiración, ordenó mi caos en forma de empresa emergente y sembró en mi corazón una certeza: nunca dejaría de adorarla.

Después, cumplí con la única cosa que todavía era posible remendar de un pasado cada vez más lejano: me la llevé a casa de mi padre para pasar unas vacaciones de lujo en Málaga.

Fueron un poco cortas, eso sí, porque Alma tenía que reincorporarse al trabajo en Madrid y, antes, quería pasar unos días con sus padres. Cuando me preguntó si me apetecía ir a su pueblo, no lloré de puro milagro.

Conseguí aguantar las lágrimas hasta por la noche, mientras hacíamos la cena en la cocina de la casa de sus padres. Diego me dijo «alcánzame el cartón de huevos, hijo» y yo le eché la culpa de mi llanto repentino a la cebolla que estaba cortando Juani. Solo Alma se dio cuenta de lo que en realidad me sucedía. Me lo contó de camino a Madrid, y yo no se lo negué, porque mentir es pecado.

—Santa Madonna —jadeo al regresar con el vaso de agua.

Alma se está tocando sobre la cama.

—Es que tardabas...

—¿Ya no tienes sed?

—Uf que no.

Me lleno la boca con un trago grande y me inclino sobre ella. Vierto en sus labios un poco de agua, que le resbala por el cuello antes de que pueda atraparla. También le mojo el pecho, el vientre y el ombligo. En el pubis derramo las ultimas gotas y le paso el vaso. Ella bebe con los ojos fijos en mi cara y alza las caderas.

—Mmm… —Me acerco al vértice de sus piernas—. Mi desayuno preferido.

El sonido del cristal sobre la madera de la mesilla es lo último que escucho antes de sumergirme en el jazmín de su sexo.

Me gusta pensar en él como en un jardín secreto, el más exuberante y delicioso, y el que tengo el privilegio de visitar en exclusiva. ¡Olé yo!

—Xander, sube —me pide cuando casi he acabado con el paseo por el jardín y tengo el nardo a reventar.

—Mmfff —farfullo en su clítoris.

—Ven —me sujeta la cabeza y tira—, necesito besarte.

Mi corazón se salta un latido. Inspiro hondo y me doy cuenta de que ya ni huelo. Arrastro la nariz por su piel y le beso las costillas, el esternón y la base del cuello. Aquí percibo algo. Rojo Alma: el color de mi felicidad.

—No cierres las piernas —gimo al tumbarme sobre ella.

—¿Vas a besarme de una vez? —Arquea la espalda.

Mi erección se sacude entre sus muslos. Apoyo las manos en el colchón y me estiro hacia arriba para dejar la boca a un suspiro de la suya. Alma enreda los dedos en mi melena y se lanza directa a por los piquitos de mi labio superior.

—Golosa. —Sonrío y adelanto las caderas.

Me entierro en ella para no resucitar nunca.

Como siempre que lo hacemos.

No tanto como nos apetece, por desgracia, porque seguimos viviendo en comunidades autónomas distintas.

Ella no ha dejado su trabajazo en L'Oréal por mí, obvio. Continúa compartiendo piso con Coro, que ahora, además de autónoma, es universitaria. ¡Olé ella!

Con treinta años, la Coronada ha vuelto a las aulas para sacarse el grado que en su día no pudo. Tiene toda mi admiración. Y mi cariño. Y yo el de ella. Ya solo me llama «delincuente» cuando me como sus yogures en las frecuentes escapadas que me hago a Madrid.

Susanita está de mí hasta el gorro. Perico no, porque es buena gente. Y muy listo. Lo que me invirtió en criptomonedas me ha dado una buena inyección de efectivo para el negocio.

Mi papi chulo y mamá también han invertido en la empresa, pero como accionistas minoritarios: solo tienen el veinte por ciento cada uno. El otro sesenta de La Banda Roja está repartido a partes iguales entre Alma y yo, como no podía ser de otra manera. También compartimos asesor financiero: Eloy.

Al principio, ambos éramos reacios a pedirle ayuda a la persona que nos había robado cinco años de nuestra vida en común, pero después pensamos que lo que había unido Amy Winehouse no había podido separarlo el hombre y que, total, por consultarle no perdíamos nada.

Fue un acierto concertar aquella cita con Eloy. También fue un poco incómoda, había demasiados reproches y arrepentimientos sobrevolando nuestras cabezas como moscas. Tuvimos que espantarlas a base de convencernos de que todos nos equivocamos y que el perdón no es algo que se regala, sino que se gana.

Los tres nos seguimos esforzando por superar lo ocurrido y, bueno, hoy por hoy, todavía revolotea a veces algún recuerdo, pero no pica ni escuece porque el tiempo le ha restado importancia.

Con esto no quiero decir que Alma, Eloy y yo seamos ahora los tres mosqueteros. Nos vemos a veces para tomar algo y tal, además de para hablar de negocios, pero la complicidad que un día tuvimos se perdió y no la hemos vuelto a encontrar. Y me jode, me jode un huevo, porque él era mi amigo, lo quería de verdad...

—Eh —me dice Alma—. ¿Qué te pasa?

Cierro los ojos. No quiero que vea en ellos que me estoy acordando del puto Eloy ahora.

—Xander, cariño...

Buf, cuando utiliza esas dos palabras juntas, me pongo de un blandito que no corresponde con el momento, no sé si me explico... «Pene flácido» no es un mote tan guay como «cariño».

—Muévete —le ruego—. Hacia arriba.

—¿Así?

El bamboleo me pone los ojos en blanco.

—Ya sabes que sí.

—¿Quieres más? —jadea.

—Lo quiero todo. —Me hundo en su cuello y en su sexo.

—Yo también. —Se contonea más deprisa—. Dámelo.

—Tómalo... —gruño y le meto un empellón que nos pone la piel de gallina.

—Dios, qué bueno. —Se muerde el labio—. Sigue. Sigue.

—Shhh...

Pego la cara a la suya para acallarla y todo más allá de nuestros cuerpos desaparece. Cada vez que alcanzo su boca, muero. Todavía, después de tantos años, no puedo creerme la suerte que tengo.

—Joder, cómo te quiero. —La beso.

—Dímelo otra vez. —Me besa.

—Te quiero. —Embisto con fuerza.

—Otra vez.

—Te quiero. —Me clavo en su interior.

Alma despega la espalda del colchón y busca mi hombro para acallar su gemido. Todo su interior se contrae a mi alrededor. Me ciñe, palpita y me lanza al vacío que llena con su risa.

—Ahora sí que has despertado al *nonno*.

—¿Me he corrido en voz alta? —pregunto mientras sigo latiendo de deseo entre sus piernas.

—Te han escuchado en mi pueblo.

—Pues verás tu padre cuando me pille.

Nos reímos, boca contra boca. También compartimos un jadeo cuando notamos la humedad que se desliza entre nosotros al retirar las caderas. Hacerlo así con ella es otro privilegio, fruto de nuestro compromiso de exclusividad.

—A mi padre le caes mejor que yo. —Me aparta el pelo de la cara.

—Porque le suministro el vermú.

La beso en los labios y me tumbo de espaldas. Recupero el resuello unos segundos y le digo:

—Tápate.

—¿Por?

—¿Le quieres enseñar el chulapo al abuelo?

—*Alexander!* —golpea la puerta, apuesto a que con la cabeza de su bastón—. *Che ci fai a casa mia?!*

—¡La maleta, abuelo! Estábamos haciendo la maleta y se me ha caído en un pie, por eso he gritado —le contesto en italiano.

—*Porco diavolo!*

—Está girando el pomo. —Alma se tapa hasta la cabeza.

—Tiene pestillo. —Me río.

—Habérmelo dicho antes, idiota. —Se destapa.

Y sale de la cama al tiempo que el abuelo abre la puerta.

—Ups, se me olvidó cerrarlo anoche.

Alma se cubre las vergüenzas con una almohada y pega el culo a la mesilla.

El *nonno* despide una fumarola blaugrana y se sujeta el pecho.

Madre, madre, que le da un infarto...

Yo me levantaría, pero si me ve la picha mojada, ya sí que no lo recuperamos ni con unas palas.

—*Fuori di qui!*

—Tranqui, si el vuelo nos sale ya mismo. Recogemos esto, desayunamos y nos vamos.

El viejo me amenaza con el bastón, yo me hago una bolita sobre el colchón y Alma desliza el culo por las cortinas.

Qué lista, piensa escapar por la ventana mientras el abuelo me muele a palos.

—Eso, sálvate tú que puedes —le digo.

Ella ni me escucha, el abuelo vocea y golpea el marco de la puerta antes de desaparecer por el pasillo.

—Ay, menos mal. —Suspiro—. Me he visto en una cama de hospital con todos los huesos rotos.

—Date prisa. —Alma cruza la habitación en dirección al baño.

—Sí, no sea que vuelva con refuerzos.

Alma y yo llegamos al aeropuerto en tiempo récord. La *nonna* nos ha metido el desayuno en una fiambrera muy bonita y nos ha pedido que nos largáramos corriendo como cabrones. Bueno, ella lo ha dicho con más tacto. Y aquí estamos, a un par de horas de que salga nuestro vuelo.

—¿Te das cuenta de que vamos a pasar una luna de miel en Londres? —le pregunto mientras olisqueamos perfumes en el *duty free*.

—Tiene sentido. —Sonríe mientras agita una tira de papel secante—. Qué simpleza, por Dios.

—Es malísimo. —Me alejo del rastro del nuevo perfume de Lladó.

A los de La Banda Roja no los vas a encontrar por aquí, nuestra distribución es limitada y exclusiva. Tenemos un punto de venta físico en una perfumería de Barcelona y otro en Puerto Banús; el resto es todo venta *online*.

De la fábrica a tu casa, chica, más fresco imposible.

También ofrecemos experiencias individuales con las que me pago el alquiler de la torre. Hemos instalado una yurta donde estaban los antiguos gallineros y allí, clientes seleccionados, vienen a embadurnarse de colores hasta que terminan saciados. Las fórmulas que se llevan son únicas y personalizadas y nos están haciendo de oro, porque el boca oreja funciona mejor que cualquier campaña en los medios tradicionales, y eso lo sabe hasta Críspulo Reina.

Hasta el más tonto del pueblo sabe que no hay manera de detener los rumores.

A nosotros, nuestra fama nos está llevando al éxito. Al antiguo diseñador de Lladó, lo ha llevado a la ruina. Su nombre y el de John Galliano ocupan la misma estrella en el paseo de la mierda.

Toda la industria está al tanto de la jugada que me hizo, bien me he ocupado de difundirlo. Y he descubierto que tenía muchos más amigos de los que pensaba, que todos estos años en los que he pensado que no dejaba huella en ningún sitio, en realidad, estaba sembrando alianzas, porque yo nunca he apagado a nadie, puedo brillar por mí mismo.

—Deberías plantearte la oferta de Mariano —Alma tira el secante a una papelera y se limpia la mano—, aunque sea como acto de caridad.

—Claro, como él se portó tan bien conmigo...

—Estoy de broma. —Me besa una mejilla—. Ya sabes lo que opino: la próxima vez que te vuelva a llamar para ofrecerte un contrato, me lo pasas.

—De eso nada, guapa. En el fondo, disfruto del sádico placer que me proporciona el que siga insistiendo.

—Eres malo, Xander —me versiona.

Yo le acaricio la cintura y me acerco a su boca.

—¿Y eso te encanta?

—Tú me encantas. —Me besa.

—¿Cuánto?

—*I love you so...* —tararea—. *And you love me.*

—Y nuestro día ha llegado. —Sonrío—. Venga, que nos está esperando.

Volamos a Heathrow y de allí, en un Uber, nos desplazamos hasta un apartamentito con encanto en el barrio de Camden, obvio.

Alma viene a Londres para cumplir con otro viaje que se le quedó en el camino. Ya no podrá intentar acosar a su ídola, pero honrará su memoria. Y yo no quería perderme la oportunidad de acompañarla y, de paso, me gustaría crear nuevos recuerdos, más bonitos, en una ciudad donde me sentí tan solo.

A solas dejo a Alma mientras estudia las notas, recortes y flores que hay prendidos en los árboles que dan sombra a la fachada de la casa donde Amy Winehouse pasó a mejor vida. Le hago un par de fotos clandestinas, porque supongo que querrá tenerlas aunque no se atreva a sacar el teléfono. Soy testigo de cómo se seca las lágrimas después de dejarle una amapola de fieltro. No le digo nada, solo le ofrezco un pañuelo. Después, echamos a andar y ella se pega a mi hombro. Entonces, sí que la abrazo, y le beso el pelo, y le suelto una idiotez para levantarle el ánimo.

—¡Mira, un perro conduciendo!

El chucho va de copiloto, como es natural... O no... Bueno, la historia es que como llevan el volante al revés, desde nuestra perspectiva parece que el perro conduce... Es una cosa demasiado tonta pero, eh, funciona. Alma ha escondido en la carcajada el último sollozo, se está sonando los mocos y, ahora, ya le pesa un poco menos la pena.

—Tengo hambre —me dice.

—Qué raro.

Me empuja con el cuerpo y se abraza a mi cintura.

—¿Vamos hacia el mercado de Camden?

—Guay. Igual todavía está el puesto de la pasta Alfredo.

¡Sí que está!

Hay una cola que flipas detrás del tenderete, pero ahí siguen, dándolo todo con la rueda de queso parmesano en la que bañan los tallarines.

—¡Qué buenos, por favor! —gime Alma.

—¡*Fos fefores!* —farfullo con la nariz metida en el platito de cartón.

Seguimos chupándonos los dedos mientras recorremos el laberinto de tiendas que ocupa la antigua zona portuaria entre los canales. Al alcanzar la estatua de Amy, interrumpimos la comida itinerante para fotografiarnos con ella. Alma aprovecha para abrazarla y le da un beso en la mejilla. Y yo tengo unas palabritas con la cantante...

—Gracias por presentármela, reina —le susurro al oído.

—¿Qué le has dicho? —Alma vuelve a hundir el tenedor de madera en los tallarines.

—Que le consiento a mi mujer que la bese solo porque es ella.

—Unga, unga —imita a un cavernícola.

—Sabes que sí, que soy un antiguo.

—Yo le he dado las gracias por lo mismo. —Me sonríe—. Antes, en la puerta de su casa.

Y, por cosas como esta, nunca dejaré de adorarla.

Le lanzo corazones por los ojos mientras regresamos a pie de canal y ella me sigue sonriendo con la boca llena de la pasta que terminamos en la puerta del Ciberdog, donde hacemos una visita obligada.

Alma se pilla un hidratante labial con un aplicador muy guay en la tienda tecno. Yo cargo con cinco bolsas llenas de prendas, cada cual más hortera, cuando cruzamos por debajo el Camden Lock Bridge para llegar al Hawley Arms: el bar que frecuentaba Amy Winehouse.

—Vaya, me lo esperaba más antro —dice Alma, mirándolo todo—, pero es muy hogareño.

Asiento mientras inhalo despacio una bruma anaranjada.

—Imagínate cómo debe de ser en otoño, con esa chimenea encendida. —Señalo la que hay a la izquierda.

Alma avanza para acariciar la barra de madera. Se fija en los grifos de sidra y cerveza, en los botes de pajitas y las pilas de posavasos, de las que se pilla un par, que esconde en la espalda al ser atendida por un camarero.

Con dos pintas en las manos, nos sentamos de espaldas a la barra, junto a una mesita que hay bajo una foto en la que la Winehouse sale preciosa. Al brindar por ella, Alma vuelve a enternecerse.

—¿Te casas conmigo? —le pregunto.

Y ella me sonríe.

Y yo no puedo ser más feliz.

—¿Otra vez? —Me mira la mano con la que sostengo la pinta.

La dejo sobre la mesita y acerco el dedo meñique al suyo. En ambos hay dos aritos de plata que salieron de una tuerca. No dio para más. Y fue una suerte, porque en el meñique es donde se llevan los anillos de renovación de votos: lo que pretendo hacer con Alma el resto de los días de mi vida.

—Nunca hemos tenido a Amy de testigo —susurro.

—Pues yo creo que ha venido a todas nuestras bodas.

—Dile que también está invitada a las próximas.

—¿Habrá muchas? —Me sonríe.

Y yo suspiro y le agarro las mejillas y me muero de amor por
ella sobre sus labios antes de jurarle:

—Infinitas.

AGRADECIMIENTOS

Que puedas leer estas líneas significa que la historia ha terminado, que está editada y publicada, y que yo le debo la vida a mucha gente.

Al primero, a Agustín, mi marido. Que tu mujer se ponga en la piel de un excéntrico perfumista durante meses, a ratos, es un poco incómodo. Ahora nuestro hijo mayor, Agus, se sabe la canción de *El Vaquilla*. El pequeño Mateo, por suerte, todavía no habla. Los tres son mi mundo. Y a ellos no puedo agradecerles otra cosa que no sea todo.

Al resto de la familia de sangre y de vida, también le agradezco el cariño y el apoyo, por supuesto. En particular a mi suegra, Petri, que es la que le cambiaba los pañales a Mateíllo mientras yo viajaba por la Costa Azul en un Mustang descapotable.

Quienes también me han ayudado, no te imaginas cuánto, son Natalia, Ángela, Alba, Eva y Cristy. Todas se leyeron el primer borrador del manuscrito y, sorprendentemente, me siguen hablando. María descubrió al traidor a la primera y, sorprendentemente, le sigo hablando. Sergio ya está citado al principio del libro y representado en muchas de las páginas. Y con Agustín me repito, pero es que además de aguantarme, hace unos informes de lectura impecables.

Perfecto ha sido también el trabajo de Berta y, en general, de todo el equipo de Titania. Mención especial merece Esther como editora y también como parte del jurado que me dejó patas arriba con su decisión de otorgar el IX Premio de Novela Romántica a este perfumista que tanta alegría a traído ha mi vida desde su nacimiento.

Espero que a la tuya también haya traído algo bonito. Él y yo te agradecemos la oportunidad.

De corazón.

Infinito.